凤凰飞

FENGHUANG FEI

温燕霞 著

入选中宣部2023年主题出版重点出版物选题

入选2022年度中国作协重点作品扶持项目

入选江西省作协『凤起赣鄱』原创长篇小说重点作品扶持项目

入选江西省文化艺术基金2022年度（一般项目）资助项目

漓江出版社

·桂林·

图书在版编目（ＣＩＰ）数据

凤凰飞 / 温燕霞著 . -- 桂林：漓江出版社，
2024.3
ISBN 978-7-5407-9691-4

Ⅰ . ①凤… Ⅱ . ①温… Ⅲ . ①长篇小说 - 中国 - 当代
Ⅳ . ① I247.5

中国国家版本馆 CIP 数据核字 (2024) 第 011708 号

FENGHUANG FEI
凤凰飞
温燕霞　著

出版人：刘迪才
策划编辑：刘迪才　张谦
责任编辑：辛丽芳　黄彦　刘红果
书籍设计：石绍康
责任监印：张璐

出版发行：漓江出版社有限公司
社址：广西桂林市南环路 22 号　邮编：541002
发行电话：010-85891290　0773-2582200
邮购热线：0773-2582200
网址：www.lijiangbooks.com
微信公众号：lijiangpress
印制：北京博海升彩色印刷有限公司
[北京市通州区中关村科技园区通州园金桥科技产业基地环宇路 6 号　邮编：100076]
开本：710 mm × 1000 mm　1/16
印张：23.25　字数：340 千字
版次：2024 年 3 月第 1 版
印次：2024 年 3 月第 1 次印刷
印数：1～30000 册
书号：ISBN 978-7-5407-9691-4
定价：68.00 元

目 录

001 /// 一、清晨的回忆

012 /// 二、归家的途中

020 /// 三、除夕的团圆

038 /// 四、庆瑞的烦恼

050 /// 五、热闹的会议

080 /// 六、未来的打算

095 /// 七、月夜的波折

122 /// 八、两人的默契

136 /// 九、竹岭的稻田

155 /// 十、家中的老小

175 /// 十一、美丽的夏天

195 /// 十二、互相的感觉

206 /// 十三、般配的一对

225 /// 十四、突然的变故

249 /// 十五、困难的转型

269 /// 十六、奔波的房东

305 /// 十七、水根的打算

319 /// 十八、村人的行动

329 /// 十九、奇异的情缘

351 /// 二十、网友的帮助

358 /// 二十一、寻觅的结果

一、清晨的回忆

这天凌晨，柳秋兰是被风雨声惊醒的。也许是春季将至，北风收了以往的淫威，小媳妇般哑着嗓子，将吼声改为低沉的哼鸣，密集的雨脚如同孩儿的足音，轻轻搔着耳轮，令她遽然惊醒。此时雨丝舔湿了窗户，天光铺在上面，窗玻璃透出柔和的莹白。

柳秋兰揉着眼睛坐起，看着对面墙上自己和丈夫、女儿的合影出神。五年前丈夫秦玉国去贵州出差，从此下落不明，这些年她一直通过各种途径四处寻找，可惜毫无音讯。生不见人、死不见尸的丈夫秦玉国成为她心中一个不能触碰的伤口，令她夜夜辗转反侧，无法入眠。为了忘记烦恼，她将工作当成排遣，除了打理女儿绿枝的生活，所有的时间都扑在那家寄托着她的情感与回忆的绿枝超市上。

"绿枝"是秦玉国给女儿取的名字，源自李白的《春思》一诗："燕草如碧丝，秦桑低绿枝……"

我姓秦，我正好喜欢李白的《春思》，女儿叫绿枝，不但应景，还有诗情画意和纪念意义。

记得当时秦玉国给女儿取名时，曾这样向她解释。柳秋兰望着满脸幸福的丈夫，不由心生感慨和庆幸。她觉得自己这辈子能够嫁给秦玉国是一种福气。

秦玉国的父母都在县税务系统工作，虽没能混个一官半职，但两口子都端着铁饭碗，秦玉国是他们的独生子，身材长相中上，大学毕业后考入县一中当老师，家中有两套房，家境不错。那时秦玉国到柳秋兰的店里吃早点，柳秋兰有时会偷偷瞄着他，心想自己要是能嫁给他该多好啊！

只是每次这个念头一冒出来就被她摁灭。因为她知道这不可能：别看秦玉国天天到自家店里吃早餐，还时不时送几样小礼物给自己，他跟自己讲话时的神情也很温存、很特别，但那又能说明什么？柳秋兰觉得自己和他之间隔着鲲鹏都飞不过去的隐形鸿沟，有些事情只能想一想，不能当真。

柳秋兰出生在距县城五十多公里的凤凰村，那儿山川秀美，民风淳朴，但交通不便，地少人多，村民生活极为困难。她高中毕业时没能考上大学，到广州打了三年工，之后回到县城卖水果、摆菜摊，积累了一些资金后，在县一中旁边开了家早点店。也就是在那儿，她认识了秦玉国。

秦玉国是她家早点店的常客。那些吃早点的妇女一见秦玉国的面，便向他推荐自己的女儿、妹妹或者侄女、外甥女，希望他能成为自家的亲戚。秦玉国总是文雅而礼貌地拒绝，拒绝的次数多了，有人开始传言秦玉国相中了柳秋兰，秦玉国的母亲曹文月听闻后，特意跑到早点店为秦玉国辟谣。

被传言弄得手足无措的柳秋兰怎么也没想到，秦玉国会当着曹文月的面向她求婚。当时她以为秦玉国在开玩笑，三言两语便对付过去了。谁知秦玉国竟动了真心，对她穷追不舍，终于将自己从秋兰早点店的食客变成了她婚礼上的英俊新郎。十余年过去，柳秋兰依然记得婚礼上同村小姐妹羡慕中夹着些许妒忌的眼神。

玉国，说说你跟秋兰是怎么好上的。

婚礼上，秦玉国的同学嚷嚷着要听他俩的恋爱故事。

说老实话，很多人都好奇秦玉国为什么会娶出身农村、家境贫困的个体店小老板柳秋兰。在那些人眼中，柳秋兰的美貌并不足以支撑整个婚姻，因为美貌就像新鲜水果，诱人却无法长期保鲜，而女方稳定的工作和门当户对的家庭才是日后维系婚姻的牢固纽带，人们因此对他俩的婚事抱有疑问。

我和秋兰那是三生石上旧精魂，一句话，就是有缘。还有啊，她是一个聪明能干的女子，懂得要抓住一个男人的心，必须先抓住男人的胃。你们想一想，她捏住了我的胃，我还能逃出她的如来掌吗？

秦玉国机智地将他俩有些传奇与浪漫的爱情故事演绎成世俗的段子，众人听后哈哈一笑，放他俩过关。

从那以后，柳秋兰和秦玉国这对你侬我侬的恋人变成了柴米油盐的夫妻。秦玉国喜欢文学，平常最大的爱好是读书。闲暇时摇摇笔杆子，在省市的报刊上经常发表文章。除了不愿意做家务，没什么大毛病。如果硬要鸡蛋里挑骨头，他倒是有个缺点，那就是太宠女儿，是个如假包换的"女儿奴"。有时绿枝犯了错，柳秋兰要训她，秦玉国就跟她急眼。婚后这些年，他俩的矛盾主要体现在对女儿的教育方式上。但总体而言，两人的婚姻生活很和谐。

柳秋兰和秦玉国的婚姻之所以稳定，用柳冬雪的话来讲，应得益于柳秋兰在家里东风压倒西风的一把手地位。能干的柳秋兰里里外外全部包圆，秦玉国过着优哉游哉的悠闲日子，何乐而不为？有时柳秋兰的两个妹妹笑她嫁了一个长不大的男孩，偶尔也会对姐夫流露出不满。

姐，你在家最辛苦，你看你都长皱纹了，姐夫还一点都没变样。你晚上睡觉用夹子夹住他的眼尾，这样他就会起褶子，省得到时候出去别人说你是他姐。

二妹柳冬雪在一中读书时，秦玉国是她的班主任，因她不爱学习，秦玉国老是批评她，柳冬雪觉得他管得太宽，不喜欢这个姐夫，逮着机会就顶撞和编派他两句，秦玉国也不计较，只是替柳冬雪可惜。

柳冬雪不听劝，高三时学习果然大滑坡，只考取了市卫校。毕业后在县医院当护士，她嫌三班倒太累，才干了几个月，便瞒着家人辞职去了县里最大的怀玉美容院当美容师，气得柳家父母和柳秋兰、柳夏花肚子疼。

秦玉国出于姐夫的责任，狠狠地批评了柳冬雪一顿。柳冬雪觉得他老是挑自己的刺，从此提起秦玉国就撇嘴。

冬雪，你别乱嚼牙巴骨，姐夫对大姐言听计从，大姐指西，他不敢往东，工资卡放在大姐手里，这种好男人打着灯笼都难找。我以后就要嫁姐夫这种人。

大妹柳夏花在柳秋兰的超市里做事，平常打扮得像个假小子，性格大大咧咧，看上去有些离经叛道，但她的爱情观却很传统，对未来的丈夫有诸多细致的要求。这些年柳秋兰给她介绍了起码二十个对象，她有的不肯见面，有的见了面也没有后续，不是嫌人胖便是嫌人吃饭出声音，要么就是讨厌别人秃顶或者肚腩太大，总之没相中一个。

柳秋兰不好意思告诉柳夏花，其实很多人也没看中她，一半嫌她打扮古怪，一半不中意她男子牯的性格。柳秋兰提醒柳夏花要改变形象，还特意给她买了几条漂亮的裙子和两双高跟鞋，又让冬雪找了些面膜和化妆品给她，希望她好好拾掇一下自己。柳夏花的样貌身材都属中上，只要稍一打扮，便会面貌一新。谁知她却根本不予理睬，继续当她的假小子。

唉，夏花以后怎么办？总不能就这样孤老一生吧？

柳秋兰多次在秦玉国面前抱怨，同时发动他和公公、婆婆给柳夏花介绍对象，可惜她假小子的名声已不胫而走，公公、婆婆找的几个人，一听说对方是柳夏花，全都摇头说这种女的吃不消，愁得柳秋兰吃不下饭。

你呀，别咸吃萝卜淡操心，婚姻是要讲缘分的。就像你我一样，必须先对上眼才行。夏花那么能干，以后肯定能找到合适的人，你不要太急，这种事情欲速则不达。

秦玉国出差前，曾这样温言软语地宽慰柳秋兰，还说他回来后会把两个同学的弟弟介绍给柳夏花，柳秋兰既感动又暗抱着希望。没想到秦玉国那次只身到贵州出差后再也没回来。她跟着县一中的同志到他出差的地方寻了半个多月，好不容易才从交警队的监控视频里找到秦玉国步行离开那座县城的最后影像。

据有关部门找到的目击者说，秦玉国那天早晨去了城郊的山上，他看上去神态悠闲，举止也很正常。之后搜救队多次上山寻找，但因那座山地势险峻，丛林密布，范围又大，最终无功而返。两年后秦玉国被公安部门列为失踪人员，成为她和秦家人心中流血不止的伤口。

柳秋兰的公公本就身患癌症，秦玉国失踪后他一病不起，前年驾鹤西去。婆婆曹文月受不了这个打击，变得有些神经，只得入院治疗。出院后她不顾柳秋兰的劝阻，前往邻县的五华山圆月庵带发修行，说是要用余生来为儿子祈福。柳秋兰每月会带绿枝去看她两次。每次见面，婆媳两人免不得涕泪双流。前几次绿枝也跟着哭，后来去的次数多了，她反过头来劝柳秋兰和曹文月：

妈、奶奶，我爸那天走的时候跟我说，他要给我带礼物回来。他从来不撒谎，他说了回来就肯定会回来。也许，也许他现在遇上了外星人，正待在宇宙飞船上呢。

绿枝一直坚信父亲还活着，只是"遇上外星人"的理由不很充分，她每次讲到这里，声音便会倏地小下去。

柳秋兰理解女儿的倔强，后来她减少了带绿枝去见曹文月的次数，老人的情绪渐渐平复下来，婆媳见面时尽量谈些日常，彼此都在小心翼翼地避开内心的伤口，以免碰触之后流血。因近来天气转冷又临近年关，柳秋兰特意去五华山圆月庵请婆婆跟她回凤凰村过年。

不了，看到别人家团圆，我心里难受。你带着绿枝好好过吧。还有，别忘了找玉国。

曹文月直白地说出了她的感受，柳秋兰知道再劝无益，只得含泪而别。回到家，她把整好的年货放进车里，帮绿枝收拾好东西，和夏花、冬雪约好了第二天回家的时间，这才上网查看她发的寻人启事有无回复。

因近段时间太累，昨晚她睡得昏沉，还做了一个古怪的梦。梦里她拼命地追赶一道模糊的身影，可每次她快追上时，那道背影就化为乌有，失望至极的她接着就被风雨声惊醒。

柳秋兰披衣坐起，看着墙上的全家福合影发愣，心里空荡荡的。为了打发时间，她掏出手机翻看那份以凤凰村村"两委"和驻村乡村振兴工作队的名义发来的"英雄帖"。

"……在党和政府的领导下，凤凰村送走了贫困，开启了乡村振兴的新篇章。家乡的建设需要你们出谋划策，家乡的发展需要你们发光发热，家乡的振兴需要你们添砖加瓦，家乡的未来需要你们共同创造，希望你们回乡带来的不仅有热情、豪情、激情，还有你们的智慧、能力、干劲……"

"英雄帖"写得热情洋溢，读后令人心潮澎湃。想到老家凤凰村，柳秋兰心底泛起股难以言说的柔情。

凤凰村位于凤凰乡东面的山腰上，一百多栋房屋依山而建。建房时村民们因地制宜，用山石垒墙。房屋多为两层结构，一楼的大门朝向小路，二楼的后门临山，屋顶铺设的黑瓦犹如片片鱼鳞，与风吹日晒之后显得斑驳的墙体、随季节而变换着色彩的树木互相呼应，有一种出尘之美。那些散落其中的新建三层小洋楼，因为沿用了白墙黑瓦的徽式风格，看上去跟环境还算协调。那时的凤凰村，穷且美丽着。

奇怪的是，在凤凰乡的脱贫过程中，虽然凤凰乡政府也在努力打造旅游产业，却没有像邻近的柳江乡和春晓乡那样，将凤凰乡变成全市的热门景区，风光秀丽的凤凰乡和凤凰村依旧被人们忽略。

凤凰村村"两委"和驻村工作队不服输，这两年通过自媒体发布了不少宣传凤凰村的照片、视频和文章，也请县电视台来村里做过几期推介节目，惜乎收效甚微，每年到凤凰村的游客仍不逾千。

上次凤凰村村支书严俊翔、驻村工作队的李海峰书记、村民严亚宁到县城办事时，特意送了些介绍凤凰村的宣传册页到绿枝超市，请柳秋兰代为发放，可顾客们对此并无多大兴趣，有时却不过她的情面拿了宣传册页，出门就给丢了，害得她那段时间每日还要多扫两遍地。柳秋兰气不过，特意带着几位县城的好姐妹去凤凰村玩了一趟。

怎么样？我老家很美吧？

在柳秋兰的再三诱导下，那几位被上千级长长短短的台阶累得脸色惨白的好姐妹终于给出了这样的评价：

凤凰村景色不错，但是路太难走，卫生不好，房子灰头土脸，没什么看头。

柳秋兰当时听了这话很不服气，但后来想起回凤凰村时沿途所见的村庄景色，发现闺密的话没说错，凤凰村除了山势陡峭、房屋错落有致，的确没有其他优势。

姐，听说你的老情人严庆瑞也要回村，到时你俩可别撞出什么火花。

昨晚睡觉前，柳冬雪发了条这样的信息给柳秋兰，气得她打电话直骂柳冬雪：

冬雪，我和严庆瑞只是同学，十多年前就没联系了。你下次再胡说八道，我赏你两个耳捆子。

大姐，是你自己说你高中时跟他谈过恋爱的，你不说我怎么会晓得？

柳冬雪没把她这位大姐的威风放在眼里，笑嘻嘻地挖苦道。

柳秋兰的思绪倏地飘回到青葱的高中岁月。那时她跟严庆瑞都在凤凰乡中学读书，两人同班且同桌。严庆瑞长相俊美，既是学霸又会打篮球和乒乓球，在学校是风云人物，有很多女生暗恋他。

严庆瑞对其他女生不理不睬，唯独对柳秋兰照顾有加，经常给她带零食，隔三差五为她写一首小诗。柳秋兰也喜欢他。高二时，两人偶尔会相约着去县城看电影，彼此间滋生出一种莫名的情愫。

高三下学期的一天，他俩在放学归村途中，被一场瓢泼大雨堵在山路边的茶亭里。严庆瑞见四周无人，冷不丁抱住她，激动地亲吻她的脸颊。柳秋兰有些震惊，心里却甜滋滋的。不料这时突然跑来两个避雨的路人，吓得他俩连忙分开。

窘迫的柳秋兰冒雨跑回了家。事后她既懊悔又担心，懊悔自己就这样丢下了严庆瑞，怕他会伤心，同时又担心那两个路人认出了自己，会因此损坏自己的名声，当晚通宵未眠。

次日，她发起了高烧，整整病了一个礼拜。严庆瑞没来家中探望她，柳秋兰心中怨艾，回校后再见到严庆瑞，感觉彼此都有些生分。严庆瑞倒还好，不久便一切如常了，她却上课经常开小差，学习成绩急剧下降。

离高考还有两个月时，柳秋兰的父亲柳铁牛摔断了腿，家里的田活忙不过来，柳秋兰主动请了两周假回家帮工。两周的缺课对她影响挺大，加上病后元气大伤，心情还因严庆瑞的一颦一笑而忽上忽下。最倒霉的是高考时又遇上了生理期，考场上的她被痛经折磨得浑身直冒冷汗，注意力大为分散。这诸多因素加在一起，导致她高考时发挥失常，最终名落孙山。严庆瑞则如愿考上了省城那所 211 大学，两人的命运之路就此分岔。

没想到的是，严庆瑞上大学后一口气给柳秋兰写来了五封求爱信，那时柳秋兰正在广州打工，她觉得自己配不上严庆瑞，给他回了封口气决绝的信，让他以后别再找自己。严庆瑞自此再没主动联系过她，她也没找过严庆瑞，两人处于失联状态。但柳秋兰其实并未全部放下，后来曾多次在暗中探听过严庆瑞的消息，所以他的动静她多少还是晓得一些。

大学毕业后，严庆瑞跟着女朋友欧阳梦到了准岳父欧阳云高的云高公司工作。后来自己又投资了几家企业，生意越做越大，获得了不少全国性的荣誉称号，成为南远县著名的民营企业家。

当柳秋兰从新闻上看到严庆瑞满脸笑意的照片时，她已结婚生子，当了名忙忙碌碌的超市小老板。曾经在青春岁月中有过交集的他俩，成为两辆在平行轨道上行驶的车，这十多年间竟从未碰过面。如今猛地听冬雪说他会回凤凰村，而且可能还要在家乡投资时，柳秋兰莫名地心悸起来。

自己这是怎么了？是想见他还是怕见他？柳秋兰扪心自问后，确定自己的心悸与上述两个问题无关。说心里话，两人分开太久，中间又从无联系，严庆瑞已激不起她的情感涟漪，可他的出现却奇怪地勾起了她对秦玉国的追忆：

玉国对我那么好，为什么他追求我时从不写情书？

柳秋兰以前觉得恋人之间互写情书很造作，现在却后悔自己没能拥有一封秦玉国的书信。如果有的话，这几年她也好睹信思人、寄托情思。虽然秦玉国留下了许多照片和视频，可那些直观的东西哪有情书这般隽永的魅力呢？为了弥补这份遗憾，她费了老大的劲，在家中找到了两本秦玉国的工作笔记。看着他苍劲的字体，再对比照片上他刚毅、周正的脸，柳秋兰蓦地觉得这个世界很残酷，总是让完美的东西快速地破碎瓦解。

"丁零零，丁零零。"

一阵蓦然响起的闹钟铃声将柳秋兰从回忆中拽出，她晃晃脑袋，抖落了那些思绪，迅速地穿好衣服，给阳台上的花浇足了水。做好早餐后，转身到绿枝房间叫她起床。

妈，你让我多睡会儿，我不想去那么早！

秦绿枝是个很难被定义的孩子，她喜欢读书，学习成绩稳定，然性格多变，活泼有余，沉稳不足，还特别喜欢赖床。每次叫她起床，都是对柳秋兰耐心的一种考验。

绿枝，今天是除夕，路上很多车，再不走我们也许会被堵在路上，那就没办法帮外公外婆做事了。

哎呀，老妈，你别瞎操心，那条路哪会堵车？就算堵，两个小时也能到！绿枝说罢伸了个大大的懒腰。

乖，你忘了我们上次回去看外婆，在路上堵了四个小时吗？快起床吧！

柳秋兰的口吻倏地软下来。以前秦玉国极宠女儿，她只能扮白脸、当恶人，如今秦玉国不在，红白脸俱由她唱，绿枝早已习惯她这经常转换的软硬两副面孔，根本不怕她，继续闭目佯睡，还故意打起了小呼噜。柳秋兰正想发火，外面传来粗重的脚步声和柳夏花响亮的喊声：

姐，你俩还不下楼，是不是绿枝又赖床了？

话音还没落地，穿着牛仔夹克衫、牛仔裤，蹬着大头靴，剪着齐耳短发的柳夏花"噔噔噔"地走进来，接着她将冰冷的手伸进绿枝暖烘烘的颈脖：好暖和，让大姨烤烤。

哎呀，大姨，你的手像冰块，好冷呀。

绿枝叫喊着缩进了被窝。柳夏花才不跟她客气，一边掀被子一边说：

我口袋里装了两节冰凌，你再不起来，我就把冰凌放你身上。

秦绿枝不怕爸妈和奶奶，就怕大姨柳夏花。上次她赖床，柳夏花把刚买来的十几条黄鳝塞进她的被窝，吓得她尖叫着跳起来，之后好长一段时间不敢吃黄鳝。也许是想起了那天的恐怖场景，绿枝瞄着柳夏花那鼓鼓的衣袋，连忙爬起身，嘟囔道：我祝大姨四十岁都嫁不出去！

我反正不想嫁，你祝我六十岁嫁不出去都没关系。

柳夏花一边大咧咧地说着，一边用严厉的眼神盯着绿枝。绿枝没办法，只好乖乖地穿衣戴帽。

这还差不多，像个好妹子。以后我们的凤凰村还等着你搞开发呢。

柳夏花说罢拎起床边的两个大箱子快步走了出去。她的动作幅度很大，脚步声"咯吱咯吱"的，听着令人牙痒。绿枝扮了个鬼脸：

大姨，你这样走路，衣袖会把墙上的钉子拔走。

旁边的柳秋兰喜眉笑眼地说：嗯，不错，绿枝你这比喻很形象。看来以后我要把你托付给大姨了。

妈，大姨就晓得治我，她对小姨可没有办法。我敢打赌，我们最少还要等小姨半个钟头。

绿枝气呼呼地道。柳秋兰咧咧嘴巴没吭声。柳氏三姐妹中，如果说柳夏花是个另类，那柳冬雪就是个刺头。这个刺头天不怕地不怕，做事不计后果，却偏偏得了父母特别是母亲陈小妹的偏爱。有时她明明做错了，两个姐姐还说不得她，一说她就跑到父母跟前去告状。绿枝虽然偶尔也看不惯柳冬雪的恃宠而骄，但却很认同她某些稀奇古怪的观点，所以跟柳冬雪比较亲。

柳秋兰和秦绿枝走到院坪上，看见柳夏花在那儿气呼呼地给柳冬雪打电话，绿枝用双手撑开眼皮，对着柳夏花做了个鬼脸：大姨，一物降一物，你就是要小姨来治你！

好了，别闹了！

柳秋兰说着塞给绿枝一个暖手宝。今天她开新车回家，由于车内的皮革味道很重，她不打算开空调，省得熏出臭味来，但又怕开窗太冷，这才给每人带了个暖手宝。

妈，车里有空调，你给我暖手宝，别这么老土好不好？

绿枝话音未落，伴随着一阵轰鸣声，从门口冒出辆大红色的摩托车。戴着雪白头盔，披着波浪长发，画着精致浓妆，穿着白色仿皮短外套和黑色呢子短裙，脚蹬齐膝白皮靴的柳冬雪，以一种与她装扮迥异的刚劲姿态冲进院内。

冬雪，你又迟到了！柳夏花恨恨地叫道。

二姐，你看看表，我七点半准时到的，你没权利批评我，你要收回刚才那句话。

柳冬雪一边把摩托车停在屋檐下，一边拖腔拖调地对柳夏花说。

我不催你你肯定迟到，别在这里犟嘴！柳夏花说罢用手弹弹她的腿：

这么冷的天你穿这么少，也不怕感冒？还有啊，冬雪，以后有话好好说，不许嗲里嗲气，酸得我满地找牙。

大姐，二姐就是看我不顺眼，除夕一早就这样挖苦我，你得管管她！

柳夏花比柳秋兰小七岁，柳冬雪比柳夏花小两岁，两人年纪相仿，性格迥异，从小便相爱相杀，动不动就打嘴仗。父母不在身边时，两人吵架柳夏花总能赢，可是只要在父母眼前，每次她俩吵架，挨骂的便是柳夏花，这反过来又促使她俩展开新一轮的争吵……

柳秋兰已经习惯了大妹、小妹的相处模式，晓得她俩吵归吵，其实感情蛮好，便懒得插嘴，打开车门，取出件呢大衣递给柳冬雪：快穿上，别冻坏了。

姐，裹上你这件大衣，我就真成了锦衣夜行。我这套衣服花了八千块钱买的，总得让严金平看一眼呀，我就喜欢看她眼中冒火的嫉妒样子。

柳冬雪翻出衣服侧边的吊牌给绿枝看。旁边的柳夏花"扑哧"一下笑出声来：

好了，冬雪，别用你网上买的假货糊弄绿枝了，还好意思在人家严金平面前显摆。她眼尖着呢。到时她挖苦你几句，你不是自讨没趣吗？

凤凰村摘了贫困村的帽子，我们家也脱贫致富了，我这是真货！告诉你，柳夏花，我想怎么显摆就怎么显摆，你管不着！

柳冬雪又和柳夏花唱起了对台戏。柳秋兰制止道：

你们俩不磨牙就会刺破嘴皮吗？也不看看时间，老是在这里斗嘴。快走吧，今天冬雪开车。

二、归家的途中

柳秋兰坐在车上，看着驾驶技术娴熟的柳冬雪一路超车，心里有点紧张。以前开车出门，她总是让绿枝坐大家认为比较安全的后排，可绿枝偏喜欢坐副驾驶的位置，说那儿视野开阔，她不会晕车，这次也一样。她挂着耳机一边听歌，一边叽叽喳喳地跟柳冬雪说话，还不时地拿出手机拍照，开心得飞起。柳夏花和柳秋兰偶尔插一句话，她立马哑火，根本不想和她俩交流。

绿枝，你就是偏心小姨，你怎么不跟我和你妈说话？

柳夏花有些不高兴。

啊，什么？你说的话我听不见。

绿枝觉得柳冬雪跟自己没有代沟，所以聊得来，对大姨和自己老妈，她可没什么谈话的兴趣。由于早上没睡还魂觉，不多久她便打起了瞌睡，小脑瓜在椅子上左摇右摆，乌亮的长发随之款摆，犹如风中袅动的深色藤蔓，有种莫名的美感。柳秋兰看着绿枝的背影，心里不胜唏嘘：这小家伙，马上就要变成大妹子了！

姐，你看两边的风景多好！

柳夏花的感叹打断了柳秋兰的思绪，她的目光移到了窗外，眼前顿时一亮。

从县城到凤凰乡，原先只有一条坑坑洼洼的乡间公路。前年全县"组组通"公路网完成后，从县城到凤凰村建起了一条曲折蜿蜒但质量颇高的县级公路。公路两旁的苦楝树、紫薇树、樟树虽然不够高大，却整齐茂盛，两侧的田野、村庄景致也很旖旎。

去年市交通局在网上开展"最美乡间公路"的评选，这段公路榜上有名。当路旁的紫薇花、苦楝花，田里的红花草、蓼子花、油菜花盛开时，这条公路常常被拍照打卡的自驾游汽车堵塞。

冬季无花事，这条公路相对清静些，但今日却是例外，路上车水马龙的，热闹非凡。看着冬雪频频蛇行超车，柳秋兰不住口地劝她慢些。

大姐，本来我车开得好好的，你老在我耳边唠叨，分散我的注意力，到时出了事你可别怪我。

柳冬雪不高兴地道。

柳秋兰连忙轻呸两声：呸呸，不许胡说八道。我们一定会平平安安、顺顺利利地到家。

柳秋兰说罢伸手去拉绿枝：绿枝，妈跟你换个位置。

我说了不换，我就喜欢坐这儿！坐后排我会晕车。

绿枝不耐烦地凶道。这时柳冬雪又超了一辆卡车，绿枝兴奋得哇哇叫：

哇，小姨开车好爽！小姨，你要是晚生十年，可以去当赛车手，玩漂移！

绿枝根本不知柳秋兰的担心，大声地夸着冬雪。

坐在柳冬雪后头的柳夏花嗑着瓜子呲道：绿枝，副驾驶是最危险的座位，你妈疼你还不知道？快跟大姨换座！

就不！我相信小姨的技术。

她话音未落，对面有辆占道行驶的车朝她们快速驶来，柳冬雪见公路右侧堆放着一溜修补路面的碎石，不断地鸣笛示警。等对方司机意识到危险时，两车已快相撞，柳冬雪猛地向右打方向盘，车子蹿上了碎石堆，并在上面神奇地行驶了一段时间，又跳舞般回到了路面。

哇，小姨的车技好牛！绿枝惊喜地喊了起来。

那人神经病啊！柳夏花说着反身给那辆疾驶而去的汽车拍照，万一她们的车有事，好找对方算账。柳秋兰让柳冬雪停下车，换柳夏花当司机，而后不由分说地将绿枝拽到了后座。

妈妈，我发现了一个秘密，你要奖钱给我。

什么秘密？说来听听。

绿枝转动着大眼珠，语气夸张地说：刚才那辆车的司机是住在外公家坎下的严亚宁叔叔。

今天除夕，他怎么可能这个时候往村外走，你看错了吧？柳秋兰不相信。

嗯，千真万确。绝对是他！绿枝拍着胸脯打包票。

严亚宁是柳冬雪的同学，跟柳家三姐妹的关系不错，性格开朗，喜欢游玩，驾驶技术一流，不知为何今天开车如此毛躁。

柳冬雪对绿枝的话深表怀疑。她开始给严亚宁打电话求证，可一直无人接听。柳冬雪想给他留微信语音，柳秋兰劝道：

亚宁肯定有急事，不然不会那样开车，再说今天是除夕，乡里乡亲的，何必为这点小事置气？

哇，姐，我们差点都出车祸了，这还小事啊，这是人命关天的大事。这死严亚宁买了辆新车了不起啊？听说他在省城做生意亏了一百多万呢，现今跑回村里来装翘尾蚁公，跟他妈一个德性！

柳夏花跟严亚宁的妈妈毛秀云不对付，她边开车边发牢骚。

二姐，你别在这吐酸水。人家亚宁亏了血本还能开宝马，日子比我们都过得好，说明他有本事。哎呀，你们看，那是柳承和严良的新车，两辆都是奔驰，现在村里买好车的人真是越来越多了。

柳冬雪头抵着车窗张望着，发出由衷的感叹。柳夏花从鼻子里哼了两声：

你怎么看谁都比我们过得好？就爱长别人的志气，灭自己的威风。

我说的是事实嘛。以前我们家算不错，这两年落后了。柳冬雪说罢，开始看手机，明显不想理柳夏花。

柳夏花聚精会神地开了会儿车，过了三岔路口后，一大半的车被分流走了，她这才有了聊天的心思，对柳秋兰说：

姐，现在青年路有五家超市，生意越来越难做，村里正好发来了"英雄帖"，我们是不是可以回村搞个项目？

你想好了回村做什么吗？

刚才一直在静听两位妹妹斗嘴的柳秋兰回过神来，兴奋地问道。

你上次不是说回村开农家乐餐馆吗？我看也行啊。柳夏花信任大姐，一贯唯她的马首是瞻。

柳秋兰悄悄叹了口气。近几年城里的实体店生意受电商冲击，生存空间被挤压，绿枝超市的盈利越来越少。可县城有些不明就里的人还在往里冲，仅去年一年，绿枝超市所在的青年路就新增了三家超市。那些投资者以为这样就能从市场分得一杯羹，但实情却并非如此。越摊越薄的市场大饼让那三家新开的超市感到了极大的压力，他们最近一直在联手搞活动，想用价格战挤垮她和另一家资格老、客户资源多的同行。现在双方都在熬。

柳秋兰不想在绿枝超市这棵树上吊死，早就动了另谋发展的念头。她正彷徨间，村里发来了号召大家回村建设的"英雄帖"，心思不由活泛起来，虽还没想好项目，但柳夏花这一问，还是激起了她的热情：

好啊，讲不定凤凰村真的能让我们发大财呢！

柳冬雪讨厌乡下，一听她们说起这事，便气呼呼地嚷道：大姐、二姐，我们好不容易到了县城，你们又去吃回头草，肯定会惹人笑话的。我告诉你们，我不回去！

眼下全国都在提乡村振兴，回去说不定还能搭上李书记说的发财致富的快车！

柳夏花在县城待了这么多年，却对县城没什么好感，抢白道。

二姐，现在凤凰村的年轻人越来越少，村"两委"想用这封"英雄帖"把我们拉回村里贡献光和热，不是让我们回去捡钱的。这说明我们回村很难发财！

柳冬雪喜欢花花绿绿的县城，她不想两位姐姐被严俊翔和李海峰忽悠回去。在她看来，那封"英雄帖"有些可笑。

冬雪，村里也不像你想的那么差，凤凰村脱贫摘帽后，村里的人均年收入已经超过一万一千八百块，在县里算中等。当然，跟周边的柳江乡、春晓乡比，我们村还是有些差距的。

柳秋兰前两天正好看了村里的综合发展报告，掌握了些情况，说出的话比较专业。

大姐，人均一万多块算什么？哎，我有些弄不懂，那些外地人怎么那么喜欢柳江乡和春晓乡？论景色，那两个乡还不如我们凤凰乡。

柳冬雪虽然不想回村，但对别的乡发展得比凤凰乡好，她还是不服。

这没什么好奇怪的。前些年柳江乡把柳江两岸开辟成了公园，种了各种各样的花，还搞了养鱼场让大家垂钓；春晓乡的田都是旱地，不适合种稻子，乡里就让大家种上了红花草、油菜花、蓼子花、格桑花、金盏菊，一年四季都有花看。我们凤凰村既没有凤凰也没有花，只有些老屋框和新建的小楼，确实没特点。

绿枝这话令柳秋兰大感意外，她眯着眼睛道：绿枝，你是不是经常跟同学去那两个乡玩？

切，你真是老土，还用得着我亲自去吗？那些乡都有微信公众号，天天介绍乡里的景点。我同学在朋友圈也会发他们家里人去柳江乡和春晓乡玩的照片。

柳秋兰怀疑绿枝已偷偷去过那两个乡了，谁知冰雪聪明的绿枝几句话就把自己择了个干干净净。当着两个妹妹的面，她不想驳绿枝的面子，只好话锋一转：

绿枝说得对，我上次请几个同学去凤凰村玩，大家在村前村后走了个遍，也说凤凰村没特色。

柳秋兰想到"英雄帖"中希望大家为发展凤凰村旅游业献言献策、出钱出力的倡议，有些发愁。旅游开发是长线产业，投资大，见效慢，仅靠村里人的力量，很难把凤凰村做成有名的旅游胜地。

姐，你说这次村里召开乡贤座谈会，会出台帮扶发展的好政策吗？柳夏花突然问道。

肯定有招数。上次严支书和李书记到店里让我们代发传单的时候讲，凤凰村脱贫了，但是村里的年轻人越来越少，再这样下去，说不定会变成空心村，所以才动员外出打工的后生回乡搞建设。村里肯定有相应的政策支持，至于是大支持还是小支持，那要看县、乡政府的决心。

尽管眼下实体商店不好做，柳秋兰确实想另谋发展，但真要从县城搬回凤凰村，她一时之间也难下决心。

绿枝马上要小升初。女孩子这时面临发育，心思细腻活泛，身边最离不得人，她若回乡发展，女儿怎么办？再者秦玉国和曹文月又是这种情况，她现在是家中的顶梁柱，不但要靠超市的收入维持她和绿枝的生活，还要为寻找秦玉国、为曹文月的养老而攒钱。

曹文月有退休金和储蓄，可那是她的棺材本，柳秋兰不好意思也不会开口问她要。即便曹文月主动给钱，柳秋兰也很少收，更何况曹文月一辈子勤俭，把钱看得很重。秦玉国在时，她便难得给他俩钱。秦玉国失踪后，曹文月和丈夫大病一场，花了不少钱。不久丈夫离世，曹文月觉得自己老无所依，钱便成为她的傍身之本，更不肯拿出来了。这两年她还时常问柳秋兰要钱，一则提醒柳秋兰仍是秦家的儿媳妇；二来怕儿媳妇拿钱补贴娘家，只有把钱攥在她手中才安心。

你放心，等哪天绿枝要用钱了，我会还给你。

有一次曹文月这样跟柳秋兰讲，柳秋兰只能随了老人，每年给曹文月两三万元钱，而这些钱，她都得从超市里挣。所以，即便超市的生意难做，她仍得打起精神来经营。目前超市的收入还能维持家中的支出，让她因一封"英雄帖"就此舍弃这门生意，她还真做不到。她打算一边经营超市，一边在凤凰村做些买卖。

柳夏花此前听柳秋兰说过几句回乡创业的事，倏地想起她们三姐妹在凤凰村分的山地上还种着二百多棵黄桃树。前些年卖黄桃的钱让父母脱了贫，这两年黄桃园租给了别人。柳夏花以为大姐这次回村会把黄桃园要回来，继续发展果业，所以她才格外关心村里的扶持政策。

柳冬雪不想听两位姐姐探讨此事，开始跟着绿枝手机里放出的音乐哼唱那首红遍网络的《出山》：

在夜半三更过天桥从来不敢回头看，白日里是车水马龙此时脚下是忘川。

我独自走过半山腰山间野狗来做伴，层林尽染百舸流秋风吹过鬼门关。

柳秋兰本就不中意流行歌曲，等听明白歌词后，立即出声制止：

大过年的唱这种歌，晦气，不许唱！

柳冬雪和绿枝不但不听，反而唱得更大声："一瞬三年五载品粗茶食淡饭，六界八荒四海无人与我来叫板……"

柳夏花见她俩不听劝阻，伸手打开了车载广播，喝道：喂喂，两位请闭嘴，现在开始听路况。

二姐，凭什么你说听什么我就要听什么？柳冬雪顶撞道。

冬雪，凡事都讲个口彩，你们唱这种歌，脑子进水了？柳夏花转头怼道。

这时汽车正在爬坡，柳夏花本来想踩油门，却因分神踩成了刹车。后面那辆车跟得紧，只听得"咣当"一响，后车追尾了。柳秋兰飞快地伸手去拽绿枝，不料额头撞在前面的椅背上，疼得她直嘶冷气。

柳冬雪尖叫起来：柳夏花，你刚才还让我小心点，自己却这样乱开。哼，这次修车的钱得你出！

柳夏花下了车，一边回敬道：后面的车跟得这么紧，我就是神仙也没办法。我的责任我承担，后车也跑不了，得分摊修车费用。

那得看情况，如果后车保持了安全距离，追尾便是前车的责任。不过也没关系，等一下打电话叫保险公司就行了。

柳冬雪去年开那辆旧车时追过两次尾，很老到地说。

你个傻子，保险公司放假了，上哪儿找人去？反正我刚刹车后车就撞上了，说明它靠得很近，后车司机肯定有责任！

柳夏花说罢去找后车司机理论，柳冬雪也跟过去帮腔。

绿枝伸头张望了几眼，继续靠在座位上听歌，一副事不关己的样子。

正在接客户电话的柳秋兰没有下车。当她抬眼瞅见后头那一长溜的车队时，思绪倏地飘回到从前。

这条公路以前是条"晴天一块铜，雨天一包脓"的崎岖土路，村民们出行非常不便。没想到短短几年间，土路变坦途，村民们也都鸟枪换炮，从以前的骑自行车、摩托车、电动车改为开汽车。

作为时代变迁的亲历者，哪怕今天路况不好，充溢柳秋兰胸臆的仍非烦躁，而是唏嘘与感慨：大家的生活真是越来越好了，否则哪来这么多私家车和新手司机？

……你眼睛瞅神去了？我这是新车，你得赔！

外面传来两个妹妹和后车司机争吵的声音，柳秋兰忙挂了电话。过了一会儿，柳夏花探头进来，小声道：姐，后面那辆车是严庆瑞的，他在那儿。

柳秋兰循着柳夏花的视线看去，一道熟悉而又陌生的背影扑入了她的眼帘，令她有些失神。

姐，这是他现在的样子，还是蛮帅的。柳夏花掏出手机给柳秋兰看她百度出来的严庆瑞的照片。严庆瑞变化不大，哪怕多年不见，柳秋兰还是一眼认出了他。

严庆瑞长得很矛盾，脸庞和五官偏精致，身材却高大健硕，笑起来嘴巴像心形，牙齿整齐洁白，要命的是左侧嘴角还有一粒小梨窝，笑容灿烂得具有治愈效果。

当初在学校时，学习好，会打篮球、乒乓球，能歌善舞的严庆瑞可是赫赫有名的校草，暗恋他的女生不知有多少。柳秋兰当年也是他的诸多迷妹之一。

想到这里，柳秋兰晃晃脑袋，像是要把那些回忆给抖掉。这时严庆瑞快步朝她走来，老远就伸出了手，笑呵呵地说：秋兰！没想到我们会在这里相遇！

是啊，庆瑞，十多年不见了！真是难得。柳秋兰握住他的手，心绪有些复杂。

两人互相凝视的刹那，似乎有微弱的啸叫从他俩的耳旁飞过，彼此都有些心潮涌动，但情绪却是平静而克制的——岁月终究还是幻化成一道帷幕，严实地掩住了那些来自记忆深处的涟漪。

三、除夕的团圆

　　尽管不让放鞭炮，但凤凰村的除夕夜还是热闹的。这热闹源于飘荡在空中的欢声笑语、电视里晚会的音乐声和五彩的灯光。

　　凤凰村今晚的灯光无疑是一年中最为璀璨的。道路旁、院坪上，那些赤橙黄绿青蓝紫的彩灯，仿佛神秘的暗语，在向大地天空诉说着凤凰村的灯光有多亮，夜色有多美，空气有多香。今晚凤凰村空气中的香也是复杂多样的，有饭香、肉香、菜香、糕饼香、糖果香，它们将清冷的空气变得酒般醇厚，风还把山上野梅的清香、村前村后盛开的桃花李花的淡香糅进风中，风推揉着那些香味，让它们发出细微而密集的嗞嗞声，凤凰村的除夕夜于是涌动起热闹的潮汐。

　　柳秋兰的家坐落在村东头的石坎上，后面是座长满樟树的山丘，这是凤凰村的风水林之一，那些几百年树龄的樟树高大葳蕤，远远望去，仿佛朵朵巨大的绿云。一条小河绕过山丘，从柳家门前的坎下流过，河两边是丛丛簇簇的凤尾竹。涨水时，调皮的竹枝常常伸进水浪里玩耍，逗得凤尾竹不断地颤动摇摆，好似在跳舞。不甘寂寞的柳树哪怕初春时节还没有长出叶片，柔软的枝条也要在风中款摆出别样的风情。间杂其中的李树、梨树、桃树性子有些急，刚闻着春的气息就迫不及待地开出一树树繁花，在那片翠绿鹅黄中格外夺目。

　　柳秋兰站在自家那栋石屋的二层眺楼上，一边收着母亲新晒的腊肉、香肠，一边观赏着灯光下那几树春花，身心舒坦，这是微醺时才有的通泰。因为这一刻，她看见了从小就梦想着的家园的模样。

小时候凤凰村还很穷，但喜爱看小说的柳秋兰却像一株长在阴湿红壤中的石蒜，已经在冥想中绽放出了鲜艳的花朵。那时她希望自己以后每天能穿着洁白的球鞋在干净整洁的水泥路面上行走，希望能坐汽车去乡里和县城，希望能住进气派的小洋楼，希望天天有肉吃，希望一年四季都能添置新衣服，希望小孩子能就近在宽敞明亮的教室中上课……

她把自己的企盼写进了一篇题为"希望"的作文中，老师觉得写得很好，在班上朗读了，结果遭到众人的嘲笑。

秋兰，你想当神仙吗？记得当时有同学这样问她。她也觉得自己的那些梦想遥不可及，没想到如今都成了现实。

想到这里，柳秋兰深吸一口气，把此刻眼中收揽的美景印在了心上。

大姐，你在上面绣花呢？锅都冒烟了，你赶快拿香肠和腊肉下来呀！

柳夏花在楼下的厨房里大喊。别看她平常大大咧咧的像个野小子，却做得一手好菜。每逢节日聚餐，她是家中铁定的大厨，柳秋兰则退为她的助手，负责打扫家中的卫生，洗菜切菜、收拾碗筷。柳冬雪只管带着秦绿枝东走西看，满足她对乡村老家的好奇心，是妥妥的气氛组。一年到头在家中劳作的陈小妹、柳铁牛被柳秋兰和柳夏花排除在家务劳动之外，有些无措地坐在厅堂里看电视，他俩放心不下，时不时地到灶房里转悠一圈，惹来柳夏花的一阵唠叨：

老爸、老妈，平常没累着你们是吧？赶快歇着去，真是有福都不晓得享的劳碌命！

陈小妹、柳铁牛只好讪讪地坐回沙发上，开始抢夺电视机遥控器。柳铁牛爱看新闻和纪录片频道，陈小妹喜看各种家长里短的电视剧和综艺节目。后来老两口达成了协议：看完中央台的《新闻联播》后遥控器归陈小妹。于是七点半之后，柳家的厅堂里便会响起各种婆媳讨论鸡毛蒜皮的台词，或者综艺节目夸张的叫喊声、笑声，柳铁牛坐在旁边熟练地编着各种竹篓子，基本不抬头。他手艺不错，编好的竹篓拿去墟上卖，能挣些油盐钱。陈小妹则边看电视边织毛衣。绿枝从小到大穿的毛衣都是她织的，不过从前年开始，绿枝拒穿她的作品，陈小妹为此伤心了好一阵。

但伤心归伤心，一想到柳夏花和柳冬雪未来结婚后也会有孩子，陈小妹又浑身是劲地织了几十件花花绿绿、大小不等的毛衣毛裤。只要三个女儿回来，她便一件件摆给她们看，一边数落二女儿和小女儿脑子进水，这么大年纪了还不考虑自己的终身大事，时不时还会敲打柳秋兰几句，提醒她这个大姐当得不够格，没有给两个妹子介绍好对象。后来柳夏花和柳冬雪只要一见到陈小妹打开柜子去拿毛衣，便设法逃跑，最后只剩下柳秋兰坐在陈小妹身边，听她从天上讲到地下，从三十年前讲到现在，而陈小妹最后的话头总要落在四岁时溺死在门口小河里的老大天天身上。

……唉，都怪我呀。那天你爸上山砍竹子，我在家里喂猪。那时你还小，我背着你呢。天天一个人在院子里，用你爸爸剩下的竹篾编小笋筐。天天手巧，脑子灵光，长得又喜人，你爸爸编箩筐的时候，他在边上看了几次就学会了。他坐在小竹椅上，安安静静地编着。他平常都挺听话的，我想他肯定不会乱跑，就放心地去做事。等我想起他的时候，人不见了。我房前屋后找了好几遍也没见到他，吓得腿发软。那天我昏了头，没有一开始就往河边跑，要是去得早，讲不定天天还有救！可惜等我找到天天时，他的上半身浸在水里，裤脚挂在岸边的树蔸上。我可怜的天天，喊都没喊一声就走了……都怪我呀！

每次说到这里，陈小妹总是哭着用她青筋毕露的手拍打胸脯，发出瘆人的噼啪声。这个故事柳秋兰已经听过无数遍，但她从没有烦过，每次都能和母亲共情，为那个夭折的哥哥流下几行眼泪。

妈，今天大过年的，你可别老话重提，要开心！

柳秋兰把腊肉香肠切好后，来到厅堂，给了父母两个大红包，然后悄声提醒陈小妹。

唉，不说了，他都走了三十多年了，不过碗筷还是要给他摆一副，不然我的天天在下面孤零零的，也没人照顾他。

陈小妹说着眼圈又开始泛红。

小妹，天天的爷爷、奶奶、外公、外婆都在那儿呢，清明、冬至我们给他烧了纸钱和衣服，他不会一个人的，你放心。

柳铁牛平常话不多，对陈小妹却很有耐心。他说着把红包塞回给柳秋兰：

秋兰，你每个月都给我和你妈八百块钱，上个月我生日，你还给了四千块钱，过年就不用另给了。

陈小妹白了眼柳铁牛，睨着那个红包没吭声。也许是以前日子过得太苦，只有钱才能让她感到安全，柳秋兰感觉老妈年纪越大对钱看得越重。如今见她这样子，忙把红包塞到陈小妹的上衣口袋里：

妈，老爸的这份你一并存着。

陈小妹粗糙的右手紧紧地按着口袋，略显浑浊的眼睛流露出几分欣喜：还是秋兰懂事。

说罢她又叹了口气：老头子，我前天梦见天天跟爷爷、奶奶在一起。他还是没长大，很瘦。不过想到他在那里有老人照顾，我心里好过一些。

柳铁牛没有说话，目光中透出几丝悲伤。

柳秋兰又安慰了父母亲几句，转身去贴对联。这时柳冬雪已将那两条使用干电池的彩色灯带绕在院子里的橘子树上。绿枝则取出那盒特意从店里带回的气球，灌饱气后穿成两串，用胶带在门框上结成一个可爱的七彩门。

外公、外婆，你们说好看不好看？绿枝兴奋得大喊大叫。

好看有什么用？浪费钱！你们还不晓得挣钱的辛苦，花钱大手大脚的！

陈小妹打量着五颜六色的气球门，口里唠叨着。大家晓得她的脾气，只要不骂人，就相当于是夸奖了。绿枝高兴地伸手比了个"V"，柳冬雪搂着陈小妹，小声撒起娇来：

老妈，我给你买了二十斤毛线，算是我送给你的过年礼物，就不另外给红包了。

我的天老爷，二十斤毛线？我要织到哪年哪月？陈小妹心中欢喜，口中却埋怨道。

老妈，你别谦虚，你去年织掉的二十五斤毛线都是我买的哟，那也花了我上千块钱呢。

老人都疼幺儿，陈小妹和柳铁牛也不例外。在柳家，柳秋兰是顶门立户的老大，老二柳夏花是干活挨骂、吃力不讨好的角色，柳冬雪则是老两口的贴心小棉袄。特别是陈小妹，生冬雪时她大出血，差一点丢了命，她对这个自己用半条命换来的女儿格外疼爱，经常把秋兰、夏花给自己的钱偷偷补贴给冬雪。对此柳铁牛睁一只眼闭一只眼。柳秋兰无所谓，反正钱给了母亲，母亲爱怎么花是她的事。柳夏花却很不服气，每次看到冬雪乱买东西，便会讥讽她啃老。柳冬雪有些心虚，只要二姐不说得过分，她便装憨。柳夏花的话实在讲得难听了，她也会和夏花吵，最后总是柳秋兰出来给她俩劝和。

这时，柳冬雪陪着陈小妹走到了院坪上。陈小妹见四周无人，飞快地从口袋里掏出两千块钱塞进她的口袋：

你个鬼妹子，生了张阔嘴。每月两千多块的工资还不够你花！要不是怕你饿着，我可不管你！

妈，你是好人，你心疼我。其实我没乱花钱，就是县城生活费高，我手机一个月要两百多块话费，我的电动车要充电，我还得买产品养护我的脸，如果我脸上长了斑，谁还会进我们美容院呢？

柳冬雪拿捏老妈一拿一个准。平常习惯板着脸的陈小妹总是被她哄得眉眼弯弯。哪怕小女儿在胡说八道，她也听得顺耳。但此刻冬雪的话却让她想起这个不省心的小女儿辞职的事来，口气不由冷了几分：你呀，放着好好的护士不当，非去美容院上班，又累又没钱，真是自讨苦吃。

妈，医院的护士得三班倒，上班要帮病人端屎倒尿，还要经常挨骂受气。前年我们医院有个护士被病人打断了手，你又不是不知道。再说我在那边累死累活一个月才拿三千多，还要自己租房子，自己做饭吃，我在美容院一个月拿两千六百多，管饭管住，算起来比医院划算。

医院是铁饭碗，有五险一金，美容院可什么都没有！陈小妹只要想到柳冬雪丢掉的是铁饭碗，就气不打一处来。

妈，我跟医院签的也是劳务派遣合同，不是铁饭碗。含五险一金才三千多，扣掉杂七杂八的钱，拿到手的工资只有一千多。我到美容院不用受顾客的气，不用三班倒，也有养老保险。嘴巴甜一些，卖掉产品还有提成，收入比医院高。

好了，妈不管你，只要你做得开心。还有啊，冬雪，我只有这么多余钱了，你以后别再开口问我要。

妈，大过年的，你能不能多点同情心啊？你这么一说，我觉得全年都没希望了。柳冬雪摇着陈小妹的胳膊，正想说她要买新手机的事，绿枝脸颊红扑扑地从厅堂跑出来：小姨，我妈喊你去摆碗筷！

呀，这点小事你妈顺手做了就是，我跟我妈还有话说呢。柳冬雪说着将头靠在陈小妹肩上。绿枝皱着鼻子道：小姨，你这么大还撒娇，害不害羞？

不害羞，有妈的孩子是块宝，我现在就是宝。

我妈和大姨也是外婆的宝，为什么她们要做事，你不做事啊？

被绿枝这么一说，柳冬雪再也不好意思继续腻歪，赶快跑进厅堂去摆碗筷。陈小妹塞给绿枝一个红包，绿枝不肯接：外婆，我妈说你跟外公没有退休金，我不能要你们的钱。

乖女仔，这是过年的红包，六百块呐，一定得拿着。

陈小妹抚着绿枝的头发，想到女婿秦玉国，心里有些酸涩。她虽然平日用钱卡得紧，还偏心冬雪，但该讲究的礼节还是要讲究的。作为长辈，她不想让晚辈看自己的笑话。

妈，妈，外婆给我红包，我收不收呀？

绿枝在柳秋兰面前很任性，在陈小妹面前却是懂事的小乖乖，她大喊着征求柳秋兰的意见。

柳秋兰从厅堂门口探出脸来：绿枝，那是外婆的心意，收下吧！记得谢谢外婆。妈，你们进来吃饭了。

好呐，就来！可惜不能放鞭炮，冷冷清清的连年味都没了。

陈小妹的唠叨提醒了绿枝，她打开手机扬声器，放出串噼里啪啦的鞭炮声，全家人在这有些空旷的响声中围桌而坐。

柳秋兰看到桌上多摆了两副碗筷，伸手收走了一副：冬雪，你姐夫还没死，不用给他摆碗筷。

姐，姐夫五年没有下落，公安部门都已经宣布他为失踪人口了，难道你一辈子要耗在他身上？柳冬雪争辩道。

那是失踪，不是……柳秋兰吞下了那个"死"字。

冬雪，现在公安部门也没说姐夫不在了，你这样摆空碗筷是在咒他。

柳夏花边说边往旁边那个空碗里注酒，心想若是大哥天天还在世，他是不是也像严庆瑞一样，成了远近闻名的阔老板？

唉，你们真是啰嗦，我好心没好报！柳冬雪多摆一副空碗筷的原意是想让下落不明的姐夫也能过个年，现在却被误会成这样，觉得很委屈。

陈小妹忙道：冬雪也是好意，你们少说几句。

这时，一直坐在上首默默抽烟的柳铁牛端起酒杯，脸上露出和煦的笑容：

今天是除夕，大家好好吃、好好喝，来，我祝大家新年身体健康，万事如意。

说罢，他和陈小妹的手腕同时一低，先和大儿子天天的酒杯碰了碰，然后才跟三个女儿和绿枝碰杯。

爸、妈，祝你们身体健康、长命百岁！

柳秋兰带着妹妹、女儿给父母敬酒。柳铁牛、陈小妹一饮而尽。柳秋兰注意到，父亲的目光从她们脸上滑过时带着一抹哀伤。

唉，柳家无后，对不起列祖列宗呐！

柳铁牛有次喝醉了酒，口中翻来覆去地这般嘀咕着，那时他也是这种眼神。

柳秋兰想到冬至那日父亲带她们去柳氏祠堂给老祖宗牌位上香时的表情，思绪飘得有些远。

柳秋兰的先祖清朝光绪年间曾在广东某县担任过县丞之职，后受贪墨同僚的牵连，被削职返乡。之后他开始经商，年老时富甲一方，买下了凤凰村所在的这片山地，并依山势建起了两栋气派的五凤楼。只可惜柳家财旺人不旺，四代单传，再大的家业也难免凄凉。

上世纪三十年代，柳家的五凤楼毁于战火，柳姓人丁越发凋零，而当年柳家出于善心收留在此地的严家却人丁大发。新中国成立后，柳家的山林土地收归国有，从前给柳家人当佃农的严家人翻身做主。后来几十年间，凤凰村的村主任、村支书都由严家人担任。

前些年柳、严两姓闹过几次械斗，每次都以严姓人的胜利而告终，这让柳姓人心里很不平衡。私下聊起这事时，总是埋怨柳家的先祖没有选好坟地，导致人丁凋零，抢饭都抢不赢人多势众的严姓，让他们反客为主，如今骑在了柳姓人头上。

唉，要不是柳老太爷发善心收留那些不长眼的严姓人，凤凰村还是我们柳姓人的天下。现在严姓人得了势，反而恩将仇报，真是忘恩负义！

牢骚归牢骚，现实仍是现实，柳姓人发完牢骚后总要长叹一声：这事已经过去一百多年了，再怨也没用。

严家人对此又是另一番看法：当年我们严家留在凤凰村，为柳姓人当牛做马，你们剥削了我们。后来你们柳姓人不争气，生不出崽，就算生出了崽也当不上干部，这怪哪个？说我们严姓人忘恩负义？这是睁着眼睛讲瞎话。每年我们严姓人都在村里摆流水席，请村里的柳姓人吃饭。一顿饭是不值什么钱，可这顿流水席从光绪年间摆到现在，一百多年了，年年都摆，体现出我们严姓人的实心诚意，你们却说我们不知好歹……

凤凰村柳姓、严姓的多次争执都由这种对话引起，八年前的两姓械斗中，柳姓、严姓各伤二人。其中一个受伤的便是柳铁牛。他的左胳膊被铁锄打断，伤愈后，每逢雨天便隐隐作痛，仿佛在提醒他什么。

唉，怪我没用，生了三个女儿，前头好不容易生了个崽，老天又收走了他。没有崽撑门面，由得严姓人欺负，我愧对祖宗啊。

从小到大，柳秋兰最怕过清明节，因为每次清明扫墓，父亲都要在祖先的坟前痛哭罪己，母亲也低头垂泪：好不容易得了个儿子，却因她的疏忽而夭折。后来一连屙下三个女儿，虽然个个长得平展，人也能干，但都得外嫁，生的孩子也不能姓柳。柳铁牛这一脉到这里算是绝了种，陈小妹觉得自己是柳家的罪人。天天走后的这些年，逢年过节，柳铁牛、陈小妹总要给可怜的大儿子摆一副碗筷，以表追思、悔恨和怀念。

如今看着这副碗筷，柳铁牛、陈小妹的情绪倏地低落下来。想到秦玉国，柳秋兰的心情也灰暗一片。

哇，外公、外婆种的菜就是好吃！我祝外公、外婆身体健康，长命百岁。

绿枝是个小机灵鬼，眼见席间气氛压抑，连忙起身举杯敬酒。

外公、外婆种的菜没有用化肥和农药，是真正的有机蔬菜。绿枝你的嘴巴刁得很呢。

柳夏花帮腔道。柳秋兰也意识到自己的情绪不对，强颜欢笑道：

菜的做法大同小异，食材的新鲜有机最重要，家里的菜就是比外面餐馆的好吃。

柳家今晚的年夜饭非常丰盛。柳铁牛宰了自养的鸡、鸭、鹅，陈小妹刚从园中摘来的白菜、芥菜、芹菜和葱蒜鲜嫩得很，新挖的萝卜透出雅致的淡青色，藠头洁白如玉扳指，配上柳秋兰买来的土猪肉、黄牛肉，随便一炒都是美味，难怪近年到凤凰村的游人总要留下来吃一顿农家菜。

柳秋兰刚刚念及此，柳夏花便接口说：姐，我们要是回乡，可以开一家土菜馆。

血缘真的很神奇，尽管柳秋兰和柳夏花性格迥异，但她俩对人对事的许多看法和想法都非常一致，用流行的话来讲，那叫"三观相同"。

村西边的严毛根开了一家农家乐餐馆，严亚宁也想开一家，毛秀云已经在装修房子了。严家人多势众，资金雄厚，你们回来开店干不过他们，还是小心为上。陈小妹开口就给她们泼凉水。

毛秀云家的房子用来开店，到时他们住哪里？柳冬雪好奇地问道。

严亚宁的二伯把坝上的房子给了他，那地方宽敞。柳铁牛道。

坝上是凤凰村中段的别称，穿村而过的小河流至村中时拐了个弯，弯处形成一块地势开阔的台地，柳姓第一座祠堂就建在上面。上世纪二十年代初发大水时，山洪冲毁了柳姓祠堂。事后柳秋兰的曾曾祖父请地理先生看风水，风水先生说柳姓之所以旺财不旺人，是因为祠堂选错了地方。后来根据地理先生的指点，柳姓人把第二座祠堂建在了村口的樟树林下方。但遗憾的是，这并没有改善柳姓衰微的状况，柳姓的人丁还是不旺。

土地革命战争时期，这座新建的柳氏祠堂先是成为红军医院，红军主力北上转移后，又成了白军医院。墙上涂满了红军、白军写的标语。"文革"时，生产队在祠堂办公，队长让社员用石灰水刷了遍墙，还在内墙外墙写满标语。年久之后，柳氏新祠堂也变成了老祠堂，墙体石灰剥落，露出里面的标语，目前留在祠堂墙上最多的是红色的标语。如今柳姓人又另建了祠堂存放祖宗牌位，建在樟树林下方的柳氏老祠堂成为县级文物保护景点，已经跟柳姓人关系不大了。而此前曾建过柳氏第一座祠堂的坝上，渐渐被严姓人占据，他们在那儿盖了十多栋青石到顶的二层瓦房，严亚宁的爷爷原先就住那儿。老人有四个儿子，老大早逝；老三严俊坤分家后搬到了柳秋兰家的坎下；老四严俊翔是现任村支书，至今仍住在老坝上；老二严俊伟在福建当兵后转业到厦门，在那儿成家立业，官至副厅级，是凤凰村严姓人的骄傲，更是严亚宁爷爷的骄傲。

为了保护这脉官气，严家老爷子在自家的住宅地基上建了栋三层小洋楼，建房的钱不用说也知道是老二出的。严家二老前几年去世后，这栋小楼便归老二所有。老二家的独子在美国工作，已经拿到了绿卡。老二夫妇国内国外两头跑，一年难归凤凰村一次，这栋楼便由严亚宁买下，现在拿来开农家乐正合适。

严亚宁也回来开土菜馆，说明这里的生意好做呀！他能开我们为什么不能开？再说这做生意的事也不完全看势力，有时还要看运气的！

柳夏花边撕鸡腿边说，她的手和嘴油渍渍的，连话音都带着油荤气。

对，夏花讲得有道理。我们跟严家人不是敌人，我不相信他们敢禁止我们开店！柳秋兰说到这儿，忽然发现自己把话头带歪了。眼下开店的事八字没一撇，就算严家人心窄，对她们开店有看法，也还没到严家人要出手对付她们的那一步呢！

她抱歉地朝柳铁牛一笑：爸，开店的事我们只是随便讲着玩的，您别当真。

秋兰，我记得你上次跟我讲，你是要回乡开农家乐的，怎么现在变成了玩笑?

柳铁牛说罢指着门外说:你们晓得吧?扶贫驻村工作队的李书记把老婆、孩子都接到村里来过年了,说是过两天请你们座谈。俊翔工作也特别拼命,我们村要不是他俩把着,没那么快脱贫。现在上头紧抓乡村振兴,我估计大后天开会,村"两委"和扶贫驻村工作队会拿出新招数来,你还是好好准备一下吧。

柳铁牛到底当过几年村里的会计,看人眼水准,想问题也比较深刻。

爸,现在不叫扶贫工作队,应该叫乡村振兴工作队。柳秋兰纠正道。

秋兰,工作队还是原来那几个人,工作内容也没多大变化,叫什么都没关系,只要能干事就行。

陈小妹帮着老头子打圆场。柳秋兰纠正道:妈,扶贫工作队的任务是让我们摘掉穷帽子,乡村振兴工作队的任务是发展振兴凤凰村,工作内容和重心都不一样。

大姐,大过年的讲这个没意思,再说你讲了跟没讲差不多,爸妈喊错了又能怎样?绿枝,你去把电视机的声音开大点,春晚马上要开始了。

柳冬雪怕胖,平常只吃午餐不吃晚餐,难得沾荤腥,今晚的菜太好吃,她实在忍不住,干脆放开肚皮吃,满桌子的人就数她吃得最欢,说话时嘴唇闪着油光。

绿枝,别听你小姨的,待会儿吃完饭她得去洗碗,没空看电视。

柳夏花怕柳冬雪等下找借口发懒,故意拿话堵她的嘴。

妈,你看二姐一点都不心疼我!

柳冬雪瞄着陈小妹。陈小妹会意地说:绿枝,你开十一频道,外婆想听戏。秋兰、夏花,等下我来洗碗筷,你们姐妹几个讲讲西天。

柳冬雪得意地扬起下巴,朝柳夏花"示威"。柳夏花揪了揪她的头发:就晓得向妈撒娇,亏你好意思!

小姨就这么有魅力,大姨你别吃醋。绿枝朝柳夏花扮了个鬼脸。

柳夏花看着听话地跑去调电视音量的绿枝,笑着对柳秋兰说:姐,你以后说不动绿枝,叫冬雪去,她可以。这就叫卤水点豆腐,一物降一物。

嗤，让她管绿枝，我怕她俩会上房揭瓦！柳秋兰摇摇头。

大姐，你别门缝里看人，说不定我能当绿枝的良师呢！明天我就教她学习化妆！

你敢！柳秋兰扬手向着故意逗她的柳冬雪，柳冬雪和绿枝笑得前仰后合。

就在这时，外面传来一声尖叫：啊，你们这些人真讨厌，我不是猪，凭什么让你们论斤卖？

严金平，我一把屎一把尿地把你拉扯大，教你读书，给你吃给你穿，大灾小病的还要送你上医院，哪样不花钱？你弟弟去年做生意亏了本，马上要开店，还要讨老婆，这些都是大开销，你嫁人我要点彩礼怎么啦？

要彩礼也没你这个要法，张孝哲他就是一个普通人家的孩子，拿不出你要的高价！

吓，人还没过门就胳膊肘往外拐，你厉害呀，严金平……

接下来的话骂得粗俗难听，如果不是柳家人听出了毛秀云的尖嗓门，仅凭这骂人的内容，绝对猜不到这打嘴仗的是一对亲母女。柳秋兰想出去劝架，被柳铁牛拉住：严家的事我们柳家不掺和。

这大过年的，毛秀云嘴臭成这样子，不了解情况的还以为她骂的是仇家呢。这当妈的真没个样子，惹人嫌弃。柳夏花撇嘴道。

柳夏花跟严金平是同学，小时候两人常互相串门。那时毛秀云的丈夫严俊坤是村支书，在村里蛮有威望。严金平上有哥哥严亚安，下有弟弟严亚宁。严亚安在上海打工时认识了一个安徽妹子。为了爱情，到安徽芜湖当了上门女婿，被严俊坤和毛秀云视为家中的耻辱。严亚安带着妻子回过两趟凤凰村，因为不受严俊坤和毛秀云的待见，夫妻俩生气了，这几年没回家。

严俊坤家底较厚，房子在村里算是建得好的，是凤凰村严姓人中的大户。那时柳夏花去严家玩，严金平只是掩护，比她低一届的严亚宁才是她的目标。

毛秀云不喜欢大大咧咧的柳夏花，当她发现严亚宁跟柳夏花玩得好时，开始苛待她。谁知柳夏花是头顺毛驴，毛秀云越不待见她，她越是天天领着严亚宁下河捞鱼，上树掏鸟，气得毛秀云见到柳夏花朝他们家走来便关门闭户。

这事传到陈小妹耳中后，她大骂毛秀云，两家从此有了嫌隙。柳夏花对毛秀云也颇有意见，只要逮着机会，便要挖苦她两嘴。

严金平的对象张孝哲在县城青年街开了一家广告装潢公司，人长得不错，很斯文，会画画，家境还过得去。严金平虽然长得漂亮，但脾气差，张孝哲配她绰绰有余，不晓得毛秀云怎么就看不上他。

柳秋兰边说边叹气，不理解毛秀云的做法。

陈小妹冷笑道：现今凤凰乡一带嫁女儿论斤算彩礼，有体重一斤要一千五百元的，也有要两千元的。毛秀云这是指望用嫁严金平的彩礼来弥补严亚宁做生意落下的亏空呢！

柳铁牛的脸色倏地冷下来：以前凤凰村穷，但是大家都还能体谅对方，现在生活好了，怎么风气就变成了这样呢？上次我听长丰村的刘伯水说，他家儿子讨老婆，光彩礼就要三十万，还不含建房子、布置新房、办酒席的钱。刘伯水拿不出这么多彩礼钱，他儿子谈的八个对象全吹了。刘伯水的儿子骂父母没有本事，气得刘伯水的老婆喝百草枯死了。

柳家厅堂的气氛瞬时沉重起来。

柳冬雪撒娇地将头靠在柳铁牛肩上：老爸、老妈，不谈别人了，你们多好啊，不但不用付彩礼钱，再过两年嫁女儿，还能得几大笔钱！

柳秋兰眼瞅着父母变了脸色，知道妹妹的话让他们又想起了夭折的大哥天天，忙接过话头：妈，你说毛秀云家收入蛮好，她为什么要收这么高的彩礼钱？还跟女儿闹成这样，真是想不通。

对啊，又不是要靠卖女儿来活命，毛秀云多半是猪油蒙了心！

柳夏花也同样不解，思绪随后飘落在严亚宁身上。

严亚宁头脑聪明，为人活络，但淘气贪玩，学习成绩不好，和她一样没考上大学。高中毕业后他到深圳打了几年工，后来又到省城开饮食店，挣了一些钱，算个小老板。前年他原来的饮食店租赁合同到期，房东要涨两倍房租，严亚宁不肯，在闹市区另外盘下了一家咖啡馆。

那家咖啡馆所处的地段不错，客流量很大，他花了近百万元装修，原本指着这间餐馆挣大钱，谁知只开了两个月，就因为油烟一事被楼上的居民投诉举报，消防部门以餐馆没有烟道、消防措施不合格为由勒令他停业。

严亚宁认为原店主骗了他，找原店主索赔。原店主说他原先开的是咖啡馆，只用电器加热咖啡，根本不用烟道，而且严亚宁和他签订合同时并未问过这方面的事，所以严亚宁的饭店停业与他无关。严亚宁坚持要告原店主，气得原店主把他们谈判时的录像发给了严亚宁，让他"睁开狗眼看看"！

这一看把严亚宁看哑火了，他悲催地发现，自己和原店主洽谈时根本没有言及烟道方面的内容。但他还是不甘心，花了几百块钱找律师帮忙看合同。律师看完合同和视频后，认为严亚宁即便打官司也无法胜诉。严亚宁只好打落牙齿和血吞，咬牙认栽，白白浪费了三十万元的转让费和九十多万的装修费，铩羽而归。气得毛秀云住了两周的院，严俊坤也蔫得像霜打过的茄子。

严亚宁在省城一下子亏了一百多万，全家人大半辈子白干了，严家现在也缺钱啊！

柳铁牛想到严亚宁亏损的数字便头大，摇着脑袋道。

柳冬雪把那片捏在手里的油炸酥肉塞进嘴里，含混不清地说：我说严亚宁怎么会跑回村里来开农家乐，原来是荷包瘪了。我要是他就不会买那辆新的宝马，换一辆电动车，用买车的钱当本钱，到县城去开店。

冬雪，你这就外行了，到县城开店要租房子、招人手，启动资金怎么也要十几二十万，万一做不下去，又要血亏。回凤凰村用自家的房子开农家乐，不要店租，毛秀云和俊坤叔还可以当大厨和小工，不用请人手。有生意就做，没生意也不亏，对现在的亚宁来讲最稳妥。

柳秋兰倒是觉得严亚宁的选择不错。这时外面的骂声升级为锐利的尖叫。刚才跑到院门外看热闹的绿枝走进厅堂，满脸兴奋地说：

妈，金平阿姨要跟着张叔叔走，被毛阿婆和严阿公抓住，张叔叔一个人骑电动车跑了。金平阿姨坐在地上不起来，那么大一个人还赖地，好搞笑呵。

柳秋兰想出去劝毛秀云和严俊坤，陈小妹瞪她一眼：

你别鸡衔骨头——替狗累。毛秀云这个人是阴沟里的水，根本拎不清。你好心去劝架，她却以为你是去看笑话。让她们娘俩吵个够，反正她们吃饱了没处消。

唉，好不容易过个年，被她们败坏了兴致。大家接着吃啊！

柳冬雪说着夹起块三杯鸡，迟疑稍许后，还是放进了口中，兴致勃勃地嚼着，一边小声对绿枝说：我吃完以后再减肥。

柳秋兰摇头叹道：我们凤凰村原来穷的时候也没有论斤嫁女的，现在摘了穷帽子，反倒冒出这些古怪事。

柳铁牛接口道：还不止这些呢，眼下大家手里有了点钱，搓麻将的人越来越多。年后你去各家各户看一下，好多人都买了麻将桌。

柳铁牛一辈子勤扒苦做，最看不得别人玩物丧志，他对凤凰村脱贫后掀起的这股麻将风极为担忧。

村里不管？柳秋兰问道。

怎么不管？俊翔和李书记上周还召开村委扩大会，动员大家献计献策禁麻将。过几天开乡贤会，他俩肯定还要跟你们讲这件事。你们也动动脑筋，看看有什么法子能让大家收心。

哎呀，老爸，人家闲下来爱做什么做什么，你何必操那份闲心？

柳冬雪不以为然。柳铁牛脸一板：

刚开始打麻将的时候大家都不玩钱，现在已经有人下赌注了，到时越玩越大，不管不行。

对啊，乡村要振兴，必须先抓乡风文明建设，节目里天天这样讲呢！

柳夏花在绿枝超市经常跟着柳秋兰听收音机，不知不觉间积累下了不少时事知识，三观越来越正。

二姐，你别狗抓老鼠多管闲事，来，我敬你一杯，祝你明年给我找个姐夫！柳冬雪笑着要跟柳夏花碰杯。

柳夏花闪身躲开了：你敬我发财可以，敬这个不行。

怎么不行？妈也敬你早日寻一个好对象！

陈小妹示意柳铁牛和柳秋兰跟上，他们一举杯，柳夏花只好喝了这杯酒，小声嘟哝道：你们天天催我找对象，到时我看走了眼，找个癫子你们可别怪我。

呸呸，大过年的讲这样霉气的话，老天都不爱听。妈祝你找个称心如意的好男人！陈小妹单独敬了柳夏花一杯。

秋兰，你打个电话问问亲家母她吃饭了没有。一旁的柳铁牛抬头望望墙上的挂钟，突然提醒道。

我打过了，圆月庵五点开饭，她们刚刚吃完。

想到执意要在圆月庵过年的婆婆，柳秋兰心里有些堵。

秋兰，不是我在背后嚼舌根子，你那个婆婆有些不近人情。这两年在五华山的圆月庵当居士，吃长斋，你和夏花几次请她到凤凰村来，我和你爸也打电话请过她好几次，她愣是不肯来我们家。现在她一个人在山上过年，到时别人还以为你不孝顺，我们不懂事呐！

想到脾气执拗的亲家母曹文月，陈小妹有些郁闷。

妈，你放心，我婆婆在那边蛮好，有人陪。

柳秋兰不想年时年节惹老人不开心，尽量宽慰陈小妹，心中那片疑云却越来越浓：

刚才婆婆在电话里说，她的初中同学钟起辉已从省城赶到圆月庵陪她过年，听声音她好像很兴奋。难道婆婆和钟叔叔这两栋老房子真的着火了？

柳大姐，柳大姐在家吗？

屋外突然传来的喊声打断了柳秋兰的思绪，她起身打开门，看见穿着红色羽绒服的张孝哲推着电动车，神情狼狈地站在院子里。

秋兰姐，我被毛秀云赶出了门，金平被他们锁在屋里，我的电动车没电了，想到你们家充下电。

柳秋兰笑着把他迎进屋内：孝哲，你是贵客，平常请都请不到。爸、妈，孝哲来了。

众人想到刚才的骂声，不用说也明白张孝哲受了何委屈，忙热情地请他入座。

多谢伯伯、伯母和几位姐，我给电动车充下电就走。张孝哲有些不好意思地说。

孝哲，古话说遇请难遇逢，今晚你无论如何得吃完年夜饭再走！

柳秋兰拉着张孝哲坐下，闲话几句后，陈小妹开始打听毛秀云和严金平吵架的原因。

唉，我是来找对象的，没想到毛秀云却想卖女儿。张孝哲叹道。

毛秀云犯糊涂了，你好好跟她讲，过些天她能想通。柳铁牛安慰他道。

对，孝哲，先吃点东西。柳秋兰用公筷给他夹了半碗菜。张孝哲吃着，眼圈微红。毛秀云今天跟他张口要四十万的彩礼钱，他说出不起，毛秀云便让严金平和他分手。严金平自然不肯，母女俩就这样吵了起来。毛秀云气得把张孝哲赶出了家门。

俊坤叔和严亚宁不管吗？柳秋兰有些纳闷。

他俩劝了毛秀云，毛秀云听不进，说我要是还赖在他们家过年，她就喝农药。

张孝哲平日喊毛秀云"婶婶"，今天生气了，一口一个"毛秀云"地喊着，仿佛这样能抚平他心中的创伤。但说到这儿时，他眼中还是浮起了一层泪花。

为了不让严金平为难，毛秀云赶他时，他离开了严家。无奈时近黄昏，凤凰村的小卖部已全部关门，他想买包方便面都找不到地方，偏偏电动车又没电了，思来想去，只好来找比较熟悉的柳秋兰帮忙。

伯父、伯母、秋兰姐，不好意思，大年夜打搅你们了。还有，我今天晚上想在你们家借住一宿，不知道方不方便？

张孝哲不想大年夜跑回家让父母操心，说着起身朝大家拱手行礼，举手投足间流露出一股书生气。他身材高瘦，眼神纯净，面皮白净，颇有时下流行的少年感。

方便，我们家还有空房间，被褥都洗好了，你住就是！柳秋兰不顾陈小妹递来的制止的眼色，热情地答道。

我的天哪，严家怎么能这样对你？好过分！

柳夏花觉得张孝哲实惨，一边感叹一边摇头。

叔叔，我妈以前给我看过你的画，你的画好棒，我想以后跟您学画画。

绿枝从小习画，对画技高超者总是心生崇拜。她以前就蛮喜欢张孝哲，如今听了他这么悲情的故事，不由生出几分同情，当即主动提出要拜他为师。

好啊，我们以后互相切磋学习。张孝哲谦虚地说。绿枝当即加了他的微信，还发了两幅习作给他。张孝哲放下碗筷，认真地看了一阵，接着帮她分析点评，听得绿枝频频点头。

柳冬雪凑到柳夏花耳边小声说：二姐，张孝哲好帅。严金平不好看，根本配不上他。

柳夏花瞪她一眼：就你最漂亮！人家严金平可是凤凰乡的乡花。

柳冬雪噘着嘴嘻了声：打盆水让她洗干净脸看看，你妹妹柳冬雪的素颜甩她两条街！

柳夏花忍不住笑了：你就会老王卖瓜，自卖自夸。

本来就是嘛！柳冬雪自豪地一仰脸。柳夏花小声提醒她：冬雪，你可别打他的主意，到时候严金平会吃了你。

柳冬雪反手拧她一把：你好搞笑，我还会吃严金平的下脚料？呸！

尽管她俩压着嗓子说话，柳秋兰还是怕张孝哲听见，忙使眼色制止她俩。陈小妹给张孝哲加了酒，柳铁牛又举起了酒杯，众人开始新一轮的互相祝福。

柳家的这顿年夜饭，因为张孝哲的突然加入，变得跟往年不一样。

当新年的钟声响起时，柳秋兰接到了严庆瑞的短信：秋兰，祝您新年安康如意，阖家欢乐，万事顺心。

这是柳秋兰收到的第一条新年祝福，心里暖暖的，忙含笑给他回了一条。随后，她开始给秦玉国写信，眼中渐渐涌上了泪水，整个世界变得柔和而朦胧。

四、庆瑞的烦恼

严庆瑞近来非常忙碌。年二十九那日，云高食品厂的大部分工人放假回家了，但还有留守工人。作为老板，他得去看望慰问，最关键的是要检查原料、成品、水电的安全。两家餐馆的年夜饭，两个月前便已预订满了。往年这时他都在店里值班，这次因为他要回村过年，岳父欧阳云高和岳母邢玉代他在餐馆照顾生意。两位老人平常不管餐馆，许多事情还是要严庆瑞亲自把关。他自己公司名下的两家餐馆和甜品房，以前这时都是营业的。今年他无法盯着，便在年二十九晚上开了个庆祝年会，陪员工们吃了顿团圆餐，给大家发了过年礼物，员工们欢喜而去。

接着严庆瑞又到云高公司的四家门店检查水电安全，安排假期值班、年后的销售计划，等忙完这些再回到家中时，已是除夕的凌晨。

他睡了个囫囵觉，早上七点准时起床叫醒欧阳梦和儿子欧阳严宽。不料昨天答应他带孩子回村的欧阳梦却临时变卦，坚持要留在娘家陪父母过年。严庆瑞很生气，他俩结婚十一年，欧阳梦只跟他回凤凰村过了一次年，之后每年除夕欧阳梦都以公司离不开他为由，将他强留在自己家中。

近十年，欧阳家的产业的确大多由严庆瑞打理，他任务重、责任大，以前为了事业，他顺从了欧阳梦的意思，父母也体谅他的苦衷。但这次严庆瑞的父亲过六十九岁生日，母亲再三叮嘱他要带着妻儿回家为父亲庆寿。他苦口婆心地跟欧阳梦沟通了几天，欧阳梦明明已经答应，谁知临了又突然变卦，气得严庆瑞跟她大吵一架，准备独自开车回凤凰村。岳母邢玉小跑着追出来，拉着他的手说：

庆瑞，你最近很累，你爸怕你开车回家不安全，让黄敏送你回家。

黄敏是邢玉妹妹、欧阳梦小姨的儿子，现任云高公司办公室主任，是欧阳云高的心腹，说心里话，严庆瑞不是很喜欢他。

妈，今天除夕，黄敏也该好好回家过个年了，我自己开车回去就行。

庆瑞呀，黄敏的爸妈到他姐家去过年了，他跟你回凤凰村一来可以开开眼界，二来你有事也好使唤他。小梦爸爸身体不好，我怕他万一发病，我一个人忙不过来，所以就留下了小梦，你不要怪小梦。

邢玉很会说话，明明是多疑病患者欧阳梦不放心他一个人回村，派黄敏看着他，从她口中说出却显得暖心。邢玉说着递给严庆瑞两个红包：

庆瑞，小梦是个孝顺的孩子，这是她给你爸妈的红包，这是我和小梦爸爸给你家老父亲祝寿的红包。钱不多，一点小心意，你一定要代我们转交。

严庆瑞本不想收，但又却不过情面，最后他掏出一个更大的红包送给了岳母。

回乡途中，严庆瑞不断地给各位客户发拜年的信息。黄敏追尾撞车后，他下车给一个欠他两年货款的客户打了个电话，不是为了催账，而是为了问候。当对方表示元宵节前还款有困难时，他又给了对方三个月的宽限，还转了两千块压岁钱给对方的孩子。客户很感动，发誓一定会在劳动节前还完欠款。这可是客户欠款后第一次如此表态，也算是一个准好消息吧。更令严庆瑞意外和惊喜的是，刚挂断电话，便遇见了多年未见的柳秋兰，这让他心中泛起了些许波澜。

严庆瑞这次回凤凰村，除给父亲做寿、陪老人过年外，另有一个重要动因是响应村"两委"和驻村工作队联合发出的"英雄帖"，回乡参加年初三的乡贤会。作为事业成功的凤凰村人，他觉得自己有责任支持村里的发展。虽然他以前多次捐款为家乡修桥补路，也捐资建了两所小学，还帮着村里招商引资，但却从未想过自己回村做项目。这次收到"英雄帖"后，很早之前就曾在他心中萌芽的民宿园项目倏地再次冒出，让他越想越兴奋。他把大致的想法告诉了严俊翔和李海峰。他们俩觉得可行，希望他能在乡贤座谈会上谈谈该项目，一来听听乡亲们的意见，二来起个带头作用。

庆瑞，如果这个项目村里其他人想合伙，要是条件能够谈妥，也希望你能够接纳。企业规模大了，才能带动更多的人就业。

严俊翔当时在电话里一再这样强调。因两人是未出五服的亲戚，严庆瑞平素跟他来往较多，两人说话较为随便。严俊翔本是个乐观的人，可自从当上村支书后，他的忧患意识越来越强。每次和严庆瑞见面，严俊翔总是在操心村里的事，原先舒展的眉头蹙得紧紧的。严庆瑞说他是劳碌命，凤凰村都已经摘帽脱贫了，他还在瞎担心。

庆瑞，村里是摘了穷帽子，但我现在特别怕村里有人出意外和得大病。虽然有新型农村合作医疗和大病保险，但如果家中有个病人，又缺劳动力，还是有可能返贫的。说实话，想到这些我经常睡不好觉。

严俊翔是个称职的支部书记，处事公正、刻苦耐劳，在他和驻村工作队的带领下，凤凰村乘着精准扶贫的东风告别了贫困，村里旧貌换新颜。严庆瑞以为严俊翔会就此撂下重担，没想到他还在日夜为村里如何继续发展而殚精竭虑。

庆瑞，这次过年，凤凰村飞出去的"凤凰"基本都要飞回来，你要带头啊！严俊翔对他寄予厚望。

俊翔，你放心，我肯定会全力以赴。那次两人的通话，以严庆瑞的下决心表态而结束。

严庆瑞知道村里的掌门人不好当，他想自己既然已在严俊翔面前自诩为"凤凰"和应召而回的"英雄"，那就得拿出实际行动来支持他的工作。所以除夕回到凤凰村后，他直接去了严俊翔家，想先跟严俊翔聊聊民宿开发的事。谁知严俊翔的妻子刘丹萍却告诉他，严俊翔、李海峰、严亚宁送长旺公到医院看病去了。

柳泉和钟红莲说两个哥哥都在县城，收入比他俩高，现在却把老爸甩在村里，他们管不了。没办法，俊翔他们只好把长旺公送到医院去了。

柳泉原先不是蛮孝顺的吗？这些年一直都是他和红莲在照顾长旺公，这次只怕事出有因。严庆瑞分析道。

说来也是，长旺公又不是柳泉一个人的爹，这些年柳家老大、老二甩手不管，全靠柳泉和红莲侍奉老人，柳泉夫妇就是座菩萨，也会气得冒泡！

刘丹萍卷起袖子边做年夜饭，边气哼哼地道。

丹萍嫂子，柳金、柳银每年都会给长旺公钱，也不能说没管，只是没在跟前照应。

不料严庆瑞这话却又勾起了刘丹萍的另一番感慨：

庆瑞啊，人老了，不是光有钱就能打发，还得有人陪伴和照顾。就像你一样，在外头做着大买卖，出息是出息了，可你爸妈有病有痛，光你给的钱不能解决全部问题，还得靠你弟弟庆华端茶送饭、倒屎倒尿！唉，我不是怪你们，只是觉得老少都不容易，各有各的难处。我家那个俊翔也是鬼迷心窍，当这个村支书没有多拿一分钱工资，天天有做不完的事，除夕也不消停，真不晓得他图什么！

刘丹萍是个直性子，心里有什么，嘴上说什么。严庆瑞知她说得有理，忙附和着发表了几句看法，为自己不能在父母跟前尽孝而歉疚。刘丹萍反而不好意思了：唉，庆瑞，我就这么随口一说，你别往心里去，赶快回家去吧！改天我再请你到家中吃饭。

严庆瑞谢过刘丹萍，和黄敏开车回到自己家中。严庆瑞的父母一看欧阳梦和孙子、孙女没回来，当即像被针刺穿的气球，满心的欢喜漏得精光。严庆华抱怨道：

哥，大嫂家的人就是看不起我们家，以前逢年过节让你去厂里值班，今年年初五爸爸过六十九岁生日，你早就跟嫂子说好了回家给他祝寿的，临了她又不回来，好过分啊！

我岳父最近身体不好，你嫂子留在家里我放心些，另外餐馆和厂里也要人盯着。

当着父母和弟弟一家人的面，严庆瑞即便对欧阳梦有再大的意见，也不会流露分毫。好不容易回家过个年，他不想让自己夫妻俩的矛盾影响家人的情绪。没想到的是，刚刚吃完年夜饭，欧阳梦就打电话来，说她爸爸的血压收缩压高到了一百六，头晕眼花心发慌，只怕要发病，她妈妈吓得够呛，坚持要连夜送她老爸去住院。

庆瑞，宽宽今天肚子不舒服，我要是去了医院，家里没人照顾。还有厂里、餐馆的事我也不懂，万一出什么事，我想管也管不成，你得赶紧回来！

欧阳梦带着哭腔说。严庆瑞立马打电话给岳父欧阳云高和岳母邢玉，想问问情况，可两人没接电话。他再打欧阳梦的电话，也无人接听，心下便有些慌了。

姐夫，我们还是回去吧！

黄敏也接到了欧阳梦发来的"求救"信息，建议严庆瑞赶快回市里。严庆瑞跟父母说了一嘴，两位老人虽然舍不得，却还是劝他赶快回去，别耽误了亲家公的病情。

严庆瑞收到柳秋兰的祝福短信时，他正坐在那辆沃尔沃轿车的后排，从凤凰村赶往市里。与其他朋友那些激情饱满的祝福语相比，柳秋兰的新年问候显得平淡而实在。严庆瑞不由生出了几分感慨。在他的记忆中，少女时的柳秋兰明澈得像一条随时发出欢快哗哗声的小溪，如今的她则静似深潭。隐形的悲伤在她和现实世界之间竖起了一堵透明而厚实的玻璃墙，在使她得到了某种保护的同时，又无形中囚禁了她的情感，让人无法从眼眸中窥见她内心的波澜。

我看她如此，她看我也一样吧？

严庆瑞望着窗外不时闪过的灯火，思绪翻卷，心情有些压抑。他摇下车窗，呼呼灌进的冷风拍得脸颊生疼，他迅速冷静下来。车前灯遑急地投射出一块块不断移动的明亮区域，行道树那刷着白色浆液的树干急急地朝眼中扑来，给本该热闹欢乐的除夕夜平添了几许荒野的寂寥和慌乱。

也许是心有所感之故，柳秋兰的身影倏地浮现在严庆瑞眼前。她表情平静，气息如兰，透出乡村女子特有的贤淑与坚韧。作为一个在短短几年内遭遇了丈夫失踪、公公离世的女子，她没有被悲伤吞噬，而是奋起自救，用辛勤的劳动撑起家中的门户，让老有所养，幼有所育，在没有"容易"二字的成年人的世界中闯出一片属于自己的天地，尽到了她为人妻子、为人母亲、为人儿媳、为人女儿的职责。从这个角度而言，她比欧阳梦不知强多少倍。

如果自己当初跟秋兰在一起，也许经济条件没有现在好，但婚姻生活肯定更和谐、更幸福。

想到这里，严庆瑞长叹两口气，思绪不由自主地飘到了妻子欧阳梦身上。

严庆瑞和欧阳梦是大学校友，两人同校不同系，按说很难相识。怎奈严庆瑞太帅，而且全能，学习好，有运动天赋，既会打篮球和乒乓球，又会唱歌，是校运动会和晚会上的常客，喜欢他的女生很多。每次他去打篮球，边上都围着里三层外三层的女生。欧阳梦对严庆瑞一见钟情，她很自信，从长相到家世，她都很优越，她相信自己只要一出马，严庆瑞就会拜倒在她的石榴裙下。作为校花级的女生，她身边围着不少男生，有些还是高官和巨贾的儿子，只是她都看不入眼。她父母希望她能找个半入赘的女婿，这种人的家世不能太好，否则不会接受她家的条件。她从侧面了解到严庆瑞家的情况后，觉得严庆瑞非常符合父母择婿的标准。她刻意接触过严庆瑞几次，可惜那时他情窦未开，加之他是寒门学子，知道学习的机会来之不易。上大学后除了课余打篮球和乒乓球，其余时间他都放在学习上，没有兴趣谈恋爱，对欧阳梦的示好无动于衷。后来，他打球受伤大出血，欧阳梦救了他一命，两人这才开始正式交往。饶是如此，严庆瑞初时也没有动心，欧阳梦花了许多心思才将他追到手。严庆瑞大学毕业后想考研究生，不巧他母亲出了车祸，弟弟得了甲肝，家里急需他挣钱养家。欧阳梦介绍他去云高食品公司工作，那里开出的条件很不错，严庆瑞便答应了。上班那天他才晓得，云高食品公司的董事长兼总经理欧阳云高是欧阳梦的父亲。当时的云高公司下面有两个食品厂，主营糕点、面包，年销售额已达三千多万元，是市里的百强企业，效益很好。员工入职后工资比公务员还高，且都有五险一金，所以员工中有不少大学毕业生。

因着欧阳梦的关系，严庆瑞刚入职便给欧阳云高当总经理助理。这是欧阳梦和父亲谈妥的条件，摆明了要他为准女婿严庆瑞铺路，但欧阳云高看严庆瑞的目光却让他有种吃嗟来之食的羞耻。

小梦，你那对象出身低，虽然读了大学，我看也没多大志向，他配不上你！要不是你，他不可能一步就到现在这个位置。

入职云高公司的第一天，严庆瑞刚转身离开欧阳云高的办公室，身后就飘来这几句话，音量还不小。严庆瑞明白，欧阳云高这是故意讲给他听的，要他有准确的自我认知并对欧阳家感恩戴德。结果适得其反，听了欧阳云高这席话后，严庆瑞当即表示要另寻工作，欧阳梦不肯，两人大吵一架。

欧阳梦晓得严庆瑞自尊心强，对欧阳云高藐视他的态度不满，但她想把严庆瑞安排在自己身边。她是家中的独女，欧阳家的产业不少，除食品厂外，还有两家餐馆和两家销售门店。严庆瑞跟她结婚后，要跟她一起经营公司，守住欧阳云高创下的这份家业。而要做到这一点，严庆瑞必须了解公司的业务，欧阳云高让他给自己当行政助理，实际上是给他一个全面了解企业的机会。

庆瑞，外面创业不容易，公务员的人生一眼就能看到底，当然你也可能做官，可那不是你自己能够决定的。我们家的产业已经有那么大的规模，你好好在这干吧。

欧阳云高认为严庆瑞有些清高，有意挫他的锐气，没想到差点惹得严庆瑞离职。邢玉对这位准女婿是满意的，私下里这样劝严庆瑞。从她口中严庆瑞得知，欧阳梦毕业后原本想去美国留学，结果被父母强留在食品公司，原因是欧阳云高得了高血压和糖尿病，心脏也不太好，亟需得力的助手。云高公司是家族企业，核心业务得握在自己人手中。

欧阳云高忙不过来，此前请了他大哥欧阳天高和侄子欧阳晨来帮忙。谁知貌似憨厚的欧阳天高居然私下另开了一家高仿云高食品的作坊，生产出的产品质量虽与云高公司的产品有差距，但在公司营销部当副主任的欧阳晨却暗中通过云高公司的销售渠道走货，以次代好，不但抢走了云高公司的部分客户，还败坏了云高食品的名誉，而欧阳天高和欧阳晨父子却挣了个盆满钵满。

欧阳云高发现此事后气坏了，想诉诸公堂，但欧阳天高有三个儿子，人多势众，欧阳云高却只有一个女儿，他怕兄弟反目成仇后会殃及欧阳梦。最后在邢玉的斡旋下，欧阳云高找欧阳天高、欧阳晨父子俩长谈了几次。欧阳天高并未认识到自己的错误，反而觉得欧阳云高小题大做，双方谈崩了。欧阳云高只得将欧阳天高父子逐出云高公司。

　　欧阳天高和欧阳晨随后注册了天高食品厂，产品的包装设计与云高公司极为相似。欧阳云高非常生气，让妻子邢玉给大哥和侄子传话，让他们就此收手，否则法庭上见。欧阳天高给他放狠话，只要欧阳云高起诉他，他便将云高公司的独特配方公之于众，反正谁也别想活着。欧阳云高后悔自己当年心善，让这个黑良心的大哥知道了公司的许多核心机密，只好妥协。天高公司从此当面锣对面鼓地与云高公司展开了竞争，抢走了不少云高食品公司的生意。好在云高公司开的时间长，开发了不少配方独特的系列产品，质量和价格有保障，欧阳天高只掌握了几个产品的配方，天高食品厂分走的那部分生意这才没有影响到云高公司的大局。

　　欧阳云高从这件事中悟出个道理：上阵打虎时，亲兄弟也未必靠得住，还得亲父子才行。可惜他无子，只有一个不怎么好学，不肯吃苦，天天热衷于看电视剧、玩游戏、谈恋爱的女儿，心中不免失望。饶是如此，女儿毕业后他还是勒令她不准出国留学，也不准去外地就业，只能回云高公司工作，否则偌大的家业他传给谁？娇生惯养的欧阳梦虽然爱使小性子，但尚能分清轻重缓急，发了通脾气后，最终答应父亲回公司工作，条件是欧阳云高必须让她的男朋友严庆瑞当总经理助理。

　　欧阳云高欣赏严庆瑞的才华，但嫌他长得太过俊美，容易惹是生非，对他的家庭也不满意。欧阳云高本人出身寒微，他能有今日的家业，靠的是聪明才智、吃苦耐劳和长袖善舞的本事。在发家致富的过程中，他认识到权力与关系的重要性，他希望女儿能嫁给市政府黄秘书长的老三黄宝驹。

　　黄秘书长的夫人有"内功"：一次就生了三个儿子，这三胞胎成为黄秘书长除官职之外最大的骄傲。黄秘书长上次陪市长到云高公司调研时，悄咪咪地给欧阳云高递了一份黄宝驹的简历，美其名曰想让他到云高公司锻炼锻炼，其实是想把黄宝驹介绍给欧阳梦。黄秘书长认为这门婚姻若能成，对双方都有益。欧阳云高也这么认为。黄秘书长有权，但未必有他那么有钱；欧阳云高无权，却家底丰厚，双方结合便可弥补彼此的缺憾，从而达到珠联璧合、相得益彰的效果。

邢玉对黄秘书长的家境和黄宝驹的长相、工作都挺满意，最关键的是黄秘书长儿子多，他答应黄宝驹成亲后以欧阳家为主，生的儿子可以跟欧阳姓。

在欧阳云高和邢玉的眼中，这条最能打动人。于是两口子合力劝说欧阳梦嫁给黄宝驹。欧阳梦起先不理不睬，后来见他俩逼得紧，干脆放出狠话来：这辈子她非严庆瑞不嫁！如果父母一定要干涉她的婚姻，她就出国定居，再也不回来，反正这些年家里给她的零花钱足够支付她留学的费用。

话说到这份上，欧阳云高和邢玉没辙了，只好答应见见欧阳梦非嫁不可的严庆瑞。有黄宝驹这块"珠玉"在前，欧阳云高对严庆瑞自然颇多挑剔，邢玉倒是一眼就相中了他。

这也难怪，严庆瑞的颜值摆在那儿，有几个女子不中意？没想到这副好皮囊却被欧阳云高嫌弃。他说长得好看的男人除了卖相，大多没什么真本事。哪怕他与严庆瑞接触后，认可了他的综合素质与才华，但因其出身寒微和长得太过俊美，欧阳云高对严庆瑞还是不满意：

小梦，他是有意接近你，为的就是我们的这份家业。我讨厌这种吃软饭的男人，你还是跟黄宝驹处朋友吧！

欧阳梦嗤道：爸，黄宝驹起码交过二十个女朋友，我可不想成为他的第二十一个女朋友。你说人家严庆瑞想吃软饭，他才不屑呢。黄宝驹倒真是个软饭王，他大学的时候跟我高中同学同班，我同学说黄宝驹四年谈了六个女朋友，其中四个都是有工作的。黄宝驹没钱就伸手问女朋友要，其中一个女朋友是酒吧的老板娘，大他十多岁，送了辆汽车给他。

欧阳梦把她所知的黄宝驹的黑料统统推送给父母，这边又将严庆瑞大学四年勤工俭学的经历、实习时的工作业绩做成简单易懂的 PPT 放给父母看，还让严庆瑞写了篇云高公司的产品分析报告给二老过目。欧阳云高对严庆瑞的态度这才略有好转。

其实大学毕业时，严庆瑞的志向是考公务员，可后来有位在省城做官的老乡告诉他，现在公务员的政审很严格，而他父亲在前些年严、柳两姓的械斗中被公安机关定性为械斗组织者，曾被刑事拘留三个月。因他父亲的这个污点，哪怕他考取了公务员，以后的提拔和发展也会受影响，倒不如去市场上闯荡闯荡，说不定能凭真本事捧上一只金饭碗。

几天后欧阳梦来找他，说她有个亲戚在云高公司工作，那家食品公司是业内翘楚，员工待遇好，有发展前景，问他愿不愿意去应聘公司总经理的行政助理。

严庆瑞看了该公司的招聘启事，觉得自己能够胜任这个职位，便和欧阳梦一起去应聘了，结果他如愿以偿地成了欧阳云高的行政助理，直到这时他才知道欧阳云高是欧阳梦的父亲。而所谓的招聘，不过是欧阳梦把他留在身边的一个计策。

欧阳梦虽不爱学习，却懂得人心。她知道严庆瑞内心骄傲，不屑于靠裙带关系上位，如果晓得自己是云高公司的千金，肯定不会跟她去云高公司工作，所以她先隐瞒了身份，等严庆瑞入职云高公司后才把他引荐给父亲。

说实话，严庆瑞得知这些后是有过愤怒的，但欧阳梦救过他的命，而且很爱他，他对欧阳梦也有一份真情，也就没有过多地责怪欧阳梦。哪知入职第一天，就被欧阳云高羞辱。那段时间严庆瑞特别想离开云高公司，他和欧阳梦曾为此事多次吵架和冷战。

对此欧阳云高无所谓，甚至有些高兴，严庆瑞一走，他可以立马促成欧阳梦与黄宝驹的婚事，来个政商联姻，从而获得最大的利益。

邢玉却持相反态度。自从上次欧阳梦告诉她黄宝驹生活不检点后，邢玉委托一位律师朋友暗中调查过黄宝驹，发现他花钱如流水，换女友如换衣服，品行极差。这种人如何能与吃苦耐劳、胸有大志的严庆瑞相比？

面对律师递来的黄宝驹的"黑料"，加上邢玉的坚持，欧阳云高逐渐改变了对待严庆瑞的态度，而严庆瑞也在短短半年的工作中，使二老认识到了他的能力与价值。邢玉对他更加满意了，亲自操办了他与欧阳梦的盛大婚礼，给了严庆瑞足够的排面。接着她又说服欧阳云高，划了块餐饮业务给严庆瑞直管，让他全盘做主。严庆瑞从中感受到了岳父、岳母挽留他的诚意，自此开始全心全意地为云高公司效力，很快便成为欧阳云高最得力的助手，为云高公司后面几年的大发展立下了汗马功劳。

与欧阳梦结婚三年后，严庆瑞开始独自投资餐馆和甜品门店，并取得了成功。十余年间，他个人名下的资产已逾千万，算得上一位成功的企业家。然而，事业成功了，爱情却不知不觉丢失了。

他和欧阳梦走过的路程让他想起看过的一组漫画：谈恋爱时两人共骑一辆自行车，女方揽着男方的腰，两人紧紧相依；婚后两人并排坐在汽车后座，中间已有距离；人到中年时，男女各坐一辆车，两车相向而行，意味着他们已经分道扬镳。他和欧阳梦似乎也难逃漫画中人的最终结局。

想起自己和妻子曾经有过的甜蜜，严庆瑞不由长叹数声。

也许是嫌繁忙的严庆瑞难以照顾家庭，挂着公司董事名头的欧阳梦越来越空虚，对严庆瑞也越来越挑剔，这种怨妇心态使她无心公司业务，终日沉迷于美容、麻将和购物，与严庆瑞的情感间隙好像正在裂变成一条隐形的鸿沟。严庆瑞本就长得好，如今又有总经理的身份加持和财富傍身，活脱脱一个现实版的"霸道总裁"，走到哪里都闪闪发光。为了拴牢他，欧阳梦将自己的担心化作无数盘问的电话与短信，日夜轰炸着严庆瑞，甚至在严庆瑞的办公室、车上安装针孔摄像头和定位仪，随时监控他的行踪。

严庆瑞发现那些针孔摄像头和定位仪后怒不可遏，拉着欧阳梦到岳父、岳母面前评理。欧阳云高不轻不重地骂了欧阳梦几句，邢玉却和欧阳梦一个鼻孔出气，将女儿的这些举动美化为她对严庆瑞的爱，气得严庆瑞那天开车险些出车祸。

为了这次回凤凰村和父母一块过年，严庆瑞和欧阳梦"斗争"了蛮长时间。婚后因工作之故，也因为欧阳梦不愿意跟他回凤凰村，他已在岳丈家过了十个年。说起这些，他的家人颇有怨言，凤凰村的乡亲也暗骂他在家中没地位，被老婆欧阳梦管得抬不起头，年都不敢回家过。话说得很难听，严庆瑞倒不太在意，他清楚自己并非村人眼中的尿包。父母怨归怨，但终究还是理解他的苦衷——毕竟严庆瑞不能回家过年的十年间，他曾三次将父母和弟弟严庆华全家接到城里过年。虽然欧阳梦不肯让严庆瑞的家人住进她家的大别墅，但到底将他们安排在了离别墅不远的五星级宾馆里，请他们在严庆瑞开的餐馆里吃年夜饭，也算尽了儿媳妇的一份心。没回家过年的那些个除夕，严庆瑞给父母和弟弟送上了大红包，算得上是个孝顺的儿子、尽职的兄长。但在严庆瑞心中，父母生病时他从未照顾、陪护过，情感上终究还是亏欠父母的。所以这次他无论如何要如老人的愿，带妻儿回家过年，为父亲祝寿。

这原本是件很平常的事，可在欧阳梦看来，却有种"宣战"的意味。近年她经常埋怨严庆瑞翅膀硬了，越来越不把她和云高公司放在眼里，所以这次答应之后才会临时改变主意。她始终觉得自己一家是严庆瑞的恩人，没有她家的托举，他再有能耐也达不到如今的高度。既然如此，严庆瑞就该时时刻刻以欧阳家的利益为重，不管何时都要唯她的马首是瞻。严庆瑞只要稍不听从她的指挥，就等于忘恩负义。这话听多了，严庆瑞也很憋气，同时生出几分"反骨"，欧阳梦越不让他回家，他越要回。

欧阳梦当然不会就此罢手。为了整治他，除夕晚上，严庆瑞刚陪家人吃完年夜饭，她就借口父亲生病，一个电话将他诓回了家。当严庆瑞和黄敏驱车疾驰三百多里赶到市里，发现岳父根本没发病，欧阳梦只是想叫他回来宴请她那个十多年没见面的归国发小，向发小炫耀她如今有多幸福时，严庆瑞气得想骂人。可转念想到这是除夕夜，他只得咽下这口气，年初二还配合欧阳梦演了一场恩爱夫妻比蜜甜的戏给欧阳梦的发小看。

不用猜也知道，在那场女人的较量中欧阳梦完胜发小。但作为妻子，她在严庆瑞心中又降了几格。送走欧阳梦的发小后，严庆瑞独自开车回凤凰村。半路上他接到欧阳梦的电话，质问他单独回凤凰村是不是要去密会"同桌的她"。

欧阳梦，你能不能正常点？严庆瑞气愤的吼声在车内回荡。

严庆瑞，我告诉你，你要是敢乱来，我跟你没完！

欧阳梦的声音原本柔和动听，可不知不觉间，随着她灵魂的空洞，不但面貌变得刻薄，连声音也尖锐了许多。严庆瑞关了手机，再由着她胡闹下去，他怕自己会出车祸。

五、热闹的会议

凤凰村的乡贤座谈会是年初三上午在柳氏老祠堂召开的。从这个开会地点来看，严俊翔花了心思：严姓现在占全村三分之二人口，在村"两委"成员中也占三分之二，柳姓一直有靠边站的感觉。如果这次的乡贤会放在严姓祠堂开，柳姓人定会有意见，所以当李海峰询问他开会地点时，严俊翔毫不犹豫地选了柳氏老祠堂。

柳铁牛得到年初三村里要在柳氏老祠堂开乡贤座谈会的通知后，亲自把老祠堂打扫干净，贴上对联，在大厅挂起了红灯笼和各色小彩旗、小锦鲤，在墙上贴满迎新年、庆新春的标语和年画，把个老祠堂布置得喜气洋洋。昨天下午他悬挂好了会标和横幅，将座椅按严俊翔的要求摆放妥当，今天天刚亮又跑到祠堂烧了二十多瓶开水，忙得头上直冒热气。

吃完早饭后，柳铁牛领着家人提前去柳氏老祠堂，他怕有疏漏之处，得去检查一遍。谁知刚出门就碰见了毛秀云，双方说了几句拜年的话后，毛秀云突然道：

铁牛啊，今天来开会的都是有头有脸的乡贤，俊翔能把会放在柳氏老祠堂开，那是在照顾你们柳家人的面子，你们可得打扫干净，在桌上摆好瓜子糖果茶水呐！要是什么吃的都没有，就怕大家坐不住啊。

这话柳铁牛不爱听了：什么叫照顾我们柳家人的面子？这是全村人的会，严姓人也会参加。

陈小妹敛起刚才的满脸笑意，撇嘴道：

秀云，俊翔只让铁牛做好会场布置工作，没让他准备吃的。今天要来一百多人，那得买多少东西呀？我们柳家可贴不起那么多钱。

毛秀云扫视着柳家三姐妹：你们家秋兰、夏花、冬雪都在县里挣大钱，掏个千把块钱不在话下。

柳夏花最看不得毛秀云狐假虎威的样子，冷哼道：

秀云婶子，你们家亚宁挣了大钱，刚买了一辆新的宝马车，听说金平还能收到几十万元的彩礼，俊坤叔以前又是老支书，你掏钱去买今天座谈会上的瓜果点心最合适。

对，你赶快去买，要是不够，我们家还有一些存货，折价卖给你。

陈小妹说罢，心口那恶气这才慢慢散去。毛秀云气红了脸，伸手指点着陈小妹说：

陈小妹，你别在我面前摆谱，有什么了不起的，生的三个全是赔钱货！

被戳中痛点的陈小妹嗷叫着扑过去要打毛秀云，被柳秋兰拉住：

爸、妈，大过年的，不爱听的话就当成耳旁风。秀云婶子，你也消消气。我们赶快去会场吧！

陈小妹还要和毛秀云对骂，被一旁不耐烦的柳冬雪拉走：

老妈，别理她，她就是个疯婆子！

她才不疯，柿子专拣软的捏。哼，好处我们捞不到，出钱出力的事就想到了我们！没门！陈小妹愤愤地道。

越想越气的柳铁牛突然停住了脚步：唉，这件事怪我，就不该接这把钥匙。

说着，他把钥匙递给柳秋兰：你们去吧，我懒得看严姓人的脸色。

在上届凤凰村的村"两委"选举中柳铁牛落选了，从那以后他变得有些爱抱怨，对严姓人的得势常有愤愤之情。想到这次的乡贤会在柳氏老祠堂召开，可做主的却大多是严姓人，再想起老祖宗当年的荣光和柳姓人如今的式微，柳铁牛心中倏地爬上几丝悲凉。有那么一瞬，他甚至懒得去参加乡贤会。可转念一想，自己土埋半截了，又何苦跟别人较劲呢？于是又主动从柳秋兰手中取过钥匙，迈着大步往山那边的老祠堂走去，一边叮嘱道：

秋兰，新年头回开祠堂门，不能让女人沾手，你们都别去了。

爸，这都什么年代了，你还这么男尊女卑！柳秋兰忍不住埋怨道。

你们听我的没错，今天你们要是一早跟着我去开了祠堂门，到时全村人都会戳我的脊梁骨。

听他这么一说，陈小妹拦住了三个女儿：算了，就让你爸先去吧。

老爸，毛主席他老人家讲，妇女能顶半边天，你再嫌弃女的，到老你还得靠我们养呐！

柳铁牛被哪壶不开提哪壶的柳夏花激得脚步一滞，回头想骂人，可到底还是什么也没讲，便佝着背消失在坝下。

夏花，你怎么这样说话？你是故意要气我和你爸吗？陈小妹也被刚才柳夏花的话气得心口疼，但她晓得二女儿没心没肺，只得戳了她两指头。

妈，我们都是你的好女儿，你指哪儿我们打哪儿，你和老爸就等着享女儿的福吧！要是我们都像金平那样，你才眼涕作尿屙呢！

柳冬雪这话提醒了陈小妹。她朝坝下严俊坤家的屋顶瞅了几眼，哼道：你爸嘴笨，方才毛秀云说他时，你就该用这话怼回去。

是啊，我刚才怎么没想起来这样回她的嘴？毛秀云除夕把张孝哲赶出门，年初一严金平跟着他跑回了县城，她家里弄得一团糟，还敢在这里装模作样地挖苦我们，当真可笑！过两天我得找机会骂回去！柳夏花愤愤不平地说。

骂什么骂呀？刚过完新年，还是讨个口彩吧。

柳秋兰不像陈小妹、柳夏花这么牙尖嘴利，她的性格更像父亲柳铁牛。此刻看着薄雾笼罩、风景优美的宁静山村，她不由得想起了小时候的光景。那时只要一到开饭时节，村里总是洋溢着柴火的香气，细鬼们端着饭碗满村跑，有时一餐饭吃下来，能尝到十多户人家的菜。虽是粗茶淡饭，细鬼们却吃得格外香。现在想起当年吃百家饭的细节还觉得很美好。难道是回忆自动过滤了当年的某些苦难？柳秋兰微微有些失神。

妈，你在那儿发什么愣？快来给我拍照，要把柴垛全拍进去！

绿枝很喜欢房前屋后码得整齐的柴垛，每天都要穿着不同颜色的衣服在柴垛前自拍。今天自拍已经满足不了她的需求，便大呼小叫地让柳秋兰给她当摄影师。

来，绿枝，小姨给你拍。你妈那技术会把你拍成三寸丁的！

柳冬雪说着拿出手机抢拍绿枝的动态镜头，接着抱怨道：

老妈，你太小气了，我们回来煤气灶都不舍得开，天天烧柴，累死个人。

冬雪啊，不是妈小气，去年冬天霜雪重，压断了好多树枝，山上燥柴多了容易起山火，你爸把柴拖回来，够我们用大半年的，能省上千块煤气费呐。还有啊，那些到村里来玩的人都喜欢用柴火灶烧的饭，说是好香。

陈小妹絮絮地解释着，一边怜爱地拈去柳冬雪额发上的那片树叶，眼神说不出的宠溺。柳秋兰看在眼里，心中暗想自己若有三个孩子，会不会也像母亲一样偏心？

这时，从柳氏老祠堂方向传来"当当当"的钟声，柳秋兰的思绪随着钟声倏地飘远。

小时候，柳氏老祠堂是村里的小学堂，柳秋兰在那儿读过两年书。老师上下课都敲那口挂在树上的铜钟。铜钟有一百多年的历史，钟声依然响亮雄浑。那棵榕树的树龄据林业部门测定，已有七百多年，是棵十足的"爷树"。"爷树"不服输，历经岁月的风刀霜剑，依旧根深叶茂，华盖亭亭，树冠覆盖面积有一亩多，可谓独木成林。更奇的是，那棵榕树的树根盘龙般凸起，宽阔处可以当床。女生们课后喜欢坐在榕树根上聊天，男生们则叠罗汉去抓半空中晃荡的气根。有一次男生们捣蛋，当最上头的同学抓住气根后，下面的人一哄而散，吊在上面的同学臂力不支，摔断了胳膊。那几个叠罗汉的男生除在全校师生大会上当众检讨外，还每个人赔了一千块钱给那位受伤的男同学。从此以后，再也没有男生敢用榕树的气根荡秋千了。

当柳秋兰带着这些由钟声引起的回忆赶到柳氏老祠堂时，老祠堂大厅的长桌边已经坐了几十号人。坐在中间的严庆瑞和严亚宁正在讨论事情，柳秋兰没有上前打扰。年初一刚离开凤凰村的张孝哲和严金平特意赶过来开会，见她过来，忙上前给她拜年。坐在旁边的毛秀云翻了几眼张孝哲，一心想对他发难，严亚宁见她状态不对，忙小声道：

妈，你赶快骂张孝哲啊！他拿不出钱来娶金平，还敢坐在我们村里开会，他又不是凤凰村的乡贤，你正好把他赶出去，摆摆你名嘴的威风！

严亚宁正话反说，本以为毛秀云会不好意思，谁知她根本没听出来，反而开心地向严亚宁伸出一根大拇指：儿子，还是你跟妈最贴心！

严亚宁无语地挠挠头。一旁的严金平又好气又好笑，伸手拧了他一把：亚宁，你自己做生意亏了本，一直鼓动老妈高价把我卖掉，现在又在妈这儿挑事，你是想让老妈出丑吗？没见过你这样当儿子的！

毛秀云一听变了脸色，正要和严金平理论，被旁边的严俊坤拉住，母女俩这才消停。

毛秀云他们的对话一字不落地钻进了旁边的张孝哲耳中，他多少有些不悦，有心顶撞毛秀云几句，又觉得场合不对。严金平晓得他心里不舒服，轻轻拍了拍他的背，仿佛他是个等着安慰的苦孩子。张孝哲不想让妻子为难，只得咧嘴苦笑了几声，而后低头完善将凤凰村开发成维生艺培学校写生基地和研学点的实施方案。

维生艺培学校在南远县乃至整个地区都赫赫有名，一则得益于校长曾维生的经营和推销能力，二来他们学校的培训教学质量好，学生考中艺术专业的比例高，口碑相当不错，而这些都源自曾维生、李琴琴、张孝哲的高质量教学。

曾维生毕业于浙江传媒大学播音系，主要负责播音主持的培训，他带的学生有五个考取了中国传媒大学，其中四个留在了省级广播电视台；有六个学生考取了浙江传媒大学。曾维生的爱人李琴琴是南京艺术学院舞蹈系的研究生，她帮市歌舞团编的舞蹈曾获得"荷花奖"二等奖，她带的学生有两个考取了中国舞蹈学院，一个考取了北京舞蹈学院。承担美术培训教学任务的张孝哲是省师范大学美术系的高才生，他培训的学生有七个考取了211大学的美术系，三个考取了985学校的美术专业。这种业绩使他们仨成了维生艺培学校的金字招牌。

为了拢住张孝哲这位人才，年前，曾维生和李琴琴夫妇特意请他吃饭，说只要他能在凤凰村搞定一个写生基地和免费的研学点，便让他以教学时长折算本金的方式入股维生艺培学校，成为股东，这个建议对张孝哲有很大的吸引力。

以张孝哲对曾维生夫妇的了解，他觉得这所学校未来定能做强做大，原因有三。第一，交通便利。自从去年通了高铁后，从周围几个县到南远县城有的只要坐一站高铁便能到，这给了维生艺培学校发展和壮大的基础，否则仅靠南远县本土的生源，学校早关门了。其次，曾维生、李琴琴、张孝哲的教学质量有口皆碑。第三，曾维生的岳父、岳母在老家宅基地上盖的那栋四层楼房让艺培学校省去了房租成本，哪怕生源减少，也不至于给他们造成更大的压力。他对这所学校的未来有信心，再说他只要以劳动力入股，哪怕学校经营不善，损失也不太大，于是他欣然答应。这也是他如今坐在会场上，还要仔细完善写生基地和研学点计划的原因。

与曾维生、李琴琴相比，张孝哲的条件要差很多。他爷爷奶奶住的县城东街坝是拥挤的老城区，他父母从糖厂下岗后自谋职业，给人打过工，摆过菜摊，送过煤气罐、纯净水，在菜市场拔过鸭毛，后来专门卖鸭子、除鸭毛，干了二十多年才拆除掉那幢狭窄的老屋，在原址上建了座四层的楼房。可因地基小，四层楼的套内面积加起来还不到二百平方米。一楼留给张孝哲开店，爷爷、奶奶、父母住在二楼，三楼是张孝哲和严金平的婚房，四楼留给了张孝哲的弟弟张孝军。

张孝军比张孝哲小十岁，是父母当年躲计划生育生下的宝贝落脚崽。张孝军学习挺好，人也机灵，很讨父母喜欢。他早就放出话来，说他以后要考博士，一定要到大城市工作，绝不像大哥那么傻，放弃省城的单位回县城开小广告公司。

张孝哲听闻后无言以对。也许他为了严金平的感情，放弃省城那家广告公司的工作真的是一种错误抉择，原因不言自明：

严家看不上他的家境，觉得严金平虽然只在乡里当了个聘用的统计员，但她身材窈窕，相貌出众，肯定能找到比张孝哲更好的对象。毛秀云之所以提出按严金平的体重来要彩礼，明面上是说近年南远人摘了穷帽子，女方家长觉得一把屎一把尿拉扯大的女儿出嫁时得"回本"，不然无法体现脱贫摘帽的成果。真正原因是想让他知难而退。如果张孝哲放弃严金平，毛秀云便会竭力促成严金平和蚊香厂钱老板的儿子结婚，从钱家弄几十万的彩礼来补贴严亚宁开餐馆造成的亏空。

张孝哲性格温和、坚韧，认定的事十八头牛也拉不回。既然他为严金平从省城回到了县城，自然不会因为严家的彩礼而屈服和放弃这份感情。幸运的是严金平支持他，与他一起跟父母抗争，偷出户口簿和他领了结婚证，愣是将生米煮成了熟饭。因着严金平的这份支持，张孝哲下决心要做出一番事业来，入股维生艺培学校正是他的一种尝试，这也是他积极响应凤凰村"英雄帖"的号召，特意来参加年初三这次乡贤会的原因。有这个梦想支撑着，他才不怕毛秀云的冷言冷语呢！

严金平晓得毛秀云的脾气，生恐她会当场发作，忙附在她耳边说：老妈，今天你不许乱讲话。

嗬，你喝海水长大的，管天管地管我头上来了？毛秀云扭过脸去不理严金平。

柳秋兰坐在毛秀云一家对面，毛秀云和严金平的举动她都看在眼里。柳夏花也注意到了她俩变幻的神色，用胳膊捅捅柳秋兰说：姐，我看等下毛秀云要发飙呐。

我也担心，要不让俊翔去劝劝？柳秋兰皱眉道。

让她发飙，村"两委"正好拿她开刀！柳夏花想到毛秀云每次看自己时那份不善的眼神，巴不得她跳出来当个挨枪的出头鸟。

唔，她要是敢在今天的会上说彩礼的事，只怕真的会挨批。柳秋兰说着目光落在严俊翔和李海峰身上。

昨日，严俊翔、李海峰、严庆瑞结伴上她家拜年，把个柳铁牛、陈小妹高兴得手足无措。老两口傻笑着将他们请到厅堂的八仙桌旁坐下，从炉子上取来那壶温着的水酒，一个劲地招呼他们吃摆在八星盘里的腊猪肝、腊牛肉巴、香肠、板鸭、腊鸡胗和卤的鸭五件，这是凤凰村一带的风俗，凡入户拜年者都必须就着这些腊味喝一碗主人家的水酒。如果酒量不好，一天多走几家，人就喝晕了。

在柳铁牛的力劝下，严俊翔、李海峰连喝三大碗水酒，酒量不好的柳秋兰也陪着喝了两碗。热酒一下肚，气氛立刻升温，很多原本不好说的话顺利地脱口而出。严俊翔红着脸颊拜托柳秋兰在年初三的乡贤会上无论如何要报一个项目出来，他怕自己和李海峰忙乎了一个多月办起来的乡贤会现场无人响应，到时脸上难看。

秋兰，你放心，我们这不是作假，只是想让你带个头。

李海峰说着特意给她敬了杯酒。他俩话说到这份上，柳秋兰自然不能拂人面子，当即表示她们三姐妹愿意回乡开农家乐餐馆。

其实，柳秋兰还想利用村里的荒石坡种仙人掌、养胭脂虫，但这个项目所需资金较多，她目前还在咨询、了解相关情况和筹措资金，暂时不便在会上公开披露。

秋兰，有你这句话，今天的水酒全变成了蜜！严俊翔又敬了她一杯酒。李海峰也连声夸陈小妹酿的水酒好喝，建议柳秋兰放到超市里去卖。

秋兰，李书记比你有眼光，他都晓得我的水酒好卖，你偏说我酿的酒别人嫌淡，没你那个同学酿的酒好喝！好气人呀！

昨天严俊翔、李海峰走后，陈小妹这样埋怨柳秋兰。

柳秋兰笑了：老妈，你的水酒在我超市卖了好几个月，销量真的不好。如果有钱挣，我肯定帮你代售呀！

柳秋兰不好酒，也欠酒量，但对水酒却情有独钟。有一次她去同学家的果园做客，同学杀了只走地鸡，炒了新鲜时蔬，拿出自酿的水酒招待那天前去的客人。同学酿的水酒特别好喝，她不顾夏花的劝阻，一口气连灌三大碗，没想到入口甜美的水酒竟有那么强的后劲，她正摇着手向夏花保证她没事，人便已醉得趴在桌上打起了呼噜。散席后她被人抬到车上，回家睡了足足半日才醒。事后她给同学的水酒取名"三碗醉"，受到启发的同学将其注册为商标，和人合办了个水酒坊，专门生产"三碗醉"水酒，柳秋兰成为"三碗醉"水酒的南远县总代理。"三碗醉"水酒质量上佳，是绿枝超市的长销品牌。柳秋兰从中明白一个道理：所谓的机会其实是明眼人在快速流动的生活中发现并为自己打开的一扇门。

眼下坐在热闹的柳氏老祠堂，看着悬挂在房梁下的那块红底白字的"凤凰村新时代文明实践中心"的牌子和牌子下方那条"凤凰村乡贤新年座谈会"的横幅，她想凤凰村也许是自己命运中的另一扇门，就看自己能否找到开门的钥匙了。

姐，你说等下严支书会批评毛秀云和福英嫂吗？村里就她俩家要的彩礼最高。这时，柳冬雪扯扯柳秋兰的袖口，边说边做鬼脸，恨不得她俩在这会场上吵起来！

柳冬雪自认为是村中第一美女，奈何毛秀云看柳姓人不入眼，几次三番在大庭广众之下笑话她脸白脖子黑，不是贵相，而后一连声夸她女儿严金平脸白脖子白，夏天穿圆领衫脸和脖子不会两种色。柳冬雪样貌身材俱佳，只是皮肤略黑，平日她喜欢在脸上涂 BB 霜。毛秀云因与陈小妹不和，动辄嘲笑柳冬雪是个黑皮，柳冬雪对毛秀云印象不好。

毛秀云吃的盐比你吃的米多，她哪会那么不懂眼色？今天她要是在公开场合骂张孝哲，严俊翔的脸往哪儿放？刚刚过完年，大家都图个吉利，她应该不会讲重话。

柳秋兰口里这样说，心中却没把握。十多年前，严俊坤当过四年的村支书，时间虽不长，却把毛秀云养得眼中没有他人，肚里容不得事，口上吃不得亏。张孝哲今日明目张胆地跟着严金平来开会，这等于当众打毛秀云的脸——这两天，村人茶余饭后都在讲毛秀云刻薄，除夕把张孝哲赶出家门，害得他只好到柳家借宿，不是严姓人的待客之道，指责她做得不对。毛秀云这两日对张孝哲、柳铁牛、陈小妹都有气，所以早上出门碰见时，才会拿买座谈会吃食的话题来硌硬他俩，并成功地挑起了对方的怒气。

秋兰，你猜错了，毛秀云才不会管严俊翔的面子好不好看呢，你们就等着看好戏吧！

听见两个女儿在分析毛秀云的下一步动向，陈小妹边嗑瓜子边说，脸上一派笃定的表情。

没关系，老妈，俊翔和李书记他们昨天已议好了对策，毛秀云要是敢胡闹，村里肯定有法子治她。

柳秋兰希望今天的会开得顺利。这时原本坐在对面的严亚宁突然跑到柳夏花身边，笑嘻嘻地在她肩上擂了两拳：夏花，过个年你就胖了两斤，这下得改名叫冬瓜了！

我要是冬瓜，你就是南瓜！听说你要回村开农家乐了？请我当大厨怎样？

不敢，怕你这个大食婆半夜偷吃，把我给吃穷了。严亚宁嬉皮笑脸地道。

呸呸，大过年的别说丧气话，到时你生意不好可别怨我！

柳夏花也说不清自己对严亚宁是什么感觉，有时她觉得自己没把他当男人，就像严亚宁没把她当女人一样。两人自小到大在一起玩，颇有些多年邻居成兄弟之意。她和严亚宁在一起很放松，两人见面总是先捅刀子再掏心窝子，有时还吵架。吵到最后，他俩叫上一帮人轮流做东请客，大块吃肉，大碗喝酒，好似所有的心事都化在了酒中。

柳秋兰看着和严亚宁交头接耳、喜眉笑眼的柳夏花，忽然有些明白为什么自己每次给她介绍对象都以失败告终，敢情他俩早就看对了眼？

姐，你看二姐那个死样，好丢人！看看，毛秀云的眼睛瞪成了铜铃，恨不得吃了她呢！

柳冬雪扯扯柳秋兰的衣袖，小声叨叨着。柳秋兰正要说话，严俊翔、李书记扶着柳姓的长旺公、严姓的雄胜公，缓缓从门外走进来。这两位老人是同庚，今年正好九十整，在村里很受人尊重。

长旺公除夕被严俊翔、李海峰、严亚宁送进了医院，还好只是急性肠炎，住了两天院后柳泉把他接回了家。严俊翔希望他卧床休息，但长旺公坚持要来开会。刚才严俊翔、李海峰分别去接两位老人，给他们拜了年，并送上了村"两委"为八十岁以上老人准备的寿星台历。老人高兴得很，走进会场时满脸笑意。

各位，今天的乡贤座谈会，有幸请到了两位长辈，我们大家有福气啊！

严俊翔喜笑颜开地说。

众人纷纷起身让路，七嘴八舌地给两位长者拜年。因刚刚出院，长旺公步履蹒跚。雄胜公虽行动自如，但他有哮喘病，走路颇费力气。两人缓缓地走着，在接受晚辈祝福的同时，双手打拱地向大家拜年。

长旺公和雄胜公德高望重，有时两姓之间闹矛盾，只要他俩坐下聊上一阵，村"两委"和驻村工作队再做下工作，"淤堵"处基本能够疏通，是真正的"村宝"。

严俊翔、李海峰刚刚安置妥当两位老人，有人就开始寻找严庆瑞：庆瑞，庆瑞你在哪里？

咦，他刚才还在我身边，怎么一眨眼就不见了？

他这么大的老板回来过年，怎么也得给我们严姓人一人一枚金戒指呀！

他肯定是去给我们拿拜年礼了。

我家缺台大彩电，他今年最好给大家送大彩电，省得我去买。

柳秋兰身边的几个妇人嘀咕着引颈张望，仿佛在等待大人发放礼物的孩子。

柳秋兰昨天在家中听严庆瑞说，他今日会给村人送礼物，只是没想到如今村人的胃口竟这般大，她怕严庆瑞送的礼物达不到大家的心理预期，说不定还会好心办坏事，于是笑着对那几位大嫂说：

大嫂，大家挣的都是辛苦钱，不管严庆瑞给的什么礼物，都是他的一份心意。

咦，秋兰，你怎么心疼起他来了？哎，我忘了，你跟他从小同学呐，你自然要向着他。

秋兰，他送的礼物也要我们看得上眼。如果送的是些乱七八糟的东西，我们根本用不着，还要欠他的人情，那又何苦呢？

那几位大嫂嘴皮子厉害，柳秋兰很快被她们说得没有还嘴之力，后来大嫂们还把矛头指向她，说她挣了大钱后从没给村人送过礼，不讲情义。幸亏这时严庆瑞走进了会场，大嫂们立马奔过去，柳秋兰这才脱困。

庆瑞，你今天给我们发什么？有人大声问道。

严庆瑞笑而不答，像是有意要保持那份神秘。他落座后，李海峰先介绍了本次座谈会的目的，接着是严俊翔讲话：

乡亲们，凤凰村是甩掉了穷帽子，但国家为什么还让工作队驻在村里呢？那是因为脱贫只是基础，乡村振兴是发展和后续。脱贫摘帽后我们实现了"两不愁三保障"的目标，接下来的乡村振兴工作不但要巩固住现有的成果，还要实现大家的共同富裕。也就是说，如果大家的生活想要更上一层楼，在座的各位都得加把劲。各位乡贤接到"英雄帖"后能来参加今天的会，说明你们热爱家乡，想为建设家乡发光发热。我和李书记代表村"两委"和驻村工作队向大家表示感谢！

严俊翔与李海峰起身向众人鞠了一躬，村人们报以热烈的掌声。

严俊翔接着提高了音调：各位乡贤，为了开好今天的座谈会，李书记带着全家人在凤凰村过年，让我们用热烈的掌声向李书记表示感谢！

在响亮的掌声中，李海峰起身朝众人拱拱手：凤凰村好地方呀，这个年过得特别香甜、扎实。在此我要感谢严支书、村"两委"和各位乡亲去年一年对我们工作的大力支持。今天大家欢聚一堂，为乡村振兴出谋划策，贡献自己的金点子，相信在新的一年里，在大家的努力下，我们凤凰村一定会越来越好……

在接下来的座谈环节中，严俊翔第一个点的便是柳秋兰的名：

秋兰，你是村里的女秀才，在县城打拼多年，生意做得蛮好，为我们凤凰村挣了面子！说说你下一步回乡发展的想法和打算。

柳秋兰早就准备好了发言稿，昨日严俊翔和李海峰拜托她后，她又连夜修改了一遍。可这会儿一看现场，好像不适合拿着稿子照本宣科，便干脆来了个临场发挥：

各位乡亲，我认为凤凰村可以向柳江乡和春晓乡学习，往生态旅游方向发展，通过新媒体把我们村打造成网红村。

严金平插嘴道：秋兰姐，大家都有这个想法，问题是怎样才能打造成网红村？

柳秋兰一笑：这也是我一直在思考的问题。最近我搜集、比对了不少网红村庄的资料，它们有个共同点，那就是各有特色。比如婺源篁岭的晒秋，柳江乡的柳江公园，春晓乡的花田。我们凤凰村除了名字，没有其他能让人记住的特色。我建议凤凰村多养孔雀多种花，花能美化环境，孔雀蛮像凤凰的，这说不定能引来客流。

秋兰姐，我刚刚上网查了一下资料，上面说凤凰长得像鸡，头上的花纹是个"德"字，翅膀的花纹是个"義"字，背部、胸部、腹部的花纹分别像"禮""仁""信"三个字，孔雀跟上面说的凤凰完全不像，当不了凤凰的！

严金平摇晃着手机说，一边骄傲地睨着柳秋兰和坐在她旁边的柳冬雪。她跟柳冬雪都是中专毕业，现在她被县统计局聘为合同制的乡镇统计员，每月虽然只有一千多块钱工资，但积累两年的工作经验后，她打算去考县统计局的公务员，说不定能端上公家的铁饭碗。如今她结了婚，丈夫张孝哲相貌堂堂、才华出众，有家有业的严金平觉得自己比柳冬雪混得好多了，从某方面她是可以傲视柳冬雪的。可今天的柳冬雪打扮得颇有书卷气，一张脸白里透红，笑时眼睛晶亮，小酒窝迷人，既雅致又娇憨，令严金平有些自惭形秽。想到张孝哲曾在柳家借宿过一晚，她心中更是不爽，今天格外留意了张孝哲的动向。谁知这一留意，让她发现了一个不得了的秘密：张孝哲自从进到柳氏祠堂后，半小时内看了柳冬雪五次！

严金平悄咪咪地在张孝哲腿上拧了两把，疼得他龇牙咧嘴。因为在开会，他也不好问金平掐他的原因，只得受着。柳秋兰这时正好开始说养孔雀的事，严金平见张孝哲的目光又从柳冬雪身上飘过，气不打一处来，这才两次贸然打断柳秋兰的发言，并质疑她的话。其实严金平对柳秋兰没有意见，可谁叫她是柳冬雪的大姐呢？

几位严姓的大嫂、婶子、婆子平日与柳姓人不对付，此刻见严金平朝柳秋兰"开火"，忙七嘴八舌地给她帮腔。有的嗤笑柳秋兰的建议，有的夸奖严金平有文化，受到鼓舞的严金平索性抛出了自己的想法：

我们这里的地势跟篁岭差不多，既然篁岭能因晒秋翻红，我们凤凰村也行。

篁岭上都是徽派建筑，我们村有好些新房子，比不上篁岭的。柳冬雪打岔道。

凤凰村的新楼也很好看。我和孝哲打算在那些墙壁上画画，增加村里的美感。

严金平白了柳冬雪两眼，大声地说。

哎，金平，你别打我家的主意。上次有两家做农药的公司要在我家墙上喷广告，说是一年给我两百块，我都没同意。你千万别动我家的墙！

陈小妹嫌严金平故意跟柳秋兰唱对台戏，几次打断她的话，心中有气，立马跳出来表明态度。

毛秀云翻着眼皮说：哎，陈小妹，我家金平又没说要在你家的墙上画画，你当什么出头鸟。

陈小妹冷笑一声：你家女婿今天一早问过我这事，我没理他，现在再说一遍，我不同意！

陈小妹，你别上杆子自己找堵！一来你家是老屋，坑坑洼洼的石头墙根本画不了画，二来我还没有女婿！你真是狗嘴里吐不出象牙。

毛秀云，你才是狗嘴喷粪呐！

陈小妹和毛秀云的对骂不多久便演变成柳姓与严姓女人们的骂战。严俊翔、李海峰两边劝解，两姓的男人们也帮着劝慰家人，可惜按下葫芦浮起瓢，柳氏祠堂里骂声一片。

柳秋兰、柳铁牛好不容易拉开了陈小妹与毛秀云，这边柳冬雪和严金平又开始互怼。张孝哲去拉架，被严金平劈头盖脸地骂了一顿，气得他涨红着脸躲到了旁边。严俊坤开始时作壁上观，眼见两姓的女人越吵越起劲，严俊翔和李海峰劝架劝得脸都变了色，他才对着话筒猛咳几声，而后抬头瞪着毛秀云和严金平说：你们吃饱了撑的？都给我住嘴！

严俊坤到底是当过几年村支书的人，加上他辈分高，在严姓人中，他说话还蛮顶用，起码毛秀云和严金平买他的账。她俩一住嘴，整个祠堂安静了不少。曾目睹过两姓械斗的严庆瑞见状不由松了口气，对村人的失望雾般在心中弥散开来。离开凤凰村十多年，他在变，家乡和家乡人也在变，变得有些陌生、有些迷离。当他置身其中、近距离凝视家乡时，他感觉记忆中美丽的凤凰村变得有些像蜂巢，藏着很多充满欲望、纷争的无形孔洞。特别是当他听到村人关于他这次礼物的议论时，心中更是难受。

七年前他携妻带子回凤凰村过年，拜年时他给每户人家送了一枚金戒指作为新年礼物，谁知村人却嫌他小气，出手还不如严亚宁大方。严亚宁那次给每户人家送了一枚金戒指外加一双球鞋！当时村里人挺感动，后来听说从村支书位置退下来的严俊坤还想再坐回那把交椅，严亚宁送东西是在替他收买人心，那份感动便不翼而飞！

尽管贪图小便宜，村民们心中其实还是有一杆秤的：严俊坤当村支书四年，村里的经济没有多大发展，即使严亚宁给大家送金手镯，大部分人也不会再选严俊坤当村支书。后来的改选证明了村民们的觉悟与眼光，大家不约而同地把票投给了退伍军人严俊翔。严俊翔为人公正，有能力，肯吃苦，村民们相信他是个好的带头人。严俊翔果然不负众望，上任后首先抓了果业、稻花鱼、烟业等产业项目。扶贫工作队进驻后，他又带领村"两委"的同志积极配合驻村工作队抓产业、促发展，从而使凤凰村提前半年脱贫摘帽。村里的柳姓人原先对严俊翔略有微辞，认为严亚宁那次过年给大家送礼表面上是帮严俊坤笼络人心，实际上是在暗中帮严俊翔的忙。后来见严俊翔上任后给村里带来了实实在在的可喜变化，柳姓人就很少再提起严亚宁送礼的事了。而且事后证明严亚宁送礼只是想摆阔气，与严俊翔无关——严俊翔被选上村支书后曾跑去找乡领导，说他考上了深圳某家上市公司部门主管的职位，年薪五十万，他老婆刘丹萍要他去深圳工作，如果他留在村里就跟他离婚，所以他有些想走。乡领导上门做了几次刘丹萍的思想工作，刘丹萍这才同意严俊翔出任凤凰村的村支书。

当"严亚宁送东西给村人是为严俊翔拉拢人心"的流言传出后，刘丹萍不干了，多次拿着深圳公司那份盖了章的聘任合同给村人看，数落严俊翔耳根软，经不住乡领导的劝说，舍了高薪工作，在村里当这个报酬少，一年忙到头还落不下好的村支书，骂他是个糊涂蛋。偏偏外人还骂她凶悍，老公当个村支书还要乡领导上门当说客。

你们评评理，我劝他去深圳有什么错？换了你们，肯定也跟我一样呐！

刘丹萍这番动作，一则为她自己正了名，另外也有力地粉碎了严亚宁送礼是为严俊翔笼络人心的谣言。

说实话，严俊翔当时真的不想当村支书。可村里人选了他当带头人，乡领导又看好他，他没法辜负村人的期望，只好留在凤凰村。虽说他上任时有些勉强，可一旦在其位后，却干得极欢，村里的面貌有很大的改变。凤凰村摘掉穷帽子后，为了进一步发展村集体经济、丰富村民的产业项目和就业途径，严俊翔经常给在外工作的凤凰村乡贤打电话、发短信，希望他们尽最大努力支持村里的建设。

严庆瑞以前在村里时和严俊翔交往不多，没想到他到外乡工作后反而因严俊翔的主动而关系密切起来。这次召开乡贤会如果不是严俊翔几次三番动员，严庆瑞还未必会在这时候回来：一来年底很忙，二来他头上顶着亿万富翁的帽子，这时回来肯定得"放血"！上次他送金戒指村人还嫌他小气，他怕这次人们的胃口更大。他在给母亲打电话时流露出这方面的担忧，母亲宽慰他道：庆瑞，以前村里人穷，他们想得你的礼物也可以理解。现在村里人脱贫摘帽了，他们哪好意思继续向你开口？

老母亲这话令严庆瑞惭愧，觉得自己看扁了凤凰村人。

就在这时，打电话请严庆瑞回村参加乡贤会的严俊翔特意提醒他送些有意义的礼物。严庆瑞明白他的言外之意，选礼物时颇费了一番心思。

然而，今天会场上某些村民的表现还是让他感到了沮丧和失望——那些真是他心心念念想要帮助和回报的乡亲吗？记忆中的凤凰村虽然贫穷，严、柳两姓之间也有不和，但那时大家还不至于像如今这样动不动就攀比、挑别人的刺。他担心自己今天的礼物送出去要挨骂。正忐忑间，旁边一直观察他的柳秋兰问道：

庆瑞，你车里的宝贝要帮你拿进来吗？

哈，你真是我肚里的蛔虫，连我车里的宝贝都晓得。那就劳你大驾，当一回搬运工。

严庆瑞见刚刚吵架的那帮妇人余怒未消，会议一时半刻难以进行，便和柳秋兰、柳夏花、严亚宁、张孝哲将他皮卡车里的十几个大纸箱搬进了祠堂。

呀，庆瑞大老板给我们发礼物了，大家都消消气，过了年再接着吵！

不知谁喊了这么一嗓子，刚才还嗡声一片的柳氏祠堂倏地安静下来，继而又掀起了新一轮的声浪：

庆瑞大老板，今年给我们发什么好东西？

严总，这次是不是给我们发金手镯？

庆瑞伢子，我家二儿子从广东打工回村了，我家要多领一份礼物呀。

庆瑞，网上说有个老板给村里每人发了一栋别墅，能不能在县城给我们每家发一套商品房？

对啊，你和欧阳总都是亿万富翁，那也花不了你家多少钱……

人们七嘴八舌地围拢过来，有人还伸手去抠箱子，想先拿为快。站在旁边的严俊翔见状，忙对着话筒大喊：

乡亲们，各就各位坐好，下面请严总讲话。

庆瑞伢子，你给大家发的是面包吗？你们家的面包好吃，我喜欢。严俊翔的话音刚落，有个无牙阿婆抽着鼻子道。

阿婆，这是我送给大家的云高桃酥和冻米糖。严庆瑞这话像勺冷水浇灭了众人的热情，可人们并没有因此安静下来，有几个大嫂开始说风凉话，其中一位严姓大嫂斥责严庆瑞发这种礼物是在打大家的脸：庆瑞，这种东西十几块钱就能买到，亏你好意思拿出手。

大嫂，庆瑞他不欠我们的情！他愿意给大家礼物是他的情分，他不愿意给是他的本分。边上的李海峰看不过眼，忙用话堵那位大嫂的嘴。严俊翔怕放任下去又要吵架，忙连声催促大家入座。众人这才不情愿地归位，一边窃窃私语，有些话讲得好难听。

柳秋兰怕严庆瑞听见后生气，正想安慰他，严庆瑞却笑眯眯地道：

各位乡亲好像对我的礼物很失望？

方才嘀咕的那些人互相瞅了瞅，会场倏地安静下来，气氛有些尴尬。柳秋兰忙道：

庆瑞，刚过完新年，你送的这些糕点、桃酥正好用来回礼，我们都很喜欢呐！

是呐，甜甜蜜蜜的，吃一口甜到心，跟现时的日子一样。

云高公司的糕点是好货，发给我们的这种桃酥是网红食品，好棒的！

哪个不想要的让给我呀！

柳秋兰注意到，接她话的基本上都是外出打工回乡的年轻人，他们原本就没想过要从别的乡贤手中得到礼物，如今有伴手礼奉上，那是别人的心意与诚意，如何会嫌弃？他们看不惯刚才那些得寸进尺的大妈婶子，特意发声给严庆瑞撑腰。严俊翔、李海峰赞许地瞄了那些年轻人一眼，心中却仍旧对部分村人的表现感到失望：看来有些村人的思想境界并没有因为家庭、村庄的脱贫而自然地提高。

严支书，李书记，下一步你们的工作重点，我看还是要落在改造人的思想、建设文明乡风上。

昨天严俊翔、李海峰、严庆瑞到柳秋兰家拜年，柳秋兰和严庆瑞都说过这样的话。当时严俊翔还认为他俩多虑了，并据理为村民们力争，不想今天严庆瑞的礼物一来，那些村民的表现还是狠狠地打了他的脸。

李书记，看来我们太乐观了。严俊翔小声对李海峰说。李海峰嘿嘿一笑：唉，十个手指还不一般齐呢，没事儿，下一步我们好好利用文明实践中心，多举办一些讲座和活动，大家的思想觉悟会跟着提高的。

严俊翔晓得李海峰在安慰自己：凤凰村虽然摘掉了贫困的帽子，仍然有些村民因劳力不足和疾病，存在着返贫的可能，乡风建设上也有待加强。针对村里出现的不尊重老人、高价彩礼、打麻将等问题，严俊翔召集村"两委"制定了《凤凰村文明乡风建设新村规民约》。李海峰提出成立"百姓名嘴演说团"，把各村好与不好的现象编成故事，让村民们选出的那些名嘴到各村演讲，再组织村里排演些提倡新风尚的小节目，新时代文明实践中心的点单系统也点了不少这类内容的演出活动，希望通过这种寓教于乐的方式，润物细无声地改变人们的一些陋习陈规，焕发人们新的精神风貌。

严俊翔心念电转间，严庆瑞已成功地让众人安静下来，他挨个给五十岁以上的村民送血压计、血糖仪，还给每户准备了一张参加职业培养班的申请表：

乡亲们，村"两委"和驻村工作队这两年给大家提供了很多免费培训的机会，不少乡亲通过这种技能培训走上了脱贫致富的道路。我今天也向村"两委"和驻村工作队学习，给大家送两次重新学习的机会。

严庆瑞说到这里举起了手中的表格：我刚刚给大家发的申请表上有食品烘焙、理发、美容、挖掘机司机、电焊工、月嫂、厨师、家政八种培训，每人可任选两种，想去县城学习培训的老表可以在云高公司的招待所免费吃住，培训费我出。

众人听后，反应各不相同。老人家觉得此事虽然与己无关，但严庆瑞让人学本事是善举，都鼓动家中的晚辈去报名。中年人虽诸事缠身，但晓得艺多不压身的道理，而且表上这些培训项目都很接地气，比如电焊、挖掘机、厨师，只要习得了手艺，在邻乡邻村便能找到打零工的机会。开挖掘机和当电焊工，一天工钱最少三百，有厨师证的人当一天红白喜事的主厨能得八百块的红包。往常他们想学，却舍不得花钱，如今有免费的培训让自己长本事，何乐而不为？而身在异乡务工的年轻人早就认识到了技能培训的重要性，此刻都鼓动家中的亲人去报名。不一会儿，严庆瑞手中的报名表被一抢而空，有人手脚快，当场便填交了申请表，严庆瑞拿着那些表格，心里乐滋滋的，觉得方才他还在腹诽的乡亲其实有了很大的变化。

庆瑞，你这次送的礼物很受欢迎啊！

柳秋兰交表时赞道。她选的是厨艺培训，以后回村开餐馆说不定用得着这门技术。柳夏花选了食品烘焙与挖掘机，柳冬雪选的是食品烘焙和美发。

授人以鱼不如授人以渔，严总这次的礼物深得人心。

严俊翔和李海峰没想到一张申请表能让刚才还在吵嚷的人们迅速地安静下来。看来大家都已经认识到不进则退的道理，这是好事。

这天的乡贤座谈会自此才算真正进入高潮。在接下来的讨论环节中，众人踊跃发言、各抒己见。外出的、留村的人都对凤凰村今后的发展提出了自己的建议，气氛异常热烈。

严庆瑞说他想租赁十几栋旧房子改造成民宿，发展旅游观光业。张孝哲和严金平怕他们的点子会被人剽窃，除了说要回村搞研学点，没谈具体的项目。严亚宁倒是大大方方地说他家的好味道农家乐打算下个月开张。柳秋兰这两天和妹妹们商量的结果是，如果绿枝小升初时能考上私立新培初中住读，她将回家利用父母的房子开农家乐餐馆。但因绿枝还要一个学期才能升学，回村开农家乐的事她暂时无法定下，所以在会上她未透露此计划，而是突然改变主意，详述了原本打算捂在心里的"商业机密"——种植仙人掌、养殖胭脂虫。

秋兰，什么叫胭脂虫？

养虫子还能挣钱？当真开眼界了。

女人们好奇地打听起来，早就做好了发言准备的柳秋兰侃侃而谈：

胭脂虫原产于美洲，是寄生在仙人掌上的一种小虫子。我们村的荒石滩有一百多亩地，土质不好，又多沙石，种不了庄稼和菜蔬，但可以用来种仙人掌养胭脂虫，这样荒石滩就能利用起来。

呀，秋兰，仙人掌长得慢，我家院子里有一株仙人掌，种了七八年还是老样子，靠它发财，脚都长须了。

不只我们村的人不晓得胭脂虫，县里的人只怕也不知道，搞这种东西很冒险。

村里人觉得这个项目不靠谱，是在拿钱打水漂玩，纷纷劝她慎重，严俊翔和李海峰倒是鼓励了柳秋兰几句。张孝哲现查资料现解释，试图说服村民，明显是在用另一种方式力挺她。

秋兰姐，胭脂虫有什么用处啊？钟红莲问道。

柳秋兰笑吟吟地说：胭脂虫可以提炼高级的红色颜料胭脂虫红，用来做口红，也可以用在纺织品和食品中，去年人工养殖的胭脂虫价格在国际市场上达到了每公斤四千八百元。每年可以收三到五次虫，只要进行简单的热处理干燥，便可以加工提取色素，到时纯利润直接翻倍。仙人掌花很好看，我们可以开展赏花、赏仙人掌的活动。仙人掌还能当蔬菜，仙人掌果可以当水果吃，也能酿酒，所以种仙人掌称得上一举三得……

柳秋兰对仙人掌和胭脂虫的阐述过于诗意，除了严庆瑞、李海峰、张孝哲感兴趣，其余人都觉得这个项目没"钱"途，她的话再次被新一波的议论声淹没。柳秋兰有些无奈，只得坐下，听别人说看法，提建议。

严亚宁看了眼柳夏花，有些好笑地小声道：夏花，我上网查了一下，胭脂虫最适合长在日均光照六小时左右的云南、贵州一带，我们这里不太适合养殖。如果想要规模效益，得把仙人掌片采回阳光棚内进行人工授虫，投资不少，收益却未必好。你看，这网上说一公斤一千九百元的收购价，比你姐说的便宜多了。那么小的虫子要收到一公斤，晓得要多少万只虫子！还是劝劝你姐，让她别想这些不着调的事！

严亚宁这话柳夏花听着没毛病，她觉得大姐有时的想法很天真，不过她很护短，容不得外人质疑大姐。她白了一眼严亚宁，故意挖苦道：

你妈高价卖你姐，是帮你存讨老婆的钱？你看上谁了？

切，话讲得那么难听！什么叫卖我姐？你出嫁不要彩礼？

严亚宁说着用胳膊肘捅了捅柳夏花。柳夏花回敬了他两下：彩礼嘛，是我喜欢的人我可以不要。

要是我娶你，你肯定不要彩礼喽？严亚宁打趣道。

呸，我按克向你要彩礼！

两人斗嘴斗得正欢，耳边突然响起毛秀云气愤的声音：张孝哲，你要是以后再敢上我家的门，我打断你的腿！

唉，大婶，我没惹你没骂你，不抢不偷的，凭什么大过年的要挨你骂？张孝哲站起身，斯文白净的脸涨得通红，声音比往日高了八度。

就骂你！没人喊没人邀的，觍着脸往我家钻，还来参加村里的乡贤会，你算哪根葱？还要脸不？

毛秀云想把话说绝，逼张孝哲以后不敢再来凤凰村。张孝哲气得想要和她理论，被严金平紧紧拽住：你别出声，我来！

严金平从包里掏出张大红色的请柬，大声说：老妈，这是村里给我和张孝哲发的开会邀请函！人家张孝哲现在是到凤凰村搞开发的创业人才。你想赶他走，还得问问村里同不同意！

对，村里不同意！那十几个从外乡回来的年轻人早就听说了毛秀云要高价彩礼，赶张孝哲离村的事，都为他打抱不平。如今又见她当众羞辱张孝哲，更加看不惯毛秀云，不约而同地为张孝哲撑腰。柳秋兰认为张孝哲还是有涵养的，这时候还能顾及老人的面子，没有口出恶言，不由对他高看一眼。柳冬雪却嗤道：

这张孝哲一点尿性都没有，我讨厌这种人！

他用不着你喜欢，人家有严金平宠着。柳夏花打击她道。

嗳，俊翔，昨天不是讲好了要敲打敲打毛秀云吗？她这有点过分了！柳秋兰怕柳冬雪发毛，忙用胳膊肘碰了碰正巧站在旁边的严俊翔，小声道，一边向柳冬雪使眼色，柳冬雪只好按下想和二姐斗嘴的念头，嘟着嘴看起了热闹。严俊翔盯着毛秀云，眉头皱成个"川"字：

昨天从你家出来，我和李书记专门去我三哥家拜年，当时就跟三嫂讲了张孝哲要到村里搞研学点的事，还有政府现在在整顿高价彩礼，让她别搞那些破事。她当面答应得好好的，可转个身就不作数了。你看，现在又来这么一出，真是自掌嘴巴！

你这个村支书也蛮难当的。柳秋兰有感而发。

这些都是小事，但不能不管，不管就要变成大事。严俊翔说罢坐回座位，打开桌上的话筒开关，大声道：

各位老表，礼物拿到了，表填了，该拜的年拜了，该讲的话讲了，吵架的也请停下来，现在听我来讲几句。

严俊翔当过四年兵，虽然退伍十多年了，但身上依然保留着军人行如风、坐如钟、站如松的风姿。他讲话时中气十足，加上话筒音量足够大，他一开讲，震得祠堂的屋瓦唰唰作响。

气呼呼的毛秀云被严俊坤按在座位上，口中依旧在嘀咕。严俊翔停住口，严肃地盯了她几秒，毛秀云这才安静下来。

乡亲们，凤凰村甩掉穷帽子两年了。从今年回家过年的情况来看，我们村的平均年收入比去年又增加了三百元，除了六户五保户，村里一百二十多户人家都买了小轿车。这是大家辛勤劳动的成果，非常了不起！

严庆瑞、柳秋兰率先鼓掌，后生们表达的方式更为热烈，有的以手击打桌面，有的嗷嗷直叫，祠堂内的气氛再次"燃"起。

但是，我们村目前也冒出了前两年不曾有的新问题，比如高价彩礼和打麻将的问题。高价彩礼是卖女儿，此风不可长，得立即刹住。打麻将玩玩可以，但不能赌博。我听说有两户人家从年初一早上打到年初二上午，这来打牌的除了亲戚，还有外人。虽说没玩钱，但玩着玩着赌起了气，打赢了不让走，输了的不肯走，差点打了起来，这样玩下去非出事不可！我和李书记昨天下午去拜年时已经跟这两户人家打过招呼，他们收了牌桌，这里就不再点名，给大家留点面子。以后要是再发现有人这样沉迷麻将，我们就把他家的事情编进简报，请百姓名嘴到四邻八乡去演讲。你们想出名就继续打牌，到时看看哪里的妹子敢进你们的家门！

严俊翔这话犹如一瓢雪水浇在燃烧的炭火上，祠堂内的众人先是发出一阵轻轻的嗤声，接着立马安静下来。李海峰接口道：

乡亲们，凤凰村年前成立了新时代文明实践中心，这个中心主要是通过志愿服务的形式，学习宣讲党的方针政策，培育主流价值观，活跃文化生活，推动移风易俗的工作。刚才严支书说的两件事，是凤凰村今后乡风文明建设的重点工作。为了加强文明乡风建设的宣传，村"两委"和驻村工作队拟出了百姓名嘴演说团的成员名单，她们是毛秀云、钟红莲……其中毛秀云负责宣讲"抵制高价彩礼，推动移风易俗"，钟红莲讲的内容是"好儿媳赛千金"。

会场里霎时爆发出一阵哄笑和议论：

好，这个演讲我们想听！

李书记，秀云婶和红莲嫂这是要跟着百姓名嘴演说团到四邻八乡去演讲么？她们是讲自家的故事还是讲别人的故事呀？

凭什么让她俩去演讲？她们自家的事都没处理好呢！

到时候县电视台、报社要报道的，秀云婶和红莲嫂要出名了哟！就不晓得出的是好名，还是骂名呵！

在众人的议论声中，毛秀云、钟红莲脸红耳赤，颇为尴尬地对视了几眼。毛秀云忽然一拍桌子，大声道：你们以为这样就能搞臭我？我偏不怕！反正今天我话撂在这里了，女儿是我生的，要多少彩礼我说了算！

说罢，她瞪了严俊翔、李海峰两眼，噔噔地走到张孝哲跟前，吐钉子般地吐出几句话来：

张孝哲，我告诉你，少一分钱彩礼你都别想娶金平！金平，你跟我回家！

她伸手去扯严金平，严金平闪身躲到严俊翔后面：四叔，你看我妈这样子，好烦人哟！

严俊翔拦住了张牙舞爪的毛秀云，对旁边的严俊坤说：哥，你是家长，得发话呀！

严俊坤被毛秀云刚才那番话弄得灰头土脸，他好歹也是当过几年村支书的人，如今老婆做出这种举动，他脸上无光，加上严俊翔又开了口，他忙板着脸说：秀云，有事回家去讲。金平，快听话。

严金平嘻嘻一笑：爸，我听你的。说着她从包里掏出本结婚证，扭头看着毛秀云：妈，彩礼多少你说了算，和谁结婚我说了算！

毛秀云气得伸手去抓她的结婚证，严金平个子高、胳膊长，毛秀云根本够不着。严金平举着结婚证大声地说：各位阿公、阿婆、阿婶、伯伯、叔叔、大哥、大嫂，我和张孝哲已经扯了结婚证，婚礼定在三月三号，到时请大家去我弟新开张的好味道农家乐吃中午饭哈，我们现在给大家发请柬！

毛秀云骨子里也是个重男轻女的妇人，但严金平是家中唯一的女儿，且长相漂亮，自小只要带她出门就能博得众人的称赞，不知不觉间，毛秀云对这个女儿便高看了一眼，平常挺娇惯的，没想到却惯出了她的"反骨"。毛秀云眼见女儿和张孝哲生米煮成了熟饭，气不打一处来，伸手拍了严金平两掌，这边嗷叫着扑向张孝哲：我打死你这个骗子！敢骗我女儿！

震惊中的严俊坤还没反应过来，他身旁的严金平已张开双臂，老母鸡似的护住了身后的张孝哲。毛秀云一口气没上来，翻着白眼倒在严俊坤身上，引起众人的一片尖叫。

快，快送医院！严俊坤慌了。严金平一迭声地喊着"妈"，大家七手八脚地将毛秀云扶在椅子上坐下，又是掐人中又是灌茶水的，好一阵才把她弄醒。见到女儿满脸是泪地望着自己，毛秀云哇地大哭起来：我的老天爷啊，我怎么生了你这么个讨债鬼哟！

金平，快跟妈说你刚才在开玩笑！

严亚宁焦急地提示严金平。毛秀云可怜巴巴地瞅着女儿，希望她说出自己想听的话来。可严金平却抽泣着摇摇头：

爸、妈，我和孝哲年前就扯了结婚证。上次我跟你们讲过的，你们要是不信，可以去问四叔。四叔，我还给你发了短信呢！

严俊翔没想到凤凰村开年第一场闹剧会由三哥家唱主角，见众人的目光落在自己脸上，他连忙点头称是：没错，四叔还给你们送了祝福。

被百姓名嘴演说团名单一事弄得尴尬的钟红莲和柳泉，看了这场闹剧后心有感触。他俩走到耳聋目不明的老爹长旺公旁边坐下，窘得一时半会儿不知该说什么好。

柳秋兰瞅准时机，把桌边那盘砂糖橘放在长旺公面前，小声对钟红莲说：红莲，长旺公一直跟你和柳泉住，你是个孝顺的儿媳妇，你大哥、二哥和两个嫂嫂有些地方做得不对，下回我去县里劝劝他们。你是小辈，脾气有些急，有些话你软着讲，说不定他们也不会那么倔。

钟红莲平日跟柳秋兰来往并不多，此刻听她夸自己孝顺，又给自己出主意，不由有些意外和感激。钟红莲和公公、婆婆住了十多年，平日里二老有病有疼，大多是她和丈夫柳泉照料。婆婆走后，长旺公一直跟他俩住。大哥、二哥虽然给了赡养费，但不出半点力。钟红莲一边照顾公公，一边还要忙家务、做田讨生活，感觉挺累。她是偏心娘家，但这些年她自觉比两个嫂嫂要孝顺些。只是从前年开始，因看不惯大哥大嫂、二哥二嫂在公公住院期间当甩手掌柜，她和柳泉这才逆反的。不料村里人不记他俩多年照顾二位老人的好，反而抓住近两年她和柳泉赌气怠慢老人的事骂他们没良心、不孝顺，为这事她气得吃不下饭，还经常跟人吵架，后来越搞越逆反。

除夕那天，长旺公发病，柳泉想送老爸去看病，打电话给县城的大哥二哥，请他们去办理住院手续和守夜，谁知两位哥哥却说他们不在县城。钟红莲立即打电话向侄子、侄女核实，估计是两位哥哥还没有跟孩子对上口径，侄子、侄女告诉她全家人都在县城过年。火冒三丈的钟红莲不准柳泉送长旺公去医院，这边连打五个电话催哥哥嫂嫂们回来。可他们根本不接电话，柳泉怕耽误老爸的病情，只好向严俊翔求救。

严俊翔、李海峰、严亚宁赶过来后，柳泉要送老人去医院，钟红莲见哥哥嫂嫂们还是没有动静，气坏了，扬言柳泉如果去了医院，她就和柳泉离婚。柳泉性子木讷，家中惯由钟红莲做主。他怕老婆发性子走了，会把两个孩子甩给他，权衡之下，那份孝心便让位给了自家的小算盘，跟着钟红莲一起同哥嫂们较劲，狠下心没去医院。这才出现了严俊翔、李海峰、严亚宁送长旺公去治病的这一幕，柳泉、钟红莲夫妇也因此得了个"不孝"的名声。他俩都很憋屈，特别是柳泉，每逢村人说起这件事情，他便脸红得抬不起头来。

刚才李海峰宣布百姓名嘴演说团名单，柳泉意外地听到了钟红莲的名字，而且是让她去宣讲怎样当个好儿媳的内容。说实话，他并没有钟红莲的那份尴尬，相反倒觉着这是个向大家讲述他们夫妻俩这些年如何照顾老人，澄清外人对他们误解的好机会。

钟红莲开始以为这是村"两委"和驻村工作队故意借宣讲之机来讽刺挖苦

她，后来柳泉小声跟她讲清了利弊，她立马就想通了。没想到这时毛秀云突然向张孝哲发难，逼得严金平当众亮出结婚证，害得毛秀云晕厥过去。那一瞬钟红莲有些同情毛秀云。

平心而论，做父母的都巴望女儿嫁得好，毛秀云也不例外。她近段时间之所以咬着高价彩礼不放，是因为几个月前，乡里开榨油坊和蚊香厂的钱老板派媒人来向毛秀云提亲，说钱家的独苗相中了严金平。毛秀云早就晓得钱老板的大名，还见过钱老板那个在乡政府当文书的独苗儿子，巴不得女儿严金平能够嫁给他。那天媒人到毛秀云家提亲，不认得路，在村口碰见了钟红莲，是钟红莲把她带到严家去的。毛秀云大约怕严金平闻讯后会有想法，叮嘱媒婆和钟红莲一定要严守秘密。钟红莲不敢得罪严姓人，加上她本身不爱多嘴，便把那天媒婆上门向严金平提亲的事闷在了肚里。

这会儿见毛秀云被女儿气晕，钟红莲有些内疚：如果自己当初先放出些钱老板向严家提亲的消息，村里人也许会对毛秀云向张孝哲要彩礼一事更宽容些，毕竟张孝哲除了人长得帅，其余方面都比不过钱家。大家都不是傻子，有女儿的当然愿意与富裕的钱家结亲，可女儿非要选张孝哲这种类型的，做父母的问男方要一点彩礼又有何不可？

这么一想，钟红莲立马觉得自己有责任为毛秀云要高价彩礼的事进行澄清，忙不迭地说：

各位邻舍，秀云婶并不是看重钱呐，她是当娘做妈的，满心希望金平嫁个好的人家，前几日有媒人……

红莲，你说什么都没用了！

刚苏醒过来的毛秀云高声打断了钟红莲的话，然后揉着太阳穴，扭头朝门外走去，有些佝偻的背影显得那么孤单。

妈，妈！严金平到底还是不忍，喊着去追毛秀云。

严俊坤黑着一张脸，仰脸看着比他高半个头的张孝哲，伸手点着他的鼻子说：你小子厉害啊，使出这种阴招！真是造孽！

张孝哲气得满脸通红，可碍于对方长辈的身份，憋在心里的话说不出口，只得拿眼睛向旁边的严亚宁求助。

严亚宁重新创业虽然急需家中的支持，但他从未想过要用妹妹的彩礼钱。这段时间他目睹了父母对张孝哲的刁难，一则佩服张孝哲追求爱情的勇气，二来也确实为父母的所作所为而羞愧，此时见到张孝哲求助的眼色，他再也憋不住，上前一把拽住神情激动的严俊坤：

爸，你和妈别太过分了！以后和金平过一辈子的不是你和老妈，是人家孝哲！你少说两句吧！

三哥，孝哲他也不能绑着金平去结婚，双方你情我愿的，你有什么好埋怨的？严俊翔今天被严俊坤一家人的表现弄得很糟心，皱眉劝道。

俊坤，女大不中留。小张人才不错，别生气了！雄胜公拄着拐杖，颤巍巍地走到严俊坤身边，抖着白胡子道。雄胜公是严姓字辈最大的族老，很有威望，他既然发了这话，严俊坤只好沉下脸不再吭声。

老支书，家和才能万事兴。有些话，你得跟嫂子讲明白！李海峰没想到毛秀云会在乡贤座谈会上把家丑撕给大家看，也上前劝道。

孝哲，不要难过，大家都在力挺你！柳秋兰拿了根棒棒糖给张孝哲。

张孝哲谢过她，将糖放入口袋，双目泛红地说：秋兰姐，谢谢你们。这糖我得留着。

唉，你本不该遭受这些的！柳秋兰看着墙上"乡村要振兴发展，必须先建设文明乡风"的标语，深有感触地道。

孝哲，艰难困苦，玉汝于成，别气馁，以后要是有什么事需要我做，打电话、发信息跟我讲一下，我会尽力！

严庆瑞走过来，鼓励了张孝哲几句。张孝哲谢过他们，随后便走了。

这时大部分的人已经离开会场，严庆瑞和柳秋兰沿着小道，慢慢往村里走去。

秋兰，你觉得这次座谈会开得成功吗？严庆瑞好像有些累，声音低沉。

柳秋兰嘶了口气：今天的座谈会从"文明"角度而言，无疑是失败的。但村"两委"和驻村工作队的宣传、动员目的还是达到了，应该算成功吧！

对，我也觉得是瑕不掩瑜，会开得挺好。何况我们还收到了金平和孝哲的喜帖，过些日子有喜酒喝！

严庆瑞对毛秀云一家今天的表现甚为失望，但他不想扫柳秋兰的兴。柳秋兰冰雪聪明，立马捕捉到了他眉宇间的几丝愁绪：庆瑞，你会回村搞开发吗？

严庆瑞没有马上回答柳秋兰这个问题，凝视着坝下波光粼粼的小河和嫩绿的田野出了会神，郑重地说：

秋兰，我刚才说的民宿园项目，马上就要落地执行。我列出了二十一个户主的名单，村"两委"会先帮我沟通。如果洽谈顺利，清明节后我会回来签房屋租赁合同，五月份开始装修，争取国庆节后试营业。你怎么打算？

我没你那么撇脱，还要等绿枝的成绩出来呢。不过我肯定会回村的。眼下留在村里的年轻人太少，我们要是再不回来，村子只会越来越破败。

嗯，我去了柳江乡的半山村。那个村子有二十七栋七成新的房子，但交通不方便，到县城要坐四个多小时的车，村民为了做生意和方便孩子读书，全都搬出去了，老宅也不要了。我那天去半山村看了下，前几年扶贫驻村工作队帮村子里改好了水、电、厕所和路面，可惜脱贫摘帽后村民全部搬走了，有点浪费。我原本想把半山村租下来搞度假村，几个朋友认为那个地方太偏，周围没有其他景点，配套服务设施跟不上，买瓶酱油要开一个多小时的汽车才能到镇上，不合适。

说起前不久考察过的半山村，严庆瑞打开了话匣子，同时也略有些伤感。那天他和三个朋友冒雨驱车去半山村，雨雾中的村庄绿树成荫、房舍俨然，一条小河从村中潺潺流过，村前山后野花怒放，景致颇为秀丽。但因两年多无人居住，通往村庄的道路和房屋前后长满了半人高的野草。灿烂的小黄花在风中摇曳着，仿佛在向来客诉说它们的寂寞。

是啊，现在有不少空心村，这也是未来乡村振兴要解决的难题吧？

讲到这里，柳秋兰忽然觉得自己整日在超市听新闻节目听出了毛病，逮着谁都想讲几句她听来的那些新闻和政策，难怪柳冬雪会说她现在越来越像喝太平洋水长大的村干部。

大姐，不该你管的你管那么宽，何苦？想到柳冬雪的话，柳秋兰不禁哑然失笑。

秋兰，你笑什么？严庆瑞打量她的目光沉静、深邃。多年不见，他身上多了份中年男人的稳重，但依然英俊逼人。柳秋兰将目光从他脸上移开，低声说：

村干部给我们这些人发"英雄帖"，今天来开会的人只有你当得起"英雄"二字。我们这些平头百姓没什么能力，回村也不过开间农家乐餐馆，很难改变村里的面貌，更说不上促进和发展，对不起那份"英雄帖"啊！

我不同意，首先我不是英雄，我和你们一样，只是大海中的一滴水，但只要我们今天来开会的三十多人都能回凤凰村搞项目，规模效应就来了，你要有信心。

严庆瑞给她鼓劲。柳秋兰想想也是，人多力量大。如果大家都动起来，说不定真的能改变凤凰村的某些面貌。这时她的目光忽然被河面上的那群野鸭吸引，思绪倏地飘到并未出现的野兔身上：以前她和严庆瑞在山上捉过野兔呢。如果她在家中的后院养兔子和孔雀，农家乐餐馆应该更吸引人吧？

六、未来的打算

　　柳秋兰三姐妹的农家乐餐馆计划在这年的七月份开张。为了迎接这件大事，柳秋兰和两个妹妹度过了一个繁忙、朝气蓬勃的春季。原本庸常、静水无波的日子，在那封"英雄帖"的催发下，生出了许多的涟漪，激励着她们去勇敢尝试。开完乡贤会后的次日，柳秋兰和两个妹妹便商量着，做出了一个详细完整的计划，柳铁牛、陈小妹看后觉得不错，只可惜有绿枝牵绊着，她们暂时无法付诸行动。

　　那天参加乡贤会的人中，除严庆瑞外，行动较快的是张孝哲和严金平。三月初，他俩如期在严亚宁开的好味道农家乐举办了结婚喜宴。

　　为了壮声威，张孝哲的父亲特意请来了全县有名的龙灯队和唢呐队到凤凰村为儿子助阵。被严俊翔敲打和村人劝说后的毛秀云、严俊坤拗不过态度坚决的严金平，总算按时出席了婚宴。虽说全程板着脸，但到底还是没敢发飙，礼数也算周全。张孝哲和严金平终于顺利成婚，可惜毛秀云和严俊坤并没有因此扭转态度，仍然不让张孝哲进他们家的门。

　　为了开展业务，也为了气毛秀云，婚后不到一周时间，张孝哲同严金平商量后，以每月三百元的价格租下了柳秋兰家的两间平房当研学点，双休日时带着艺校的培训生到凤凰村写生。而且他说到做到，让那三十多个学生在柳家吃饭。

　　彼时柳秋兰的绿枝餐馆还没办起，他每次都是提前打电话向柳铁牛预订饭菜。柳铁牛提醒他应该带学生到严亚宁的好味道农家乐去用餐，张孝哲说他答应过秋兰姐，如果办了研学点，带来的学生要到柳家用餐，他不能言而无信。不用说，他此举又捅了毛秀云的肺管子。

有一天，张孝哲带来的学生正在柳家吃饭，毛秀云气冲冲地跑到柳家门口，指责张孝哲胳膊肘往外拐，话说得很难听。一旁的陈小妹实在听不下去，赶忙打电话让严亚宁过来劝和。

严亚宁得信后骑了摩托过来接毛秀云，说这事严金平和张孝哲事先已跟他讲过，那些学生每人只交十块钱餐费，却要吃四菜一汤，根本没钱挣。毛秀云这才心气平和地跟着严亚宁走了。

张孝哲的研学点每周双休日都会有学生来，最开始来的只是美术班的学生，那些学生对凤凰村印象不错，主动在朋友圈发凤凰村的照片，成为宣传凤凰村美景的"自来水"，其他培训班的学生也陆续让家长带着他们过来自驾游。这些人来了都去柳铁牛家吃饭，柳铁牛怕毛秀云生气，忙把客人送到好味道农家乐。

严亚宁的餐厅那段时间忙着接待团体客人，对这些不挣钱的散客没多大兴趣，给他们提供的菜品口味一般。吃了两回后，有些散客认为好味道农家乐味道不怎么样，菜价还偏贵，不乐意去，选择了在柳家用餐。

毛秀云听闻后上门和陈小妹吵了一架，并命令张孝哲从此以后把研学点的学生带到好味道农家乐去。张孝哲还没表态，严金平便出面挡了毛秀云的驾：

老妈，你别给亚宁添乱！按柳家这种标准接那些学生，撑死每人每餐挣个三四块钱，算下来一个月到他们家吃饭的也就一百多人，为挣这几百块钱忙得乌头暗面有什么意思？亚宁根本不想挣这种小钱。他跟县旅行社订了长期合同，去柳江乡、春晓乡的旅游团会到好味道农家乐吃中饭。县里的"组组通"公路修通后，从那两个乡拐到凤凰村很近，接团餐比接学生餐挣得多，还省事。

严金平这番话终于浇灭了毛秀云心中的怒火，从此她没再为研学点的学生到柳家吃饭的事找过柳家的碴。

尽管来农家乐餐馆吃饭的客人一般重口味，轻装潢，但谙熟生意经的柳秋兰还是想在环境上下一番功夫。为了方便客人记忆，她先请张孝哲帮忙做了块颇有意趣的"绿枝餐馆"的招牌挂在家门口，这边紧锣密鼓地做着各种准备。由于柳秋兰还要兼顾县城的超市，这段时间的来客由柳铁牛、陈小妹老两口招呼。陈小妹的厨艺不错，还能留住些客人，每月能挣六七百块油盐钱，把个陈小妹高兴得什么似的。

相比之下，已正式开张的好味道农家乐生意好多了，一则缘于严亚宁的人脉，二来他的餐馆够正规，投资也大，上下三层楼的房子隔出了十几个包间，大厅和院子里也设了散座。食客们在好味道农家乐用餐时，能从电视里点单看县文明实践中心点单系统里的演出剧目和风土人情、景点的视频，颇有特色。前台的电脑还装了菜园的监控，保证所有的蔬菜都不打农药、不用化肥，确保纯有机。如果游客愿意，他们只要上网便可纵览全村严姓人的菜园，还可以点菜和去园子里自采蔬菜，价钱很合算，请店里的厨师当餐炒着吃或带回家都行。

为了活跃气氛，严亚宁还从邻村请来他的堂姨，也就是毛秀云的远房堂姐，到餐厅坐镇。老太太七十多岁，耳不聋眼不花，能言善辩，通晓四邻八乡的风俗掌故，还会数快板、唱山歌。客人没来时她在店里打扫卫生、洗菜择菜，客人来后她唱山歌、讲故事给大家助兴，很受食客的欢迎。一来二去的，这些都成了好味道农家乐的特色，为餐厅赢得了不少"自来水"客人。在这种情况下，严亚宁不会在乎张孝哲那百来个每餐只肯出十元钱餐费的学生。再说他对柳秋兰一家印象不错，乐意把这些小生意让给柳家。

张孝哲是个有心气、有韧劲的人。虽然婚后严俊坤、毛秀云还是不让他进家门，但他毫不气馁。有人劝张孝哲不要窝在凤凰村受闲气，干脆回县城专心打理他的广告公司，张孝哲俊脸一板：广告公司有我爸妈和徒弟管。我得在凤凰村陪我老婆！

严金平心疼张孝哲，动员他把研学点放在春晓乡和柳江乡去，那边景点多，随便找个地方都能让学生写生，他还不用受她父母的挤兑。

不行，我张孝哲认死理，在哪里跌倒，就一定要在哪里爬起。

唉，你这又是何苦呢？我爸妈死脑筋，难道你也死脑筋？严金平对他的坚持不太理解。

张孝哲干脆把话挑明白了：金平，我是严家的女婿，你爸妈不可能一辈子不认我。我希望早点消除误会，这样对大家都好。

唉，反正我刚才那提议是为你好。只要你不觉得委屈就行。

严金平在心疼张孝哲的同时，也心疼自己。这段时日，她夹在父母与张孝哲之间也挺难受。她怕自己坚持不下去，所以才想到要离开凤凰村。张孝哲知晓她的心思，搂住她道：金平，我们俩结婚是你情我愿。这是你的娘家，也是我的家，我不想逃跑。还有，这里游人少，山势错落有致，适宜写生。我有两个学生的画作被省文联美术家协会的"六一"画展选上了，他们画的都是凤凰村。省美协的褚秘书长说他过段时间想邀几个画家和省作协《山风》杂志社的胡主编过来考察，看看我们之间能不能合作。所以，我们必须坚守在凤凰村。

张孝哲脾气温和，思路清晰，干事有韧劲，令性子火暴的严金平钦佩而迷恋。乡镇统计员的工作有时间性，忙的时候屁股不落凳，偶尔闲下来，也有时间和心思看张孝哲教学生画画，看的次数多了，严金平手痒，便也跟着学。张孝哲见她有兴趣，自然悉心指导，她越学越上瘾，进步很大。那天她随手画了一幅"丰收季节"的丙烯画，张孝哲看后眼睛一亮，立即转发给省美协的褚秘书长。

嗯，作品土中见雅，拙中显巧，夸张而不浮浅，富有想象力，是幅很不错的农民画！

为了鼓励严金平，褚秘书长发了这么段语音给张孝哲。严金平听后先是激动地抱着丈夫啃了两口，继而大眼珠一转，提出个建议来：

孝哲，我省的万安县是全国的农民画之乡，我们这里也可以变成全区的农民画村呀！我们区有十七个县九百多万人口，万安离我们远，我们区的人不一定有时间去万安玩，可是他们离南远县近，我们这里交通又方便，只要凤凰村把农民画的名气打出去，肯定会有人来这里自驾游。

虽然严金平的这个想法有些大胆，张孝哲细细思量后，却觉得有可行性。只是培养农民画画家不是一朝一夕之功，靠他和严金平的力量实现不了，所以略有些畏难：金平，这好像应该是县委书记思考的问题。

孝哲，别小看我们这些平头百姓，只要我们努力，每个人都能激起一朵小浪花，得有自信。

严金平为了鼓励他，当天就起草了一份"打造凤凰村写生基地和农民画村"的策划送给了严俊翔和李海峰。他俩很重视，召开村委会时专门对此事进行了讨论。大家觉得这个想法很好，投资虽小，但做好了影响甚大。难题是要在村里找出十几个想拜张孝哲为师学画的人不容易，要出效果起码得一两年。为了动员村民报名参加张孝哲的免费培训班，村"两委"用广播喇叭播了近一周的通知，最后只有钟红莲和柳泉两个来报名，他俩还是柳秋兰打电话游说过来的。

可只有两个学员哪能开班呢？没办法，严俊翔只好来动员柳秋兰：

秋兰，小张的这个点子不错，弄好了能增加凤凰村的知名度。可惜报名的人太少，这会挫伤张孝哲和严金平的积极性，你们三姐妹和孝哲是好朋友，你们报个名，给他捧捧场呗！

严俊翔这话说得软，柳秋兰不好拒绝，想到冬雪对绘画有兴趣，前两年还曾陪绿枝学过一阵子素描，而她和夏花虽在绘画上缺乏天分，但去捧个人场还是可以的，于是爽快地答应了严俊翔。严俊翔格外开心，屈着手指说：

你们姐妹几个加上柳泉、钟红莲、金平、孝哲，以后我们村就有七个农民画画家了，说出去蛮好听的。

哎哟，俊翔，一口吃不成一个胖子。只怕等我们学出师了，你都到县里当书记了！

柳秋兰陪绿枝上过美术班老师的辅导课，晓得学艺的艰难。她可没指望自己上个培训班就成了真画家。她答应去学画，完全是出于对严俊翔和张孝哲的支持。

柳大姐，你们三姐妹能来，我这培训班可就厉害了！

她去报名时，张孝哲和严金平喜出望外。两人又是端茶倒水，又是给她拍照留念，不晓得几热情。他俩的态度感染了柳秋兰，觉得自家三姐妹日后一定得好好学习，否则对不起张孝哲夫妇的这片热忱。

可当她把上绘画培训班的消息告诉两个妹妹时，柳夏花瞪了她一眼：

大姐，我手指头粗，拿不住笔，我宁肯砍柴也不愿学画画。不过，我拿毛衣针还行。

柳夏花说着拿起椅子上那件织了一半的毛衣，正想露一手，旁边的陈小妹连忙大声制止她：

哎，哎，夏花，你别动！你上次帮我打了两行就掉了针，花也织错了，害得我拆了半日。

柳夏花只好放下毛衣，转身去编老爸那只刚起头的竹筐，挑着眉说：大姐，我们三姐妹最应该学画的是冬雪。

柳冬雪所在的怀玉美容院近期新增了轻氧文眉业务，老板派她去市里最大的美容院学习。这天柳冬雪回家和父母、两个姐姐道别。听说要她拜张孝哲为师学习绘画，不由皱起了眉头：

我不去。我不是严金平，不干那种沽名钓誉的事！

柳秋兰批评她道：冬雪，你从事的美容行业本就需要审美能力，学会了作画对你有益无害，对你今后的文眉、化妆都有帮助。

姐，你落后了，现在的文眉都有模板，顾客只要选中眉形，拿模板一打形状，照着文就是，根本不需要美术基础！

柳冬雪不以为然。即便真要学绘画，她也不想拜张孝哲为师。最近严金平老是故意在人前秀自己和张孝哲的恩爱，她看着就烦。最重要的是，严金平最近垫尖了下巴，原本厚实的肩膀被溶脂针弄薄了许多，整个人比婚前更加清秀，这让柳冬雪偶有落下风之感。她不喜欢这种感觉，下决心要在今年找到一个各方面条件都比张孝哲更强的金龟婿，她才不愿输给严金平呢！

在这种心理下，她如何甘愿拜严金平的丈夫为师？

冬雪，不是我讲你，你总是瞧不起严金平，说她这不行那不行，我看她比你行。

深知小妹性格的柳夏花激将道。柳冬雪立时跳起三尺高：你哪只眼睛看她比我行？不是我不行，是你眼蒙看不清！

你呀，还不晓得人家严金平的厉害。她这几年一直在跟张孝哲学画画，我听讲省美协的人夸她是业余农民画画家呐。她这都成专家了，还不比你强？等再过几年，她甩你五条街！

严金平的画得人赏识这件事柳冬雪早有耳闻，以前她没放在心上，现在柳夏花这么一讲，她立刻意识到了危机，望着柳秋兰道：大姐，我们一起去学。

好，艺多不压身。虽然学画画对我没用，可能提高我的鉴赏力，让我以后能更好地督促绿枝学画。

柳秋兰为了鼓励柳冬雪学画，迅速给自己找了这么个理由。柳冬雪听后大眼珠子一转，表情倏地兴奋起来：

大姐、二姐，张孝哲两公婆搞画画，我们不能抢他们的饭碗。以后我们干脆自己来拍微电影，三姐妹自编自演，做短视频也行。

柳夏花嗤了一声：你自拍出瘾了？以为随便拍个什么都有人看，都能挣钱？

柳冬雪瞪着她道：二姐，你别跟我抬杠，我是认真的！

柳秋兰想了想说：如果真要拍微电影，你得找到自己的点。最好写村里人熟悉的故事，剧本要有情节和人物，再找村里人来演，这样才有看点。

好啊，大姐，到时你当总策划，我负责写剧本和落地执行。柳冬雪跃跃欲试。

柳夏花白了柳冬雪一眼：大姐也只是说个想法而已，你不要见风就是雨，起码我们得找到来钱的路子才能拍。

柳秋兰飞快地点开手机上的一则视频：你看，这是一个农民自导自演的微电影。看到没？有超市、房产、食品的赞助，视频画面里出现的商品全是软广告，都得给拍摄方钱，不给钱也得给实物。冬雪说的这件事，做好了也能有效益。

大姐，我看这事还没有农家乐餐馆靠谱，不能想一出是一出。反正这种东西我玩不来。

柳夏花明确表示反对。爱臭美的柳冬雪倒是盼着能当主演，热情倍增：

大姐，我们美容院有个副总是省摄影家协会的会员，拍了好多作品。这件事他肯定会感兴趣。

你先别跟他讲，这些点子如今都是商业秘密，万一你说者无心，人家听者有意，回头搞这么一家伙，我们不又成了跟屁虫？

柳夏花尽管不赞成拍微电影，但跟着柳秋兰做了这么多年的生意，自然晓得"事以密成"的道理，忙提醒道。

柳秋兰一笑：这也算不了什么创意，网上有很多农民自拍自导微电影的报道。我们现在跟着干，也是学别人的样。但这种视频具有本土性，只要拍的是当地的人和事，就会有观众。如果方便，冬雪可以征求下你们那位副总的意见，说不定他还能给我们提些好点子呢！

我的大姐、小妹啊，你们太贪心了。碗里的还没吃着，又盯上了锅里的。先等农家乐和仙人掌园开张，再抽空弄别的吧！

柳氏三姐妹回村创业的思路就这样被柳夏花的几句话拍打成型并付诸行动。

春光明媚的三月，柳氏姐妹把家中楼上楼下的房间内壁重新粉刷了一遍，特意请张孝哲做了布局设计，前坪后院编扎了结实美观的竹篱笆，在前后院种了紫薇、绣球花、金银花、凌霄花、扁豆、南瓜、丝瓜，并在张孝哲租来当研学点的平房屋顶上盖满了茅草，墙脚撒下一溜格桑花种子，房前屋后的空地上摆着风车、砻、碓、蓑衣、铁犁、石磨等农具。收集这些东西费了三姐妹不少时间，从呈现的装饰效果来看，还是相当不错的。

土中见雅，拙中显巧，蛮好！作为设计师的张孝哲借用了省美协褚秘书长夸奖严金平画作的用词，从内心深处对自己的设计表示满意。他的研学点现在影响渐广，有好几所其他乡镇的中小学来跟他联系，说是想带学生到研学点来搞活动。而这些与柳秋兰、柳铁牛的支持分不开。张孝哲与岳父、岳母的关系依然紧张，好在严金平能理解他的倔强，所以这种关系并未困扰他。张孝哲用心替柳家设计绿枝餐馆正是他对柳家人善意的一种回报。

孝哲，多谢你，大姐呢也劝你一句，你是晚辈，没必要跟俊坤叔和秀云婶顶牛。秀云婶参加百姓名嘴演说团后变化蛮大，我听红莲讲，她在外面的演讲挺成功的。讲不定她已经认识到错误，但毕竟年纪、辈分摆在那里，还是你先低个头吧。

柳秋兰实心诚意地劝张孝哲。张孝哲嘴一撇：毛秀云她现身说法能讲得不好吗？问题是她撒谎！她在演讲中说她从没问我要过高额彩礼，她不是没问，而是问了要不到。还有她在演讲中说她待我像亲崽一样，可她现在还不让我进门，分明在打鬼话！

张孝哲认死理，不愿先低头。柳秋兰有些替他遗憾。如果他能处理好与岳父、岳母的关系，得到的帮助会更多，事业能做得更大！

毛秀云家的房子做得早，上下有五层，如今只有严亚宁、严金平和严俊坤、毛秀云四人居住，空着两层。只要严俊坤、毛秀云愿意，那两层完全可做研学点的场所。他们再挤挤，还能腾出几间空房来做小规模的民宿。张孝哲是个聪明人，早想到了这层，但毛秀云、严俊坤对他的当众侮辱和刁难，令他心结难解，坚决不肯先向严家低头。张孝哲要向众人证明，他这个外乡人在凤凰村，即便没有岳父岳母的支持，也能干出一番事业。

张孝哲这做派我喜欢！爱憎分明的柳夏花道。

柳冬雪白她一眼：二姐刀子嘴蜜糖心，你对严亚宁这看不惯那看不惯，怎么他那天一打电话说多来了两桌客人，他家餐馆的猪肉不够，你就打电话让你同学给他送去？

哎，你这人好笑不？我那同学在乡里卖猪肉，我给同学介绍生意不行吗？

姐妹两个又开始抬杠，不过抬着抬着又冒出个新主意：柳夏花和柳冬雪前段时间参加了严庆瑞的梦瑞公司在县城举办的双休日糕点烘焙培训班，她俩已经学会了制作面包、蛋糕、桃酥和用模具压制动物小饼干。她俩计划在超市里卖自己烘焙的面包与糕点，绿枝餐馆也可开个销售专柜。

柳秋兰不同意：两位老妹，我们超市绝不能卖"三无"产品。即便我们以后要自制面包和糕点，也要取得生产许可证。到时我们可以放些自己烘焙的面包在餐厅里当主食。别村的农家乐给客人表演打糍粑，我们表演烘焙糕点，这样有特色。

大姐、二姐，到时还可以让游客参与制作，烘焙出来的产品可以带走，这样能增强客人的参与感和黏性。

柳冬雪的思路还是蛮开阔的，柳夏花也提了不少建议，姐妹仨越说越兴奋，最后三人在本子上记下了十几个项目，多得让她们发愁。

姐，我们要做好这些事，起码得招二十个人手。

柳冬雪无奈地叹道。柳夏花则对着那些计划项目笑得发载：我的天哪，我们这不叫理想，叫乱想。

不叫乱想，是梦想。只要我们做好计划，有轻重缓急，一步步来，肯定能做成几件事！

柳秋兰话是这样说，心中还是颇为忐忑：凤凰村今年的名气略微大了些，来的客人比往年多，严亚宁的好味道农家乐因为有团体游客，满座率高。但除了村尾严毛根的农家乐餐馆，柳泉和另外七户人家也在家门口挂上了"土菜馆"的牌子，客人来时他们全跑到村口去拉客，抢客现象非常严重，好几次还当着客人的面展开"骂战"，影响很不好。严俊翔、李海峰多次出面协调仍无果。因僧多粥少，一个月不到，那些一窝蜂开张的农家乐餐馆就有四家摘了牌子。

这些情况使柳秋兰对绿枝餐馆的前景不太看好，放缓了改造老家房子的步伐。这时县城的绿枝超市也遇到了情况，让她和柳夏花忧心。

绿枝超市所在的城区道路在改造，路被挖得坑坑洼洼，还成了断头路，顾客进出不方便。最要命的是旁边那座小学搬到了新城区，流失了不少老顾客，生意变得很清淡。当然，这种情况并非她一家独有。

由于网购盛行，县里的实体商店生意大不如前，上个月县城中心那家最大的综合性商店还倒闭了。她小小的绿枝超市又能如何？想到这些，柳秋兰拿起纸笔，在上面一项一项写着，她必须理清自己的思路。

自从十二年前开超市起，她拢共挣了一百多万，她最多能拿八十万出来投资新项目，余钱她得留着供绿枝上学、婆婆养老治病，自己也还有不时之需。可想要在县城搞个新项目八十万太少了，权衡来权衡去，她还是打算回村发展。

拿定主意后，柳秋兰的心定了下来。三四月间，她的精力主要放在了绿枝身上。绿枝最近有些贪玩，经常偷看电视。她嫌柳秋兰不肯给她买智能手机，上周故意摔烂了那个不能上网的老人机，哭着说全班就她一个人还在用这种几百块钱的老人机，同学们都笑话她。柳秋兰硬下心肠任由她哭，咬紧牙关不松口。跟她犟劲的绿枝居然离家出走，害得她和夏花、冬雪找了一整天，次日才把她从柳江乡的同学家接回。

绿枝离家出走事件发生后，柳秋兰回乡的决心有些动摇。绿枝很有主见，偏偏性子又倔，自己若是不盯着，她也许会变成一匹失控的野马。有一次柳秋兰和柳夏花聊天时流露出这种担忧，正好被绿枝听到。她突然跑过来，紧紧搂住柳秋兰哭了起来。柳秋兰以为她又遇到了什么糟心事，忙小心探问，绿枝抽泣了好一阵才小声道：

妈妈，对不起，上次我不该私自去同学家，我错了，我以后再也不让你操心。我一定会考上新培中学的。

当时柳秋兰以为绿枝只是心有所感，随口说说的。没想到她竟然真的在一夜之间顿悟了，开始认真、刻苦地攻读，周考、月考的名次大幅度提升。

柳秋兰非常欣慰，周末时特意带她去吃了顿土菜，兴奋地表扬起她来：等你以后考取了新培中学，在那儿住读，妈妈就回凤凰村开绿枝餐馆。你说好不好？

好呀，妈妈，我希望我们的店开在鲜花丛中，能不能叫花之屋呀？

自从秦玉国出事后，柳秋兰有时心里话没处说，便会不知不觉地向女儿倾诉，以致绿枝有了与她年龄不相称的成熟。那天听见女儿用几近大人的口吻这样和自己说话，柳秋兰心酸之余又颇感内疚，觉得自己太自私了，居然在难过时把绿枝当成宣泄情绪的树洞，完全忽略了女儿的年龄和自己这样做可能带给她的负面效应。

宝贝，妈妈想好了，我们的餐厅就叫绿枝餐馆。你的名字是爸爸从李白的诗里找到的，能给我们带来好运。

那，妈妈，为什么我的名字没给我爸带来好运呢？我有时候真想梦见爸爸，可他一次都没走进我的梦里，你说爸爸是不是生我的气了？

绿枝眼泪汪汪地望着她。一阵无力感向柳秋兰袭来，她抑制住自己的情绪，抬起头，将倏忽间涌上的泪水憋了回去：

绿枝，你爸爸不是不想入你的梦，他是怕影响你的学习。你只要心里记着他、想着他就好了。

要是我们不开超市，万一爸爸哪天回来，他找不到我们怎么办？

乖，他会到凤凰村去找我们的。

那，我们什么时候搬回凤凰村？

也不是搬回凤凰村，我们的家还在县城。只是妈妈和大姨回去开店，小姨还在县里工作，双休日她会接你回外婆家。柳秋兰怕绿枝会因她离开县城而情绪波动，忙宽慰她道。

妈，我还是想在外婆家的院子里种满各种花。

那天绿枝有些累，没说一会儿话便睡着了。柳秋兰凝视着绿枝这张酷肖丈夫的脸，愁绪雾般掩去了她眸中的光亮。她对着手机的录音机喃喃自语：

玉国，你究竟在哪里？你听到女儿刚才的话了吗？绿枝热爱学习，成绩很好，她想考新培中学，是个非常优秀的孩子，你为她高兴吧。我们都在想你，要是感应到了我们的思念，你就托个梦给我们吧！县城城区在改建，超市生意没法做，我们打算回凤凰村开农家乐餐馆，餐馆的名字就叫绿枝餐馆，相信我们一定会慢慢做好的。还要告诉你一件"风雅"的事。我、夏花、冬雪这段时间在严金平的丈夫张孝哲的绘画培训班学绘画。夏花还去学了开挖掘机，她和冬雪都学会了糕点烘焙，我也上了厨艺培训班。我们最近学的东西有点儿多，虽然不精，但拓宽了我们的知识面。你以前不是一直让我们多学本领吗？我想这些知识不久之后就能派上用场。

玉国，你走的这五年间，家乡发生了巨大的变化。两年前，凤凰村脱贫摘帽了，现在村里人都住上了宽敞的新房子，生活面貌大为改观。有三十多户人家还在县城、市区、省城买了房，有的举家迁到了外地，庆瑞打算租下他们的房子开发民宿。留在凤凰村的人日子过得也挺好，除了五保户，其余村民都买了小汽车，这些事情我们以前想都不敢想哇。

玉国，现在村里的中心任务是振兴乡村。年前村"两委"和驻村工作队联名给外出务工的凤凰村人发了"英雄帖"，号召我们回村支援家乡的建设。年初三严俊翔和李海峰书记召开了乡贤座谈会。那个座谈会开得很热闹，大家谈设想、提建议、构宏图，个个都有主人翁精神。只是毛秀云和女儿、女婿吵了架，算是一个不和谐的插曲。但瑕不掩瑜，那次的乡贤会像一颗扔进深潭的大石头，在人们心中激起了朵朵浪花，我也一样。

玉国，说心里话，我原本对大家回乡搞建设的效果和意义有些怀疑。可严庆瑞说如果每人都能有一个项目或一项生意跟凤凰村有关，凤凰村就能真正飞起来。我想也对，个人的力量虽然有限，但只要大家都动起来，就能达到聚沙成塔、集腋成裘的效果。所以，我之前就打算等绿枝考上新培中学，和夏花回凤凰村开一家绿枝餐馆。现在我要尽快装修家中的房子，今年到村里旅游的人越来越多，老爸老妈他们每个月接散客都能挣到六七百块钱。等餐厅正式开张后，还是有希望爆火的。也许你下次回来，我们的绿枝餐馆都成了网红打卡地呢！

玉国，我再告诉你一件有趣的事：最近我发现夏花对严亚宁有好感。哎，你是不是打破脑袋都没想到？我也是最近才知道。难怪以前我们给夏花介绍了那么多对象她都看不中呢！严亚宁心中有没有她呢？这件事我得找机会问问。别看夏花平日咋咋呼呼，实际上心思细腻，死要面子。如果亚宁看不中她，那我得跟亚宁讲清楚，让他和夏花交往时注意些分寸。

冬雪还是老样子，喜欢热闹的县城。她不赞成我们回凤凰村，觉得我们回来很没有出息。冬雪虽然不爱读书，但好在脑子灵光，也肯吃苦，这次我们想在村里搞项目，她提了不少建议呢。冬雪在美容院干得不错，去年提了部门经理，每月的工资加销售提成能有万把块钱收入，是家中的小富婆。她买了辆新摩托车，原先的电动车送给了绿枝。但你那个宝贝女儿毛手毛脚的，所以不敢给她骑车。唉，在这儿不多讲绿枝的情况，因为我每晚睡前都会说给你听，她大大小小的事你都知道。

对了，冬雪越来越漂亮了，追她的人不少，可她都没看中。我和爸妈都在为夏花和冬雪的终身大事操心，她们自己倒不急，说现代人的青春期延长了，结婚时间越来越晚，好多二十多岁的人还是"巨婴"。唉，她们这是在为自己找借口，我则是皇帝不急太监急，没用啊！

玉国，老妈去五华山的圆月庵当了居士，吃长斋。她的中学同学钟叔叔也陪在那儿，两位老人给庵里种菜、打杂，精气神不错。我带绿枝去看过老妈好几次，年前我给老妈送了衣服、素食和药品过去。我想请老妈到凤凰村来住，老妈没兴趣，说她在庵里有一批吃斋的老姐妹，大家相帮着，过得挺充实。我跟她讲了回凤凰村开农家乐餐馆的事，她很支持。我说等我们在凤凰村的餐馆开张后请她过去住一阵子，她说只要钟叔叔愿意一同前往，她就搬到凤凰村去住。钟叔叔的爱人去世了，有三个孩子，他跟小女儿住在市里。老妈跟钟叔叔相处得很愉快。如果他俩互相做伴，你不反对吧？反正我是支持的。

玉国，刚刚看了一下我的文档记录，自从你离开至今，我已给你写了四百七十六封信，都存在我的手机里。你要是哪天回来，我一封封念给你听。放心，我写的不是肉麻的情书，而是日记，记下了我和家人对你的思念，你当面听着也不会害臊。

柳秋兰放下手机，翻飞的思绪逐渐化成两只肥大的瞌睡虫盘在眼睑上，不久她便坠入了梦乡。她梦见了秦玉国。他还是五年前的样子，穿着简便的运动装，背着灰色的双肩包。当他迈着长腿走出小区大门时，朝阳照亮了他的脸。他和柳秋兰、绿枝道别时动作潇洒帅气，目光深情，笑容甜蜜：

秋兰，你们快回去，别耽误绿枝上课，我过几天就回来。

梦里，秦玉国的声音非常真切，真切得仿佛有只大手狠劲地捏住了柳秋兰的心脏，疼得她连声抽气。她双手则像暴长的枝条，不顾一切地伸向秦玉国的背影。就在她即将触及秦玉国时，一阵突如其来的浓雾袭来，秦玉国不知所终。她边跑边喊：玉国，你快回来！玉国，你快回来！

可越来越浓稠的雾却淤泥般将柳秋兰陷住，秦玉国依然不见踪影。她泪如雨下地嘶喊着，剧痛从心脏放射至四肢百骸，剧烈而清晰，最后她在满身大汗中醒来。

风不知何时变大了，未关拢的窗户半开着，窗帘在夜风中款摆。因为城区道路改造，沿街的路灯只余下几盏。它们像蒙上浓重云翳的眼睛，投下团团黯淡的昏黄色光芒。高高在上的月亮终于不再被人造光源所遮蔽，坦荡、真实地洒下千余年来反复被文人墨客歌之咏之的洁白月辉，柳秋兰的床前因此铺上了一方银色的锦帕。

柳秋兰披衣走到窗前，望着那轮明月出神。月亮圆如冰轮，又似玉佩，让她想起那年中秋，她和秦玉国在凤凰村家中过节，饭后在院坪上一边听孩子唱"月光光、照四方"的童谣，一边仰首赏月的温馨画面。那晚熏风如醉、桂香袭人，他俩跟着那群孩子跑到田塍里，手举柚瓣和月糕饼，对着耀眼的明月兴奋地摇晃着，名为"敛月光"。

"敛月光"是凤凰村乡间一带的中秋节俗。中秋夜，明月初上时，人们举起手中的果品向月亮炫耀，让它吃醋后发狠地绽出更为明亮的光芒。月亮果然不经诱惑，不久便洒泼出满地如银的月辉，将山川万物涂抹得斑驳多变。萤火虫被撩逗得从树丛间扑出，乘着夜风在田野上轻盈地飞着，犹如无数闪烁的明灯。周遭蛙声如鼓，她和秦玉国十指相扣，耳边是秦玉国的呢喃：

秋兰，等我们老了，我们回凤凰村养老。

柳秋兰记得自己当时不同意，秦玉国颇为失望。

玉国，你走后这几年发生了很多事，我变沧桑了，脱贫摘帽后的凤凰村却越来越美。虽然我现在还没到养老的时候，但我还是想回凤凰村，你肯定会支持我，对吗？

床前那片月光闻言颤了颤，如同一方被风拂动的白纱巾。"布谷、布谷"，此时窗外传来几声布谷鸟凄凉而又深情的啼声，柳秋兰凝视秦玉国照片的目光不由湿润起来。

七、月夜的波折

这天晚上，明月如银，严庆瑞沐着月辉，在凤凰村里走了几个来回，大脑被这段时间的记忆揉搓着，有些疼痛。

自从去年严俊翔、李海峰动员他回乡投资起，他这半年多已先后十多次回凤凰村，为的就是把凤凰村空置的老房子开发出来。

去年年底，他的方案得到了村"两委"、驻村工作队的支持与肯定。年初三的乡贤座谈会后，有五家户主将房屋的租赁事项委托给了亲戚，另外十六家则由户主亲自打理。当时他们与严庆瑞谈好的合作条件是二十年的租期，前十年每户每年的房租三千元，一次性付清，后十年增加为每户每年五千元，分五次给付。对于那些租下的房子，梦瑞公司不能动房屋的结构，只可进行内外装修和部分改造。租赁到期后，除了可移动的家具，梦瑞公司不能拆除装修……

租赁合同的条款详细而公平，照顾到了租赁双方的利益，本来那二十一户人家都已认可租赁合同，其中五户还签了字，谁知最近却忽然集体变卦，说他们打听清楚了，那些搞民宿开发的老板在柳江乡和春晓乡租赁村民的老屋时，不是给房东付租金，而是直接用县城和乡里的新房跟房东置换旧房。

相比之下，梦瑞公司给他们的房租太少，他们要提高到前十年每户每年两万元的租金，后十年的租金每年五万元，且前十年的租金要一次性付款。这个条件严庆瑞没法接受，他又往凤凰村跑了几次，这才摸清楚情况。原来其中几个代亲戚管理房子的村人发现房子出租后他们得不到分文，特别是那两个把亲戚的老屋当成仓库的村民，房子出租后他们的杂物无处堆放，被他们占用的菜园和院子也会被收走，自然不乐意了，于是动了歪心思，把柳江乡和春晓乡两个民宿村的开发案例放大成普遍做法，走东串西地鼓动那些户主跟严庆瑞叫板。

严庆瑞回村找他们商谈时，一位房东代表说：庆瑞，你要么接受我们开的条件，要么按柳江乡江峰村、春晓乡鹅湖村的标准给我们换房，否则免谈。

严庆瑞从手机上调出江峰村、鹅湖村的民宿园图片说：

这两座村子位于江峰景区和鹅湖景区，是省级贫困村，本就在易地扶贫搬迁之列。前几年省旅游开发总公司拿下了这两个景区的开发权后，出于长远的利益考虑，主动和县精准扶贫办公室对接，将易地扶贫搬迁与景区开发相结合，对这两个村子的村民进行搬迁安置。精准扶贫办按照政策给贫困户们相关补助，旅游开发总公司则为村民提供了整体搬迁中自筹建房的那部分资金，并不是大家说的那样，旅游开发总公司用新房置换了他们的旧房。

庆瑞，你讲的这些事我们不明白也不清楚，我们只想谈我们之间的合同。

对啊，庆瑞，你开发成民宿后，一晚上收费七八百，一年就给我们几千块钱租金，我们亏死了。

庆瑞，你是我们全县有名的大老板，每年房租多给个十万八万，对你来说是小意思啦！

唉，现在的人真是越有钱越抠门，我们还是看着你长大的，你怎么狠心剥我们身上的皮？

……

那些受到煽动的房主跟着起哄，严庆瑞再三给他们解释，说他们的老房子只是出租，而非整村搬迁，不能拿江峰村、鹅湖村的合作标准来跟他谈条件，因为两者根本不是一码事。村民们不听，轮番向严庆瑞发起进攻，话越讲越难听，理越讲越歪。严庆瑞无法接受那些村民的无理要求。

双方谈崩后，村民们去找严俊翔和李海峰说理。严俊翔、李海峰出面做工作时，着重强调了凤凰村与江峰村、鹅湖村的区别。其实那些房主也明白个中差异和道理，但他们经不住旁人的怂恿与鼓动，还是嫌严庆瑞给的租金太便宜。沟通几个回合后，那些村民仍不松口。

灰心丧气的严庆瑞找到严俊翔，表示他可以略微提高些租金，但高不了太多，毕竟凤凰村不像江峰村、鹅湖村那样本身就在整体开发和打造的风景区内，有国资投入。他只是个私企，虽然邀了两个合伙人，但70%的投资由他出，从房屋租金到装修、内饰，怎么也要两三千万。而且凤凰村还没什么名气，如果不是考虑到为家乡出力，他想放弃这个项目。严俊翔晓得他的难处，又去做那些房主的工作。

村民们仍旧不肯让步，连带着还骂了严俊翔、李海峰一顿。虽然他俩很想促成严庆瑞投资凤凰村民宿园，但也晓得强扭的瓜不甜，只好由那二十一个房主自己拿主意。

这时半山村人闻讯来找严庆瑞，说他们愿意以每栋房子一年一千元的租金租给他。这事严庆瑞及时告知了严俊翔和李海峰，消息飞快地传到了凤凰村村民耳中，不少人开始打电话、发微信劝那些有空房子出租的房主，提醒他们半山村来抢严庆瑞这个大主顾了，而且此前严庆瑞给的房租价格还比较公平，他们什么都不做，每年就能白捡几千块。如果严庆瑞不租他们的房子，空着的老屋只会越来越坏，若是想请人打理，还得出钱。他们若是再坚持那不靠谱的换房方案和高价，严庆瑞说不定转身就去了半山村，那不是便宜了别村人？

这样来劝的人多了之后，房主们终于统一了口径，要求严庆瑞前十年每年给每户五千元的租金，一次性付十年，后十年每年一万元，两年一结。严庆瑞和合伙人估了下预算，觉得一次性投入还是太大，资金上吃不消，希望村民每户每年降一千元租金，首付五年的费用。这是他们能承受的底线了。

严庆瑞是这个项目的主要出资者，另两位合伙人实际并不参与经营，也不承担风险，他们的投资只是"夹棒"行为，即每年按投资额收取20%的固定回报。两年后严庆瑞再把本金如数还给他们，实际上相当于他独资开发民宿园。

严庆瑞之所以采取这种迂回的合作方式，是因为一来岳父欧阳云高和妻子欧阳梦不赞成他投资民宿园，在这个项目上，云高公司分文未出，而梦瑞公司因新近在其他几个省会开了线下门店，这阵子账上资金吃紧，需要另外有人注资才能确保凤凰村民宿园项目如期开工和保质完成；二来严庆瑞不想事事再受岳父和妻子的掣肘，这是他对欧阳梦严格掌控他生活的一种反抗。他已拿定主意，等民宿园项目正式开工后，不管欧阳梦谅解与否，他都会把那两位合伙人的事原原本本地告诉她。

当然，欧阳梦不支持他做凤凰村民宿园项目也是有理由的。首先，她和父亲欧阳云高都觉得凤凰村的民宿园项目不挣钱。即便开张后运行良好，回本也太慢。几千万的资金放在银行存三年的大额定期，利息说不定都比民宿园的利润更多。

其次，投资民宿园项目会再度分散严庆瑞的精力。近年严庆瑞忙着拓展自己的商业版图，不像刚开始那样把所有的心思都用在云高公司上。其中固然有欧阳云高近年收权的因素，但更多的还是严庆瑞有了异心，这是欧阳梦从父亲口中听到的。欧阳云高怕严庆瑞带着这些年积累下来的客户资源另立门户，到时与自己这个岳父分庭抗礼。

欧阳云高此前被欧阳天高和欧阳晨的"背叛"伤透了心，留下了"一朝被蛇咬，十年怕井绳"的后遗症，难以再信任他人，对严庆瑞也不例外。

严庆瑞是个聪明人，自然知晓岳父、岳母和妻子的担心，为了化解他们的忧虑，也为了向他们表明自己的态度，他答应了欧阳云高将欧阳梦安排在梦瑞公司当财务总监的要求。

欧阳云高和邢玉觉得女儿把住了梦瑞公司的经济命脉，自此不似原先那般焦虑。在他俩有意无意的怂恿下，欧阳梦对严庆瑞的管制越来越严格，多次在资金上卡严庆瑞的脖子。凤凰村民宿园若非严庆瑞想到了让那两位朋友"曲线投资"的方式，现在肯定还只是一个设想，不可能这么快进入合同谈判阶段。

凤凰村那些房主掀起的波浪欧阳梦略有所知。开始为那笔投资忧心的她，最近老是拿话敲打严庆瑞：

庆瑞，民宿园要是哪日亏了，你不许叫苦，不许埋怨！还有，你只能亏你名下的钱！我可一分钱也不出。

放心，我一定把民宿园变成只生金蛋的金母鸡！为了宽欧阳梦的心，严庆瑞只好这样表态。说这话时他表面自信，内心却有些忐忑。

未来的经济形势谁又能预测准呢？不管做何投资都是存在风险的，民宿园也一样。

尽管已经做好思想上和资金上的准备，想到民宿园不确定的前景，严庆瑞还是有些惴惴不安。

这天晚上，严庆瑞踏着稀薄的月色，慢悠悠地在凤凰村四处晃荡，想消消心中的闷气。

这段时间他一直在与房主们反复沟通，艰难的拉锯战令他身心俱疲。谁知他这边还未理顺，欧阳梦又追到了凤凰村。他昨天从市里回凤凰村前，还动员欧阳梦跟他一起回来，欧阳梦说她要去练瑜伽，来不了，他便单独开车回了老家。不料他的车子刚开到半道，欧阳梦便打电话指责他不带黄敏回凤凰村是想跟人约会。严庆瑞说黄敏陪上海的大客户于总上庐山了，而且黄敏上庐山的事，欧阳梦早就知道，至于他跟人约会之事，纯属欧阳梦的臆想！

公司还有别的司机，你不带他可以带别人回去啊！

欧阳梦根本不信他的解释，依旧喋喋不休，严庆瑞提醒她自己在高速上，这样打电话有可能会被拍照。

欧阳梦气呼呼地说：你开了蓝牙，怕什么拍照？要是违章了，我来出罚款。

严庆瑞有些无奈，但语气还是很平静：你就不怕我边讲电话边开车分心吗？

欧阳梦的声音又高了八度：你到服务区给我回话，一定要讲清楚这次为什么要一个人回去谈判！

到服务区后，严庆瑞并没有给欧阳梦去电话。他心情悲凉地坐在服务区的休息厅喝了一杯热咖啡，没有直接回凤凰村，而是转道去了县城的建材市场摸行情。没想到欧阳梦这时却让司机送她直赴凤凰村。到婆婆家后发现严庆瑞不在，她连打十几个电话给严庆瑞。严庆瑞当时忙着向人咨询建材价格，手机静音，没及时接听电话，欧阳梦气得砸了婆婆家的两把茶壶。严庆瑞的父母劝不住她，只好把在田里干活的小儿子严庆华叫回来，严庆华好说歹说，欧阳梦这才冷静下来，不过这种冷静是表象，等严庆瑞一回来，她的疑心病立马又犯了。只见她先是上下打量了他几番，随后凑近他身边使劲地嗅着，确定没有可疑的异味后，这才把他拉进房间，说好几天不见，有些想他了。这是她近来最爱用的一招，美其名曰让他按时"交公粮"，说只要他能保质、保量、按时地"交公粮"，就证明他没有在外头"交余粮"。而这个绝招据说是另一个大老板的老婆教她的。严庆瑞听后真是好气、好笑又无奈。

晚饭后严庆瑞想带欧阳梦去看他打算租下的那二十一栋房子，谈谈他的设想。谁知欧阳梦却毫无兴趣，又把他拉进房间，埋怨他刚才"交公粮"时力不从心，问他是不是在外头"累坏了"。

欧阳梦，我不是你的奴隶，你没必要用这种方式来羞辱我！

严庆瑞郁积已久的怨气终于爆发出来，他涨红着脸，声音因愤怒而嘶哑。

严庆瑞，你何苦贬低自己呢？自始至终是你自己那样想、那样说的，我可没有那么肮脏的思想！

欧阳梦坐在那张严庆瑞爷爷留下的雕花木床上，抬起双手端详着她昨天刚做好的美甲。那些指甲红得像在她手上的道道伤口，饱满水润的脸娇嫩得失真。她晃动身体时，昨天在理发店花三千多元接上的栗色大波浪长发在那件崭新的香奈儿衣服上拂动着。那件衣服花了她两万五千多块，脚上那双鞋值四千多元，米色的拎包六万多块，加上她佩戴的钻石项链、耳环、手镯和戒指，这身行头差不多值县城的一套房子。

曾经朝气蓬勃、温存柔美的欧阳梦如今除了花钱和琢磨他是否出轨，生活中已没有别的乐趣，更谈不上什么精神支柱。严庆瑞为她悲哀，也为自己的婚姻悲哀。

严庆瑞的沉默惹恼了欧阳梦，她开始当着严庆瑞父母、弟弟、弟媳的面，大声数落他不顾家，经常不接她电话，在家对她冷淡，在公司却和女下属、女客户打得火热的"恶行"，还说他这次回凤凰村创业是醉翁之意不在酒，目的是想跟他的初恋情人柳秋兰重温旧梦。

此言一出，严家人相顾失色，严庆华两口子不信欧阳梦的话，严父、严母却秉承着不管自家儿子有无犯错，只要儿媳妇控诉了儿子，老两口便先骂儿子一顿的原则，接着欧阳梦的话头严厉斥骂严庆瑞。严庆瑞自然不服，开始逐条驳斥欧阳梦。欧阳梦痛哭起来，好像受了天大的委屈。严庆瑞忍无可忍地指着她道：

欧阳梦，你平常发疯也就罢了，今天你当着我家人的面污蔑我，你必须向我和柳秋兰道歉！

我道什么歉？你敢做我还不能说？

欧阳梦沉浸在想象导致的悲伤中，哪肯向严庆瑞道歉？

欧阳梦，你不要红口白牙地诬赖人！

严庆瑞气得双眼冒火，双唇发白。

对呀，大嫂，秋兰大姐是个好人，你这样会坏人名声的。

严庆华的老婆姜兰彩原本是想为严庆瑞和柳秋兰辩解，不料反被欧阳梦抓住了把柄：

严庆瑞，连兰彩都说你不是好人，你能做出什么好事？

姜兰彩红头涨脸地想解释，被严庆瑞举手制止：兰彩，你不用解释，我身正不怕影子斜，不是谁想诬陷就能诬陷的！

他说罢侧身从欧阳梦身边走过。欧阳梦拽住他：严庆瑞，我们还没讲清楚，你不准走！

严庆瑞甩开她的手，冷着脸从她身旁绕过，大步朝村口的樟树林走去。可溜达了一个多小时，心中那口闷气仍在，他不由停下脚步，放眼四顾。只见山路弯弯，周遭的树木、房屋在月辉下如同新墨勾勒出的深浅不一、形状各异的图案。蛙鼓与虫鸣此起彼伏、遥相呼应，将那飘着花香的空气搅动出阵阵涟漪。夜晚的凤凰村，透出一种热闹的寂寞。

望着天上那轮皎洁的月亮，严庆瑞忽然悲从中来：岁月是个神偷，不知不觉间便偷走了人们珍贵的信任、青春的美好、感情的甜蜜。为什么欧阳梦会变得如此陌生？又抑或是自己变了尚不自知，就像记忆中的家乡一样？

尽管柳秋兰是这天晚上严庆瑞与欧阳梦争吵的起因之一，但严庆瑞的思绪并没有落在她身上，而是迈腿来到李海峰的住处，找他聊天。

　　李海峰原是县委宣传部的报道组副组长，去年派驻到凤凰村担任驻村第一书记。他与严庆瑞是高中同学，两人挺谈得来，有些话严庆瑞更愿意与李海峰说。毕竟他是外乡人，与本村人的瓜葛少，讲话议事时严庆瑞不必顾忌太多。

　　看见严庆瑞愁眉苦脸的样子，李海峰忙给他泡了壶新茶：怎么，欧阳梦又跟你闹了？

　　严庆瑞这些年从市里回县城时常到李海峰那儿落脚，李海峰去市里开会也常找他。李海峰知道严庆瑞与欧阳梦的关系不太好，口吻颇为关切。

　　海峰，我现在有时都不认识欧阳梦了，她怎么会变成这个样子？

　　严庆瑞说着端起热茶喝了两口。茶水太烫，口腔有点难受，但熬过短暂几秒的不适后，热茶便如同暖流，令他浑身舒坦。他注视着杯里翻滚的茶叶，心想是不是每个人的爱情、婚姻都像这茶叶一样，得在沸水里泡着，才能沁出原有的真味。也许，以前自己和欧阳梦的所有都是幻象？

　　严庆瑞已经被欧阳梦那种密不透风的所谓"爱"弄得快窒息了，不由得开始自我怀疑。

　　庆瑞，我看欧阳梦就是闲出来的毛病。你不如把这个民宿园项目交给她去打理，最好叫她也出一部分钱。反正你们一贯 AA 制，在这个项目上再 A一下也没问题。

　　严庆瑞当即否定了李海峰的建议：你还不晓得欧阳梦什么人？她娇生惯养，只晓得吃喝玩乐，她爸妈对她也是没办法。唉，怎么说呢？我觉得她现在就是个物质富裕的精神残疾。

　　那你更有责任帮助她重建自信，让她充实起来。哎，你还记得那个家具城老板杨胖子的老婆吗？

　　杨胖子我晓得的。他小学毕业就出去做木匠，慢慢打拼成了家具厂老板，后来做房地产投资，开发了家具城，是全区数一数二的纳税大户。他老婆我见过两面，不是很熟，她怎么啦？严庆瑞有些好奇地问道。

杨胖子的老婆早先跟杨胖子一起开厂打拼，夫妻俩感情很好。杨胖子的老婆很会做人，最开始的产品都是她销售的。杨胖子能有今日，他老婆功不可没。杨胖子开发家具城后挣了大钱，他心疼老婆，让她当全职太太。哪知他老婆闲下来后，天天胡思乱想，成天怀疑杨胖子另有新欢，经常跑他办公室去吵闹，夫妻俩三天两头打架。那几年杨胖子被她弄成了杨瘦子，都快崩溃了，两人去办了两次离婚手续。第一次去离婚时杨胖子急性阑尾炎发作，转道去了医院，没离成。第二次去离婚时，民政所的电脑系统坏了，没法办公。杨胖子和他老婆平时都挺迷信的，觉得两次去离婚没办成，那是老天爷不让他们离婚。杨胖子思来想去，决定还是划个小项目让他老婆去管。没想到他老婆很有经营能力，生意越做越大，忙得根本没有时间去管杨胖子。现在他们两公婆的感情很好。

　　李海峰说罢凝视着严庆瑞，严庆瑞喝了两口茶说：欧阳梦跟杨胖子的老婆不一样，杨胖子的老婆能干成的事她干不成。

　　李海峰也不跟他争辩：庆瑞，我说这些只想给你提供一条思路，也想跟你说说我的心得。从杨胖子老婆的变化我想到一个问题，现在大家都认为妇女能顶半边天，表面上看也是如此，但有的人却仍然是精神侏儒。你不要生气哈，我觉得你刚才说得对，欧阳梦就有点精神侏儒症。

　　嗯，有道理。别看现在的妇女地位高，但有的人并没有做到真正的精神解放，自觉不自觉地当着精神上的矮子。对于那些精神缺钙者，我们得让她们认清自我，树立信心，重新获得精神解放。

　　说到这个话题，严庆瑞深有感触，开始不自觉地掉书袋。

　　没那么严重，还上升不到精神解放那个高度。讲句难听的话，欧阳梦就是闲得牙痛，得找点事情让她充实起来。杨胖子的老婆就是个明证。

　　李海峰旁观者清，严庆瑞也觉得他言之有理，可心底却实在信不过欧阳梦。李海峰知道他怕欧阳梦把民宿园项目搞砸，笑着说：

　　上次柳秋兰说她想租下荒石坡种仙人掌，项目总投资两百万不到，你让欧阳梦入点股，也许能分散些她的注意力。

我记得年初三的座谈会上，秋兰提到过这个项目，后来我还看过她的策划书，有些意思，就是不知可行性如何。

我请县农科所的专家帮她做了项目评估，现在还在等结果。如果可行的话，你不妨让欧阳梦一试。一来可以化解你的苦恼，二来也可以帮帮秋兰，第三，做得好的话，你们还能挣些钱。

严庆瑞当然明白李海峰的意思，但他又怕欧阳梦有别的想法，皱着眉头没有马上表态。

李海峰窥破了他的心思：如果仙人掌项目有前途，你就让欧阳梦去跟柳秋兰合作。这样时间一长，她知道了秋兰的脾性，自然不会再吃那没来由的干醋。

好，等专家的评估报告下来，要是仙人掌园的项目可行，柳秋兰又愿意让欧阳梦当合伙人，我会去说服她。只是她对我的信任，还有我们婚姻的信任基石，需要通过这种方式来建立，我觉得非常可笑。

严庆瑞心中酸涩，表情尴尬。李海峰呵呵一笑：

庆瑞，我刚才只是胡说八道，你听听而已。对了，你问问欧阳梦明天有没有空，她得闲的话，我想请她到新时代文明实践中心给村里的妇女们讲一堂课。

欧阳梦这些年从不读书看报，每天就是忙着购物、美容、打扮，她能讲什么课？严庆瑞不以为然地道。李海峰比他宽容多了：

那就请她讲这方面的内容呗，村里的妇女肯定爱听。说到这里，李海峰话锋一转：庆瑞，你既知欧阳梦有问题，就应该积极帮助她疏通淤堵，明天不妨让她试一试。

好，我回去跟她说一下，到时我们再沟通。

从李海峰的住处出来后，严庆瑞又绕着田埂走了两圈，等肺里灌饱清新、芳香的山风时，才顶着冷静下来的头脑回到家中。

此时欧阳梦也冷静下来了，她有些后悔刚才没绷住，在她素来低看几眼的严庆瑞家人面前露出了她平常最瞧不起的"妒妇"面目。不过她是个聪明人，严庆瑞走后她取出两盒面膜、两件 T 恤给婆婆和弟媳妇，又给公公和严庆华各送了一条烟，接着向他们解释了她近期因甲状腺结节和内分泌失调变得心烦意乱的事：

……爸、妈，我平日性格不是这样的，你们别往心上去啊！

欧阳梦这话其实还不如不说，她的大小姐脾气在凤凰村早已尽人皆知。有一次凤凰村的十多个村民到市里办事，没打招呼就去云高公司找严庆瑞。正要出门陪欧阳梦去应酬的严庆瑞见老乡上门，当即向欧阳梦告假，转身安排老乡去餐馆吃饭。欧阳梦不但当场黑脸，还冷言冷语地内涵那些凤凰村老乡，直到严庆瑞祭出张包公脸来，她才悻悻离开。后来大家讲起这件事，都认为严庆瑞娶她有些吃亏：

庆瑞那么能干，讨个普通妹子当老婆也一样发达，凭什么受她家的软！

欧阳梦除了好看、有钱，对庆瑞和婆家一点都不好。我要是庆瑞，就离婚另找。反正荷包也鼓了，用不着再看她的脸色！

对，宁可找个没钱的年轻妹子，也比天天看她这种富婆的死佬脸强！

那些人回村后，免不了在家人面前议论欧阳梦。一来二去的，全村人都晓得欧阳梦看不起凤凰村人，严庆瑞在老婆面前说话不响，在岳父、岳母家难做人。在为他打抱不平之后，从此便淡了去找严庆瑞的心。

欧阳梦虽然觉得那些添枝加叶的非议抹黑了自己的形象，但却堵住了凤凰村人来家中的脚步，严庆瑞从此不必费心去招呼那些乡亲，有时她还挺感谢那些流言的。

不过，树活一层皮，人活一张脸，夜半扪心自问时，欧阳梦还是会为那些针对自己的"非议"而难过。她曾想过改变现状，可惰性却使她难以迈出关键的第一步。

平心而论，她觉得自己很爱严庆瑞，她希望维护好这段感情，不想和严庆瑞越走越远，为此她上网听过不少增进夫妻情感的心理讲座。专家给出的建议很多，哪一条都貌似容易做起来却难，比如走进彼此的情感世界与内心深处，重建往昔的信任与亲密关系。可问题是严庆瑞越来越忙，和她隐形的距离越来越大，他说的话办的事，她越看越陌生……

莫名的烦躁使欧阳梦失去了自信，连个开超市的柳秋兰都觉着是威胁。在这次回凤凰村之前，她其实曾去绿枝超市偷偷看过柳秋兰。柳秋兰的长相与惊艳不挨边，但胜在温婉。如果说欧阳梦美得像一把锋刃闪亮的刀，那柳秋兰便似一株吐着幽香的兰或一杯有回甘的茶，经得住细细品咂。

对比了自己和柳秋兰的优缺点后，欧阳梦越发觉得严庆瑞回村办民宿园是个幌子，真正的目的是要与柳秋兰暗度陈仓，因为柳秋兰有着她缺少的沉静与柔婉，还有近几年频频出现在严庆瑞口中的明白事理、善解人意。欧阳梦将心比心后认为，柳秋兰的安静与质朴如同温暖的港湾，对严庆瑞这种成天在商海和计谋里周旋的男人有种天然的吸引力。严庆瑞最近老是指责她尖锐、强势，喜欢胡搅蛮缠，这不正好说明他相中了柳秋兰身上的那份特质？

就在欧阳梦坐在严庆瑞老家的卧室，一腔心思千回百转时，严庆瑞挟着满身芬芳的山风走进了家门，还给她采了捧沾着夜露的野花。这突如其来的示好让欧阳梦觉得有些意外和小小的惊喜，毕竟屋外的月亮既圆又白，山川田野仿佛披着层朦胧的轻纱，一切都如梦似幻。慵懒的蛙鼓和虫鸣给夜色平添了几丝安谧。她低声道过谢后，将花插在瓷瓶中。严庆瑞见她喜欢这束野花，原本紧锁的眉头也舒展开来，柔声问她明天愿不愿意去新时代文明实践中心给村里的妇女们讲一堂"让我们的生活变得更美"的课。

让我讲课？哇，我好多年没看书了，只怕不行呀！欧阳梦连连摇头。

严庆瑞说：你不用特别准备，只要跟大家讲讲劳动之余怎样保护皮肤，怎样搭配各种场合的衣饰，怎样美化家庭环境就行。

好，讲这些我在行！欧阳梦兴奋起来，撒娇地让严庆瑞明天一早陪她上山采花和砍竹筒，她要教听课的妇娘人插花。严庆瑞认为插花对村民们来说太高级，平日根本用不上，不如教点更为实在的内容。

欧阳梦反驳道：哎，你这人就是老土，村里人怎么就用不上插花？我看凤凰村有些妹子打扮洋气得很，讲起首饰、衣服来一套套的，比我都懂得多，只是因为缺乏审美能力，钱花了，打扮了，却没有变美。我教她们插花是在提高她们的美商!

好,你愿意讲就讲。如果她们学会了插花,以后开农家乐餐馆和民宿用得上。

欧阳梦看不得严庆瑞这种"实用主义",但没再多嘴,她怕自己万一说错话又会重燃两人之间的战火,毁了这好不容易才有的和谐,于是转了话题:

庆瑞,我问你,我明天去上课,村里不会又要我们捐款吧?

在这方面欧阳梦是有过教训的。前年市女企业家协会说她众望所归,请她出任秘书长,结果那年云高公司承办了女企业家协会全年的六次活动,另外还出了一笔三倍于会员单位的会费。半年后女企业家协会要换届改选,大家推举欧阳梦担任会长,条件是每年要给女企业家协会一百万元的赞助费。欧阳梦觉得没什么意思,找借口推辞了。后来女企业家协会举办旗袍大赛,请她担任总监制兼评委。她忙了十多天,除接受了两家电视台的采访,上了两次电视外,还倒贴了五万元的赞助费。

从那以后,她对这种露脸方式深恶痛绝。想来想去,她认为有些女企业家自己当模特做广告的方法挺好,既宣传了产品,又把自己变成了万众瞩目的明星,还省了代言费,一举三得。她向父亲和丈夫提出她想当自家产品的出镜模特,他俩坚决反对。后来严庆瑞拗不过她,让她的照片出现在试销的饼干包装上,可惜市场的反馈不佳,她的"模特生涯"戛然而止,只得继续当个无聊的阔太太。其间也有一些志愿服务和慈善组织找到她,希望她能参加一些活动。除了非去不可的活动,她一概避之,免得自己到时出力又出钱,成为别人薅的羊毛。所以这次参加凤凰村的讲座,她要先问个明白,怕自己到时稀里糊涂当了冤大头。

为此严庆瑞严肃地和她交谈过几次,批评她格局太小。欧阳梦哪听得进他这种指责?忙瞪着眼睛让他拿自己的钱去发善心,她反正不参加。

严庆瑞没办法,只得叮嘱办公室把相关活动的请柬直接送给他,由他出面处理。在这方面,严庆瑞是有大爱的。云高公司和他名下的梦瑞公司每年都会去敬老院、SOS儿童村慰问,还捐赠了三所希望小学,另外他个人还捐款帮助三十多位寒门学子完成了大学学业。

看着欧阳梦如今的这种警惕模样，严庆瑞心里不是滋味。读大学时，欧阳梦家不如现在有钱，但那时的她乐于助人，帮助过班里不少同学。工作初期，她还会不定期地去敬老院、SOS 儿童村做些善事。可自从云高公司发展壮大，梦瑞公司也越来越红火后，她却迷失在富饶的物质世界里，灵魂越来越苍白。

有一次欧阳梦对严庆瑞说，她父母留给她的财产，加上他们夫妻的资产，他们一家四口按目前全市的最高生活标准，三辈子也花不完，劝严庆瑞工作别那么拼命。她打算给孩子留下相当数额的财产后，在去世之前把属于她的那些钱全花光。她非常认同网上那个说法：人生在世最大的悲哀是人不在了，钱却还没花完。所以她近两年变着法子来花钱。有段时间，她每个月要花上十万元买衣服。严庆瑞实在看不过眼，给她算了一笔账，让她明白什么叫坐吃山空。那次算账的结果吓了欧阳梦一跳，原来他们并不像想象中那般富有！为了预防令人恐惧的"极端事件"导致的破产，欧阳梦立即买了几百万元的保险产品——据说，在某些灾难发生时，银行的存款不保险，但保险公司的钱还能保全——欧阳梦害怕失去，因为害怕，所以要抓得更紧，就如同她对严庆瑞的做法一样。

放心，只是让你给她们讲一堂课。俊翔和李书记已经通知了邻近的幽兰村和荷树村，肯定有蛮多人来听你讲课。你明天打扮得大方些，脸上的妆不要太浓，毕竟这里是乡下。

严庆瑞叮嘱道。欧阳梦这才从回忆中惊醒，暗笑自己的敏感和严庆瑞的迂腐：

庆瑞，你别用老眼光看人，现在农村年轻人的装扮跟城市差别不大，不信你明天可以看看。

女人果然还是最了解女人。当欧阳梦次日下午两点半在柳氏祠堂内的凤凰村新时代文明实践中心讲课时，从本村和邻村赶来的一百多位妹子、大嫂个个打扮得靓丽时尚，不少人还化了淡妆。如果不是她们讲话有浓重的地方口音，单凭外表很难判断她们究竟是村民还是县城的居民。

怎么样，我没说错吧？

穿着一身职业套装、化着精致妆容的欧阳梦得意地问给她当摄影师的严庆瑞。严庆瑞帮她整了整衣领上的丝巾，点头称赞：

不错，老婆大人有眼光！

严庆瑞，你原来也会说甜言蜜语啊！以后你每天早晚各讲两段给我听哈！欧阳梦喜滋滋地道。

为了给欧阳梦捧场，也为了消除欧阳梦对自己的误会，柳秋兰和柳冬雪特意从县城赶来听欧阳梦讲课。欧阳梦很惊讶，她没想到自己脑海中的假想敌柳秋兰会来，且见了她态度不卑不亢，举止得体，听课时特别认真，提问阶段积极与她互动。别看柳秋兰平常安安静静的，关键时刻还挺能活跃气氛，缓解了欧阳梦与听众们互动的压力，简直比她公司的员工还贴心。欧阳梦颇觉意外，同时也有些感动。

欧阳梦今天的讲座很对柳冬雪的胃口，她和张孝哲课前就商量好了短视频的宣传方案，两人全程给欧阳梦录了像。欧阳梦非常高兴，刚下讲台就跑来向柳秋兰、柳冬雪致谢：秋兰、冬雪，谢谢你们来捧场！

哎呀，欧阳总，你说反了，你来给我们传经送宝，该我们谢谢你呢！

柳秋兰今天穿一身藏青色的工服，胳膊上的两只花袖套特别扎眼，乌黑柔亮的头发随便用皮筋扎在脑后，没有化妆的脸部皮肤微黄，鼻梁边那几粒雀斑颇为明显，柔美的眼睛下方也有了细细的鸡爪纹。但总体而言，她的皮肤、样貌、身材在同龄人中还是相当出众的，笑起来时嘴角右边有粒可爱的小米窝，纯净而甜美。

欧阳梦瞅着她略微一怔：秋兰，你跟庆瑞莫不是两兄妹吧？他笑时左侧嘴角有粒小米窝呐！

这时旁边的柳冬雪大大咧咧地说：

梦姐姐，他们不是兄妹，是前世的朋友。我看到网上说，有酒窝的人投胎前没有喝孟婆汤，因为他们不想忘记前世的人。酒窝是孟婆留在他们脸上的记号。他们再世为人后，会根据酒窝来寻找前世牵挂的亲朋好友。

对的，我也看到过这样的说法，这么说庆瑞跟秋兰姐前世就是好朋友喽！

欧阳梦的口吻有些酸。柳秋兰白了柳冬雪一眼，苦笑道：虽然有关酒窝来源的解释很浪漫，但纯属胡说八道。玉国也有酒窝，如果真有所谓的灵魂和轮回转世，为什么他这几年不来找我？我觉得我的酒窝更像是泪窝。唉！

想到生不见人死不见尸的秦玉国，柳秋兰心中倏地爬上几缕忧伤。柳冬雪瞅了欧阳梦一眼，连忙转了话题：

大姐，庆瑞哥的酒窝才是真正的酒窝，他只要喝上半杯酒，脸和脖子就通红通红的。

不用喝酒，只要一热，他的脸就会红。你看，他现在就像只炒熟的虾公。

欧阳梦指着不远处的严庆瑞说。

这天的会场有些热，尽管无酒，严庆瑞依然满脸红光，笑起来时，雪白的牙齿和晶亮的眼睛令人沉迷。

欧阳梦注视着他挺拔的身影，越看越欢喜：这个相貌堂堂、才华出众的男人可是她的丈夫！

她忙迎上前去，拉着严庆瑞的手自豪地说：我们大家拍一张合影吧。

听课的妇女们热情高涨，和他们夫妻俩拍完合影后又纷纷与欧阳梦拍合照，欧阳梦找到了众星拱月的感觉，开心得飞起。严庆瑞很久没见过欧阳梦露出如此纯净的笑容了，转身向站在旁边的柳秋兰道谢：秋兰，谢谢你和冬雪来听课。

柳秋兰点了点手机：欧阳总今天讲的内容很全面，特别是插花那一段，对我今后开农家乐有帮助，我录了音。该我们谢谢你和欧阳总。

不，秋兰，是我该谢谢你。欧阳梦前段时间怀疑我跟你有问题，我跟她解释了很多次，她都不相信。因为对你不了解，她只能反复用想象去美化、塑造你，硬生生把你塑造成了横刀夺爱的情敌。你今天到现场来听课，又跟她互动，她对你有了直观的印象和判断。刚才她跟我讲，你这个人蛮本分，可见现实中的你击败了她想象中的你。这是件好事！

那就好，你耳根清净，我也少受猜疑少挨骂。

柳秋兰笑着和严庆瑞道了别，又朝前头正与一帮妇女讲话的欧阳梦打了声招呼，带着柳冬雪就要回家，一旁的严亚宁喊住了她俩：

秋兰姐、冬雪，等下去好味道农家乐吃饭，全村人都去，别忘了哈。

柳秋兰正犹豫间，柳冬雪小声提醒道：大姐，你不是要尝尝好味道农家乐的菜吗？平常找不到机会呢，不去白不去。

好，你先去！柳秋兰说罢回家拿了一坛刚酿的米酒过去，这才知道今天是严庆瑞做东请村里人吃饭。严庆瑞的那两个合伙人特意从县城赶了过来，被欧阳梦安排在主桌。柳秋兰也被拉去作陪。严俊翔和李海峰等人没有参加，欧阳梦有些不高兴，严庆瑞却对此表示理解：这几天乡里在检查各村的粮食耕种面积，他们忙得屁股不落凳，我们吃我们的。

由于没有"官方代表"，这天的晚餐大家吃得欢实，喝得畅快，那两位合伙人轮番向严庆瑞和欧阳梦敬酒，欧阳梦本来酒量不错，但这天她正巧来了大姨妈，只敢喝糖浆般的水酒。

庆瑞，不瞒你说，这十多年下来，我喝了三四千斤白酒。那些酒倒在塘里，能让十几个人游泳呐。胖合伙人喃喃地道。

没办法，我们的酒桌不只是酒桌，还是谈判桌、信息台、情感弥合神器，不喝不行啊！另一个瘦合伙人道。

入乡随俗嘛，这酒文化还是顶用的，不喝酒办不成事。

对呀，多个朋友多条路，朋友越多，我们的路子越广，越能干成事儿。来，喝酒喝酒。

感情深，一口闷。话在酒中啊。

喃喃的话语中，客人们的情绪越来越饱满，敬酒的频次越来越高，不一会儿，整个房间就充溢着土烧和水酒的气味。

柳秋兰酒量不行，这时的她多半是个看客和服务者。让她有些意外的是，她带来的那坛水酒几乎全被欧阳梦喝了。严庆瑞和两位合伙人喝的是毛秀云自制的土烧，度数不高，但后劲很大，几杯下肚，连一贯稳重的严庆瑞都变得饶舌了。他和两个发小叽里呱啦地讲着在学校时的趣事，笑得前仰后合。欧阳梦见状，也掺和了进去，吵吵着要跟三个男人划拳，被柳秋兰劝住。

欧阳总，你喝多了，早点回去休息吧！柳秋兰见严庆瑞向自己使眼色，忙拉着欧阳梦起身，和柳冬雪合力将走路有些跟跄的她送回了家。

姐，我觉得庆瑞大哥和欧阳梦并不幸福，细看他还是蛮沧桑的。估计村里的事弄得他挺头痛。欧阳梦保养得不错，气质很好。

从严庆瑞家出来，柳冬雪这样说。

家家都有本难念的经。对于严庆瑞和欧阳梦的现状，柳秋兰比柳冬雪的看法更乐观：欧阳梦能让严庆瑞回村搞民宿开发，最近又来了好几次村里，说明她和严庆瑞的关系并不像大家想的那样糟糕。

姐，你说民宿开发能挣钱吗？我觉得回本好慢。

民宿本就是长线项目，那些房屋的租期二十年，做得好应该能挣一些钱。冬雪，要不你也回村搞项目吧。

我才不呢！柳冬雪嘴上拒绝得很坚决，但她其实非常关注村里的消息。今天听课她就加了三十多个村民的微信，平常她喜欢看别人的朋友圈，有什么发现总是第一时间告诉柳秋兰。前段时间那些房主的反复也是柳冬雪在朋友圈中发现端倪的。当她把自己的发现告诉柳秋兰后，柳秋兰给严庆瑞打了个电话，提醒他注意那些房主的思想动态。

严庆瑞那时正被那些房主弄得焦头烂额，不由得向柳秋兰诉了顿苦。柳秋兰没想到挺好的一个项目还会遇到那些挫折，心中不由感叹做事难。不过一想到这是常态，心中又释然了。别说严庆瑞那么大一个项目，她开家农家乐餐馆还有人出来阻拦呢！村西头的严毛根就曾多次打电话劝告她不要回村开农家乐，原因是他的农家乐被严亚宁的餐馆挤得喘不过气来，她再开一家，他就更没活路了。

秋兰，你是能干人，在县城已经打出了一片天下，何苦回村抢我们的饭碗？

严毛根的话说得很直白，柳秋兰听后握着电话发呆，一时竟不知该怎样回答他。幸亏她接电话时柳夏花也在店里，柳夏花比她泼辣多了，当即抢过电话，不客气地回敬道：

毛根哥，县城、市里都有服装一条街、餐馆一条街，我们回村去开农家乐餐馆，如果开得好，别人会说凤凰村的农家乐餐馆很有名，要吃土菜得到凤凰村去，这就叫规模效应。所以，你不要担心我们回村开店会抢你的生意，你得感谢我们给你带客人过去。

严毛根被柳夏花这话噎得在电话里哇喇大叫，说这事他还要跟柳秋兰详谈，指名要柳秋兰接电话。当时柳秋兰有事，没有再搭理严毛根，严毛根不依不饶，连夜给她发了十几条信息，到最后竟有警告的意味了，看得柳秋兰生气、柳夏花冒火。

次日柳秋兰有事回村，想到严毛根说的那些话，她觉得躲避不是事，干脆叫上柳冬雪去严毛根家的餐厅吃饭。严毛根的老婆毛根嫂认为她俩这是上门踢馆，不想接待她们。严毛根倒是笑容可掬地递上菜谱，态度很热情，柳秋兰点了三菜一汤。

说老实话，严毛根的烹饪技术不错，菜的味道蛮好，但盘小料少，价格偏高。柳秋兰点的酸萝卜炒肥肠，一盘菜总共才十五片拇指盖大小的猪肠，菜价却要二十八元。芋头蒸排骨也是芋头多排骨少。最可笑的是红烧三杯鸡，只有一根鸡腿和一只鸡翅。柳冬雪都快把砂钵底撬掉了，也没找见她想吃的另一只鸡翅和鸡腿，明显不是菜谱上标明的整只鸡。那盆西红柿蛋汤更是清稀得"洪湖水浪打浪"，柳冬雪边吃边骂严毛根心黑。

毛根哥，你家的菜味道不错，但价高量少，不实惠。

柳秋兰也没给严毛根留面子，话讲得有些难听。严毛根却再无昨天打电话给她时的那份火暴，而是耐心解释道：

秋兰，是这样的，我们家的肉用得差不多了，大料是比平常少一点，不过其他配菜很足，价钱又不高，还是挺划算的。

毛根哥，那是你觉得划算，人家一算账，肯定觉得亏。你这样很难有回头客呵。

柳冬雪见他不但睁着眼睛说瞎话，还变着法子往自己脸上贴金，不由气道。

那些人一年难得来凤凰村一次，本就不指望他们成为回头客。

严毛根把宰客的想法明白地摆在她们面前，柳秋兰不赞同他这种做法：

毛根哥，你这里的盘子和碗明显比严亚宁家的小，菜料少，人家不傻呐。再说前面来的客人会发朋友圈，也会向亲戚朋友介绍哪家餐馆实惠，餐馆的好坏有口碑呐。

柳秋兰真心实意地指出严毛根餐馆的不足，又耐心地给他分析原因，严毛根颇为不屑。柳冬雪把刚才拍下的十五片炒肥肠照片拿给他看：

毛根哥，你这酸萝卜炒大肠二十八块一盘，总共只有十五片指甲盖大的肥肠，算起来每片差不多要两块钱。

哎呀，冬雪，原因刚才毛根已经讲清楚了，你莫要咯样挑刺。到时我倒要看看你们店里的菜有多少肉！

这时毛根嫂从厨房里冲出来，乌眼黑脸地冲着她俩一顿吼。本来颇觉尴尬的严毛根立马有了底气，开始不住嘴地提醒她们回村开餐馆时不要跟他家的菜谱相同，更不能偷艺。

唉，早晓得我请你们去好味道农家乐吃饭，你们去学他家厨师的花样好了。我们店里的菜式一般，以后你们千万莫学样。

毛根嫂最后是以"撵"的姿态赶她俩出门的。柳冬雪气得不住嘴地埋怨柳秋兰花钱买气受，柳秋兰却说受点气算什么，她们这是在搞市场调查。

柳冬雪瞪着她：姐，你真的想偷学毛根哥的厨艺？

哪能呢！我想来个人无我有。接下来的双休日，我们要吃遍四邻八乡的土菜馆，做到心中有数。这是柳秋兰的计划。

柳冬雪嗤道：大姐，人家严亚宁早就吃遍了我们县和邻县的农家菜餐馆，不信你可以看看他的朋友圈。

柳秋兰前几年哭多了，眼睛有飞蚊症，平日她很少看朋友圈。听柳冬雪这么一说，她觉得自己的思维有些滞后，但严亚宁有一点没有她想得仔细与周到：好味道农家乐的环境实在太一般了，这多少有点影响它的口碑。究其原因，主要是严亚宁只想以味道取胜，不愿把钱花在装修上，所以好味道农家乐的包间只有桌椅和一张放碗筷的桌子，墙上没有任何装饰品，有的房间还没有窗帘，只有"豪华"包间才会另加一张硬木茶几和两张从旧货市场淘来的布艺沙发。餐馆的地面常有水渍和油渍，空气中充斥着油烟的味道。食客们虽然没有因此而诟病好味道农家乐，但柳秋兰觉得这样太浪费凤凰村的"美色"了。

有好味道农家乐作为参照物，柳秋兰对自己即将装修的绿枝餐馆有了更高的要求。在环境设计上，她既想体现农家乐的特色，又想体现出美的元素。她这次回村听欧阳梦讲课，也有请教的意思。之前张孝哲给她做了一份餐馆装修设计图，目前正在完善中。柳秋兰觉得欧阳梦见多识广，去过的餐馆数不胜数，只要贡献出一两个装修亮点，将来的绿枝餐馆便会与众不同。

怀着这种想法，当欧阳梦再次跟着严庆瑞回村考察那些即将装修的老房子时，柳秋兰特意上严庆瑞家向欧阳梦求教。

哎呀，柳大姐，我哪懂设计呀。你得请专业的设计师才行呀！

上次授课成功后，又有几个乡镇请欧阳梦去开讲座。被需要、被认可、被追捧的感觉加速了欧阳梦的气血运行，她脸色红润，画着浓重眼线的双目愈加显得晶亮，口里客气着，脚却听话地跟着柳秋兰走了。

半道上，她俩碰见了严亚宁。当严亚宁听说欧阳梦要去看柳秋兰家的房子时，机灵的他立即朝欧阳梦作了个揖：

嫂子，晚上请到好味道农家乐坐坐，麻烦您给我也指点指点。

严亚宁说罢瞥了眼柳秋兰，神色有些复杂。年初严俊翔、李海峰率领村民在凤凰村的河边和周围的山坡上播种了油菜籽，今春凤凰村的油菜花开得特别绚烂。严俊翔请县电视台和两个小网红进行了多轮报道后，到凤凰村来的客人比往年多了两倍。加上严亚宁又与旅游公司进行了深度合作，有不少团队客人，所以近段时间他家餐馆的生意很好。

讲老实话，以前严亚宁是欢迎柳秋兰回村开农家乐餐馆的，因为那时他怕自己的餐馆没什么影响力，有两三家同行联手"战斗力"会强一些。如今他尝到了生意火爆的甜头，不想别人来分这杯羹，连他大伯的儿子、他的堂兄想开农家乐都被他劝退了，理由如下：

哥，你一直在村里待着，不晓得开餐馆的诀窍。你真以为那些客人是自己来的？哪有那么简单？那是我花钱做宣传，跟人合作招商引过来的！你没这些门道，买来的鸡鸭鱼肉要么自己吃，要么多买几台冰箱存着。那些食材就是成本呀！我的客人分给你？哥，不是我不肯，我们是打断骨头连着筋的亲戚，分客人给你我乐意。问题是我现在还只能吃个半饱呢！我要倒闭了，你还能有客人么？我这不是吓你，是实情，你自己看着办吧！

严亚宁的堂哥、堂嫂为人谨慎，听他这么一说，加上严毛根夫妇天天在村口拦客、拉客，可上他家的客人还是少之又少，两口子便觉得他俩还不如到驻村工作队给他们联系的造纸厂打工划算，很快便放弃了开餐馆的念头。

但柳秋兰不是他堂哥，人家在市场上摸爬滚打十多年，有经验、有想法，也有一定的资本，关键还会做人，几句话就把个原先将她视为情敌的欧阳梦说动了心。

严亚宁可不想让欧阳梦只成为柳秋兰一个人的助力，情急之下立即向她发出热情的邀请，这边也不管店里有事，跟着欧阳梦一起去了柳秋兰家。

当严亚宁看到柳秋兰家后院原先堆放柴火和杂物的寮棚被拆除，地面也被平整了时，心下一紧，忙向柳秋兰打听那块地方的用途。

要按柳秋兰以前的性格，大概率是会讲实话的：她准备在后院用铁丝网搭建一座棚子养孔雀和野兔。前两年村里搞人居环境整治，家中不准养鸡，队里辟出块山地让大家在那儿集中建棚养家禽。那地方离家远，在那儿养鸡村里的环境是干净了，可雨雪天非常不方便，老人给鸡喂食时常摔跤。加上山上黄鼠狼多，村民养的鸡鸭受损率高。村民们对此不满，有人便写信给乡政府，告村"两委"搞形式主义，害得凤凰村人没法按心愿养家禽。

乡里认为凤凰村整治人居环境，加强家禽饲养的管理没错，没有理睬村民反映的情况。不巧这时又有一位婆婆在喂鸡途中摔断了腿，村民们一怒之下告到了县里。县有关部门特别重视，指示乡里、村里要解决好凤凰村村民饲养家禽的事。驻村工作队和村"两委"为此特意召开了村民代表大会，就家禽的饲养方式进行充分的讨论，后经村民代表投票，大家选择了在自家后院建棚圈养的方式。严俊翔和李海峰代表村"两委"和工作队表了态：

在不污染环境的前提下，同意村民们的养鸡方式。但临近水源处不准建鸡棚，鸭子只能放在自家田里，不准下河！

前一条村民们都能做到，这后一条没办法，那些鸭子在水田里啄食后经常下河，谁管得住？好在村民养的鸭子数目不多，它们下河并不会污染水源，相反还点缀了环境。那些城里来的游客专爱拍河里嬉戏的鸭群，有两位县摄协会员拍的鸭趣图还在省级摄影比赛中获了大奖，遗憾的是，这并没有给凤凰村加分。有一次县里分管乡村振兴工作的领导到村里来考察，发现村民家后院养了鸡、河中有鸭子、村道上有狗，立即批评严俊翔、李海峰工作不到位，将凤凰村的人居环境整治判为不合格。

严俊翔、李海峰据理力争，说有鸡鸣、狗吠、鸭游的村庄才是真正有活力、符合自然法则的村庄。如果所有的村庄除了房子就只有人，原本与人们生活密切相关的家禽家畜再无立足之地，那样的人居环境再美再整洁也丧失了自然之趣。

经过一番辩论，那个分管领导也觉得自己的要求太绝对。整治人居环境是很重要，但更重要的是解决问题时要有的放矢，不能只为了贯彻某项命令，或只为了让村庄的路上没有鸡屎鸭粪就让农民养鸡养鸭跑上好几里山路，而且鸡鸭被黄鼠狼和与黄鼠狼有同好的人偷了都不知道。不能因此就将所有的村庄变成只有人声的村庄，那是寂静的村庄。

此后，那位分管领导再到凤凰村时，没有因为在村道上看见活蹦乱跳、挂着狗牌的土狗，在田里发现鸭群，在屋后菜园听见母鸡啼唱、雄鸡打鸣而批评凤凰村了。因为凤凰村村"两委"和驻村工作队的卫生包干工作抓得很紧，尽管村里有家禽活动，村庄的路面和村民家的前庭后院却很整洁。那些来凤凰村拍摄这典型农家场景的自媒体主播对此格外好奇和偏爱，做了不少凤凰村"六畜兴旺"却干净整洁的特色视频。看过视频的人情不自禁地留下这么一叹：嗯，真好，这才是我记忆中的农村该有的景象。

现如今，从村里出去打拼了十多年，又重回凤凰村的柳秋兰到底想用她家后院这块空地干什么呢？严亚宁发散的思绪从那些鸡鸭视频中收了回来，陷入了新的沉思。趁柳秋兰陪着欧阳梦楼上楼下走动的机会，他赶忙和柳冬雪搭讪，想从她嘴里套话。柳冬雪忙着和两个发小从网上挑选欧阳梦上次介绍的便宜又好用的国货护肤品，懒得搭理他。严亚宁只好打电话问柳夏花。柳夏花聪明着呢，一听他的问话就晓得他的心思，连声说她两个星期没归村里了，不晓得那块空地的用途。严亚宁也不是吃素的，一看她们三姐妹这架势，就知道那块空地必有大用。

为了跟上柳秋兰的思路，严亚宁立即上网搜索与农家乐相关的新闻，再三比较后，他决定在自家餐馆的前院左侧挖一口塘，灌满山泉水后用来养鱼，可让游客在等候时领略垂钓的乐趣。那些城里人对垂钓的喜爱与执念到了可笑的地步。他上次去县城，发现有人在街上开了家钓鱼馆。里头的鱼塘只有三个浴缸那般大，鱼在水中挤挤挨挨的，像极了节日里街上摩肩接踵的人群。"垂钓"之人坐在矮凳上，用比筷子长不了多少的竿子"钓"鱼。换作他，早伸手去抓鱼了。可即便如此，前去垂钓的老头老太还是不少。他相信自己在餐馆前挖的鱼塘能吸引客人，再不济他还能用来种荷花。这样绿枝餐馆开张后，柳家那块空地不管种养出什么来，他都不会输。

严亚宁自个儿在那儿头脑风暴时，柳秋兰和欧阳梦正站在柳秋兰家二层的眺楼上，倚着形状外斜、看上去有些娇气和不太牢固的美人靠栏杆，热烈地讨论着绿枝餐馆的布局。

秋兰，我觉得你在装修时一定要突出"绿枝"的主题，房前屋后种上竹子、桂花、木槿花，你刚才带我看的凌霄、金银花、爬山虎也不错。怕就怕枝叶太浓密，春夏季容易惹来长虫和蚊子，所以你种的绿植必须疏密有度。另外我强烈推荐三角梅和爬藤月季，这两种花很好养，花期很长，花形颜色都特别美。你在网上买那些当年就能开花的大苗，用不了多少钱。

柳秋兰拿着手机，认真地记下了欧阳梦说的每一句话。欧阳梦被她的这份诚心打动，又连着给她出了好几个主意：

秋兰，你家的院子大，中间或边上最好能搭一座竹楼。如果搭楼麻烦的话，就建一座蘑菇形的竹棚，屋顶像张孝哲的研学点那样盖上茅草，桌椅用竹编或者原木，不要用油漆，刷桐油即可，总之要突出"绿色"和"凤凰"的仙气。我们家原来种过一种锦屏藤，长大后枝条像帘子一样垂下来，特别好看。到时你的竹棚就用锦屏藤当门帘，绝对特别。你还可以从坝下到坝上搭条竹廊，两边种上锦屏藤，到时大家沿着藤廊走到你家餐馆，感受绝对独特，印象绝对深刻！

欧阳梦讲话很爱用"绝对"二字，柳秋兰觉得这样的她有些可爱。接着欧阳梦从手机里调出锦屏藤的图片给柳秋兰看，柳秋兰被那美丽的植物藤帘给震惊了，连连点头说这个主意要得。

欧阳总，你上次的课讲得好，你刚才提的设计理念也非常棒。你要是开装潢公司，肯定能做成大老板。柳秋兰由衷的夸赞令欧阳梦身心舒畅。柳秋兰望着她神采飞扬的脸和大方自信的神态，很难将她和那个不可理喻的"跟踪狂"联系在一起。

当然，人都是多面立体的，也许欧阳梦现在展现的只是她愿意展现的那一面，那暴躁、多疑、偏执的一面是她蚌壳内的蚌肉，只有她最亲近的人才能窥见，就像自己的脆弱、伤感和眼泪都留给了安静的深夜一样。这时，柳秋兰想起了严庆瑞的叮嘱：

秋兰，如果方便，欧阳梦的心情又好，时机恰当，请你开导开导她。特别是民宿园项目的事，麻烦你从侧面问问她有没有兴趣和我一起做。你那个仙人掌项目的评估报告要是出来了，如果可行的话，也可以跟她讲一讲。实在不行，你就代表村里的女同志邀请她回村教大家烘焙。她爸是靠这门手艺起家的，她的烘焙手艺也不错，当当老师没问题。

严庆瑞特别想让欧阳梦从目前的状态中走出来，而让她重新回归社会也许是最好的选择。为了完成严庆瑞的嘱托，柳秋兰事先打了不少腹稿。但欧阳梦性格活泼、话题跳脱，她常常还没来得及接上话头，欧阳梦便又转移了谈话的方向，柳秋兰跟得很累。也正因为她的这种被动，欧阳梦感觉自己在与柳秋兰的交往中占了上风，这令她愉悦，并因此生出几分宽容。此种心态下，欧阳梦比较容易听进别人的建议。柳秋兰抓住时机，以带欧阳梦去看山石榴为由头，将她带到了严庆瑞前不久新签下的几幢老房子跟前。

哎，山石榴在哪？

欧阳梦对老房子不感兴趣。柳秋兰领她走上其中一家老屋的二楼，指着山坡说：欧阳总，你看后山开的是什么花？

我的天哪，这满山的杜鹃花红彤彤的，太美了！山石榴在哪里？欧阳梦感叹几句后，还是惦着柳秋兰口中的山石榴。

我们这一带叫杜鹃花为山石榴花。柳秋兰解释道。

嗯，好花！要是在这眺楼上摆上藤摇椅，喝着咖啡，看天光云影和这山石榴花，绝对惬意！

欧阳梦其实很有审美能力，她转着身子打量了周遭一圈，终于明白严庆瑞为何要租下这几幢房子了。

欧阳总，你那么有想法，依我看，你干脆自己来当民宿园的装修设计师好了。

柳秋兰这话不完全是奉严庆瑞的"旨意"而发，而是真心话。虽然她和欧阳梦接触不多，但凭着女人敏锐的直觉，她隐约窥见欧阳梦心中那头懒洋洋的醉虎正在慢慢苏醒。欧阳梦有能力，只不过之前失去了方向。柳秋兰并不觉得自己有权利指导她去拨开所谓生活的迷雾，只是真心认为欧阳梦如能摆脱目前这种消沉的精神状态，她是个能干成大事的人。

你刚才讲的是真心话？欧阳梦盯着她，目光有些灼热。柳秋兰诚恳地道：哎呀，我们乡下人心直口快，有一说一。我是真心觉得你给餐厅提的设计创意很棒！

好，就冲你这句话，我以后多来凤凰村看你。欧阳梦忽然有些热血沸腾。这些年在她的朋友圈中，没有谁看重她的自身能力，众人关注的全是她的身家，她这辈子有多少钱可花。只有柳秋兰和村里那些听课的妇人笃定她只要放出手段便能成就一番大业，这种感觉于她而言很新鲜，也令她心动。

好啊，欢迎你到时来看我的仙人掌和胭脂虫。柳秋兰适时地抛出了另一个"诱饵"。

我听庆瑞讲过，你想在荒石坡上种仙人掌、养胭脂虫。我上网查了下资料，养胭脂虫还蛮有意思的。欧阳梦果然上了钩。

对啊，你们云高公司近年主营有机食品，胭脂虫是上好的有机食品染料。

柳秋兰想起严庆瑞的叮嘱，尽量把话题往云高公司的有机食品上引。欧阳梦果然兴趣大增：哈，我们公司前两年就开始用胭脂虫红作为食品的天然食用色素。只是胭脂虫从国外订购价格昂贵，国内的生产厂家不多，产量也不稳定。如果凤凰村能够生产胭脂虫红，那就好办了。

柳秋兰趁机向她进一步介绍了自己的"仙人掌园计划"。欧阳梦虽然平日不太管公司的事，但终究还是公司的传人，听到与公司业务相关的事项还是非常上心，当即提出要去看看柳秋兰选中的荒石坡。两人走出村口后，欧阳梦又跑回婆婆家换了套休闲运动装和一双运动鞋，配上新颖的墨镜与防晒的太阳帽，整个人焕发出不一样的神采。

三月的日头并不毒辣，而是透着春天的微醺。野花在葱茏的林中、绿茵茵的坡上盛开，田里的油菜花金黄一片，空气被浓郁的花香酿成了醇厚的酒，景色美得令人陶醉。柳秋兰没想到欧阳梦那么看重自己的项目方案，心下颇有些遇到知音的感动。在去荒石坡的路上，欧阳梦似有意若无意地问起秦玉国的事情。柳秋兰概述了一遍，欧阳梦再看她时目光中充满同情。

秋兰大姐，你太不容易了，以后有用得着我的地方你只管吩咐。

欧阳梦说到这儿，顿了顿，接着轻描淡写地说严庆瑞很忙，家中的事根本管不了，又说女人和女人最容易沟通。柳秋兰听出了欧阳梦敲的边鼓，忙说她和严庆瑞十多年没联系，这次回家途中撞车了才遇上。欧阳梦早就听黄敏讲过这事，安慰柳秋兰说修车的钱她会出。柳秋兰说车子保险公司早修好了，让她别见外。欧阳梦不好再坚持，主动加了她的微信，随即从微信里转了张美容优惠卡给她：秋兰姐，这家的美容技术蛮好，开背、做脸比怀玉美容院还要厉害，你有空一定要去保养！

哎呀，欧阳总，我用不着，多谢您了。

哎，别跟我客气。这世上没有丑女人，只有懒女人。你保养保养，比明星都漂亮！还有啊，你别叫我欧阳总，喊我的名字吧！

柳秋兰不好拂她的意，只得收了。反正只要她不去做美容，卡上的钱就还在。她怕欧阳梦再跟她聊美容的事，忙转了话题：我过段时间想装修餐厅，不知您能不能帮我完善下张孝哲设计的装修图？

绝对没问题，虽然我不会画装修图，但我可以提意见，以后你有事只管找我。

柳秋兰晓得欧阳梦还有句话没讲出口：以后你就别找严庆瑞了。一念及此，她马上回应道：好，以后有事我给您打电话，就怕问题有点多，到时您不要烦我咯。

接着柳秋兰详细说了在荒石坡种仙人掌、养胭脂虫的事。为这她可没少查资料，还专门到县植保站去咨询过两回。植保站的专家看了柳秋兰的项目书和她带去的土壤样品后，觉得荒石坡土壤含沙量高、疏松透气、不易受涝，适合仙人掌生长，相当于给柳秋兰吃了颗定心丸。

欧阳总，荒石坡面积够大，坡上有不少石头，不过并不影响仙人掌的种植。我们还可以利用这些乱石，把仙人掌园做成一个网红打卡点。

自从起了种植仙人掌的念头后，柳秋兰往荒石坡跑了二十多次，观察得可仔细了，不但画了草图，还给每块石头拍了照、编了号。那些石头将来她都想利用上。

唔，这里光照比较好，坡下有条小河，用个水泵就可以抽水上来灌溉。那边是公路，进出也方便，是个好地方。

身为云高公司的女公子，欧阳梦身上自带商人基因。她观察一番后，做出了以上判断。接着她抛出了两个重磅问题：投入与产出。

柳秋兰说整块荒石坡租下来，不做大棚，野外种植的话，第一期的投资要六十万元。

……一盒七块钱的仙人掌可以扦插四次，我们买得多的话，价钱还能降下来。适合我们这边种植的有青扇、胭脂掌、黄毛掌、单刺团扇等品种。仙人掌每年三四月种植，当年能放殖胭脂虫。大棚养殖的话，每亩能收成虫三十多公斤；野外养殖每亩能收成虫二十多公斤。三四年后仙人掌能开花结果，亩产仙人掌果实 1.2—1.5 吨，去年市场上的仙人果收购价为六千元一吨。凤凰村旅游开发得好，自家卖鲜果可以达到三十元左右一斤，还可以用仙人掌的茎片加工面条、米粉。仙人果可以做果酒，到时你家的餐厅、甜品店和我们的农家乐餐馆和超市都可以销售。

柳秋兰说起这些时双目放光。这些虽然只是她从网上查到的资料，但已足以让她产生强烈的创业冲动。上回严庆瑞回村与房东谈判，恰逢她也在凤凰村，她跟严庆瑞谈了自己做仙人掌园的想法，严庆瑞认为有亮点，便陪她去了趟荒石坡。严庆瑞对养殖胭脂虫没有太大兴趣，毕竟国内市场还没打开，而且凤凰村也只有这一百多亩地比较适合种植仙人掌，无法大规模养殖胭脂成虫并获得较高的回报，但他觉得开发荒石坡是个好点子，之后多次就此事和柳秋兰进行过沟通。他的观点是物要为人所用，他们种的仙人掌除了得有观赏性，还得有经济价值。这话启发了柳秋兰，让她最终选择了食用仙人掌。这种仙人掌除了可以养胭脂虫，还可以赏花、卖果、酿酒、做糕点等。另外她还从一篇文章中受到启发——井冈山人做的竹筒酒很畅销，她超市里发小酿的米酒也颇受欢迎。想到以前姑奶喜欢做苦瓜酒，她觉得自己可以在这方面做点文章。现在的人注重养生，苦瓜酒清心明目、压脂去油，仙人掌酒清热解毒、化瘀消肿、舒筋活络，这些都是好东西。如果这些酒能在绿枝餐馆和超市畅销，到时再找人投资联营，假以时日，她相信肯定能扩大为全村的产业。她把这个想法告诉严俊翔、李海峰后，他俩也明确表示，如果她真的做成了仙人掌园项目，村里到时会按照县里出台的乡村振兴产业人才系列政策给予她适当的返乡创业补贴。

对于返乡创业补贴，严俊翔是这样介绍的：县里对返乡创业人员投资参与的企业或领办的村集体经济项目，稳定经营一年以上，吸纳二十人以上就业的，优先纳入乡村振兴项目库，可给予总投资额最高50%的创业补贴。政府还会给予贷款政策的支持，返乡入乡创业人员可以申请三十五万元以下的贷款，优先保障返乡入乡人员的创业用地，返乡办农家乐和休闲农业的人员，可以无偿使用集体建设用地。

俊翔，看这文件，我们可以不用付租地的钱，就能在荒石坡上种仙人掌？

柳秋兰有些兴奋。严俊翔指着文件的第二页第一条说：土地流转费用还是要付的，但符合条件的，县里会有奖励。你看，如果你流转的土地达到六十亩，从事规模经营的，县里给予适当的奖励。至于给多少钱，县有关部门会出台细则，对你们返乡创业的个人也会有补贴。虽然钱不多，但表明了政府的态度，这非常重要。

柳秋兰算了下，如果有这种政策支持，那一百多亩荒石坡她可以流转过来，开发成仙人掌园，资金缺口她想请严庆瑞出面支持。严庆瑞也表示了合作的意愿，但考虑到欧阳梦的性格，他希望柳秋兰能直接跟欧阳梦合作，省得到时夫妻俩为柳秋兰而生闲气。对此柳秋兰无异议。于是乎，欧阳梦后来便在严庆瑞的办公桌上找到了柳秋兰做的仙人掌园项目书。严庆瑞也有意无意地跟她多说了几句这个项目的情况，成功地激发了欧阳梦的好奇心。欧阳梦如今到荒石坡走了一趟，又和柳秋兰详聊了一阵，她觉得这个项目顶有意思。从她的双目中，柳秋兰窥见了兴趣、热情和走出小天地之后才有的兴奋。

果不其然，欧阳梦看完柳秋兰发给她的仙人掌园项目的详细实施方案后，心中那份创业的冲动瞬间化作了决心，她抬眸笑道：秋兰姐，我选第一种扦插仙人掌的方案。虽然买仙人掌的母株要花万把块钱，但比撒种子让仙人掌自然生长更节省时间。

欧阳总，这种食用仙人掌是国家农业农村部从墨西哥米邦塔地区引进的，国内叫作观音掌，有食品和药用价值。一次栽种，可以采收 10—15 年。国内市场食用仙人掌嫩片每公斤售价为 8—15 元，这个项目的性价比还蛮高……

柳秋兰感觉她有合作的意向，又将自己掌握的相关情况细细说了一遍。欧阳梦专注地听着，时不时点头赞同。等柳秋兰说完后，她立马转了两万块钱给柳秋兰，说是作为她俩合作开发凤凰村仙人掌园的定金。

不，不，这我不能要。八字还没一撇呢！等我们完善方案后一起去找严支书和李书记，如果土地流转这方面没问题，我们再签合作协议。

柳秋兰将钱退回给了欧阳梦，欧阳梦皱眉道：哎呀，秋兰姐，你太见外了！就算合作不成，这钱你拿去买仙人掌好了，算我的一点小心意。

两万还小心意？这可不成！柳秋兰连连摇头。欧阳梦哈哈一笑：秋兰姐，我手指缝宽，这两万块只够我买一件衣服。

欧阳梦这话令柳秋兰浑身一紧：两万块对她而言，得花一两个月时间去挣。虽说这些年她在县城买了住房和店面，父母建房她也出了大头，在村里出来打拼的人中，她算得上成功者，但与欧阳梦、严庆瑞他们比，她只能算一个小老板。她周围的人因挣钱艰难而看重钱，即便爱花钱的冬雪，平日最贵的衣服价格也不逾千。所以听到欧阳梦说两万块只够她买一件衣服时，柳秋兰害怕两人合作以后，可能会因彼此的出身、学历、三观、经济条件相差太大而失和，从而给项目的运营埋下炸雷，反而犹豫起来。

欧阳梦显然没意识到这点，继续絮叨着向柳秋兰介绍她身上这套价值十余万元的行头。听到后来，柳秋兰的脑壳有些痛：这欧阳梦如此感性，能跟她合作吗？万一项目上马后，哪天她发大小姐脾气，撂挑子或撤资怎么办？

尽管欧阳梦一再表示仙人掌园这项目她投定了，柳秋兰却不敢马上应承，借口还要找村"两委"沟通荒石坡的土地流转之事，将签约延后了一周，她要抓住这个空当去征求严庆瑞的意见。

这天晚上，皎洁的月亮挂在纯净的天空上。远山近树、村庄房舍被明媚的月光濡染，透出水墨画才有的韵致。许是有陌生人进了村，狗们陆续发出不同频率的吠声。被狗惊扰的鸡鸭们跟着发出不满的咕哝，原本寂静的夜晚因此多了几分恰到好处的喧闹。柳秋兰和严庆瑞站在她家院坪上，双方的表情都有些严肃。

柳秋兰心中多少有些懊悔：人家欧阳梦只是随口一说要合作，自己不但当真，还请严庆瑞来拿主意，万一被欧阳梦看到，又要胡思乱想了——自己下午刚跟她表过态，说以后有事直接找她，现在转头就跟严庆瑞见面，这不是自掌嘴巴吗？但她实在吃不准欧阳梦的性格，而仙人掌园于她而言是个大项目，能否与欧阳梦合作，严庆瑞的意见至关重要。

严庆瑞在商界摸爬滚打多年，自然知晓她的担忧。他给柳秋兰吃了颗定心丸：秋兰，你先把方案做扎实，给村"两委"和驻村工作队看看。如果他们认为可行，你和欧阳梦再联合开发仙人掌园。欧阳梦要是半途撂挑子，我们投的那部分资金不会撤走，委托你全权打理，是亏是赚我都认。到时把这条加在协议里。

庆瑞，多谢你关照。柳秋兰心中暖暖的。见严庆瑞望着自己，她垂头一笑：没想到我会跟你老婆合伙，缘分这东西真的好奇妙。

你跟她没缘，你跟我有缘。我可是你们俩认识的桥梁！严庆瑞说罢悄悄叹了口气。

柳秋兰瞅着他说：庆瑞，我虽然跟欧阳梦接触的时间不长，但感觉她还蛮有能力的。你把她从小家庭里拉出来，让她把重心放在工作上是对的。否则她把全部注意力放在你身上，你又那么忙，成天见不到人影，关键还那么帅气、有钱，她不担心才怪呢。

欧阳梦变成现在这种样子，一方面是她不信任我，另一方面是她精神上不独立。严庆瑞忽地想起上次他和李海峰的谈话，口吻中多了几丝遗憾。

柳秋兰不赞同他这种观点：欧阳梦的精神还不独立？你开玩笑吧？

唉，秋兰，她是经济上独立自主，精神上依赖性强。

见柳秋兰还是一副不解的样子，严庆瑞继续解释道：现在国内的妇女貌似能顶半边天，大部分女人也都能自强自立，但有些妇女尽管经济独立，却没有做到人格独立和精神独立。欧阳梦就属于这种类型。

庆瑞，你言重了。欧阳梦还不至于如此。柳秋兰觉得严庆瑞误解了欧阳梦，严庆瑞连叹数声：

秋兰，我不是冤枉她，她这些年除了花钱享乐，监控、掌控我的生活，没有真正的精神支柱。这是她越来越不自信的根本原因。

严庆瑞越说越深奥，柳秋兰难以跟上他的思绪，只是劝他今后尽量多抽些时间跟欧阳梦相处，加强沟通，让欧阳梦感知到他的存在和关爱，毕竟一只碗不响，欧阳梦变成如今这模样，严庆瑞也有责任。

听了这话，严庆瑞愣了愣。柳秋兰也不再多说，只是表示她会尽量加快仙人掌园的工作进程。严庆瑞出了一会儿神，忽然打听起她寻找秦玉国的事来。柳秋兰说还是老样子，没什么有用的线索，但她不会放弃。对此严庆瑞既欣赏又有些不忍：

秋兰，玉国失踪已经五年了，只怕人早就没了，你和绿枝的生活还在继续，我觉得你可以试着换一种生活方式。

不，我不会放弃他。只要没找到他的尸体，我就还会继续寻他，等他。

唉，怎么讲呢？你这样子让我想起了我外婆。我外婆二十一岁守寡，人家给她介绍对象，她举着扫把赶人出门，后来她一直没再嫁，带着我舅和我妈过日子，直到九十一岁过世。

说到这儿，严庆瑞舒了口气：秋兰，我敬重你和我外婆对爱情的这份忠贞、坚守，可你毕竟跟她不是一个年代的人，那时寡妇再嫁有损名节，会遭到家族和社会的歧视，现在的女人没有这种封建枷锁的桎梏，你再找个对象，没人会讲闲话。

柳秋兰眼中覆上层湿衣：庆瑞，你是不是觉得我精神上也不独立，有封建残余？

没有，没有。你这种自强自立的精神很了不起。只是，唉，我替你难过。本来你不用过得这么苦的。

我不苦，只是有些焦灼！我怕时间越久越找不到他。有的时候，我都快想不起他的样子了！这话甫一出口，柳秋兰的背上便沁出层冷汗来：自己怎能把这个秘密告诉严庆瑞？可她居然就那样轻轻松松地说出了口。看来她对秦玉国的那份思念正在折磨她的灵魂与记忆。她叹息数声：庆瑞，你讲的那些我都想过。也许再过几年找不到他，我真的会再找一个人，但绝对不是现在。

秋兰，你太不容易了。严庆瑞对眼前的柳秋兰充满了敬意。

柳秋兰似对他说，又似在自言自语：我和我婆婆一样，这些年很怕过年过节。看到别人合家团圆，心里空落落的。我喜欢做事，忙起来那些烦恼都会飞走，可只要一停下手，脑子里就像在放幻灯片，觉也睡不安稳。所以我才劝你赶快让欧阳梦忙起来，闲不但会让人生气，还会让人生病。

严庆瑞听了柳秋兰的劝，当晚回家即向欧阳梦正式介绍了仙人掌园和民宿园开发的项目，问她有无兴趣投资和管理。

欧阳梦毫不犹豫地选了仙人掌园项目。她认为仙人掌园无须建大棚，总共投资不会超过两百万元，她和柳秋兰各出一半，也就是买几套行头和几个品牌包包的事，哪怕亏了，损失也在她可承受的范围内。民宿园项目的投资将近两千万，欧阳梦不敢拿来试手。其实严庆瑞也是这样计划的。一听欧阳梦看中了仙人掌园项目，他立即拍着欧阳梦的肩说：你好眼光啊！这个项目还是很有前景的。欧阳梦听他这样一讲，也颇为开心。

这样一来，严庆瑞再回凤凰村，她就有正儿八经的理由跟着了。一来可以借机修复并促进夫妻间的感情，二来也达到了她监控严庆瑞的目的。欧阳梦对柳秋兰的观感也随着了解的增多而不断改善。

庆瑞，你要问一下秋兰大姐，她愿不愿意跟我合作。不要人家只是客气，我们却当真了。

欧阳梦想起下午柳秋兰听她讲购买奢侈品时的表情，像是悟到了什么。严庆瑞让她亲自给柳秋兰打了个电话，得到柳秋兰肯定的回答后，欧阳梦颇为感慨。高傲的她终于意识到，自己虽然比柳秋兰更加有钱和有颜，但却缺乏她那种由内而外的自信，更缺乏她吃苦耐劳的拼搏精神。如果她处在柳秋兰目前的境地，未必有柳秋兰做得好。

这天晚上欧阳梦躺在凤凰村老家的床上，听着窗外此起彼伏的蛙鸣，想了很多很多。

当欧阳梦那天晚上在床上辗转难眠时，柳秋兰正在灯下伏案完善那份写给村"两委"和驻村工作队的仙人掌园开发实施方案，以及恳请村里同意流转荒石坡一百三十亩山地的报告。

柳秋兰平日喜欢看小说，文笔本来还不错，但这个方案和这份报告却折腾了几个晚上也没弄好，她有些着急，写着写着便叹起气来。

大姐，不要叹气，叹气会带走好运气。

柳冬雪往日一沾枕头就能睡着，这几天她因美容院玩得好的同事莲莲被前来做皮肤护理的熊老板带走，心中陡地起了波澜。这天晚上也跟欧阳梦一样，被失眠折磨得在床上"烙饼"。一来气自己当初看走了眼，没有理睬第一时间向她献殷勤的熊老板。那时她以为熊老板只是想玩玩，没料到他竟然动真格的。见柳冬雪不理睬他后，熊老板立即转而追求莲莲，几个月不到，就把莲莲安排到他公司当文员，还给莲莲在县城买了套价值一百多万的房子。尽管柳冬雪未必会走莲莲那条路，但不管怎么说，熊老板最先想找的是她，如今却让莲莲捡了个便宜，她心中多少还是有些难受的。二来这段时间柳秋兰大部分时间待在凤凰村，柳冬雪上班之余还要帮着打理仍在县城上小学的绿枝的生活，偏偏绿枝需求多多，很不听话，她已经许久没睡过懒觉了。回到凤凰村后她想睡到自然醒，可她原先的房间堆满了各种建材，她便和柳夏花同住一间房。由于房间朝北，又在一楼，湿气偏重，被子有股霉味，她睡不着，跑到柳秋兰和绿枝住的朝南房间来睡。绿枝的被子散发出阳光的味道，香喷喷的，她便有些气。怼了柳秋兰几句后，开始埋怨老妈偏心，大姐也不把她当回事，让她睡这种有鸭屎味的被褥。

冬雪，你刚才一个人嘀咕什么？在柳冬雪发泄性地拍了几下床板后，柳秋兰走到床边，好奇地问道。

大姐，我和二姐的被子霉味好重，你和老妈也不帮我们晒一晒。

柳秋兰笑道：你呀，一点委屈都受不得，就是个被惯坏的细妹子！等下你把我的被子抱过去。

大姐，这不是受不受得了委屈的事。你和老妈只要顺手帮我们晒下被子就成了。那股鸭屎味我真受不了！

柳冬雪想到莲莲和她得的那套房子，不由五心烦躁。

最近老妈忙着打理家里和绿枝餐馆的装修，我在忙仙人掌园的前期工作，真的没顾上。对不起，冬雪。

柳秋兰不得不安抚她。

柳冬雪意识到自己有些过分，忙向柳秋兰道歉：大姐，对不起，我太挑剔了！

唉，你不挑就不是你了，道什么歉？搞得跟外人一样。其实吧，我洗被子那日老妈在院坪上晒满了蕨菜，我和绿枝的被子晾在后山上。原本想把你和夏花的被子也晒那儿，可你不中意石蒜花，前院又晒不成，我想等第二天再晒，结果一忙就忘了。

柳秋兰家的后山地势开阔，日晒时间长，茅草丛中和灌木底下长满了石蒜。自从知道这种6—9月盛开的石蒜花就是绿枝所说的"彼岸花"后，柳冬雪总觉得这花不祥，莫名地就憎厌起它来。柳秋兰却因着花名对此花生出了几分特别的感情。石蒜开花时她曾多次蹲在花丛里和那些随风摇曳的花朵私语，希望它们能将自己的思念带给也许已经去了"彼岸"的秦玉国。

有一次她正在和花说话，绿枝瞧见后回家跟陈小妹说她老妈中了邪，悄悄地和开在黄泉路上的彼岸花讲话。陈小妹吓了一大跳，跟着绿枝火急火燎地赶到后山坡。当绿枝告诉她那些石蒜花就是开在阴间的花朵时，向来迷信的陈小妹瞪着她道：

胡说什么呢？这石蒜花明明开在阳间，怎么就成了阴间的花？

外婆，这花真的叫彼岸花！

绿枝据理力争，坚持要陈小妹拔掉那些石蒜，陈小妹不理她，指着火红绚烂的花朵说：

石蒜捣烂能杀虫，能治毒疮，以后还要多长一些。

外婆，你看这后山被这花弄得阴森森的，我讨厌这里！

绿枝气得拧身就走。

柳秋兰后来听母亲说了这事，想着法子安慰绿枝，小姑娘这才消气。柳冬雪这晚抱怨柳秋兰没给自己和二姐晒被子时，根本没想到那天的院子晾满了蕨菜，也不知柳秋兰在细微处为自己操的心。如今听柳秋兰说起后山的彼岸花，顿时有些赧颜，她本想起身向大姐道歉，可满脑子的思绪像海藻似的缠住了她，让她懒懒地赖在床上，眼前固执地浮现出熊老板的身影。

柳冬雪记得自己刚得知莲莲的事情时，曾笑着在电话里和同事调侃：哎，你说那个熊老板为什么不继续追我啊？

冬雪，你身材、样貌、学识都比莲莲强，可有一点你不如她，莲莲在男人面前像个糯米团，软得没骨头，不晓得几会勾引人。上次我和莲莲一起上夜班，熊老板一口气给莲莲加了两个钟，他每次都会给莲莲加钟。你晓得吧？那个熊老板不是什么好人。我以前给他开背时他要求我揉他那里，我怎么肯给他揉？可莲莲肯。后来熊老板向店长告我的状，说我服务态度不好，害得店长扣了我一千块钱绩效。你想起来了吗？

打电话给她说莲莲和熊老板八卦的同事愤愤不平地道。柳冬雪的心倏地往下一沉：这熊老板的确不是个东西呐！有段时间，熊老板天天点她的单，他不但提出"揉命根"的非礼要求，还想让她"出台"，被柳冬雪严词拒绝。熊老板也向店老板告了她的状，害得她被扣了好几回绩效。没想到同事也受到了熊老板的骚扰，这姓熊的显然是个惯犯！

柳冬雪原以为莲莲跟着这样的熊老板走，自己心底会毫无波澜，可事实上她难过了，还有些后悔。因为熊老板给莲莲在县城买的那套一百多万的房子，户主写的是莲莲的名字。想到莲莲这么轻易地得到了她不吃不喝也要十几年才能挣到的房产，柳冬雪心里沉甸甸的，但同事接下来的话又让她心中松快了些许。

冬雪，莲莲这是给人当小三，不会长久的。你晓得吧？熊老板的家业是他和老婆一起创下的。他老婆有四个哥哥，都在县城当官。听说为了给莲莲买这套房，熊老板把自家老父母的棺材本都掏出来了。真的，这是莲莲亲口说的，她说熊老板好爱好爱她呐。不过熊老板最多也只能给她这些了。万一熊老板哪天玩腻了，或者这事被他老婆晓得了，莲莲没什么好果子吃。

是啊，靠男人的钱活命，不跪也得弯腰，还是自己挣钱自己花来得踏实。想到这里，柳冬雪释怀了一些。她躺在床上，扪心自问多时，终于得出这么个结论：她有些妒忌莲莲得了套这么值钱的房子，但若再给她一次与熊老板交往的机会，她还是不会选择走这条道。

柳冬雪想嫁个疼爱自己、自己也爱他的丈夫，生一个男孩一个女孩，清清白白、安安稳稳地过一世。当她得出这种结论时，这几天一直压在心上的那块石板倏忽消失，她松了口气，披衣下床，走到依旧坐在案桌边奋笔疾书的柳秋兰身旁，絮絮叨叨地讲了通自己这几天辗转反侧换来的感悟。柳秋兰听后拍拍她的肩头说：

冬雪，你这脑瓜总算开窍了。莲莲那样也许能得一时的好，但未必能有一世的好，还是踏踏实实过日子吧！

是啊，姐，我要是想走她那条路，那个熊老板早就是我的啦！不过话说回来，莲莲还是挺有本事的，只用那点狐媚功夫就弄到了一套一百多万的房子！这房子要靠我自己挣，谁知道要猴年马月才能买到手哇！说到这里，柳冬雪长叹了两口气。

柳秋兰看着灯光下妹妹这张靓丽的脸，也有刹那的恍惚：在青春、容貌都能通过直播、演艺等职业转化为财富的今天，让外表出众的小妹跟自己一样选择一条平凡之路，这是对的吗？以前柳冬雪想去横店当群演，又想去报考县采茶剧团，都被柳秋兰与父母联合制止了。若日后冬雪的生活一地鸡毛，再回顾起青春期的选择时，她会不会怪自己和父母没有让她出去闯荡，尝试其他的可能？柳秋兰想到这些，多少有些内疚。

大姐，我暂时不想回村，不过还是会支持你的。绿枝餐馆我凑两万块钱股本，你和二姐使劲做好生意，我等着年底分红。至于仙人掌园嘛，我感觉养胭脂虫有点悬，而且我们这里的人从来没有吃过仙人掌，万一卖不出去怎么办？

柳冬雪看完柳秋兰写的仙人掌园落地方案后，有些为仙人掌园的前景担忧。柳秋兰从抽屉里取出份打印好的材料给她：你看看，这是我整的资料，食用仙人掌的用途大着呢！正是因为我们这边的人还不晓得仙人掌可以吃，我们才能抢占先机啊。到时我们来个一招鲜吃遍天。对了，你再帮我仔细看看这份材料。

柳秋兰说着又找出另一份策划文案给她，柳冬雪看完后惊呼起来：大姐，你野心太大了啵！既想做农家乐餐馆，又想开仙人掌园，还想养孔雀？你一个人哪顾得过来？

这孔雀就养在家里的后院，到时由爸妈负责饲养，不用专门的人去对付。柳秋兰解释道。

哎呀，他们七老八十的人了，哪懂养那些花里胡哨的东西？柳冬雪不以为然。

养蓝孔雀和白孔雀不难，跟养鸡差不多，它们吃鸡饲料就行。柳秋兰再次强调道。

姐，你是想让人把孔雀当成"凤凰"？柳冬雪瞪着那双漂亮清澈的杏眼，忽然明白了柳秋兰的用意。

不管游客会不会把孔雀当凤凰，但孔雀开屏就是漂亮，能吸引人。所以我们的孔雀不是养来吃的，而是养给人看的。一只能开屏的雄孔雀和三只能下蛋的雌孔雀为一组，我们买六组也不要多少钱。如果我们的孔雀园有六只开屏的雄孔雀，这对绿枝餐馆是个很好的宣传。另外孔雀蛋还能做成招牌菜，再上几盘开胃的炒仙人掌和好吃的仙人掌果，还有人无我有的仙人掌酒和苦瓜酒，到时我们绿枝餐馆的农家菜肯定与众不同。

柳秋兰说这些话时，感觉自己的声音如同奇异的显影棒，划过之处便现出道道神秘的轨迹。定睛细瞧，她描绘的原是自己心中的创业蓝图。

当然，创业不光要会想点子、绘蓝图，更关键的是要有行动力、执行力。柳秋兰虽然不是急性子，但真要干事情，她还是挺麻利的。次日一早，她丈量好了孔雀棚的长宽，接着上山砍来二十几根竹子，让老爹柳铁牛剖好后备用。然后她领着柳冬雪到后山坡挖了些石蒜花栽在孔雀棚周边，又特意在旁边搭好竹架，种上南瓜、扁豆和几畦苦瓜。届时苦瓜藤蔓将沿着竹架爬成优美的绿色长廊。等苦瓜长到手指大小时，她再将苦瓜塞进窄口大肚的玻璃瓶中，用绳子吊好，苦瓜便会在瓶里慢慢长大。成熟后摘下玻璃瓶，用清水洗干净瓶子和瓶内的苦瓜，再沥干水分，往瓶里倒上高度的白酒，塞紧盖子，存储2—3月，苦瓜酒便制好了。

苦瓜酒清心、祛火，能降血脂，有保健的功效。严亚宁在餐馆里卖蚂蚁酒、药酒、竹筒酒，严毛根卖清明酒，我们卖仙人掌酒、苦瓜酒，人无我有，各有特色，这样才能吸引顾客。

听了柳秋兰的打算，柳冬雪眼前一亮：

大姐这点子不错！

冬雪，你别光给我戴高帽子，我脖子软，撑不住。跟你说这些，是想让你也贡献些点子出来。

柳秋兰的口吻中带着丝宠溺，好像柳冬雪不是妹妹，而是她的大女儿。

面对如此宽容、如此励志的大姐，柳冬雪激动地挺直腰杆：

大姐，我对农家乐没什么想法。如果资金宽裕，我可以帮着做面包和烘焙饼干，我在严庆瑞的烘焙培训班上学了些真本事。要不我在壁上画几只大公鸡和几朵鸡冠花，寓意大吉大利、官上加官，你看可好？

好，一言为定，到时你来做！柳秋兰拉住柳冬雪的手，姐妹俩对视的目光中闪烁出灼人的光华。

九、竹岭的稻田

　　根据中央牢牢把住粮食安全主动权，严防死守十八亿亩耕地红线的要求，南远县完善健全了各种保护耕地的措施，实行党政同责，大力发展粮食生产，凤凰村村"两委"、驻村工作队也采取"长牙齿"的硬措施，勒令村民因地制宜地在往年撂荒的田里种上了早稻。前些年那些一到夏季就长满稗子、蒲草、丝茅的荒田不见了，代之以苗壮的禾苗。不久，这绿绒般的禾苗被日渐饱满的谷穗坠弯了腰，稻田的颜色渐渐变黄，凤凰村的景色越发如梦似画。

　　每逢双休日，张孝哲、严金平便带着一队一队的研习学生来到凤凰村，他们有的在稻田间拍照，有的在房屋前写生，有的前来观察稻子的形态以完成暑假作文，有的纯粹来领略大自然的美，凤凰村因他们的到来而生动。为了防蚊，那些学生穿戴得很严实。男生戴着有小风扇的帽子或手持一台家长给他们备好的微型风扇。女生为了防晒，头戴宽边帽，从帽檐垂下的白纱罩住了她们的脸，有些像电视剧里的蒙面侠女。她们手持小风扇，不时对着脸吹，长发因此而飘飞。有些爱美的学生为了拍美照，穿上了宽袍广袖的汉服，结果不是被田埂上的黄豆枝梗绊住，就是被苍耳子粘住。她们倒也不恼，互相帮着身边的同学捉去苍耳子，一路嘻嘻哈哈的，不晓得几开心。

　　张孝哲最近精神倍爽。他的研学点在凤凰村扎根几月，先后有二十余批三百多名学生到凤凰村来研学并体验生活，除去成本，他净挣一万多元，加上县城广告公司和他在艺培学校兼课挣的钱，这几个月他的收入已逾二十万元。这是他创业以来月均收入最高的一次。艺培学校的校长曾维生也兑现了承诺，让他从下半年起，以授课时长折算干股的方式成为艺培学校的股东，双方签订了协议。虽说少了兼课的报酬，但年终分红数倍于他的课时费，如果学校不出意外，张孝哲稳赚不赔。所以这段时间他那张清秀的脸上常常布满笑容，迎面见到毛秀云和严俊坤，即便他俩板着面孔，张孝哲也不以为意，照样热情地喊一声爸妈。可毛秀云和严俊坤也不知道怎么想的，明明严金平已经怀孕了，张孝哲的为人、能力皆得到了村人的肯定与称赞，事业也有了起色，他俩还是不认张孝哲这个女婿，总是甩给他一张死佬脸，连旁人都看不过意。

这毛秀云就是三斤的鸭子六斤的嘴，肉烂嘴不烂，死不认输。马上都要当外婆了，还这样对待自家女婿，亏她做得出！

严俊坤对别人厉害得很，可在毛秀云面前，那就是老鼠见了猫，躲都躲不赢。眼睁睁看着毛秀云胡闹，他也不敢给女儿、女婿撑个腰。

村人背后的这些议论毛秀云都晓得，但对她不起作用，有时村人当面讲她，毛秀云双手一叉腰杆，板着脸说：

我的女儿我来管，轮不到你们指手画脚！

为了抗议父母的这种做法，四月份时严金平住到了柳秋兰家的平房里，但那两间房子一间用于研学，一间是张孝哲的住房，面积较小，设施不全，没住几天严金平就搬回了娘家，并因此跟毛秀云吵了一架。毛秀云依旧不服软，严金平扬言要住到严亚宁的好味道农家乐去。她二伯家的三楼还有间空房，屋内电器家具一应俱全，严金平有点想搬过去住，以逼迫她老妈屈服。可转念想到上下楼不便，她怕动了胎气，最后还是在张孝哲、严亚宁的劝说下乖乖地打消了这个念头。

金平，你怀孕了，晚上又不能和张孝哲干什么，他住在研学点正合适。家里离研学点就几十米远，你想去看他随时去，你们俩现在住不住在一起真的无所谓。等你快生孩子了，老妈肯定向你低头。

严亚宁这话说得有点儿损，严金平却觉得言之有理，也就懒得再和自家父母计较，依旧安心住在娘家养胎。只要家里做了好吃的菜，她马上就打包给张孝哲送去。毛秀云发现后非但没说什么，后来再烧菜时反而多烧了一点。严金平知道老妈心中对张孝哲的态度多少有了几分松动，情绪渐渐好转。

对于岳父、岳母的做法，张孝哲已不像开始时那般恼怒，逢年过节该尽的礼数他都做得周全，他坚信精诚所至，金石为开，并做好了久久为功的打算。不久，他的心帆便被一则好消息高高地鼓起：在省美协的双月赛中，他的一幅题为《春月凤凰飞》的作品夺得了一等奖；严金平的画作《锦绣大地》荣获了全省农民画三等奖。县广播电视台专门给他俩发了条新闻稿，他俩一夕之间成了全县的文化名人，喜出望外的张孝哲和严金平去省城领奖时，特意拜访了省美术家协会的张主席和褚秘书长，邀请他们七月中旬稻子成熟时到凤凰村竹岭看梯田稻浪。

说起凤凰村的竹岭梯田，张孝哲有许多话要讲。去年秋天他和严金平还在谈恋爱，那时他俩多次跟朋友一起去竹岭爬山，张孝哲发现竹岭山势优美，山腰上有几百丘荒废的梯田。那些梯田多是面积小的"眉毛丘""笠帽丘"，因地形陡，浇灌不便，主人们没怎么打理，大部分荒废着，但也有少部分种上了水稻和黄豆。

张孝哲他们去竹岭时，金黄的稻子和绿色的野草、暗绿的黄豆叶、蜿蜒的田埂构成了优美的图案，拍出来的照片非常美。张孝哲发了十多张竹岭梯田的照片给严俊翔，建议村"两委"动员梯田的主人来年恢复种旱稻或水稻。严俊翔很重视他的意见，恰巧县乡两级政府都在抓粮食生产，严俊翔便逐个给竹岭梯田的主人打电话、发信息，动员他们响应政府的号召，尽快在竹岭梯田上种晚稻。只可惜梯田的主人大多举家搬到了县城，他们嫌路远和灌溉不便，并未将严俊翔的建议放在心上，那些梯田终究还是荒废了一个秋冬。

今年四月间，省作协的《山风》杂志组织一帮作家到县里采风，县委宣传部想把采风活动安排得更加合理和有意思，除了让作家们去参观县城的产业园，到柳江乡春晓乡赏花、游览江边公园和明清古村，还交给文联一个请作家们为凤凰村寻找宣传亮点的任务。县委常委、宣传部部长戴立群以前在凤凰乡当过书记，对凤凰乡有深厚的感情，他出任宣传部部长后，在不违反组织原则的前提下，总是尽可能地关照凤凰乡。

戴部长是市美协会员，平日跟张孝哲有些私交，想到张孝哲学的专业与这些文人墨客接近，应该有共同语言，而且他人又长得帅气，能代表南远县的形象，便指定他陪同作家们去凤凰村采风。乡里原来也派了人陪同，可因附近的村子突发山火，陪同人员临时被抽走，张孝哲便成了这次采风活动唯一的"向导"。他自然是先把作家们带到了自己熟悉的柳秋兰家。

此时柳秋兰家后院已经养了十多只成年孔雀，张孝哲领着作家们在孔雀棚那儿转悠时，白孔雀和蓝孔雀竞相开屏，引得众人齐声欢呼。女作家们对后院入口的锦屏藤走廊，孔雀棚边上的苦瓜架，爬满石坝及墙壁的爬山虎、常春藤、凌霄花、金银花格外着迷，她们换上不同颜色的衣服和彩色丝巾拍个不停。男作家们说雄孔雀就是被她们逗得开屏的。女作家们舒心的笑声惊飞了一群小鸟，气氛极为欢快。

村里转完后，张孝哲又带作家们去爬竹岭。开春时他征得那些梯田主人的同意，请人翻耕了土地，在田里撒上了油菜籽。作家们上山时，油菜花开得正艳，黄澄澄的犹如片片金箔，田埂上青翠的豆苗则在这片黄色上画出道道曲折优美的绿线。众人一看这漂亮的油菜花海，激动得哇哇直叫。有几个性格豪放的作家还唱起了山歌，几只正在觅食的白鹭闻歌起舞，众人掏出手机一阵狂拍。这时不知谁问了一句，这些梯田以后会不会种水稻，张孝哲把梯田主人大多在外地打工，家中无人种田的情况告诉了作家们，作家们颇为感慨。这几年他们去了不少的乡村采风，感觉乡村空心化的现象越来越严重，很多年轻的农民不愿、不会，也不肯种田。因为种一亩田的所得与所费的时间精力相比实在太少，在田里苦干一年还不及他们在外打工几个月的收入。这就导致撂荒现象的出现。说起这些，作家们忧心忡忡。

唉，我担心那些进城打工的农二代和农三代，他们当中能真正在城市立足的毕竟还是少数。大部分人尽管在城市长大，也以为自己是城市人，但他们没有城市户口，难以享受城市居民才有的教育与医疗。与城市人比，起跑点本身就要低一大截，他们长大后很难与那些受过良好教育的人竞争，但又无法回到父辈生活过的乡村。这些人的出路在哪里？反正我不相信他们会回乡下种田！

有个年长的作者平日爱写杂文，看问题的角度与众不同，他的这番话引来大家的一波讨论。张孝哲没有插嘴，而是拿出本子画速写。这时杂志社的胡主编问他这些梯田能不能租给杂志社五年。张孝哲收起画笔，好奇地问胡主编杂志社租稻田干什么。胡主编说现在的文学杂志生存艰难，他们在尝试通过各种活动增加杂志与读者、作者的互动和黏性。如果这些梯田的租赁价格在杂志社的接受范围内，他们想在凤凰村挂一块"山风文学写作营"的牌子，让有兴趣的作家与读者认领梯田并种糯稻。收获的糯米用来酿酒，搭配杂志社制作的环保袋，由发行部和网店进行销售。能挣钱当然好，若不能获利则将此活动当成给凤凰村和杂志社做的宣传。

这是好事，我向戴部长反映下。

张孝哲转身便把胡主编发给他的杂志社欲与县、乡合办文学写作营和"星空下的稻田"的策划方案转给了县委宣传部戴部长。戴部长很快就给张孝哲回了话，说这个策划非常有创意，做得好的话能够双赢，他已经把方案转给了凤凰乡的梅书记，等下会有人来跟张孝哲对接。

果不其然，等张孝哲领着疲惫的作家们来到严亚宁的好味道农家乐吃午饭时，严俊翔、李海峰满头大汗地走进来，两人一阵寒暄后，李海峰前去与胡主编他们沟通，严俊翔则把张孝哲拉到一旁，有些不悦地埋怨说：

孝哲，这么大的事，你怎么事先不跟我和海峰说一声？

这个，四叔，你不是说这些事不要麻烦你吗？张孝哲以前带朋友来凤凰村都会告诉严俊翔，严俊翔见过几批人后觉得自己和那些人不太说得来，再说他近期忙着动员村民复耕种粮，整治高价彩礼等移风易俗、推动乡村文明建设的专项工作，忙得屁股不落凳，所以上个月张孝哲又请他去见外地来的客人时，他说以后这些客人他就不陪了。

孝哲，你原来那些朋友都是些来看风景的闲人，这次来的是作家，还是宣传部交代下的任务，跟你原先的那些客人不一样！你这脑筋是竹筒做的，怎么不晓得转弯？严俊翔恨铁不成钢地道。

四叔，我，我以为乡里通知了您，所以没说。对不住，是我考虑不周。张孝哲对严俊翔还是很服气的。他工作能力强，处事公正，凡事总是身体力行。别的不说，单讲为了帮严庆瑞做通那二十一户房主的思想工作，他和李海峰就不歇气地忙了个把月。其中有几户柳姓户主很难讲话，但严俊翔没有退缩，硬是帮严庆瑞啃下了这块硬骨头。严庆瑞和二十一户房东已经签了房屋租赁协议，眼下正在做民宿园的装修改造方案，落实前期资金，估计五月份就能开工装修。

柳秋兰、欧阳梦流转荒石坡的土地时，严俊翔、李海峰也帮忙化解了不少阻力，而这次的阻力主要来自严姓人。因为荒石坡上埋着十二家严姓的先人。那些严姓人一听说荒石坡要租给柳秋兰，生怕她会损坏自家的祖坟，陆续跑到村部来闹，反对村"两委"把荒石坡流转给柳秋兰。

各位老表，要租荒石坡的不止柳秋兰，还有严庆瑞的老婆欧阳梦。严庆瑞的爷爷就埋在荒石坡，他不会由着柳秋兰乱来的，你们放一万个心吧！

严俊翔拿出土地流转的申请报告，指着申请人的姓名给他们看，告诉他们柳秋兰和欧阳梦都已表态，他们在种仙人掌时一定会保持山的自然形貌，以便仙人掌和坡上的乱石融为一体，增加野趣，绝对不会动那十几座埋在山坡上的坟墓，请那些人家放宽心。严俊翔和李海峰好话说了几箩筐，老人们愣是不听，将严俊翔他们堵在村部。也许是吃坏了东西，也许是情绪的原因，严俊翔腹痛难耐，但他强忍着身体的不适，继续苦口婆心地给老人们做工作。

张孝哲那天正好去村部找严俊翔，见他疼得脸色发青，浑身冒汗，忙打电话给柳秋兰。柳秋兰赶到村部，当场写了保证书，欧阳梦也从微信里发来了一份同样的保证书。老人们逼着严俊翔在柳秋兰、欧阳梦的保证书上签了字，这才离开村部。张孝哲开车将腹痛痛得几乎休克的严俊翔送到乡医院检查，医生说他的阑尾已经穿孔，得马上住院开刀。由此可见严俊翔这人在工作上是个不折不扣的拼命三郎。

对于这样的严俊翔，张孝哲打心眼里尊敬和佩服。尽管严俊翔刚才的话说得有些重，但张孝哲并没有生气。他晓得严俊翔今天恼火不是因为自己忽略了他这个村支书，而是担心他处置不当会影响村里的形象，从而错失村里的发展机会。

对不起，四叔，是我头脑太简单了！张孝哲向严俊翔道了歉，这边又跟胡主编做了解释。严俊翔也向胡主编道歉，说他和李海峰来晚了。胡主编是个性情中人，和严俊翔、李海峰喝了三杯竹筒酒后，说他想在凤凰村搞个作家写作营基地，希望得到村里的大力支持。严俊翔当即表示他家可以拿出两间房屋供杂志社无偿使用。作家们来了可以住在他家，杂志社要是愿意挂写作营的牌子也行。胡主编和作家们一听纷纷叫好，写作营挂牌一事就在这样友好的氛围中迅速敲定。接着胡主编又提起竹岭梯田的事。严俊翔说他已经看过凤凰乡梅书记转来的短信和杂志社所做的"星空下的稻田"的方案，觉得这是件好事。只是梯田的主人大多不在本村，他还得逐个联系，征得他们的同意之后才能给予回复。

不急不急，有严支书这句话我们就开心啦！各位，请举杯敬凤凰村的同志一杯！

在胡主编的提议下，洒脱的作家们开始轮番给严俊翔、李海峰、张孝哲等人敬酒，午宴的气氛热烈起来。

一周后，严俊翔告诉张孝哲竹岭梯田的主人给村委复了函，同意将自家的农田无偿提供给《山风》杂志社使用五年，而且他已将此事告知《山风》杂志的胡主编。胡主编开心地发信息向张孝哲致谢，还说那些梯田已被作家认领完毕。严俊翔感谢张孝哲为宣传凤凰村出谋划策，张孝哲红着脸说：四叔，我是凤凰村的女婿，这些都是我的分内之事！

孝哲，你就是太懂事了，懂事得让人心疼。改天，我再跟我三嫂说说，她这样对你实在太不像话！

想到在张孝哲这件事上油盐不入的嫂子毛秀云，严俊翔颇觉挫折。上次他跟毛秀云说，如果她还不让自家女婿进门，就得退出百姓名嘴演说团。毛秀云白他一眼，冷声道：我不退，要不你们开除我！

严俊翔将此事跟李海峰说了，想找个由头让毛秀云退出演说团。李海峰却希望他再去找毛秀云沟通，说服她去外村演讲时来个现身说法，把她向张孝哲要高价彩礼被拒、与女婿斗法，最终她不收彩礼，张孝哲也不再计较，双方冰释前嫌的故事讲给大家听，这样说不定会更有影响力和说服力。

四叔，多谢您和海峰书记对我的支持。我和岳母的事是家事，再给我们一点时间，都会解决的！

张孝哲说这话时心中并没有底，他也不知道毛秀云何时才能消气，但他不准备用这些事麻烦别人，谢过之后他又默默地扎进了工作中。严俊翔见他主意已决，也没有再强行介入他与毛秀云、严俊坤之间的事：孝哲说得对，时间是良药。假以时日，再大的难题都能迎刃而解。

时间果真送给了张孝哲一份美好的礼物。尽管竹岭梯田的油菜是粗放型种植，但五月上旬，他还是在竹岭梯田收割了两千六百多斤的油菜籽，经济上不无小补。之后认领了梯田的二十多名作家一起来到了凤凰村。严俊翔家的"山风文学写作营"的两间屋子住不下，便联系有闲房、住宿条件较好的村民，把客人都安排了下去。

由于此前村里已请人平整好竹岭上的田地，又从岭上用竹筒引来了山泉水，还订好了中稻秧苗，作家们支付了相关费用后，只用两三天时间就种好了自家认领的稻田。对于此后的稻田管理，张孝哲给作家们提供了两种思路：一是让住得近的认领人利用双休日来定期进行田间管理；二是路途远的认领人可以请村人帮忙打理，由认领人支付一定的费用。作家们大都选了第二种。因严俊翔出了面，那些帮作家打理田活的村人要的价钱很公道，双方都很满意，得了利的那些村人夸村里做了件好事。作家们比较洒脱，定金也付得及时，他们除了要求帮忙打理认领田地的村人每周给他们拍发一段反映稻田现状的短视频，没有其他的要求，这种撒脱令村里人安心。

《山风》杂志社从这次竹岭稻田的认领活动中看到了机会，立即做了个"星空下的稻田"的短视频大赛活动，打造作家和"星空下的稻田"的品牌。这样一来，那些原本只想当甩手掌柜的作家又来了劲头，多次前往凤凰村。张孝哲和柳冬雪义务帮他们拍摄了活动视频并进行后期剪辑，制作得相当精美。《山风》杂志社在省内外的门户网站上进行了大力的宣传与推介，赢得一片喝彩声，凤凰村竹岭梯田的名声不胫而走，到凤凰村旅游的"自来水"旅客越来越多。

这时村"两委"组织村民们种下的葛藤花、凌霄花、野蔷薇、金银花在村旁路边织出一片浓绿，村口、坝上、柳氏祠堂、秋兰家门前院后的紫薇、月季、木槿花、格桑花、三角梅、茉莉、栀子花竞相怒放，好味道农家乐院中和山脚下几口鱼塘里的荷花也好奇地抬起了尖尖的花苞，加上柳家那几只看见美丽衣裙就开屏的孔雀，整个凤凰村愈来愈有凤凰的灵气，入目皆是画。来村里旅游打卡、拍照写生的人比往年多了好几倍。用严俊翔和李海峰的话来说："乡村振兴初见成效！"

六月中旬，柳秋兰家的房子已经做完了内装修，只等绿枝小升初的结果出来，她们便可决定三姐妹哪个回村来开绿枝餐馆了。

对于此问题，柳家有过几次讨论与争执。柳铁牛认为柳秋兰家累重，超市做得熟门熟路，虽说眼下生意难做，但县城人流量大，留在县城开超市怎么着也比回村里更好寻食和发展，何况还有个正在读书的女儿要管，需要用钱的地方多。所以他希望柳秋兰继续留在县城开超市，让老二夏花回村开餐馆。柳夏花表示她回村没问题，但她脾气暴躁，一言不合就跟人吵架，担心会赶走客人；还有她既不懂种植仙人掌，也不懂养殖胭脂虫，她若回凤凰村，肯定不做仙人掌园这个项目。她觉得自己只适合打工，当不了老板，怕亏钱，只怕胜任不了回乡创业的任务。陈小妹觉得柳夏花很有自知之明，连连点头称是。至于柳冬雪，只要说及回村的话题，她便先撇清关系，让家人不要指望她，反正她是打死也不回凤凰村的。这样讨论了几次，陈小妹、柳夏花、柳冬雪三人竟得出了"不如不回村"的结论，气得柳秋兰肝痛。

为了回村开农家乐餐馆，她光买孔雀、花卉苗木就花了上万块钱，加上家中房屋装修，陆续投入了十五万块。她和欧阳梦合股的"仙人掌园合作社"已注册完毕，荒石坡的土地流转手续正在办理，欧阳梦入股的第一笔资金已经到账，在这种时候打退堂鼓，那不是要她的命吗？

爸、妈、夏花、冬雪，我今天表个态，不管绿枝能否考上新培中学，我都会回凤凰村创业！在这点上我们不能输给张孝哲，他一个外乡人都敢到凤凰村来打拼，我们怎么就不行？

柳秋兰在家说话还是蛮有分量的，此言一出，众人纷纷点头。只是她话音刚落，柳冬雪便提出了异议：姐，张孝哲是凤凰村的女婿，不能算外人。

他这个女婿连丈母娘的家门都进不了，老婆挺着大肚子一个人住在娘家，他自己租住在我们家的柴房里，他在这么困难的情况下还要扎根凤凰村，我挺感动的。柳秋兰适时地表达出她对张孝哲的敬意。

柳夏花撇嘴道：张孝哲死脑筋，要是我岳父、岳母这样对我，我早带着老婆跑了，绝不在严家这棵树上吊死！

由于严亚宁最近频频相亲，柳夏花对他越来越"感冒"，偏偏毛秀云还常常用防贼的眼光看着她，因此近段时间柳夏花只要讲起严家就没好气。

二姐，你这辈子再努力，也不可能有岳父、岳母，只能有公公、婆婆！柳冬雪抓住柳夏花话中的漏洞，开始挖苦她。柳夏花白她一眼：你呀，胸大无脑！

喂，我怎么就胸大无脑了？你胸不大也无脑啊！柳冬雪起身应战。眼看她俩又要抬杠，柳秋兰忙把柳夏花拉到厨房里，特意问她对严亚宁有什么想法。

柳夏花不知大姐因何有此一问，有些莫名其妙，也有些心虚：她最近的确越来越在意严亚宁，难道自己喜欢上了他？扪心自问后的答案却是否定的，所以她才会因为柳秋兰的这个问题而多毛——她其实也不明白自己最近究竟怎么了，故而皱眉道：我有什么想法？恨不得和他打一架。这家伙最近越来越不像话了。

面对避实就虚的柳夏花，柳秋兰想了想道：夏花，如果你心中真有他，不妨让他晓得，人生苦短，错过便是永远，别干让自己后悔的事。

这话显然触动了柳夏花，她瓮声说晓得了，然后就陷入了长久的沉默。柳秋兰没再多嘴，有些事旁人帮不上忙，思绪再杂乱，也得自己来捋。

脑子乱哄哄、心中麻麻格格的柳夏花实在受不了这种慌乱，洗了几把脸后，跑去好味道农家乐找严亚宁，她想确定一下自己对严亚宁到底是什么感情。

这天好味道农家乐来了三辆大巴车的客人，连院坪都摆满了桌子。柳夏花有段时间没到好味道农家乐了，此次一来，不由眼前一亮，只见左侧鱼塘里荷花初绽，旁边的竹架上，垂下一嘟噜一嘟噜晶莹翠绿的小葡萄，房前屋后种的扁豆、丝瓜、南瓜长势茂盛，墙脚下那几溜格桑花、三角梅绽开了笑脸。虽说因地势平坦，没有柳家那种高低错落之美，但对于食客们而言，在品尝美味的同时还能欣赏鲜花、领略农家景致和垂钓，已物超所值，个个心花怒放。愿意到好味道农家乐用餐的客人越来越多，好味道农家乐前也出现了客人们争相拍照的盛景。

问题是农家乐的来客人数很难预估，即便严亚宁与旅游公司有合作也常常算不准，饥时饿死，饱时撑死。严亚宁还算大方，如果来客少，菜买多了，他会把不便储存的菜送给村里的那几个孤老；如果客人多，他家餐馆容纳不了，他也会把客人介绍给严毛根和柳家。怎奈严毛根家盘小菜少，惯爱偷工减料，很快就被客人唾弃，没了生意。严毛根气得摘了农家乐的牌子，一心一意种水稻、养蜜蜂去了。

柳家的绿枝餐馆还没正式开张，柳秋兰三姐妹不常在家，柳铁牛、陈小妹老两口不敢多备菜，接过几次严亚宁突然介绍过来的客人后，担心他俩这种仓促的服务会坏了柳家的口碑，不敢再接了。严亚宁只得把突然增多的客人介绍给其他三家新开的农家乐餐馆，可他们非但不感恩，还经常到村口去抢已经跟好味道农家乐订过餐的客人，气得严亚宁后悔自己当了个好人，之后即便多来了游客，他也想办法自己消化。

这天柳夏花到严亚宁家时，严亚宁正为无法安排新到的两车客人用餐而发愁。见柳夏花突然出现，喜出望外的他上前就在她肩上轻擂了一拳：

夏花，你来得正好，我这里今天爆满，快带些客人到你家去。

柳夏花抚着被他击得微疼的左肩，故作嗔怪地道：喂，你跟我有仇啊？肩膀都给你打青了。

哪有？我看看。严亚宁说着伸手要去扯她的衣领查看，柳夏花皱眉退了两步：死亚宁，你真当我是男的？

才没有！你在我心中就是大美女。看，前凸后翘的，可惜头发太短了，我喜欢长头发的妹子。

你喜欢哪个关我屁事！还有，你刚才讲的是真话？

真话呀，你在我心中就是女神……经！

严亚宁此言刚出，便挨了柳夏花一脚：讨厌，我问的是那些客人！

真的真的，你尽管带走。

柳夏花看了看手机，已是上午十点半，不由得有些为难：这么多客人，我家没有备菜，没办法招待。

哎呀，夏花，你一定得帮忙。实在不行你给他们炒粉吃！我们上次去绿枝超市，你做的一招鲜炒粉就很好吃！

这时，严金平抚着微鼓的肚子走过来，笑吟吟地建议道。今天后到的两车客人是她招来的，她怕严亚宁招呼不周惹众怒，到时这些客人回去在网上发一顿牢骚，好味道农家乐的口碑会受影响，连带她也落不到好，只能给柳夏花胡乱出主意了。

夏花，救场如救火，请你帮忙招待两桌客人！

毛秀云也没想到这个双休日的生意如此火爆，忙放下架子和偏见，满脸是汗地央求道。

柳夏花想了想，朝严金平和毛秀云点点头，走到严亚宁身边说：十二点一刻你带他们过来吃饭！不过，事先你要跟他们讲清楚，我那儿没菜，一招鲜炒粉价钱还不便宜。

只有一个炒粉？严亚宁犹豫了。

死亚宁，我那炒粉是用整只土鸡炒的，还会放红菌干、笋丝、青菜，上次你到绿枝超市我请你吃过的，金平和孝哲也吃过的。

柳夏花这么一说，严亚宁想起他和严金平上次有事去绿枝超市，柳秋兰、柳夏花留他俩吃午饭。因超市上午生意好，柳秋兰早上忙着进货，没去买菜，柳夏花灵机一动，便切了半只鸡，炒了一大盘粉，严亚宁、严金平吃后连声夸赞，只是时间久了，若不是严金平提起，严亚宁早把那盘美味的炒粉丢在了脑后。

那就炒粉吧，不过不能太贵。还有，到时记得给我留一盘。严亚宁说着舔了舔嘴唇。

就这样，绿枝农家乐餐馆还未开张，柳家的一招鲜大盘炒粉便受到了食客们的追捧。那天在柳家用餐的客人全都加了柳秋兰、柳夏花的微信，说柳家的环境美，一招鲜炒粉好吃得寻尾巴，而且价格优惠。十人一桌的超大盘炒粉用了一整只土鸡当佐料，还炒了四个花荤菜，外加一盆菌丝蛋汤，一共才三百二十元，每人只花了顿盒饭钱！食客们非常满意，对柳家的菜品与环境赞扬有加。

夏花，也是你胆大，这么短的时间都敢往家中带这么多客人！

事后想起那天的接待，柳秋兰有些后怕。

大姐，做那种大盘炒粉我们俩的技术已经炉火纯青。鸡鸭小菜家里有，老妈老爸除鸡毛鸭毛手快，你打惯了下手，我炒菜麻利，这生意不接白不接。柳夏花得意地扬起了头。

我们一顿饭挣了三百多块，也算不错啦！要是每天有两三桌客人，一年能挣八九万。陈小妹双眼放光地道。

柳夏花连连摇头：老妈，你说的这种情况不可能出现，游客也要寻食，他们只有双休日和节假日才能自驾游。要是按每个双休日挣八百块钱来算，我们做一年也只能寻到全家的生活费，还不如开超市划算。

柳秋兰不赞同她的观点：夏花，我看了下报道，从市区到县里的高速公路下月开通，有个服务区出口就在谢家湾，从那儿到我们村只要十分钟。到时候我们把广告做到服务区去，不怕没客来。

柳秋兰说罢从手机中调出县交通局微信公众号上公布的那条高速公路的路线图，上面有沿途服务区及周边景点的介绍，凤凰村赫然在列。看来县、乡还真把开发凤凰村的事放在了心上，这相当于在给凤凰村打广告。

到时我们去服务区租间店面，服务区的客源还蛮稳定的。柳冬雪脑筋活络，当即瞄上了服务区的生意。

大姐，我觉得这主意行，服务区的店让冬雪去打理，她在怀玉那个地方做事终究不是长远之计。柳夏花这个建议正中柳秋兰下怀，她也不放心冬雪在美容院做事，特别是得知熊老板与莲莲的事后，怀玉美容院在柳秋兰眼中充满了危险。

哎呀，你们不要指望我。我现在在美容院挺好的，暂时不想转行！柳冬雪像个淘气的孩子，提完建议，"点完火"就想跑路。

柳秋兰打量了柳冬雪几眼，倏地想起张孝哲前几日跟她讲的那件事，心下越发为柳冬雪担心。

上周，柳冬雪双休日没回凤凰村，柳秋兰和柳夏花忙着办理仙人掌园流转土地的相关手续，也无暇去县城。陈小妹想念小女儿，便做了些米粿托正好回县城的张孝哲带给柳冬雪。张孝哲去怀玉美容院时在门口看到一辆豪华跑车。因怕旁人划花车子，美容院老板特意派了两个服务员看守。他好奇地问服务员那是不是美容院老板的车。男服务员翻了翻白眼：

这辆车要一千多万，我们老板虽然挣了点钱，也舍不得买这种豪华车呀。

告诉你呀，开这辆车的是我们的顾客杨总，他爸是上市公司的老总，身家好几个亿呢，真正的亿万富翁！

女服务员羡慕地说。

张孝哲更加好奇了：那个杨总投资你们美容院了？

没有，杨总是来找冬雪做美容的。男服务员说。

见张孝哲惊讶地瞪大了眼睛，女服务员来了劲：柳冬雪是我们怀玉美容院的头号大美女。原本有一个熊大老板相中了她，她嫌人家钱少，把熊老板让给了莲莲。莲莲的身材样貌比冬雪差得远，但她会来事，把熊老板哄得好开心，熊老板就给她买了栋一百多万的房子，莲莲眼下在熊老板的公司当文员，日子不晓得几好过。柳冬雪肠子都悔青了。

听讲是那个熊老板把柳冬雪介绍给这位开跑车的大老板杨总的，看来这次柳冬雪是要跟他走喽！

男服务员约莫是想到了自己微薄的收入，说罢连叹数声。

那两个服务员一上午站在那辆汽车前晒太阳，心中烦躁，好不容易来了个愿意听他俩八卦的英俊后生，便开心地打开了话匣子。趁男服务员接电话的当口，女服务员告诉张孝哲，这两年有个开汽车美容店的小老板每天抱着一束花来店门口等柳冬雪，但柳冬雪看不上他。还有县广电局的陈科长、税务局的刘股长有事没事也会来找柳冬雪，柳冬雪同样没把他们放在眼里，能躲就躲。

柳冬雪眼界高呐，上次那个小老板捧着好多东西在店门口等了一个多小时，她愣是不见。为了躲他，还跟同事换班，加班到晚上十一点才走。

唉，人都是眼睛往上的。她对这个杨老板就不一样喽。听讲昨天杨老板请她去了县里最高档的白天鹅酒店吃饭，柳冬雪都喝醉了。这个杨老板钱多，柳冬雪的妈妈可以问杨总要高价彩礼了。我听讲凤凰村的妹子出嫁，娘家人是按妹子的体重论斤问男方要彩礼的，跟卖猪差不多，厉害着呢！真是谁娶凤凰村的妹子谁倒霉！

那个男服务员添油加醋地损了一通凤凰村人，听得张孝哲脸发红。

虽说他本人就是凤凰村高价彩礼的受害者，但听见不明真相的人如此编派凤凰村，他心里还是不得劲，借口自家有亲戚娶了凤凰村的妹子，向两个服务员解释凤凰村村"两委"已经整治了高价彩礼的事。男服务员松了口气，女服务员也连声叫好：

这就好，这就好。我家两个儿子，我还真怕这高价彩礼的风会吹到县城来，到时我怎么娶得起儿媳妇？

见效果已达到，张孝哲连忙转了话题：

大姐，柳冬雪现在还在给杨老板做美容吗？

张孝哲平日对柳冬雪印象蛮好，他不希望柳冬雪成为莲莲那样人人厌恶的小三。

在，在。杨老板这几天一直点柳冬雪的单，要她推背。男服务员抢答道。

说到这儿，男服务员意味深长地打量了他几眼，问道：你是柳冬雪的男朋友？

我是她亲戚的朋友，找她有点事。张孝哲见他俩还想继续八卦，连忙转身走到旁边给柳冬雪打电话，请她出来取东西。

孝哲，我正在帮人开背、推油，走不开。东西你放前台吧！

张孝哲把陈小妹托他捎来的米粿放在了前台，正想转身离开，前台的服务员却连声动员他开卡。张孝哲想到守车服务员的话，忽然对美容院心生好奇。他当即付了四百九十八元，开了张精油推背的单子，目的是想看看柳冬雪的工作环境。

享受完四十五分钟的推背服务后，张孝哲开始心疼那四百九十八元钱，但想到自己手中拍下的"推背工作间"照片，又觉得物有所值，回到凤凰村便去找柳秋兰。

秋兰姐，怀玉美容院的工作环境不错，但推背项目我感觉有些暧昧。房间灯光很暗，客人躺在床上，只穿条短裤。美容技师的工作服是那种看上去像浴袍的缎面裙。冬雪那么漂亮，听讲打她主意的人蛮多，我看你还是让冬雪换个工作吧！

柳秋兰看着张孝哲手机里拍的美容院工作间的照片，心里打了个哆嗦：冬雪在美容院工作一年多，从没邀自己和夏花去她那儿玩过，大约她也觉得那种地方不太好，怕家人看了不同意她在那儿干活？

孝哲，谢谢你的提醒，有机会我会敲打冬雪的。柳秋兰感谢张孝哲为了探明冬雪的工作环境，"舍身"去推背，想为他出那四百九十八元钱，张孝哲朝她拱拱手：

我没有推过背，特意去开了个洋荤，怎么还要你买单呢？这可使不得。还有啊，大姐，您千万别跟人说我去过美容院。金平怀孕以后总是疑神疑鬼的。她要是晓得我去了那地方，肯定会拔光我的头发！

张孝哲这话差点让柳秋兰把刚喝的那口茶喷出来，她忙不迭地咽下后，笑道：孝哲，没那么严重，金平还是很爱你的。

张孝哲悄声道：正是因为看重我，她管得很严呐。

张孝哲的语气和表情都透着甜蜜，柳秋兰觉得自己没有看错他，由衷地劝道：

孝哲，你快当爸爸了，先向岳父、岳母低个头吧。他们毕竟是长辈，你别这么孩子气，何苦呢？

秋兰姐，这不是孩子气不孩子气的问题，他们太不尊重人了。作为晚辈，我该尽的礼数都尽到了。逢年过节我会买东西、送红包给他们。在村里碰见他们，我一口一声爸妈地喊着，可他们还是当众打我的脸！上次金平发脾气说如果他们不认我，她就去打胎。你晓得我丈母娘怎么讲？她说你打了胎正好跟张孝哲离婚，再找一个比他好的。我就不明白我哪里差了？他们两个老的是不是也想让金平去傍大款？

说到岳父、岳母的所作所为，张孝哲气不打一处来，忍不住埋怨了几句。柳秋兰叹口气，心想大部分人的生活表面看都像一片春天的新叶，形状完整、颜色新鲜，可往细里瞧，哪片树叶没有几颗斑点或者虫眼？毛秀云、严俊坤就是张孝哲生活叶片上的两个虫洞！

孝哲，金平现在要人照顾，村里离医院远，我看你们还是住回县城比较安全。

没事，我定期陪她去医院做产检。从目前的检查情况来看，胎位正常，胎心音稳定，母子健康。等预产期快到时，我再接金平回县城。

张孝哲做事稳妥，他详细地向柳秋兰说了自己近期的安排。

柳秋兰还是有些担心：孝哲，女人怀孕，说得不好听，一只脚伸进鬼门关里了呐，你千万不要掉以轻心。

大姐，多谢您提醒。这事儿我跟金平商量过了，金平说毛秀云以前是村里的接生婆，有很丰富的接生经验。万一她提前生产，只要是顺产，毛秀云都能处理。

张孝哲大概被毛秀云气到了，说话时直呼其名。柳秋兰批评了他几句，他有些不好意思，说他只在柳秋兰面前发过这些牢骚，在其他人面前对毛秀云、严俊坤还是很恭敬的。他怕自己讲了不好听的话，那些人会传给两位老人。

大姐，以前我以为村里的人际关系简单，在这儿住了一阵，才发现村里的人沾亲带故，牵一发而动全身，凤凰村的严姓人和柳姓人又有矛盾，关系其实挺复杂的。不像我们街上，左邻右舍都是店面，租房的人经常换，彼此间没有这么深的交往和这么多的瓜葛，反倒比村里处起来简单，有时我在这里好累。

柳秋兰明白张孝哲的感受，作为一个不受岳父、岳母承认的外乡女婿，他的确会遇到不少难处。尤其严俊坤以前当过村支书，有些影响力，严姓在村里又是大姓，有些势利眼见他不受严俊坤待见，抓住机会故意踩他，经常对他冷眼相看、冷言相讥。张孝哲难过归难过，但他不太计较这些，谁家有难处招呼一声，只要力所能及，他还是会出手相助。后来村里人见严俊翔、李海峰对张孝哲青眼相加，而且他带到村里来的客人又有头有脸，认为他是个有本事的人，对他的态度这才有了转变，张孝哲逐渐在凤凰村站稳了脚跟。

说到底，农村还是个封闭的社会形态，人们自觉不自觉地在排挤着外乡人，尤其是特别没本事或格外有本事的外乡人。特别没本事的外乡人他们看不起，格外有本事的外乡人让村里人眼红。张孝哲的能力在凤凰村人眼中也就中不溜，所以大部分人还能接受他。

柳秋兰由张孝哲想到欧阳梦。如果欧阳梦不是严庆瑞的老婆，哪怕她家财千万，到村里来打拼也会遇到不少人为的困难。自己现在回村创业其实也面临着被排挤的可能，毕竟在乡人看来，嫁出去的女儿泼出去的水，她回娘家创业发展要是挡了别人的道，别人一样会视她为眼中钉。幸运的是政府出台了不少改善企业营商环境的政策，让回乡创业者遇到难处时有法可依。

所以，当前段时间那十几户祖坟在荒石坡的人家打电话、发信息阻止她和欧阳梦流转土地时，她没有急躁，而是在严俊翔、李海峰的指导下，依据相关政策，逐个与他们沟通。

但是谈判难度出乎柳秋兰、欧阳梦的预料。尽管此前严俊翔、李海峰分别给那些人打过电话，可当柳秋兰与他们沟通时，还是遭到了不少辱骂与指责，柳秋兰气得想撂挑子。可转念想到自己和欧阳梦已经付出了那么多心血，就此放弃太可惜。

再者，她也好胜，认准了的事情一定要干到底，所以她还是咬牙坚持下来了。只是夜半醒来，想到那些人对自己和欧阳梦的辱骂，她会很难受，莫名地就沉浸在浓浓的伤感中。这令她惶恐和疑惧：难道自己真的像严庆瑞说的那样，不知不觉间被秦玉国的失踪击垮了吗？

想到秦玉国，柳秋兰的思绪又飘到了婆婆曹文月身上。

十、家中的老小

　　婆婆曹文月近期很少给柳秋兰打电话，而她每次给婆婆打电话时，婆婆总是在和人通话。先前几次她以为是凑巧，后来一个礼拜都是这种情况，她觉得不对劲，便打电话给钟起辉叔叔，想侧面打听一下婆婆近期是否遇到了什么事。恰巧钟叔叔的手机也在通话，后来试了几次都是如此，她突然明白过来了：

　　钟叔叔前段时间家中有事，回了市区，婆婆肯定是在跟他通话。看来婆婆和钟叔叔之间真的有故事。这样的婆婆对于柳秋兰而言，无疑是陌生的。她必须重新适应，并找到与之相处的最佳方式。

　　柳秋兰记忆中的婆婆性格内向，为人严肃，在单位和住宅小区鲜有朋友。以前公公在世时，婆婆跟公公很少交谈，老两口的关系并不亲密。秦玉国失踪后更是如此。后来公公走了，婆婆一夕之间老了十岁。婆婆眼下这种"热聊模式"是否意味着她重新打开了心扉，接纳了钟叔叔？

　　柳秋兰并不反对老人的黄昏恋，但她怕婆婆剃头挑子一端热，万一钟叔叔没那种想法，婆婆心中那口刚烧热的锅又要被泼冷水，她怕婆婆会受不了。婆婆和钟叔叔疑似黄昏恋，这事她不好跟自家父母商量，便跟二妹柳夏花说了，谁知柳夏花脑筋比八十岁的老人还古板，听说之后极力反对两位老人交往。柳冬雪的观念倒是更为开放，只是她对这种话题没兴趣，柳秋兰才开个头便被她打了岔。满腹话儿的柳秋兰只好向严庆瑞请教。严庆瑞觉得老人能够在垂暮之年找到精神伴侣是件好事，建议她先弄清楚钟叔叔的意图。

柳秋兰想想也对，便致电钟叔叔的小女儿钟声娇。钟声娇说钟叔叔已经跟他们兄妹三人摊了牌，余生想跟曹文月一起度过。

秋兰姐，我们三兄妹是支持二老的。我希望你能理解他们。钟声娇在市医院工作，大概怕柳秋兰反对两位老人相爱，特意强调道。直到柳秋兰表示一定会支持时，钟声娇才喘出一口粗气，连声道：那就好！那就好！

次日一早，柳秋兰开车去了县城的怀玉美容院。她先找前台的服务员打听杨总的情况，但她们捂得很紧，什么都不肯讲。柳秋兰没办法，只好学张孝哲的样，掏钱开了一张推背卡，一边享受技师的服务，一边和技师闲聊，终于弄明白了张孝哲说的那个杨总确有其人，而且真的在追冬雪。随后，柳秋兰找到了刚刚下钟的柳冬雪，提醒她不要被人蛊惑了。

柳冬雪嗤道：我听讲张孝哲那天到店里推了背，还到处打听我的情况。那个多嘴公跟你胡说了什么？

冬雪，人家孝哲是为你好！柳秋兰打断她的话。

为我好？他为什么不相信我，宁肯相信那些人的八卦？柳冬雪上下打量了柳秋兰几眼：姐，你是不是也不相信我？

我怕你上当。柳秋兰实话实说。

大姐，你就放一百颗心吧！你老妹柳冬雪聪明着呢，绝不可能给人当小三！

柳冬雪送她出来时拍着胸脯保证道。柳秋兰见她说得这样斩钉截铁，便没再追问她与那个杨总的事情，怕她逆反。

离开美容院后，柳秋兰上街买了些食品，驱车去五华山的圆月庵看望婆婆。到了那儿她才晓得，三天前婆婆被钟叔叔接到市里去了。

小柳啊，那个老钟好喜欢你婆婆呐，你婆婆指东他不往西，处处宠着你婆婆。

你问我圆月庵有没有男香客？有的，向佛之人不分男女，有善心就行。你看，这边是男香客住的客寮，那边是女香客住的客寮。

我们在这里帮寺院打杂、种田。这圆月庵是有公田的，得有男子牯帮忙才行哇!

两个自称与柳秋兰婆婆有交情的老年香客拽住柳秋兰的袖子,轮番道。旁边那个正在洗衣服的中年女人也凑过来说:

小柳啊,你婆婆命苦,崽不见了,老公又过了世,现在难得遇到个对她好的同学,你千万不要拦着她呀,也不要怪她。有人陪着她,你就轻松了。

另一个正在织毛衣的老年女香客翻着眼睛说:

小柳啊,要我说呢,你婆婆这是脑子进水了,她这样跟到人家老钟家里去,人家老钟的孩子会怎么看她?好多人都在讲你婆婆的闲话,骂她不自重呐!

对呀,她这样跟了老钟,百年之后她还能跟老秦合葬么?

一女不嫁二夫,老曹临老了还傍个男的,要脸不?

大约是见柳秋兰好说话,另几个女香客也开始七嘴八舌地点评柳秋兰婆婆与钟叔叔的黄昏恋行为,说到最后,她们分成"赞成"与"反对"两派,彼此间吵了起来。

柳秋兰好不容易才摆脱那帮多嘴的女香客,走到庵外给婆婆打电话。估计刚才已有人给婆婆通风报信了,这次婆婆倒是很快接了手机。柳秋兰还没问她在哪里,婆婆就说她跟老钟到了市里,目前暂时借住在老钟家。

兰啊,我最近胸口闷得很,你又在忙农家乐和仙人掌园的事,还有绿枝升学的事你也要操心,我就没跟你讲去市里的事。老钟认识全市最好的心血管专家,他这两天在安排给我做全面体检。他是我小学到初中的同学,大家知根知底。他的房子就在他小女儿家前面一栋,三室两厅,我们俩住得很宽敞。兰啊,老钟的老伴五年前得癌症走了,他也没人讲话呐。我们都是土埋半截的人了,身体都没用了,我们住在一起就是讲讲以前的事。老钟的大儿子在美国安了家,几年难得回一次国,大女儿在广州做事,只有小女儿在市里。他们三个孩子都很孝顺,每月都有钱给老钟,只是跟你一样很忙,顾不上来呢。我和老钟是同病相怜,我住在这儿你就放心吧。

其实钟叔叔的家庭情况婆婆已经跟柳秋兰说了不下十次,她都倒背如流了，可婆婆每次跟她打电话都要重复一遍。起初柳秋兰以为婆婆犯了糊涂，后来才发现这是婆婆的计策。她想用这种重复的絮叨躲掉柳秋兰可能的提问，免得柳秋兰探听她和钟叔叔的现状。说白了，婆婆是想提醒柳秋兰别管她和钟叔叔的交往，这次也一样。婆婆讲完后，根本不等柳秋兰表态，便咔地挂断了电话。

柳秋兰有些气恼，自己昨天还跟婆婆在电话里聊了半天，婆婆却丝毫未透露去钟叔叔家里住的消息，她往圆月庵白跑一趟没关系，可万一婆婆在市里出了什么事，她怎么向玉国交代？到时别人岂不是要将她当成不孝之人？柳秋兰站在圆月庵门口发了好一阵呆，这才慢慢揣摩出了婆婆的意思。

婆婆大约觉着秦玉国没了，她和自己之间缺少了最有力的纽带，自己又因创业的事常住娘家，婆婆也许误会自己不想管她了？再者，婆婆年逾七旬，近年又连遭不幸，剩下的岁月她想随兴度过。婆婆这是在向自己表明态度呢！果真如此，倒也没什么不好。

柳秋兰刚刚解开自己脑中的疙瘩，婆婆又追了个电话过来：

秋兰，你钟叔叔以前去过凤凰村，他说凤凰村的夏天非常凉快，山上樟树多，村里没有蚊子，住着很舒服。等你在凤凰村的农家乐餐馆正式开张后，我要带着钟叔叔去凤凰村过夏天。到时你帮我找两间房子，记得一定要有卫生间和浴室，我们最高只能住二楼，你钟叔叔的腿不太好。对了，最好门前屋后有菜园，还要有地方种花，你钟叔叔喜欢种花……

婆婆三句话不离钟叔叔，这令柳秋兰生出几分隐忧：在这次的黄昏恋中，婆婆显然是主动方。她怕万一二老以后相处不来，婆婆会受到比孤独更大的伤害。

秋兰，记住没有，一定要帮我们租两间房！房钱我们出。住你们家？算了，到时你们要开餐馆，吵吵闹闹的，我和你钟叔叔都喜欢清静……

婆婆这个详细的租房要求让柳秋兰犯难：房子倒是容易找，问题是凤凰村人的观念偏保守。婆婆这么大年纪带着个丧偶的男人到村里租房住，莫说别人看不惯，首先自己老妈这关就很难过。

果不其然，当她告诉父母婆婆和钟叔叔想到凤凰村租房过夏天时，陈小妹第一个跳出来反对：

秋兰，这件事你千万别掺和。你婆婆和那个男同学要看山看水，我们管不着。如果他们要合租房子过夏，你最好到柳江乡或春晓乡去帮他们找房子，别在我们这里丢人现眼！你婆婆和那个老钟的事情传出去，只怕我要被人的口水淹死。别的不讲，有毛秀云就够了。

陈小妹和柳秋兰的婆婆曹文月原本就相处得不好，以前柳秋兰的公公在世时，她和婆婆还吵过两次架。陈小妹说曹文月看不起她这个农村妇女，平日见她时鼻孔朝天；曹文月认为陈小妹为人刻薄，不通情理。双方互相看不顺眼。

平心而论，柳秋兰觉着自家老妈对婆婆有些误会。婆婆为人严肃挑剔，从不爱说人好话，她对家人的爱有时是以骂的方式体现出来的。刚嫁到秦家时她不习惯，处久了她发现婆婆是典型的刀子嘴豆腐心，其实人不坏。六年前柳铁牛胃出血在县城住院，正巧陈小妹那阵子得了重感冒，在家卧床不起，夏花、冬雪忙着家里的双抢，她管着超市、女儿和住院的老爸，秦玉国又恰好出差了。婆婆见她忙不过来，主动到医院照料了柳铁牛一周，还帮着垫付了一万六千多元的住院费。奈何陈小妹还是跟婆婆不对脾气，秦玉国失踪、柳秋兰的公公去世后，虽然陈小妹不再像以往那样事事针对曹文月，但两人的关系并未因此得到修复。

那天陈小妹有关婆婆和钟叔叔的话讲得很难听，柳秋兰觉得老妈过分了，便为婆婆与钟叔叔辩解了几句，结果陈小妹连她一块骂，气得柳秋兰好几天没理陈小妹。后来柳铁牛跟陈小妹谈了几次心，可因曹文月这次的做法触犯了陈小妹的底线，无论柳铁牛怎样劝，她都觉得曹文月这样做是为老不尊，还当着柳秋兰的面鼻孔冒火地说：秋兰，你这婆婆有些老不正经。

妈，你口下留德，她可是绿枝的奶奶！柳秋兰也有些生气了，陈小妹却嗤道：

不管是谁的奶奶，老人家这样做就是不对。老古话讲一女不嫁二夫，你婆婆她对不起老秦家。

妈，你的意思是万一玉国真走了，我也不能再找？

柳秋兰问出这句话后，心中涌出一阵愧疚：难道自己潜意识中已相信玉国走了，并开始变得浮躁，不想再等下去了？

悚然一惊的陈小妹这才后悔自己刚才把话讲得太死，根本没考虑到自家女儿、女婿的特殊情况。她没有接柳秋兰的话茬，而是飞快地将话题转移到毛秀云身上：

秋兰，毛秀云当初当众按体重向张孝哲要彩礼，村里还派她去别村进行整治高价彩礼、移风易俗的演讲，她自己也脸皮八尺厚，上台就往自家脸上贴金。说她看重女婿的人才，嫁女儿时没收分文彩礼，那些人还真相信了。我听讲柳江乡有户人家嫁女时向男方要高价彩礼，男方村子里的人认为毛秀云是个上过报纸的百姓名嘴，讲的话有人听，请她去给女方家长做工作，她也好意思去。要是叫我遇到这种事，早就羞得脑袋钻裤裆了。毛秀云这人说一套、做一套，到现在还不让张孝哲进家门，她还好意思到处去做别人的思想工作，真是土蚕钻进了花生壳——乱充好人！

妈，这事我听说了，毛秀云还是蛮厉害的。她前后跑了十多次，愣是劝那户人家放弃了高价彩礼。这也是做好事，积阴德。

我看你被张孝哲、严亚宁带成了歪屁股，睁着眼睛说瞎话。毛秀云就不是个好货，为人刁钻得很，亲女婿都不放过，对别人还有什么好？秋兰，你要小心她！我听讲毛秀云让张孝哲把研学点放在我们家是想偷学你的菜谱，你可别被张孝哲骗了。那个严金平跟她妈一个德行，鬼心眼多得很！

陈小妹是个能干人，年轻时会唱山歌打快板。她和毛秀云出嫁前参加过大队的毛泽东思想文艺宣传队，那时她可比毛秀云有名得多，可惜她不如毛秀云会嫁人。嫁的老公柳铁牛老实巴交的，家中也没有能成事的兄弟。在凤凰村，严俊坤的势力绝对碾压柳铁牛。陈小妹嫁入凤凰村柳家后，本就被毛秀云压了一头，偏偏毛秀云又是那种得理不饶人的脾气，想到出嫁前陈小妹比自己风光，如今她成了柳家媳妇，自己嫁的男人在凤凰村颇有势力，毛秀云为了泄愤，这些年可没少给陈小妹使绊子、上眼药。有时被毛秀云惹毛了，陈小妹便会回家埋怨柳铁牛无能：

你呀，三脚踢不出一个屁，别人欺到头上了你也不敢翻他们的桌子，还不如我一个妇娘人大胆！

小妹，远亲不如近邻，你何必这样斤斤计较？柳铁牛这话气得陈小妹直翻白眼，心里很不服气。可她也明白，凭柳家的实力，她确实斗不过毛秀云。后来长旺公和三个女儿劝她和气生财，她这才忍下一肚子气，没再跟毛秀云明着斗。

秋兰，夏花和冬雪以后的对象得多几个兄弟才好，省得我们人丁单薄受人欺负！

末了，陈小妹的话题又落在人丁上头，开始为早夭的儿子天天难受，并把柳铁牛的"没用"归结于柳家的人丁单薄。

柳铁牛是家中独苗，在本村最亲的亲戚也已出了五服，柳家的三个女儿虽然有出息，可到底是女子，不能顶门立户。在凤凰村，没有儿子的人被视为"绝后"，死后没有孝子贤孙捧灵位牌，被人瞧不起。性格开朗活泼的陈小妹慢慢被生活磨得失去了笑容，变得狭隘，喜欢抱怨，尤其看不得以势压人的毛秀云。毛秀云在她面前有绝对的优越感，随时想看她的笑话，柳、严两家的关系，一度弄得很紧张。

所以，当听柳秋兰说她婆婆要带着钟叔叔到凤凰村租房子过夏天时，陈小妹仿佛看见毛秀云正满脸鄙夷地对着自己连声冷笑，不由煞白着脸翻来覆去地对柳秋兰说：

秋兰，这绝对不行。你那个婆婆要是带着个老头过来租房，毛秀云那张花撩嘴还不晓得会讲些什么怪话出来，想想都臊得慌！你不能让他俩来凤凰村。

妈，你别那么老脑筋，好歹她是我婆婆。这些年我婆婆对家里也不错。我每次回家你都叮嘱我要孝敬她，怎么她带个同学到这里来过夏，你就不乐意了？柳秋兰有时很难理解老妈陈小妹的顾虑。

不是不乐意，是他俩不正经！她为什么不带女同学来？陈小妹固执地道。

唉，妈，就算她和钟叔叔黄昏恋，也没什么不可以。玉国要在，也会支持他妈妈找老伴的!

他能支持?我问你,你婆婆以后走了,你是让她跟你公公埋在一起呢,还是让她跟老钟埋在一起?

妈,我婆婆才七十岁,就算活到八十,也还有十年。玉国不在,我总得让她舒心才行。她有个人陪着,我也放心。至于跟谁埋在一起,这不重要。

你真是气死我了,这事涉及一个女人的名节!

尽管自家女儿未来也可能遇到这种情况,但陈小妹还是钻进了"名节"的牛角尖。柳秋兰好说歹说地劝了大半日,陈小妹才允许柳秋兰帮婆婆在凤凰村找房子。作为"交换"条件,陈小妹希望柳秋兰去找严俊翔说情,把她加进百姓名嘴演说团的名单里。

柳秋兰有些奇怪地道:

老妈,你想去演讲,当初村里发通知时你为什么不报名?

陈小妹一撇嘴:

这些年严姓人在村里当道,我以为柳家人报了名也没用,所以不想做那份无用功,没想到钟红莲报名后却被录取了。这届村委还蛮大气的!

老妈,一来村委的工作的确比以前更有格局,二来你还是以己度人,把村"两委"的人看扁了!人家可没你想的这么狭隘!

柳秋兰趁机敲打了陈小妹几句。陈小妹像是没听见她的话,细数着钟红莲近来的变化:

秋兰,钟红莲最近好积极,忙完家里的老人、孩子、田活就去外村演讲,平常见人呱啦呱啦的好像了不得。不过最近柳泉迷上了打麻将,田里的活计落下了好多,钟红莲为了干活,漏掉了两次外村的演讲。我怕这样下去她这个演讲员会不称职,说不定哪天就被开了。要是我能顶上她的空缺,我肯定不会比她和毛秀云差。

柳秋兰晓得老妈不服气,想去跟毛秀云、钟红莲一较高低。要是换成别的事,柳秋兰会劝她放弃,但百姓名嘴演说团的确能锻炼人,只要当上了名嘴,其自身的行为会不知不觉地受到百姓的监督。毛秀云、钟红莲当上名嘴后改了不少毛病，进步有目共睹。柳秋兰觉得老妈也确实该去那种地方淬炼淬炼，当即答应帮陈小妹去找严俊翔说情。

没想到的是，她还没来得及给严俊翔打招呼，村口的宣传栏便贴出了第二次招百姓名嘴演讲员的报名通知。陈小妹听说后连声说自己这是瞌睡碰到了枕头，便一溜烟跑到村部报了名。经过两轮角逐，陈小妹被录取了，回家后笑得合不拢嘴。

老妈，你去外村演讲时好好帮我宣传下仙人掌园的项目。柳秋兰打趣道。

陈小妹瞪她一眼：那不成，我们的演讲内容是有主题的，我不能假公济私为你打广告！

哟，老妈，你的思想进步得可真快呀！柳秋兰觉得陈小妹认真拒绝的样子很可爱，出言逗她。陈小妹甩开她的手，躲到旁边去背第一期的演讲内容。

老妈太有意思了！

最近仙人掌园一百余亩土地的流转手续已经办妥，柳秋兰很开心，平日严苛的陈小妹在她眼中的形象自然跟着变"萌"。

大姐，你前段时间太忙，要注意休息，别太累！就在柳秋兰为老妈的变化而开心的同时，柳夏花也在为柳秋兰最近的诸事顺利而高兴。

柳秋兰浑身是劲地望着妹妹：夏花，现在我们到了紧要关头，一定要铆足劲往前冲啊。等订购的仙人掌一到，就得开始扦插。绿枝餐馆的装修快要完工了，接下来还要购置桌椅碗筷、出菜谱，小事情多着呢。

姐，有些事你交给我来做，总之你要保重身体。

打量着瘦黑了一圈的柳秋兰，柳夏花颇为心疼。

柳秋兰想了想，点头道：

行，夏花，仙人掌园那边你先帮我顶几天，我把餐厅的事情全部打理好。原本我想请家里人到县城最好的白天鹅酒店吃顿大餐，庆祝绿枝考上了新培中学，可爸妈嫌那要花大钱，不肯去。等绿枝餐馆全部整好了，我再请左邻右舍在绿枝餐馆吃顿饭，算是开张宴。你看怎样？

柳夏花自然举双手赞同，柳铁牛和陈小妹也觉得这个主意好，虽然不省力，但能省钱。

柳冬雪无奈地摇摇头：绿枝好不容易考上了新培中学，这种请客太应付了吧？

这话陈小妹可不爱听，立即转头瞪着她：

怎么会应付？我们把绿枝餐馆的第一餐给了左邻右舍，等于给餐厅开光，这面子可大了！还有，我们正好利用这个机会向村里人宣传你们姐妹的好手艺，用那个我刚学到的新词来说，这叫造势。

妈，你讲了这么多，其实就是既想省钱又想摆架子！不过这次的架子的确应该摆。大姐，到时我来出钱买菜！柳冬雪拍拍口袋，大声道。

好，冬雪，下次大姐请客你出钱买菜，绿枝在学校用的床上用品、行李箱我来买。柳夏花抢着说。

大姨、小姨，你们不要买东西，直接给我红包吧！旁听的绿枝立即向两位姨妈撒娇。

柳秋兰瞪了绿枝一眼，对两位妹妹说：这些你们都不用操心，我已经安排好了。

柳铁牛和陈小妹没参与讨论，而是转身去了趟卧室，等他俩再出来时，一人手中拿着一个红包。

绿枝，这是外婆的心意，两千块钱。你要省着用！

陈小妹这一刻觉得自己前所未有地大方，瘦削的脸上放着光。柳铁牛的红包明显比陈小妹的要厚，他却什么也没说。

绿枝看了眼柳秋兰，当即明白了她的意思，伸手接过柳铁牛递来的红包，仰脸笑眯眯地对陈小妹说：

外婆，您的红包由外公代给哈。

死妹子，你是嫌外婆小气么？

陈小妹没想到绿枝这么懂事，在她头上轻拍一掌，一边收起了红包。旁边的柳冬雪和柳夏花早就猜中了这个结果，两人相视一笑。

陈小妹到底还是有些心虚，连忙转移话题：哎，你们说我的第一次演讲，要不要让你爸给提点意见？

老妈，我爸最了解你了，你一定要讲给他听，让他帮你打磨。柳夏花第一个站出来支持。

对，有老爸帮助，你一定能讲赢毛秀云！柳冬雪边接电话边向陈小妹伸出大拇指。

好，我就让老头子听听我讲得怎么样。老东西！老东西！咦，刚才还在，怎么一转眼就不见了？

陈小妹喊着在院子里转了一圈，没找到柳铁牛，生气地蹙眉道：

老东西这些日子没怎么落家，他会不会跟人打麻将去了？

凤凰村最近有不少人热衷于"砌长城"，不但在家里打，还把麻将带到地头，忙上一阵子就在田边切磋"技艺"。有时兴起，还会赌输赢。为此，严俊翔、李海峰已在新时代文明实践中心开过两次村民大会，严厉地批评了这种现象，并发动群众"抓赌"。鉴于这种"高压"态势，有些村人开始"隐蔽作战"。

老妈，你的演讲内容是反对打麻将的，那你可得管住我老爸。

柳秋兰提醒陈小妹。

唉，不就打麻将吗？又不是去澳门赌博，老妈，你怕什么？柳冬雪不以为然。

冬雪啊，你爸性格执拗，要是他迷上了麻将，只怕要变成赌鬼！

说到这儿，陈小妹立即命令柳冬雪出去找柳铁牛。几分钟后，从村中央那棵大樟树上的喇叭里传出了柳冬雪甜糯的声音：

爸，我是冬雪，有人要买你编的竹箩筐，你锁了门，钥匙没在家，我拿不到，你快回家来，再不来客人就走了。

半个钟头后，柳铁牛气喘吁吁地跑进屋里，一迭声地问买箩筐的客人在哪里。

被我赶走了。你说老实话，你最近是不是被狐狸精勾走了魂？陈小妹板着脸问道。

你胡说八道什么呀？柳铁牛抹着脸上的汗珠，神态有些不自然。

爸，客人等不及，真的走了。老爸，你跑得脸上冒汗，刚才去哪里了呀？

柳冬雪想用撒娇的方式套出答案，谁料柳铁牛今天根本不吃她这一套，瞪着她说：冬雪，你捣什么乱！我刚在山上抓野兔子，原本都快抓到了，结果被你的喊声惊走，好可惜！

爸，你带我们去看看呗！柳秋兰觉得父亲有些异样，心想母亲的猜测也许是对的。她想去看个究竟，柳铁牛不同意。他进房间拿了瓶矿泉水和一包柳秋兰带回来的饼干，匆匆往村尾方向走去。

姐，我跟过去看看。柳夏花丢下这句话后，闪身跟了出去。她刚走到大门口，就看见毛秀云在石坎上探头探脑。虽说她讨厌毛秀云，可这样迎面撞上，该有的礼数还得有。柳夏花朝毛秀云递上一朵热情的笑容：阿婶，您是来找我大姐吗？

柳夏花虽然平日粗粗咧咧，其实是张飞穿针——粗中有细。她晓得毛秀云和母亲不对付，跟大姐倒是还合得来，问她是不是来找大姐会令毛秀云少些尴尬。

毛秀云目光闪烁地打量着柳家院坪上错落有致的各色鲜花：

我谁也不找，就是过来看看你家院子里的花，客人都讲开得好看。嗯，你姐果然是个能干的！

柳夏花担心再晚些会追不上父亲，转身想走。毛秀云突然又问道：夏花，我刚才听到冬雪在喇叭里找你爸，你爸最近是不是经常不落屋？

柳夏花不知她葫芦里装的什么药，正想说不晓得，脑中倏地闪过道白光，忙反问道：阿婶，是不是俊坤伯也经常不在家？

毛秀云朝四周瞄了几眼，见没外人，这才放低声音说：

夏花，我实话跟你讲吧。你爸、我家那个死老头子，还有几个土埋半截的老东西天天往牛头寨那边跑，也不晓得是不是在赌博。

柳夏花大吃一惊：阿婶，你怎么晓得他们去那边了？

毛秀云皱眉道：严毛根上山扒枯枝时在牛头寨看见了他们，已经讲给好几个人听了，所以我想来你家问问情况。

阿婶，我爸最近也是经常出去。不过他不是去牛头寨，而是往村尾方向去了。

毛秀云一拍大腿道：这就对喽，从村尾的大樟树那儿抄小道上山，比走大路去牛头寨要少一半路程。你爸肯定是去牛头寨打牌了！

柳夏花一听，匆匆和毛秀云道了别，飞快地往牛头寨跑去。

牛头寨形状像个牛头，山上长满郁郁葱葱的松树，松林间有座废弃的土地庙，庙中的神像早已不见，但还留着木制基座和几张用树莸做的"椅子"。柳夏花以前上山砍柴时曾在土地庙里躲过雨，对那里的地形较为熟悉，很快就赶到了那儿，土地庙里没人，她只找到了两个空矿泉水瓶和一把弹弓。

那些老人家是在用弹弓打野兔吗？柳夏花正纳闷间，忽然从旁边的树林里传出严俊坤的喊声：铁牛，拦住他们！

后生人，你们以后要是再敢到这里偷采松脂，我们饶不了你们！柳铁牛的声音高亢、威严。

柳夏花循声跑过去，发现老爸、严俊坤和另两个阿伯围住一高一矮两个后生，神情颇为激愤。

爸，怎么回事？柳夏花小声问道。

这两个家伙偷采松脂呐！柳铁牛压低嗓门告诉了她事情的原委。

半个月前，柳铁牛到牛头寨巡山时，发现不少松树树干被人铲出了一条深深的"丫"形沟，下头的钉子上挂着收集松脂的玻璃瓶。由于"丫"形沟凿得太宽大，那些松树极可能因此而枯死。最可怕的是地上还丢了好几颗烟头，估计偷采松脂的人还在林子里抽了烟。

松树富含油脂，本就易燃，这些人还在松林里抽烟，真是不要命了！

想到火不入林的铁律，柳铁牛捏着那几个从地上拾捡的烟头打算去找严俊翔，不想却在路上碰到了严俊坤。这片松林是严俊坤刚当上支书时带领村民栽种的，他对这片松林很有感情。自从落选村支书后，烦闷时他经常到松林里来散步。看到茂盛的松林就想起自己当年的风光，心中颇为感慨。听说有人偷采松脂，并在松林中抽烟，严俊坤气不打一处来，咬牙道：

现在天干物燥，本就是森林防火的重要时期，这些人偷采松脂不说，还敢在松林里抽烟，一定要抓住那些不要脸的狗崽子！

严俊坤骂毕，转身带着柳铁牛去找严俊翔和李海峰。严俊翔和李海峰高度重视，决定让严俊坤牵头组成一支老人义务护林小组，暗中蹲守那帮歹人。

为了避免走漏风声，严俊坤、柳铁牛和另两个参加护林小组的老党员对此守口如瓶。他们已经连续在此地蹲守了一周。上次严毛根上山扒枯枝，正好碰见他们几个在土地庙里打扑克，严毛根转身告诉毛秀云时却说成了打麻将。刚才毛秀云听见柳冬雪广播寻人，倏地想起了严毛根的话，这才去柳家打听，并将柳夏花"指引"到牛头寨的松林里。

见到不请自来的柳夏花，严俊坤有些不高兴，趁柳铁牛与柳夏花说悄悄话的当口，他和另外两人将那两个后生带去土地庙"审问"。

柳铁牛察觉到了严俊坤的情绪变化，想赶柳夏花回去，柳夏花不理他，尾随到了土地庙，打量着那两个后生，好奇地道：爸，他们是哪个村的人？

柳铁牛看看严俊坤没吭声。严俊坤瓮声道：仙水乡人，来这里偷割松脂和抓野兔，真是丢人现眼，放着好好的路不走，要当这种三只手。

严俊坤边骂边打开后生丢在地上的编织袋，里面有两只被铁夹夹伤的野兔，蓬松的毛上沾着血。

你们姓什么叫什么？快说！严俊坤厉声问道。

那位个子高高、脑袋圆圆、面相憨厚的后生高声道：我叫刘水根，仙水乡刘家村人。

精瘦后生说：我叫刘云坨，也是刘家村人。牛头寨的山场原本是我们村的，这里的松脂你们割得我们也割得。野兔无主，我们也抓得。

什么叫这里的松脂你们也割得？大哥，你们俩搞清楚，这些山林是我们凤凰村的，你们这是在侵害我们村的公有财产！

柳夏花听得火起，打机关枪一般地说。

刘云坨剜了柳夏花两眼，嘀咕道：半公嬷，管什么闲事！

你说什么？我揍扁你！柳夏花最恨人骂她不男不女，飞身上前踢了刘云坨两脚。刘云坨大骂，刘水根瞪着他：云坨，你嘴巴放干净些。

刘云坨自知理亏，像受潮的枪似的，立马哑火了。这时严俊翔和村治保员赶了过来，治保员见状想打电话给森林公安的片警，被严俊翔拦住。严俊翔转身客气地对刘水根道：

你叫刘水根，是刘水宝的弟弟。你哥哥是有名的沙石老板，我跟他很熟。你哥说你在帮他打理生意，怎么现在干起这勾当来了？

刘水根圆眼珠一转：你是凤凰村的严支书？那我跟你讲讲我们到这里来的原因。

他说着指了指松林的左侧山口：

严支书，我们刘家的祖坟就在松林里，当年人工造林时，你们凤凰村人刨了刘家的祖坟。

严俊坤黑着脸说：牛头寨是我们村的地盘，我们也是根据上级的指示植树造林。当时让你们过来迁坟，你们不迁，我们也是没得办法。

你们刘家后来打伤了我们三个人，还烧了我们两间房，领头的那位还被拘留了三个月，这说明错不在我们。另一个护林的大伯说。

刘云坨气得嗷嗷叫：你们错在先，现在还怪我们？真是猪八戒告状——倒打一耙！

刘水根怕激化矛盾，忙摁住刘云坨的肩膀：

严支书，事情是这样的。这段时间刘家村有不少人梦见了老祖宗，老祖宗说当年他的腿被你们刨断了，要用牛头寨的松脂拌野兔血漆坟前的地面才能安息，所以我们就到这里来了。

打什么鬼话？村治保员斥道。

严俊翔问那个刘云坨：你有什么话要讲？

刘云坨恨恨地说：严支书，你们凤凰村人当年做事不地道，刨了我们的祖坟，坏了刘家村的风水。为了让刘家老祖宗安息，我们到这里割点松脂、抓两只野兔又有什么错？反正我们也不是用这些东西去卖钱，你们不要太过分了。

刘云坨平常痴迷风水，说到祖坟被刨一事，他特别生气。自去年开始，他跑运输翻车，建新房摔伤了泥水工。刘水根被人偷了钱，还多次梦见那个被他老婆抱着投江的女儿在向他哭诉。他俩找人算卦，结果卦象显示刘家先人尚有几缕魂魄困在牛头寨的松林里。起卦者说须用凤凰村牛头寨的松脂拌野兔血漆坟前的地面，才能让刘家老祖的魂魄脱困。两人向刘家村的几位长者禀报后，长者们大惊失色，当即派他们前往牛头寨割松脂、抓野兔，然后他们再请道士做法事，以安刘氏老祖之魂。

严支书，我们来这里的原因刚才已经说清了。我们有错在先，你们看要罚多少钱？

刘水根一眼相中了柳夏花，他不想她把自己当成偷伐者，希望自己的好态度能得到凤凰村人的宽大处理。

哥，你别打乱哇，要罚你罚，我没钱！再说这是我家老祖宗埋骨的地方，我还来不得？天底下没这份理！刘云坨犟着不肯认错。

柳夏花瞪他两眼：不要说天底下了，我们凤凰村人就不认这个理。我家上溯十八代住在刘家村，打个比方，我家老祖宗要是埋在刘家村的山上，那我是不是就能去你们刘家村的山上采松脂、挖竹笋、砍木头？

你那是打比方，我这是明摆着的事，这能比吗？刘云坨梗着脖子说。

柳夏花被他气得脸发涨，正想开口骂他几句，旁边的刘水根道：

严支书，这位美女妹妹，各位老伯，你们莫见怪，是我们错了，我们认罚。

要罚你罚，我没钱！刘云坨一副死猪不怕开水烫的样子。严俊坤恼怒地推了他一把，刘云坨也不甘示弱，回推了他两下，眼看两人就要打起来，刘水根忙挺身拦在他俩中间，赔着笑道：

这位大叔，我这位小弟心直口快，人还是蛮好的。他的罚款我来交。

尽管刘水根认错态度诚恳，严俊坤却仍旧板着脸，厉声道：火不入林是铁律，你们竟敢在松林里抽烟，我看得打电话请森林公安的人过来！

老伯，你能请他们来最好！我刚才跟你说了，我们俩不抽烟，烟头不是我们扔的，你不信，正好请警察拿烟头去验一下DNA。刘水根高声道。

严俊翔研究了一阵严俊坤手中的"物证"，摇头道：这是好几天前的烟头了，不是他们的。

讲不定他们前些日子就来过林子呢！严俊坤钻了牛角尖，不依不饶地道。

刘水根伸着脖子说：大叔，你尽管打 110 报警，如果查验出是我们丢的烟头，该坐班房我们去坐。如果不是我们扔的，你要用大喇叭向我们道歉！

眼看严俊坤又要和他俩吵起来，严俊翔忙说：

两位小刘，麻烦你们跟我们去凤凰村村部走一趟，你们得写份情况说明和检讨，我再跟你们村支书通个电话。

严俊翔转身说服了坚持要把他们送到派出所去的严俊坤等人。本来凤凰村和刘家村就因为牛头寨的归属而失和，如果再因为这事把他俩送去派出所，两村的关系会更僵，没必要弄成这样，还不如按照村规民约，让刘水根、刘云坨写份检讨书认错、交齐罚款为妥。

妹子，你们支书有水平，不像那几个老伯，愣是把我们当成坏人！

刘水根觉得假小子般的柳夏花特别飒爽，人又长得周正，很合他的胃口，逮着机会便多跟她讲了几句话。

刘水根跟着大哥刘水宝干了十多年的沙石生意，挣了些钱后在乡里的老宅基地上建了一栋四层楼楼房，前后院加起来有三百多平方米。老母亲去世后，现在就他和老爸两人住。刘水根结过婚，和老婆育有一子一女，不幸的是他老婆生下第二胎女儿后得了抑郁症，而他忙于生意没有发现。老婆的病愈来愈严重，他却以为老婆变了心，两人经常为此吵架。女儿八个月时，夫妻俩因生活琐事大吵一架，他赌气跑了，他老婆则抱着女儿投河自尽。刘水根为此极为悲伤和内疚，经常喝得烂醉，一年内暴瘦四十多斤。后来他去省城医院戒酒兼看心理医生，身体渐渐得到恢复。

刘水宝为了让他从伤痛中走出来，将经常触发刘水根"悲伤开关"的侄子接到身边抚养，把仙水乡、凤凰乡的沙石生意全部交给他打理，还委托他照顾七十多岁的老爸，刘水根这才在繁杂的事务中慢慢回了阳。他这次来牛头寨割松脂、抓野兔，也是想祈求老祖宗保佑地下的妻女。

严俊翔这时才发现他俩的手被绳子绑住了，忙上前解开，一边批评严俊坤：你们怎么还绑人？

他们是小偷！一个老伯愤愤地说。刘云坨气得又要开骂，被刘水根拉住：

老伯，我们错了，但我们真的不是小偷。小偷这帽子太大，我们戴不起。

现在晓得怕了？做事之前怎么不想清楚？

柳夏花瞪着他俩。刘水根注视了她几秒，连连点头：

这位妹子批评得对，是我们的错！

错了就要改。以后这种事可做不得！柳铁牛把严俊翔想说的话说了。

刘水根、刘云坨在凤凰村村部写完检讨书、交完罚款后，严俊翔又教育了他俩一顿，柳夏花也出言讥讽了几句，不料这时刘水根却忽然红了眼圈。

喂，喂，你这人看上去牛高马大，原来是纸糊的呀？柳夏花望着突然间变得脆弱的刘水根，有些莫名其妙。刘云坨把她拉到一边，小声讲了刘水根妻女的事。善良的柳夏花没想到这位粗壮的男子身上还有这么段凄惨的经历，连忙倒了茶水给刘水根，小声道：对不起，我没别的意思。

跟你没关系，我只是，只是……

刘水根说着掏出纸巾揩了揩眼角，原来今天是他妻女的祭日，柳夏花心中一揪，倏地想起早逝的大哥天天和多年后仍为大哥的夭折而伤心的父母，不由对刘水根多了几分同情。她安慰了刘水根几句，三人在村口分开。此后几日只要想到刘水根妻女的事，柳夏花心中便有些隐隐的忧伤。不过这股情绪很快便被忙碌的事务给冲散了。

半个月后，柳夏花刚回到凤凰村的家中，板凳还没坐热，门外忽然传来一个陌生男人的喊声：柳夏花，柳夏花！

陈小妹和柳夏花同时走到院门口。陈小妹见来找自家女儿的刘水根长得粗壮高大，面相周正，不由多了几分好感，热情地招呼他进屋喝茶，却被柳夏花一把拦住：老妈，你进屋去。

陈小妹不肯离开，柳夏花不由分说地将她推进了屋内，自己大马金刀地立在门口：咦，你这人脸皮能磨刀呐，还好意思上门来找我？

过奖了，我的脸皮还行，也就城墙那么厚。刘水根伸颈打量着柳家的小院，发出由衷的感叹：啧啧，好靓！下次我带朋友到你们家来吃土菜。

这时，柳铁牛闻声从屋内出来，看见刘水根后面色不悦地冷哼道：我们家的房门太窄，容不下你这尊大佛。你到别家菜馆去吃！而后甩手走了。

柳老伯，做生意不嫌客人多！刘水根非但没恼，反而扬声笑道。柳夏花好奇地打量着他：你有什么事？

嗯，想和你交个朋友。刘水根这份直爽令柳夏花意外，同时也让她颇为欣赏。从看见刘水根的第一眼起，柳夏花便知他喜欢自己，奇怪的是她也不讨厌刘水根。虽然他和刘云坨那次的行为不光彩，但他知错即改，及时写了检讨书，交了罚款，颇有担当。事后她从刘家村的同学口中得知刘水根平日为人不错，品性蛮好，在河边挖沙时曾救过四个孩子的命，算得上一个好男人。所以她对刘水根印象不错，此刻说话的声音也柔了几分。

这些年柳夏花除了与严亚宁走得近，还没对别的男人起过什么念想。但刘水根给她的感觉不一样。那天见刘水根后，她下意识地拿刘水根与严亚宁做了个对比。从年龄长相来看，严亚宁完胜，可她从未把严亚宁当成真男人；刘水根却能不知不觉地让她的心变得柔软，就比如此刻，当她听刘水根说想请她去水宝沙石公司做内勤时，心跳倏地加快了：

你请我去搞内勤？我毛手毛脚的，只怕会把你的办公室搞坏。

刘水根挠挠又粗又黑、鬃刷般竖着的头发，解释道：你要是做不了内勤，那就请你帮忙记账和做点其他的杂事，月薪四千块，外加五险一金。

刘水根开出的条件在凤凰乡一带算很优渥了，但柳夏花还是诚实地摇了摇头：对不住，我不会记账。

那你擅长做什么？刘水根追问道，一副不请到柳夏花誓不回家的架势。

柳夏花从手机里调出前不久考取的挖掘机操作证给他看：我会开挖掘机。如果你要找人挖土，可以请我，一天八百块，比你们男司机便宜一百块。

我哥的工地上经常要用挖掘机，到时我来请你！刘水根双眼放光地盯着柳夏花，柳夏花也看着他。

屋内的陈小妹见状连忙从后门出去，拦住了刚从菜园走出来的柳铁牛：死老头子，你跟我去喂孔雀。

柳夏花瞄了眼突然从菜园里"消失"的父母，明白他们是误会了自己和刘水根的关系。她本想当场和父母说清楚，可在刘水根灼热的注视中，她不但没去澄清，反而鬼使神差地与刘水根互加了微信，并趁机向他介绍起县城的绿枝超市来。刘水根慷慨地表示，以后水宝沙石公司员工的日用品将尽量从绿枝超市购买。

柳夏花有些不好意思：刘老板千万不要为难，反正那个超市也不一定能开下去，到时……

到时你不开超市了，我一定请你去我们公司做事。刘水根拍着胸脯道。

柳夏花指了指自家的屋子：我们要回家开绿枝餐馆。

那我以后有客人就带到你家来，反正仙水乡离凤凰村很近。

换了以往，柳夏花肯定会觉得刘水根这是在故意讨好自己，懒得去回应。但转眼看到他诚挚的双目，不由得又当了真，笑着把绿枝餐馆的菜单发给了他：

刘老板是见过世面的人，肯定去过不少餐馆，麻烦你帮我们审审这个菜单，要是你晓得什么好菜品，请帮忙补上去。

夏花，这件事你找对了人。我知道其他乡有哪些办得好的农家乐餐馆，改天我请你去吃！

行，你带路，我做东！两人相视一笑时，都从彼此的眼中看到了闪烁的星星。

十一、美丽的夏天

绿枝因为小升初考得好，以全县第三名的成绩被新培中学录取，柳秋兰奖励她去参加市青年旅行社举办的红色之旅夏令营，到井冈山、南昌、庐山旅游二十天。

为了抓住这段空当时间，绿枝离家的次日，柳秋兰让柳夏花代她管理几日仙人掌园，自己则一早去县城买齐了餐馆所需的桌椅板凳、货架、冰箱、冰柜和锅碗瓢勺等物件，她得抓紧时间把餐馆内部布置妥当。刘水根派了几个工人过来帮忙，柳秋兰觉得自己无功不受禄，有意推辞，柳夏花打电话劝道：

大姐，刘水根这份人情，我帮他哥开两天挖掘机就能还清，你大胆用他们！

听了这话，柳秋兰觉得夏花比自己更适合当老板。她泼辣能干，有闯劲，不像她这样前怕狼后怕虎，有时会因小心而失去机会。当然，柳夏花也有鲁莽的时候，那时谨慎的柳秋兰便成为牵制她这匹野马的缰绳，姐妹俩的性格恰好互补。

此刻听柳夏花把话说到这份上，柳秋兰只得收下这份人情。那几位工友活干得既快又好，两天时间就把餐厅内部弄得漂漂亮亮，还根据欧阳梦画的图纸，在院坪中央搭起一座竹楼，在院坪四角砌了小花坛，并帮着加固了孔雀棚，柳铁牛和陈小妹开心得请他们喝了几顿大酒。柳秋兰也很高兴，只是不时会偷着叹上几口气。

柳秋兰近来的心情其实并不好。婆婆自从跟钟叔叔在一起后，就像失火的老房子，大有燃烧成灰烬之势。原本不注重打扮的婆婆现在隔三差五发几件样衣图片给她，让她帮着网购。这倒没什么，即便婆婆不主动开口，她每季也会给婆婆买几套时新衣服，问题是以前非常理智的婆婆突然开始狂热地消费，上个月还刷爆了退休金卡，打电话来向柳秋兰借钱。

柳秋兰知道婆婆的心思：儿子不在了，唯一能让她心安的就是金钱。她问自己借钱，无非是要自己给出一份心意和保证。

但是婆婆的反常行为还是让柳秋兰提高了警惕，忙问她最近置办了什么贵重物品。婆婆支吾着说她买了六千多元的牛初乳冻干粉和一床三万多元、能调节人内分泌、提高睡眠质量的养生智能床垫。

柳秋兰提醒她保健品消费有陷阱，若要身体好，还得调整心态，注重饮食和锻炼，千万不能依赖保健品。婆婆气急地和她争辩，举例说她身边的这人和那人买的保健品都非常有疗效。

老妈，那些好多都是托，不可信。

柳秋兰才说一句话，婆婆却突然发起火来：我不是你亲妈，所以你不心疼我。要是玉国还在，不用我开口他都会给我买好。你不借钱拉倒！

婆婆随后关了机，吓得柳秋兰当天驱车去市里找婆婆道歉，给了她两万块钱现金，加上钟叔叔在旁斡旋，婆婆这才消了气。

柳秋兰悬着的心刚放下一半，婆婆上周又带着钟叔叔参加了一个廉价的老年旅行团。柳秋兰提醒她这种旅行团会要求游客在景点购物，婆婆电话里的声音立刻高了八度：

旅行社说不会强制我们购物，秋兰，你不要把人想得太坏。你要相信我和钟叔叔的判断。

谁知几小时后，婆婆便打电话来诉苦，说他们一早被导游拉到景点旁边的玉器商铺，因她只给绿枝买了一枚五百多块钱的吊坠，导游非常不满，把不肯买东西的旅行团成员关在商场的一间办公室里，不准他们上厕所和吃饭。

柳秋兰建议她去报警，婆婆和钟叔叔不敢，怕旅行社的人会因此害他们，万一传出去还会有损她的名声，只想私了：

秋兰，要不我们买一样吧？只是眼下我手机里只有一千多块钱，导游说他想加你的微信，由你转钱给他，这样我和你钟叔叔就能出去吃饭了。

柳秋兰一听气坏了，忙让婆婆把手机给导游，她跟导游在电话里唇枪舌剑了一番，她什么狠话都撂了，导游却始终不放婆婆和钟叔叔出去。

导游，我告诉你，我婆婆和钟叔叔有高血压、糖尿病、心脏病，他俩要是出了意外，只怕你卖十床床垫也不够赔！柳秋兰被无理的导游气得声音发颤，放出了狠话，导游的口吻倒是平静得很：

你威胁我没用，我们签了协议的，协议上规定，游客在旅途中发病由自己负责所有医药费并承担所有责任。像你婆婆和老钟这种有基础病的游客，哪怕现在送进了ICU，你也怪不到我们公司头上！

旅行社早就和贪便宜的游客签了不平等的霸王协议，难怪有恃无恐！就在柳秋兰为之气结时，电话那端传来了婆婆虚弱的声音：

秋兰，都怪我不听你的劝，上了他们的当。这样吧，你借我八千块钱，不然我跟老钟都要发病了。老钟的大女儿、小女儿结伴去新马泰玩了，要是能联系上她们，老钟说他女儿会出钱，就不用麻烦你了。

柳秋兰并非不舍得那八千块钱，但她实在气不过，就在她答应后几秒，电话里传来了钟叔叔的声音：

秋兰，你婆婆随身带着零食，我们早垫过了肚子，熬到吃晚饭没问题！旅行社这种强买强卖的做法非常恶劣，我们不能屈服！

有了钟叔叔交的这个底，柳秋兰重燃斗志，上网查了当地市场监管部门和消费者协会的投诉电话，又再次跟导游进行沟通，扬言旅行社再不放两位老人去吃饭，她就把她和导游的通话录音发到市场监管部门的举报邮箱里去，自知理亏的导游终于妥协。一刻钟后，婆婆打电话告诉柳秋兰，她和钟叔叔已脱离旅行团，正在自行返回宾馆的路上。柳秋兰怕婆婆钱不够，从微信上转了七千块钱给她。

就在柳秋兰为最近增加的两万七千块钱的支出略感烦恼时，严俊翔打电话告诉她，村"两委"和驻村工作队根据上级关于返乡创业的支持政策，经过严格的审核、审批，给她争取到了一万块钱的返乡创业补贴，另外仙人掌园的土地流转补贴和创业补贴也在走流程，如果能批下来，最少能拿到十万元。这钱不算多，但体现了县、乡两级政府对返乡创业者的鼎力支持。严庆瑞、欧阳梦的民宿开发项目也能拿到近百万元的创业补贴。补贴高意味着投资大，听欧阳梦说，按最低标准设计，民宿园的投资也要过两千万。这是一个柳秋兰三辈子都不敢想的天文数字。

日脚就在这样不时袭来的忧思、突然降临的喜乐和常态的平淡中慢慢走着。房前屋后的花卉像是知道餐馆开张在即，争先恐后地盛开。常春藤、爬山虎、凌霄花柔软的藤蔓努力地攀至墙中腰，有的还爬上了竹楼，并"绣"出各种美丽的图案；风来时，映山红、三角梅、栀子花、猪膏花的枝叶泛出阵阵迷人的绿波；在后院漫步的孔雀被鲜花和游人缤纷的衣裳所诱惑，愉悦地争奇斗艳着；苦瓜在玻璃罐里悄悄长大，令人想起余光中那载满乡愁的诗句；锦屏藤垂下的帘子密实可爱得如同张孝哲笔下的画作；餐馆的包间里，柳冬雪、柳秋兰、严金平、钟红莲、毛秀云那色彩鲜艳、拙朴童稚的画作与陈设的农具结合得非常巧妙，能引发人的思乡之幽情……

经过一段时间的朋友圈传播和口碑发酵，绿枝餐馆以其唯美独特的童话风格受到越来越多游人的追捧，不久即成为网红打卡地，连村里的名嘴演说团拍摄演讲比赛视频时，也不约而同地以特色鲜明、繁花似锦的绿枝餐馆做背景。

兰啊，没想到养花种树还有这种福报呐！

参加名嘴演说团后，陈小妹的性情越来越开朗了。看到家门口络绎不绝的游人，陈小妹喜得合不拢嘴。可惜因家中的餐厅还在"透气"，来了再多客人也没用，后来她看得眼热，想出个收门票的点子，说出后被柳铁牛骂了一通，三个女儿也觉得这是个馊主意，她只好悻悻作罢。后来在柳秋兰的要求下，陈小妹和柳铁牛把到自家小院来的游客引到严亚宁家的好味道农家乐和别的两家餐馆里去用餐，陈小妹则在院子的花架下摆摊，出售柳铁牛编织的篾制品，她亲手做的熏笋干、嫩笋衣、竹筒水酒、炒花生、霉豆腐、新鲜腌菜、豆角干、红薯干、茄子干、南瓜干等土特产。由于价廉物美、卫生有机,很受游客欢迎,半月下来居然挣了六千多块钱。

兰,餐馆要是不好做,我们就改卖土特产,这生意比你们县城的超市更有挣头。

那天算了收入后,陈小妹兴奋得双眼放光,柳秋兰也心有所动。由于电商挤压了实体商店的生存空间,加上绿枝超市旁边的小学搬迁,附近的道路改造,近来超市的营业额下降了三分之二,每月八千元的店租、水电费、进货款压得她喘不过气来。整月忙下来,超市的赢利只够一家三口吃饭,她和柳夏花忙来忙去,全都在为房东打工。

想到这儿,她坚定了回村的决心,但同时也对老妈刚才的决定给出了理智的分析:

妈,现在是旅游旺季,来村里玩的客人多,我们挣的钱自然要多一些。淡季时收入肯定会减少。我们还得尽快扩大凤凰村的名气,另外还要发展网上的生意,靠这些客人只怕支撑不起全年。

那就叫冬雪回来,她的模样比你和夏花要好,她上网卖货,买的人会更多。

陈小妹自从拍了几条名嘴演讲的视频后,对短视频的兴趣突然浓厚起来。她觉得很多直播带货的主播都不如自己的小女儿漂亮。一听柳秋兰打算开网店,便自然而然地想到了柳冬雪。

妈,我也想冬雪回来啊,可她压根不想回凤凰村,到时还得你去劝她。

柳秋兰知道老妈偏心小妹,相较于自己,柳冬雪也更听老妈的话,遂将说服小妹回村的希望放在了老妈身上。谁知陈小妹却皱眉道:

冬雪的臭脾气你又不是不晓得,我讲的话她全部当成耳边风,你可别指望我。

陈小妹倒是颇有自知之明。

那就叫老爸跟她说。老爸的话冬雪还是会听的。

嗯,冬雪平常怕你爸,那就让他去跟冬雪说!想到平常不怎么开口,但言出必行的柳铁牛，陈小妹刚才紧锁的眉峰倏地舒展开了。

这个周末，柳冬雪刚从县城回到家中，就被爸妈和两个姐姐围住，她以为出了什么大事，吓得小脸煞白。等柳铁牛一字一顿地说出要她回村给柳秋兰打下手的建议时，她拍着胸口，嗔怪道：

爸，这件事你们讲了一百遍了，用得着这么大的阵仗吗？

你别管什么阵仗不阵仗，我现在告诉你，下月超市两边的马路全部要挖断，我们不关门也得关门。回村的事你现在就得定下来！

柳夏花逼着柳冬雪马上表态。

二姐，超市关了，绿枝餐馆又还没开张，你们得求着我继续在美容院做工才对呀！我在那里每月有几千块的活钱，不比三人都回村好？真不晓得你们是怎么想的！

柳冬雪这么一说，陈小妹连连点头：冬雪讲得对，还是得有人挣活钱。

话刚说出口，陈小妹便有些后悔，觉得自己这种摇摆的态度对不住柳秋兰，忙示意老伴继续做柳冬雪的工作。

柳铁牛假装没看到她的眼色，叹口气，闷头坐到电视机旁编箩筐去了。

说老实话，柳铁牛不是一个有大主意的人，虽然他希望女儿能回村搞建设，但到底如何还得由女儿们自己决定。他本人对柳冬雪回村一事没态度，刚才他不过是陈小妹的传声筒而已，所以当柳冬雪发飙表示不回村，陈小妹又赞同时，他立即便退缩成一道背影。

冰雪聪明的柳冬雪马上顺着陈小妹方才递来的话杆子往上爬，和力劝她回村的柳夏花吵成了一锅粥，最后还得柳秋兰出来敲定音鼓：

夏花抓紧时间出掉超市的货，实在卖不掉的东西就拖回家，老妈在院子里摆摊时可以捎带着卖，冬雪的工作暂时不动。我这边主抓仙人掌园，等包房里的涂料、油漆味散去后，我们选个吉日，绿枝餐馆就可以开张了。大家看这样安排好不好？

大姐说得对，房间还得透十几天气，这段时间餐馆没什么事儿，我全力做好超市的收尾工作。仙人掌园这边就全靠大姐了。

柳夏花点头赞同，柳铁牛、陈小妹也没意见，只有柳冬雪翻了几下眼皮：

大姐、二姐，你俩真是没出息，在县城干了十多年，一家伙又把自己干回了村里，我给你们差评！

冬雪，我们乘上了乡村振兴的快车，走在希望的康庄大道上。

陈小妹这两句演讲词一出口，三个女儿笑得前仰后合，连平常严肃、木讷的柳铁牛也忍俊不禁，家中的气氛倏地轻快起来。

虽说欧阳梦入股了仙人掌园，她和柳秋兰的第一笔资金都已到仙人掌园的账上，但她和严庆瑞的工作重心还是放在云高公司和凤凰村的民宿园上，仙人掌园的落地执行基本上靠柳秋兰。为了如期完成任务，仙人掌园通过村"两委"，在村里请了二十个原贫困户在园里做事。这些原贫困户家中劳力不足，严俊翔担心他们会因病或其他原因返贫，这段时间一直在为他们寻找合适的工作岗位。县、乡倒是有就业机会，但那些原贫困户年纪较大，且拖家带口，很难舍下一大家子人去县城或乡里打工。

严俊翔和李海峰想尽办法从各乡的乡村振兴产业车间里帮他们拿了些计件产品回来加工，比如给毛衣绣花、缀珠片，为衣服钉纽扣，摸烟叶等业务，每月有几百元的收入，那些原贫困户还干得挺欢的，但毕竟收入微薄，不堪大用，严俊翔和李海峰还是为他们的发展而着急。没想到的是，仙人掌园一开工就雇了二十个人，这令严俊翔和李海峰喜出望外。这天两人来仙人掌园调研，一方面是取经，二来想看看柳秋兰还有没有什么地方需要村里的支持。

创业补贴到了账，这些请来的邻舍都肯下力气做事，挺好的，多谢了！

对于严俊翔、李海峰的到来，柳秋兰颇为感动。严俊翔见工人们在往土里掺沙子，有些奇怪地问道：

这土已经够贫瘠了，掺了沙，仙人掌还能长好？

柳秋兰掏出手机给他和李海峰看：严支书、李书记，农科所的专家给我列了二十个注意事项和生产流程，你看，这资料上说，食用仙人掌虽然对土壤的适应性较强，红土、黄土、黑钙土、沙壤土都能栽培，但它们最喜欢的是沙壤土。沙壤土土质疏松，透气性好；而荒石坡的土壤有些黏，所以要掺上河沙，然后充分混合、深翻、耙细、耙平后再以南北向做苗床，这样有利于光照。苗床宽度一般为 1.2 米左右，床间沟 0.3 米左右。为了让土壤更有营养，我们挑了几十担沤烂的树叶混在土壤里，那些腐殖质能使土壤变得肥沃。

柳秋兰给严俊翔、李海峰做了一次科普，两人听得连连点头。为了给柳秋兰鼓励，严俊翔和李海峰分别找那些帮工的原贫困户谈了话，希望他们好好做事，协助柳秋兰把仙人掌园的事干好。

支书、书记，你们放心！

那些原贫困户纷纷表态。等他们再次拿起工具时，个个手中都似多了几斤力气。

柳秋兰送走严俊翔、李海峰后没几分钟，欧阳梦气喘吁吁地从另一条小路爬上山来，望着那一片刚扦插好的仙人掌，欧阳梦赞道：

哇，这样看仙人掌园还是蛮壮观的。秋兰，没想到我们俩还真把这事做成了，我都佩服我们俩了。

欧阳梦说着摘下了大檐遮阳帽和"脸基尼"。这"脸基尼"是欧阳梦对那种只露出眼睛、鼻孔、嘴巴的遮阳脸罩的戏称。柳秋兰看着她晒得红红的眼圈和满脸颊滚动的汗珠，不由笑道：

欧阳总，你那么白，其实晒黑一点更好看。

那不成，我个子高、骨架大，皮肤要是再黑点，那就成了《水浒传》里的一丈青了。

欧阳梦说罢拧开一瓶矿泉水，咕嘟咕嘟灌进了肚。

这两天她一直跟着严庆瑞在忙民宿园的事，虽然很累，但她还是抽空看了不少有关仙人掌种植的资料。欧阳梦在仙人掌园转了一圈后，立即给柳秋兰提了几条改进的建议。

柳秋兰由衷地道：

欧阳总，你真厉害，那么快就抓住了仙人掌种植的要点，过不了多久您就能成为仙人掌的种植专家了！

柳秋兰说着伸出了大拇指，心下觉得严庆瑞以前肯定误会了欧阳梦。从这段时间她和欧阳梦的接触来看，欧阳梦聪明多智，而且很好学，怎么可能是严庆瑞口中那个精神缺钙的女性呢？

当然，也许这只是欧阳梦展现给她的一个侧面，而严庆瑞看见的是欧阳梦的另一个侧面。这么一想，她又觉得自己暂时无法对欧阳梦做出全面的评判了。

柳大姐，我这个人很虚荣，就爱听表扬的话，别人一夸我，我就飘了，所以你千万别夸我。

欧阳梦自嘲了几句后，对张着嘴、不知该如何接她话的柳秋兰说：我昨晚给农科所的于所长打了电话，他建议仙人掌园每天都要测温，这样有利于仙人掌的成长。

柳秋兰听罢有些诧异：仙人掌有这么娇贵？

欧阳梦晃了晃手机：从我查到的资料来看，这仙人掌都快娇贵成公主了！哎，各位大婶、大伯，大家一定要记住啊，我们种的观音掌最适宜的生长温度为 20℃—35℃，凤凰村这段时间的平均气温在 26℃ 左右，处在仙人掌生长的舒适区间，大家暂时可以不要为温度操心。可一旦温度升到 35℃ 以上，仙人掌的生长速度会立即变得缓慢，有的还会进入半休眠状态，这时我们应该用遮阴网遮挡阳光，达到降温的目的。

欧阳梦讲到这里时正巧来了电话，柳秋兰接着给众人介绍相关的技术要点：

各位大婶、大伯，刚刚扦插的仙人掌在不同的季节对水分的要求也不同。春秋冬三季只需要适量浇水就行。初夏气温升高后，仙人掌长得快，我们要多浇水。七八月份，气温高时，超过 35℃，仙人掌会有短暂的休眠，也就是我们平常说的打瞌困，这时我们要少浇水甚至不浇水。太冷的时候也不能浇水。

柳秋兰拿起塑胶软管，开始给大家做示范：

浇水要一次浇透，多日不浇或者浇水太勤都不行。水分过多，会影响仙人掌的生长，甚至导致烂根。夏天高温期，最好在早晨和傍晚浇水。别看仙人掌满身是刺，看上去很烂贱，其实金贵得很，土壤太干影响生长和发芽，土壤太湿仙人掌容易烂根。大家记住了吗？

记倒是记住了，就怕家里事一多，会忙中出错啊。

对啊，早上浇水到底要多早啊？我还要给家里人做早饭呢！

老根嫂，让你老公帮忙做饭啊，不然就让他来仙人掌园干活。他总不能当甩手掌柜吧？

家务先放一放，老根嫂，到园里上工才是正经事。我们只要好好干，一个月能挣好几千呐！

来做工的几位妇女叽叽喳喳地给老根嫂出主意，有的大婶担心自己没记住要点，躲在边上硬背。尽管如此，却掩不住她们脸上的喜悦，毕竟做一天工能挣八十块钱，而且园里常年不能少人，这就意味着她们以后除了忙自家的农活，还能在这里挣到稳定的工资。

柳秋兰、欧阳梦请的这二十名大婶、大伯是村里的原贫困户，前两年虽然脱贫了，但家中劳力少，有的家人还生着病，属于严俊翔担心的"有可能返贫"的那少部分人。仙人掌产业园的落地缓解了他的部分压力。看着勤勤恳恳工作的大婶、大伯，柳秋兰感到欣慰，开始耐心地教他们如何施肥。

"施肥"二字，仿佛散发出臭味，欧阳梦听后立即退到二十米开外，坐在树荫下的竹椅上，让那台她特意拿来的电风扇对着自己狂吹。风将柳秋兰的声音掀起了涟漪，听上去有些遥远：

各位仔细听着啊，我们人喜欢吃肉，仙人掌也喜欢好肥料。沤熟的鸡粪、牛粪、猪粪、人粪是它们的美味，可以当基肥。氮磷钾三元素复合肥、尿素和碳铵也不错，每亩用量十公斤。我们不能直接施肥，而是要把肥料溶在水里喷洒。春秋两季是仙人掌生长的旺盛期，每十五天施一次肥；夏季高温期，仙人掌喘不过气来，这时不用给它喂营养；秋冬天气转凉，仙人掌生长缓慢，得少量施些淡薄的肥料水；隆冬天冷，最好是把施肥和浇水结合起来，晴天时要选择在早晨或傍晚进行。另外还要注意防止病虫害，要及时拔除杂草。

前段时间大家做得很好，每天仔细观察，看见有腐烂的仙人掌就拔出来，把烂的部分削掉后，再进行药物处理、晾晒和定植，我看七嫂重新定植的那两畦仙人掌现在长得蛮好。

柳秋兰边讲边示范，她说得详细，众人也听得用心。就在这时，从树荫下传来欧阳梦的吼声：

请谁不请谁不是我定的，你们要上工，去找严支书和李书记，别有事没事给我打电话，我事情多着呢！我什么态度？我好好跟你讲，你不听，我说过我不管招人，你们要到民宿园上工，得先去问村领导。我这态度不好吗？你的态度好？我放出来给大家听一听，让大家来评理。

欧阳梦气冲冲地走到柳秋兰他们跟前，手机扬声器里传出几个男人尖锐的质问声：

欧阳梦，为什么严老八、柳南星他们可以去民宿园做事？

为什么没有我的份？柳传来的生活比我们都好，他凭什么去仙人掌园干活？

你们不把严姓人放在眼里，把干活的机会都给了柳姓人，你和庆瑞吃多了尿水吗？

真是的，都忘了自己姓什么了！那柳秋兰给你们两口子灌了什么迷魂汤，还跟她合作项目，真是鬼迷心窍。

对啊，再怎么你俩也应该找严姓人合作，肉要烂在自家锅里才香。

你们夫妻俩有闲钱，可以拿出来资助严家人，哪有这样胳膊肘往外拐的？

电话那端的人七嘴八舌地指摘着欧阳梦和严庆瑞，顺带还提到了柳秋兰，好像他们是十恶不赦之徒。

在场的众人听闻后虽然心有所感，却不敢轻易发声，怕传出去得罪人，只得面面相觑。柳秋兰心中尽管不得劲，但她还是理智地提醒欧阳梦关掉手机扬声器。欧阳梦又吼了几句，这才气呼呼地挂了电话，愤然道：

民宿园要招小工，我和庆瑞对村里的情况不太了解，便委托严支书、李书记帮忙招人。有几个没选上的村里人天天堵着我，问我为什么不请他们。我说严支书和李书记讲过，这做工的机会要优先给原来的贫困户，因为他们家底薄，劳力少，有的身体不好，容易返贫。没想到却惹恼了那些人，这几日天天追着骂我们两口子。现在他们又想到仙人掌园来上工，我说这边人手够了，他们不相信。半个小时不到，给我发了几十条信息，打了二十多个电话，烦死了！

在场之人开始还觉得欧阳梦对那些人态度有些傲慢，听了她这番解释后，将心比心地一想，对她便多了几分理解与同情。

欧阳总，那些人"等靠要"思想严重，的确不能惯着，只是我觉得如果你换一种方式跟他们沟通，也许效果会更好。

柳秋兰递给欧阳梦一杯蜂蜜水，建议道。

秋兰，你说我是不是很蛮霸？

欧阳梦早就听说那些曾在市区吃过她闭门羹的村民回村后大肆抨击她，骂她骄横无理，看不起凤凰村人，还说她是只母老虎，严庆瑞在她面前抬不起头，娶她是吃了个大亏。以前她认为那些都是无稽之谈，根本不予理睬，没想到如今那些言论竟影响到了项目的执行，她不得不正视，所以想听听柳秋兰的看法。

嗯，蛮霸谈不上，但你当惯了老总，对他们讲话的语气硬了些，以后你和他们说话，能不能放低些嗓门？

秋兰，我一贯很尊重别人，是他们玻璃心，太敏感了。

柳秋兰没有再跟她争辩，微笑着说：

欧阳总，下次他们来找你，你录下音来听一下。

好，我说对了，你给我做顿米粿吃；你说对了，我请你去冬雪那儿做美容。

欧阳梦就坡下驴。

哎呀，我对做美容不感兴趣，千万别破费。你想吃米粿，只要跟我说一声就行。

秋兰，我晓得你没闲心，我上次发你手机里的那张美容卡你到现在还没用。嗯，那些项目也许不适合你，但去怀玉美容院做做皮肤护理、开开背，很舒服的，还能帮冬雪冲业绩，你有空可以试试。

欧阳梦见柳秋兰没有表态，继续游说：

秋兰，现在这社会，颜值即正义，良好的形象就是最有效的通行证。你底子不错，做些保养能延长青春期。

美容、购物、奢侈品像几把灵便的钥匙，百分百能打开欧阳梦的话匣子，而且她说起来便滔滔不绝。

欧阳总，形象对你很重要，我们乡下人无所谓，没有闲钱也没有闲心呵。柳秋兰真心诚意地说。

欧阳梦打量着眼前的柳秋兰，只见身量苗条的她穿着一件蓝底小白花的短袖上衣，下身配条藏青色裤子，塑料凉鞋和裤脚上沾了不少泥巴，晒得黝黑的皮肤汗津津的，双颊处还脱了皮，额上、眼角趴着几道细碎的皱纹，可秀气的五官却掩去了这些瑕疵，让整张脸显得清丽柔和、顺眼舒服。

秋兰，你的身材、五官、脸型都很好，就是皮肤差些，要是保养一下，再化下妆，绝对是个美女。下次我给你带套护肤品来。

欧阳梦以前对美女很敏感，不管那美女对自己有没有威胁，她都难得赞美别人。奇怪的是，自从介入凤凰村的两个项目后，也许是工作转移了她的注意力，拓宽了她的心胸，她发现自己不再像原先那般爱钻牛角尖。以前她一天起码要给严庆瑞打二十个电话、发几十条信息，到凤凰村后忙得飞起，无心再去猜忌严庆瑞，感觉严庆瑞对她反而比原先贴心了。还有一个显著的变化是她开始倾听别人的意见和学着欣赏他人的优点。比如此刻对柳秋兰说的这些赞美之词，这要放在以前，打她两棍都说不出口。

也正因了这些变化，当次日上午又有三个村民在仙人掌园找到欧阳梦，质问她为什么不选他们做工时，她想起柳秋兰的提醒，极力调整心态，以她当时所能呈现的最温和的态度给他们解释着，同时暗中按下了手机的录音键。

她是个自信的人，也愿意反省，她不相信自己就是村民口中那个态度恶劣的"老板娘妖精"——村民给她取的外号。为此她曾经失眠过几天，恼火那些村民恩将仇报，自己夫妻俩斥资上千万回村投资搞建设，给村人带来更多的就业机会，他们却如此挑剔和讥讽自己，实在可恶。

她要用电话录音来证明自己的宽以待人。

秋兰，看来你还是不了解我，竟然会相信那些村民的胡说八道，我欧阳梦高颜值、高收入、高素质，绝不可能跟他们计较！

她在回放自己和那几个村民的对话录音前，心中这样暗暗对柳秋兰说。没想到的是，那些录音打得她的脸啪啪响：

那个在手机里尖着嗓音挖苦挑剔、咄咄逼人的女人真是自己吗？

她来来回回听了三遍录音，听的时候还尽量为自己找辩解的理由，但即使有再多的理由，她对那些村民所说的话都显得无礼而刺耳。

我什么时候变得如此自大狂妄、难以接近了？看来那些村民对自己的评价并非全是恶意的呀！

想到这里，欧阳梦立即对柳秋兰说：

秋兰，明天晚上我在你家订三桌酒席，我想请在民宿园、仙人掌园上工和想上但没上成的那些村里人吃顿饭。

欧阳梦想对已经上工的村民表示感谢，对没有选上的那些人说声抱歉，柳秋兰劝她先别请，省得造成新的不平衡：

欧阳总，想上工的也就是家底薄的那七户人家，严支书和李书记担心他们会返贫，所以才想让我们帮他们一把。与其请客道歉，不如想个办法帮他们解决问题。

欧阳梦先是点点头，接着又摇摇头：我也很想帮他们，但我们的企业不是慈善机构，民宿园和仙人掌园现在人手足够，不能再加人了！

柳秋兰知道欧阳梦说的是实话，但如果她们坚持不雇用那七个原贫困户，他们还是会经常来吵。柳秋兰想了想说：

要不这样，我家的绿枝餐馆请一个人来打杂，我再介绍三个人到刘水根大哥的公司里去做工，剩下的三个人，你看能不能安排到你们家的食品企业里去？

欧阳梦用涂了指甲油的手指揉着额头，想了好一阵才说：

嗯，我爸在县城刚办了一个物流站，正好需要人手。那七户人家如果有合适的人选，我可以安排他们到那儿去工作。不过要先讲清楚，他们去那儿只能当搬运工和守仓库的，我们家包吃包住，搬运拿计件工资，守仓库有保底薪金，每月加起来能有三千块钱。

欧阳总，请问他们有五险一金吗？柳秋兰当了几年老板后，越来越有企业工会主席的思维了。

他们属于打零工，没有这些福利。欧阳梦倒也坦率。

柳秋兰迟疑了稍许，还是建议道：欧阳总，搬运货物容易碰伤，我建议你们公司还是给他们买几份相关的保险，这样工人都放心，公司也能规避风险。

欧阳梦起先有些不以为然，柳秋兰又和她说了一通，欧阳梦这才改了主意：好，秋兰，如果他们去物流站打零工，我会帮他们办一份工伤保险。

她望着柳秋兰汗津津的脸，由衷地道：秋兰，你真的很善良，你那绿枝餐馆客人有一拨没一拨的，根本没必要请杂工，可你还是愿意吃着亏来帮别人，这很难得。

我这边是计日拿工资，有活就来，没活我也不可能白给钱。我只是想，如果一个月她能做十天，一天八十块，那她也有八百块的额外收入，够买油盐日用了。挣这些钱的同时，她还能兼顾着家务、田活，不也蛮好？

柳秋兰老打老实地说。

欧阳梦注视了她几秒，叹道：

秋兰，你让我看到了自己的不足。

哎呀，千万别这么说。你虽然脾气差些，但嘴硬心软，其实人挺好的！

秋兰，我刚夸你的话，那是实话；你夸我的话，我有些不敢当。

欧阳梦说到这儿顿了顿，神情变得有些邈远。她生在商人之家，听闻过商界不少尔虞我诈的事，父亲也经常说慈不掌兵、义不经商。家中的事业能够走到今天，与父亲的谋略、铁腕分不开，所以她天然地将各种计谋视为经营的手段，哪怕偶有不义之举，在她看来也很正常。如今听到柳秋兰对她的这些评价，她颊上涌起几丝羞涩的红晕。

欧阳总，我近期看了本经营方面的书，我认为有两点书的作者说得很对，一是家族式企业如果想把事业做大，必须让现代的企业制度取代家长制做法；二是不管什么企业，在经营中都要以诚信为本，以善良为宝。只有这样，企业才有灵魂，才能走得更远。

柳秋兰这番话倏地勾起了欧阳梦的回忆。

上个星期天，她和严庆瑞难得地坐在客厅里探讨家族企业如何持续发展的问题，严庆瑞的观点与柳秋兰相似：

小梦，我认为云高公司必须改革，不能再让七大姑八大姨把持公司的关键部门，得引进现代企业制度。你别瞪着我，我没有批评老爸的意思，老爸赤手空拳打天下，把云高公司做到如今这种规模已经很不容易了，只是……

严庆瑞后面的话她没听见，因为那天她约了闺密去做美容。于今再想起，她忽然很好奇严庆瑞那个"只是"之后会说什么话。他会觉得父亲太刚愎自用，在公司里实行独断专行的"一言堂"？还是会认为父亲像周扒皮，有事没事让工人加班，经常利用所谓的制度条款克扣工人的工资？欧阳梦虽然拿不准，但凭她对严庆瑞的了解，她觉得"只是"后头不会是什么好话。

换了以往，欧阳梦想到这些肯定心有不悦，可有了凤凰村这段经历后，她的感触却大不相同。事实告诉她，企业要行稳致远，首先要以诚信为本，这是企业的灵魂，它能带着企业家找到企业未来的方向；而完善的现代企业制度则是让企业起飞的另一翼，两者缺一不可。也许那天严庆瑞想跟她说的就是这些？

这天在仙人掌园，吹着山风，嗅着有机肥的气味，听着柳秋兰耐心给村民传授知识要点的声音，欧阳梦看着自己那双虽然做了护理、涂着指甲油，但仍然比以前粗糙许多的手，心中沁出几丝欣喜——自己付出的这些算不算成熟的代价？

转眼到了七月中旬，作家们种在竹岭梯田上的中稻开始返青分蘖，禾苗呈发散簇形，略微弯曲下垂的叶片柔软而茁壮，姿态极为优美，风来时禾苗款摆出千层的碧浪；山间的野栀子绽开雪白的花朵，释放出清甜的芬芳；村口道旁的野蔷薇、紫薇花摇曳着红色、白色的花朵，仿佛在向即将丰收的早稻致敬；塘里的荷花也不甘寂寞，纷纷从阔大的绿叶间探出轻红粉白的娇艳脸颊；房前屋后的各种花卉更是开得热闹，浓郁的花香把那几群从蜂箱里飞出的蜜蜂逗得团团转，它们一时竟忘了该去哪丛花中采蜜，只一个劲儿地在空中飞舞着，轻薄的翅膀震颤出细微的嗡嗡声。

就在这样美丽而丰盈的季节，绿枝餐馆开张了。为了庆祝餐馆开张和绿枝升学，柳秋兰按照上次家庭会议的商定，请村里人吃饭，大厅和一楼、二楼的六个包间坐满还不够，又在院坪上搭了席棚，热闹得不得了。

由于客人多，尽管临时在后院又垒了两口简易灶，厨师们还是忙不过来，备菜的时间稍微有些长。早到的客人坐不住，四处溜达后，异口同声地夸柳秋兰三姐妹能干，把餐馆布置得精巧，花卉、绿植、农具陈设得极为别致，看上去不经意，实际却相映成趣，让人过目难忘。大家闻着飘来的香气，七嘴八舌地说绿枝餐馆的环境这么好，饭菜想必也是可口的，将来有可能盖过好味道农家乐的风头。有几个与严亚宁不睦的人还故意为此打赌，惹得毛秀云很是不快。

绿枝餐馆开张前，毛秀云到柳家参观过好几回，当时她便有些妒忌：这柳家人居然不声不响地把家里家外拾掇得这么好看，这不是摆明了想和好味道农家乐打擂台吗？回家后她骂了严亚宁一顿，要他也学柳家的样子，把餐馆布置得雅致些。

妈，我是男的，我哪能跟她们一个眼光？柳家弄那么多花草未必好，说不定哪天就惹来了长虫和蚊蝇。再说我们家的坪上如今也有了花草和鱼塘，中意的人不少。你别长柳家志气，灭自家的威风！

严亚宁这番话，毛秀云当时觉得有理，所以未再反驳，柳家小院也不再像根刺似的扎得她难受。今天听到乡亲们当面夸奖绿枝餐馆，毛秀云的心还是揪成了一团，那张脸越拉越长，看陈小妹的目光也趋于锐利。

陈小妹察觉她的变化后，笑容变得有些僵硬，借着催菜的机会，转身小声对忙着招呼大家的柳秋兰说：你看毛秀云，眼红得都要出血了！

妈，兴许她有别的心事呢，别乱猜。

柳秋兰宽慰了老妈几句，见坐在桌前的毛秀云和严俊坤沉着脸，估计自家餐厅的开张只怕真的给他俩添了堵，特意上前敬了他俩一杯酒，大声道：

秀云婶，你是上个月乡里评出来的"最佳名嘴演讲员"，听讲你们最近在排节目，想请您带着红莲嫂子和我妈合说一段移风易俗的新快板，大家说好不好？

这个要得！

在众人热烈的掌声中，毛秀云敛去心中那几丝不快，双眼放光地放下碗筷，拉着有些扭捏的钟红莲走到厅堂中间，陈小妹飞速进房间取来柳铁牛给她们做的新快板，张孝哲拿了一个为游客介绍情况用的小扩音器给毛秀云，这样她们数的快板厅堂内外、楼上楼下都能听到。

打竹板，哒哒响，我们一起唱一唱。一唱党的政策好，人人生活质量高。打竹板，啪啪啪，我们一起夸一夸。乡村振兴春风来，村里村外鲜花开。打竹板，快又快，高额彩礼人人骂，娶亲人家不用怕。打竹板，响又响，尊老爱幼好思想，文明新风传山乡……

毛秀云、钟红莲、陈小妹自从当上百姓名嘴演讲员后不再像以往那样见人打卦，动不动就说牢骚怪话。比如钟红莲，她听从柳秋兰的劝，专程和柳泉去县城看望哥哥嫂嫂们，兄弟、妯娌几个将心里话摆在桌面上来讲，消除了彼此间的误会。柳泉的大哥主动表示下月将长旺公接到他家，轮值四月后把老人送到老二家中，四个月后再送回柳泉家。柳泉、钟红莲夫妻俩没有意见，兄弟几个和好如初。

村里那帮打麻将的人，被由家属自发组织的"盯盯队"盯得头皮发麻。"盯盯队"这个主意是陈小妹提出的，她说男人打麻将时家里的女人在旁边盯着，男人们不下桌，女人们也不离开。站着不行就坐着盯，一直盯到男人们回家。

这个主意貌似不靠谱，毛秀云、钟红莲等人琢磨后却拍手叫好。自从上次严俊坤、柳铁牛在松林里"共同战斗"后，毛秀云、陈小妹的关系日渐融洽，有时还会下意识地结为同盟。比如这次，陈小妹上午提出"盯盯队"的想法，毛秀云下午便去动员村里的妇女报名参加"盯盯队"，还让严金平拟出了"六大注意事项"。严俊翔、李海峰听说后在大喇叭里表扬了毛秀云、陈小妹、钟红莲和其他"盯盯队"的成员。

　　毛秀云、陈小妹、钟红莲越发热情高涨，带着"盯盯队"四处去找打麻将的人。"盯盯队"果然出手不凡，不到两天，就把柳泉等七人给"盯"回了家。其他打麻将的男人也因"盯盯队"的出现而头痛：

　　只要他们打麻将的时间稍长一些，家里的女人便站在麻将桌边唠叨个不停，有的妇娘人说得兴起，还把自家男人的糗事给抖搂出来了。大家怕再玩下去两口子要打架，只得散场了事。

　　这种事情多了几次后，男人们晓得玩麻将落不下好，渐渐地也就淡了玩的心思。凤凰村的"麻将风"终于得到了遏制。

　　嫂子、陈大姐、红莲，你们这个"盯盯队"做得好啊。

　　由于"盯盯队"盯散了麻将桌，严俊翔、李海峰大会小会、人前人后地这样夸奖她们。得了表扬的"盯盯队"队员在接下来的村文明实践中心举办的移风易俗活动中越干越有劲，再次成为宣传排头兵。

　　她们走村串户地给大家讲故事、唱山歌，不遗余力地宣传政府的各项政策，那些原先为鸭子把蛋下在你家，他家的牛吃了我家的菜，灌水时你家的水口挖得大、我家的水口挖得小这类琐事吵架的人日渐减少，村庄里的风气越来越好，村民们再谈起毛秀云等人时，口气变得和善多了。

　　毛秀云是个能人，以前我错看了她，其实她不那么讨嫌。

　　这是陈小妹近日对毛秀云的评价。自从加入百姓名嘴演说团后，陈小妹发挥自己的特长，积极参与各项活动，对人不再似原先那般苛刻，连带她往日看着稍嫌尖削的眉眼如今都平和、顺眼了许多。她和柳铁牛的关系也比原先亲密。以往陈小妹总是吆喝柳铁牛做这做那，有时老伴做得不合意，她还会口出恶言。柳铁牛虽然不跟她计较，但心中到底还是不舒服。如今的陈小妹对柳铁牛比原先多了几分尊重与关心。有时她忙得没空回来煮饭，柳铁牛默默做好了，她会温言感谢，而后抢着洗碗、扫地、喂孔雀。柳铁牛感受到了她的变化，也在行动上呼应着她，好几次开着电动车送陈小妹去外村演讲，让毛秀云羡慕不已：

小妹，你家铁牛很宝贝你呢！

唉，他没有俊坤支书那样的本事，就只能做点这样的小事。不过我也知足了！

陈小妹这发自肺腑的话令素爱抬杠的毛秀云陷入了沉思。她再抬眼看陈小妹时，目光中浮出几丝毫不掩饰的艳羡。

十二、互相的感觉

　　这天凤凰村人在柳家吃完宴席时已是下午三点多钟，由于刚才忙着招呼众人，柳秋兰三姐妹还没吃饭，柳夏花手脚麻利地又炒了几个小菜，请因为给她们帮忙而同样空着肚子的严亚宁、张孝哲、刘水根等人吃饭。

　　饭没吃几口，众人便开始斗酒。刘水根由于开了车来，开始不敢喝。但后来看到柳夏花划拳落了下风，他立马联系了一个代驾，撸起袖子帮柳夏花代酒，那副殷勤劲让暗暗观察他的柳铁牛、陈小妹、柳秋兰颇为满意。柳秋兰匆匆吃了几口，转到后园去喂孔雀。这时柳冬雪跟了过来：

　　姐，刚才吃饭时红莲嫂她们念的快板词是老妈编的，你惊不惊喜，意不意外？

　　柳冬雪今天穿一件简单的白 T 恤，下配牛仔七分裤，长发松松地披下，化了点淡妆，脸颊上有淡淡的酒晕，显得格外靓丽迷人。她刚才从厨房端菜出来时，打完快板的陈小妹得意地说，方才念的快板词是她前天晚上赶写出来的。柳冬雪没想到老妈还有这本事，连忙跑来告诉柳秋兰。

　　老妈是老的小学毕业生，肚子里的文墨只怕比你这个中专生还要多。这有什么可奇怪的？柳秋兰打量着青春气息浓郁的妹妹，眼中闪过几许赞叹之色。

　　柳冬雪最近心情不错，那个开玛莎拉蒂豪车的杨文在追了她两个多月后，上周终于向她求婚了。昨天他还从微信上转了三千元给她，说这是祝贺绿枝考上重点中学的贺礼。柳冬雪要把这笔礼金转给绿枝，柳秋兰不肯收：

　　杨文这人我面都没见过，怎么好收人家这么重的礼？

姐，他是我的好朋友，他这段时间到怀玉开背、按摩用的是我的员工福利卡，我给他省的钱超过了一万元，这三千块钱的礼你可以放心收。

柳冬雪振振有词地道。

柳秋兰打量了她一阵，说出了心中的疑虑：

这个杨文既是老总，怎么能天天泡在你那儿，难道他不用工作吗？

哎呀，姐，人家杨文是真正的富二代，他父亲在广州有上市公司，他自己的公司注册资金两千万！我上网查证了的，他的公司有职业经理人在帮忙打理，他不用天天上班。

柳冬雪说得理直气壮，柳秋兰紧蹙的双眉依然没有松开，斟酌着说：

冬雪，你听姐说，你虽然长得好看，但论家世背景、工作，杨文应该看不上你。他身边美女如云，怎么就会迷上你呢？你好好想想，千万别被人骗了。

柳秋兰明确表示不相信杨文对冬雪的那份感情。

姐，杨文说他找对象要看女方小时候的照片，一定要妈生脸，这样他们的子女才能有良好的遗传基因。我是纯天然美女，光这一点，我应该能打败他身边 85% 的妹子！柳冬雪对自己的容貌充满自信。

如果杨文的事业真像你说的那样成功，哪怕有经理人帮着打理业务，他也应该很忙，哪有时间天天守在店门口等你？你看人家严庆瑞做个中型企业就忙得屁股不落凳，我看你还是小心些。柳秋兰总觉得哪里不对劲，但她并不了解杨文，只能提出这些疑问。

柳冬雪撇撇嘴：大姐，严庆瑞是自己打拼出来的土老板，人家杨文是早已实现财务自由的富二代，用他的话来说，现代企业管理制度中最高级的管理方式是灵魂打法。公司老板不需要天天坐镇公司，但他的主张意图都能够通过完善的制度得到贯彻和落实。

柳冬雪从不盲目崇拜人，但通过这个把月的接触，特别是当她了解了杨文公司的运作模式和实绩后，她对杨文还是蛮欣赏的。杨文公司的大事件她都在网上查询到了，公司领导的介绍中也有杨文的简历，唯一的缺点或者说疑虑是她没在网上找到杨文的图片和视频。杨文的解释是他爸就他一个独生子，怕他被坏人惦记上，所以公司在宣传时没用他的照片。

　　大姐，香港富婆龚如心的富豪老公王德辉被绑架了两次，第一次赎回来了，第二次没那么幸运，王德辉至今生不见人，死不见尸。李嘉诚的儿子李泽钜也被人绑架过，绑匪就是那个鼎鼎有名的张子强，李嘉诚出了 10.38 亿才赎回儿子。我们内地也有名人和富豪遭到绑架的。刘德华演的那部电影《解救吾先生》就是根据真实事件改编的。杨文也被人跟踪过，估计是有人想绑架他。杨文的爸爸非常害怕，这才想出这条既让他干事又不让他抛头露面的计策。

　　见柳秋兰仍将信将疑，柳冬雪连忙补充道：

　　大姐，杨文为了从一些偷拍他的人手中买回照片，一年要花好几十万块钱。他给我看了一些他与偷拍者的聊天和转账记录，这事儿千真万确！唉，我们普通人生活不容易，他们有钱人也有难处。

　　冬雪，这件事我还是觉得有蹊跷，你得冷静下来，要不改天让我和夏花会会他？

　　大姐，这不行，我俩还没到那份上呢！柳冬雪满口拒绝。

　　既然这样，你赶快把那三千块钱退回给他，不要贪这些小便宜。

　　退就退！柳冬雪说着打开手机，退了杨文的转账，噘起嘴说：大姐，我没有贪小便宜，我也很警惕，我查了他很久的。

　　的确，面对年轻潇洒、英俊多金的杨文的强烈爱情攻势，柳冬雪觉得自己已经够冷静了。杨文刚接触她时，她把网上有关杨氏集团的资料都查了个遍，还特意购买了"XX 查"的会员，查了杨文父亲和杨文的公司股权、股东、企业风险等信息，又托几个朋友多方了解杨氏集团的情况。当几方的信息都对上后，柳冬雪这才正式与杨文交往。

　　尽管她知道杨文迷恋自己，但当上周杨文突然拿着那颗鸽子蛋大小的婚戒跪在她面前向她求婚时，她还是不敢相信，以为杨文在开玩笑。谁知杨文却认真地掏出了那张二十七万元购买钻戒的发票，再次向她表白。事情的发展速度远远超过柳冬雪的估计和心理预期，吓得她连退几步：

　　杨总，你这礼物太贵重了，我可不敢收！

杨文将钻戒放进她的手中，眼光和声音温存得要溺死人：

冬雪，你年底将要成为我的新娘，别说二十七万的钻戒，即便两百七十万的钻戒你也能戴。

杨文好说歹说了许久，柳冬雪这才小心翼翼地收下，还特意到银行开了个保险柜存放钻戒。此刻她怕这贵重的钻戒会在家人中引起不必要的风波，没敢露丝毫口风，但心里还是相当高兴、骄傲和得意的。

自从莲莲跟了熊老板后，柳冬雪想过自己未来的出路。当时她下定决心要像大姐那样嫁个好人家，踏踏实实地过日子，事实上她也是这样做的。没想到老天开眼，突然从天上掉下个杨哥哥来，条件好得让她无法拒绝。她也曾问过杨文为什么要娶她。杨文说他爸爸迷信风水八字，请香港的一位大师帮他算了命，大师列出了他未来妻子的八字。他们父子俩这几年一直在四处寻找合乎命格条件的女子做杨家媳妇，没想到还真找到了条件完全契合的柳冬雪。

那天柳冬雪收下钻戒后，杨文搂着她，深情地说：

冬雪，你我是老天做媒、月老牵线的佳偶，我们今后肯定是世界上最美满、最幸福的一对。

虽然已经过去了几天，可柳冬雪只要一想起那个宁静的夜晚，杨文手捧玫瑰花束，单膝跪在她那间小而温馨的出租房向她求婚的场景，就感觉自己在做梦，有时甚至怀疑自己穿越成了影视剧里的女主角，不然怎么会有那样的奇遇？但一想到各方面不如自己的莲莲都走了狗屎运，她再提起杨文时，声音里便沁出了几丝自信。

当然，她和杨文的那些美好回忆是她独享的秘密，她只能告诉大姐那些明面上能说的事情。比如杨文向她求婚了，杨文给绿枝转了三千块钱……至于杨文给她买的钻戒、香奈儿套装和几个名牌包包，她怕拿出来大姐、二姐会骂她贪人财物，根本不敢提！

冬雪，你本身就非常标致，我会让你变得更加美丽。相信在婚礼那天，你一定是万众瞩目的耀眼女王，是世界上最漂亮的新娘，而我是衬托你的小草和绿叶！

想到杨文挺拔的身姿、英俊的脸庞和甜蜜的誓言，柳冬雪禁不住双眸含笑。她期盼着看见自己和杨文结婚时严金平脸上的那份羡慕嫉妒恨！

你不是说杨文今天会来看你吗？柳秋兰看了看天色，不明白原本要来吃午饭的杨公子怎么如此不靠谱，接下来的语气便有些不太好了：

冬雪，你再给杨文打个电话，看他来不来。再不来我收拾碗筷了。

柳冬雪皱眉说：我刚才打了好几个电话给杨文，他没接，不知道他遇到了什么事。

就在柳冬雪急得挠头时，她接到一个陌生号码打来的电话，谁知接听后，电话那端传出一道陌生的女声：你是柳冬雪吗？

就在柳冬雪莫名其妙时，话筒里突然传来杨文焦灼的声音：

冬雪，我老爸突发心梗，送进了医院。我急着赶回市里，可在王渡水撞伤了一个小孩。现在对方的家长特别激动，逼着要我先转五万块钱住院费给他，否则要打断我的腿。我早上刚转了五百万元给客户，手机银行现在转不了钱，微信零钱也只有几千块钱。我爸妈在医院，都没接电话，公司不能公对私转账，这事儿我也不想声张。麻烦你先转五万元给我，晚些时候我就还你。

柳冬雪接这个电话时柳秋兰已被人叫走，即便她在身边，柳冬雪也不会将此事告知大姐，怕她因此更加怀疑杨文。柳冬雪还没从震惊中反应过来，电话里又传来一阵骂声和杨文的哀求：

老表，请你们等等，我说话算数，我未婚妻马上会转钱给我。麻烦你们把我的手机还给我。哎，哎，不是还在商量吗，你们怎么动手打人？

杨文的尖叫吓得柳冬雪手心冒汗，同时又有些莫名的感动——刚才杨文脱口而出的"未婚妻"三个字闪电般击中了她，她飞快地转了五万块钱给杨文。

冬雪，谢谢你救急。这钱五点之前我一定还给你。麻烦跟你大姐说一声，很抱歉啊，今天我不能去你家吃酒了，改天我请你们去白天鹅大酒店吃大餐！

杨文话没说完，手机应该是被人抢走了，柳冬雪听到了嘈杂的骂声。她发了会儿愣，不知伤者的家属会如何对待杨文。她想了想，跑进屋内去找柳夏花要车钥匙。

都这时候了，你想去哪？

柳夏花尽管喝了半瓶白酒，神志却清醒得很，柳冬雪支吾着不肯讲，柳夏花攥着钥匙不放。柳冬雪实在没办法，只好将她拽到屋外，小声跟她说了杨文撞人的事。素来看重朋友义气的柳夏花听闻后立即拿出了车钥匙：

你早说呀！快去吧！路上小心些！

柳冬雪接过车钥匙，转身跑出了家门。

夏花，冬雪去干什么？

柳秋兰端着一扎自制的酸梅汤走过来，扭头望着柳冬雪的背影，奇怪地问道。

她朋友杨文出车祸撞了人，她去看看。

咦，刚才我问她杨文来不来，她也没说这事啊！

柳秋兰掏出手机想给柳冬雪打电话，被柳夏花劝住：

大姐，你现在劝不回她的。万一她跟你吵架，反而影响她开车。

唉，冬雪现在赶过去，杨文肯定已经回市里了，根本帮不上忙！她性子本来就急，心里又有事，我就怕她开快车。柳秋兰叹道。

大姐，冬雪精明着呢！你就放下这颗老母亲的心吧！

柳夏花宽慰道，柳秋兰也觉得自己有些多虑，绷紧的神经终于松弛下来。

柳夏花有些薄醉，刚吃饭时不时望着刘水根傻笑。柳秋兰看得清楚，自家这个平日有些冒傻气的妹子这是相中了刘水根。刘水根这两天一直在柳家忙前忙后，还不忘时时处处维护柳夏花，是一个大气而又细腻的男人，估计将来会是个好丈夫。

当柳秋兰的思绪从刘水根和柳夏花身上收回时，神秘的杨文跟匆匆离去的柳冬雪又倏地从脑海中闪出，让她的心悬了起来。

柳秋兰不相信杨文。如果杨文真像他说的那样，是著名上市公司老总的独子，他的婚姻多半会是官商联姻或是商界的强强联手，这从县城那几个大老板讨儿媳妇和选女婿的标准便可窥见一斑。

欧阳梦选中严庆瑞也与传承家业有关，首先欧阳云高无子，今后欧阳云高的家业都是严庆瑞儿女的，严庆瑞如今相当于是入赘欧阳云高家，他和欧阳梦的儿子最近改名为欧阳严宽，女儿跟他姓。欧阳梦说了，如果三胎是个男孩，届时将跟他姓，算是给了他一点面子。

对欧阳云高而言，一个能让孩子跟他姓、服从于他家的女婿比家族势力更重要，也更适合欧阳家；其次严庆瑞一表人才，精明强干，能助欧阳家一臂之力，欧阳梦选中他无可厚非。

杨文的情况就不一样了，他是家中唯一的继承人，他的婚姻除了传宗接代，还有守成祖业和扩张资本版图的任务，这自然需要借助女方家族的力量。

基于以上分析，柳秋兰认为杨文对冬雪至多不过一时兴起，绝不会给她婚姻，所以她不希望冬雪陷进去。

柳夏花明白柳秋兰的担心，继续宽慰道：

大姐，冬雪和杨文的关系肯定还没到那一步。她只是作为朋友去帮忙，没事的。

柳秋兰详细说了她对杨文的怀疑。柳夏花有些不以为然。她平日喜欢交朋结友，像冬雪这样突然去给朋友帮忙的事在她看来很平常，她并不觉得柳冬雪今天去找杨文有何不妥。

这时，严亚宁跑出来叫她们：

秋兰姐、夏花，我和孝哲想给您二位敬酒呢。怎么，冬雪出事了？

严亚宁平日看上去有些吊儿郎当，没个正形，其实人很机警，只瞄一眼就发现柳秋兰神色有异。

嗯，一个朋友出了车祸，她过去看下。柳秋兰点点头。

冬雪车技很烂，她上高速行不行啊？严亚宁的口吻听上去有些担忧。

柳夏花在旁边撇撇嘴：再烂也比你好。除夕那天回村，你都把我们的车逼到沙石堆上去了。

唉，夏花，当时不是急着送长旺公去医院嘛，已经向你道了八百遍歉了，别哪壶不开提哪壶。我对我的车技还是很有信心的，要是再年轻十岁，我肯定去当赛车手！

亚宁，你怎么跟绿枝一个想法？柳秋兰奇怪地问道。

大姐，绿枝不想当赛车手，她没那份技术，更没那个胆量，是我想去当赛车手。

柳夏花说话间神色有些自豪。严亚宁朝她扮了个鬼脸。眼看两人又要抬杠，柳秋兰把他俩拽进了屋。刘水根被陈小妹叫去帮忙，坐在桌边独酌的张孝哲俊脸微红，神色惬意，显然很享受这种慢时光。见柳秋兰、柳夏花、严亚宁进来，张孝哲倒满了四杯酒：

两位姐姐，我和亚宁敬你们一杯。

柳秋兰和柳夏花只得灌下这满满一杯酒，四人又说了会儿话，严亚宁忽然焦灼地看着手表：夏花，冬雪去了哪里？

柳夏花饶有兴味地打量了他两眼，笑道：亚宁，你要是没喝酒，是不是想去给冬雪当司机？

想啊，冬雪是个大美女，能给她开车我三生有幸。严亚宁脸上的向往之色令柳夏花倏地蹙起了眉尖：

你这么中意冬雪，怎么以前见了她爱搭不理的？

是她总爱作俏，正眼都不看我一眼！严亚宁多少有些沮丧。

柳夏花心中一动，觉得有些话今天必须说清楚，于是把他拽到孔雀棚边，单刀直入地问道：亚宁，你讲老实话，你到底看中的是我还是冬雪？

啊，这是什么虎狼之词？严亚宁闪避着想蒙混过关。

柳夏花在他肩上擂了一拳，正色道：亚宁，我是认真的，你得讲心里话。

严亚宁见柳夏花那双眼珠子始终粘在自己脸上，只得挠着头皮说：我讲了你可不许打人啊！

打你的是狗，快讲！柳夏花的眼睛又瞪大了一圈。

嗯，夏花，我一直把你当成好兄弟、好朋友，就是那种可以上房揭瓦、下河捞鱼，一起大块吃肉、大碗喝酒的好朋友。

嗤，我身材前凸后翘的，你居然没把我当女人？真是瞎了你的狗眼！柳夏花说着抬腿踢向严亚宁。

挨了一脚的严亚宁瞪着她说：刚刚讲好了不打人的，你怎么转眼就忘了？

我又没打你，我只是踢你。快说，你是不是看中了冬雪？

尽管自己也没把严亚宁当男人看待，可真从严亚宁口中听到刚才那话，柳夏花的一颗心还是像只断了绳索的吊桶，咕咚一声砸入了井底，震得鼻头酸涩，踢严亚宁时用了几分力，疼得他直嘶冷气。

你看吧，就你这火暴脾气，哪个男人敢娶你？反正我是不敢娶。严亚宁终于说了实话。

你不敢娶我，那你敢不敢娶冬雪？柳夏花紧紧逼问。

严亚宁直起腰，俯视着她说：夏花，你今天呷多了酒，发酒癫了？

柳夏花抹了把脸上的汗：没醉，就是想问清楚，省得你妈以为我想挤进你们家的门，成天防贼似的防着我。

严亚宁扑哧一声笑了：天不怕地不怕的柳夏花还会怕我妈？你说实话吧，是不是水根在追你？

柳夏花愣了愣：我刚才的问题你还没回答呢，你是不是喜欢冬雪？

严亚宁知道这个问题躲不过去，索性把话挑明了：嗯，喜欢，请问二姐，我能追她吗？

柳夏花按捺住心中那份说不清道不明的失落，点点头：抓紧时间追。还有，以后我要是帮你的好味道农家乐接了游客，你不要再买衣服谢我，那样容易引起误会，你直接给我工钱就好。

她说罢转身朝厅堂走去。严亚宁快步撵到她身边：夏花，水根真的在追你？

柳夏花停住脚，望向严亚宁的双眼不知怎的就腾起了一阵雾气：你以为所有人都像你一样把我当男人？

夏花，你别生气，我们俩从小一起玩到大，太熟了，下不了手。其实你很漂亮，很飒爽！

严亚宁知道自己刚刚的态度伤了柳夏花，到底还是有些不忍心，忙宽慰她道。

柳夏花听了他这话，忽然觉得自己方才的委屈很可笑：亚宁，你不用解释，更不要讲假话，其实我们彼此彼此。你没把我当女人，我也没把你当男人。

严亚宁的脸倏地暗了几分：喊，你把我当女人看？这我不能忍！

柳夏花开心地笑道：好了，我们都别生气了。我只是希望你，如果真喜欢冬雪，得抓紧时间去追她，别有事没事去撩别的妹子。

夏花，你这是冤枉我！本同志这几个月一心扑在好味道农家乐上，餐馆的两个服务员都是我的远房亲戚，都有丈夫的，我倒是想撩妹，你给我找两个来呀！严亚宁急了，语气有些冲。

柳夏花又朝他抬起了脚，严亚宁赶忙举手"投降"：好了，二姐，我记住你的话了。我们还是回去喝酒吧！

严亚宁本着好男不跟女斗的心态，闪身回厅堂继续跟张孝哲斗酒。

回味着严亚宁方才的话，柳夏花这段时间忐忑不安的心终于稳妥地放落：

如自己所料，严亚宁对自己果然不是那种意义上的喜欢！这样也好！

柳夏花终于确认了自己对严亚宁只有友情，严亚宁对自己亦然，心中不由松快下来——既然是友情，那她面对刘水根时的怦然心动便不算朝秦暮楚。她害怕自己会变成那种灵魂与情感都在摇摆的女人。她和母亲陈小妹一样，看重爱情中的忠贞。

说老实话，她内心深处是不喜欢绿枝的奶奶曹文月的。她觉得曹阿姨在丈夫去世的第四年就和发小老钟走到了一起，这相当于背叛。私下里，她也劝柳秋兰想法子破掉曹阿姨与钟叔叔的关系，万一破不掉，也别让他俩住到凤凰村来，省得那些长舌妇说闲话。

基于以上心理，柳夏花才会直接问严亚宁到底喜欢谁。弄清这个问题对她而言至关重要。如果严亚宁真心喜欢她，她会为自己对刘水根的心动而内疚。现在知道严亚宁只是把自己当成中性的好朋友，她倍感轻松。

这时，刘水根悄没声地走到她边上：夏花，我有一个表妹住在王渡水镇，她刚才已经找到了冬雪，那边确实发生了一起车祸，不过已经私了了。

刘水根话音未落，柳冬雪打来了电话：二姐，杨文他回市区了，他受了伤，明天我去看他。今天晚上我住在刘水根的表妹家里，你跟爸妈和大姐说一声，让他们别担心。

柳冬雪匆匆挂了电话。柳夏花凝视着刘水根，脸颊上飞起两片红云：多谢了。

刘水根瞄瞄四周，突然紧紧握住了她的手：夏花，我……

柳夏花粲然一笑：不要说，放在心里。

十三、般配的一对

由于这段时间太累，昨天中午又多喝了些酒，原本奈柳秋兰不何的酒精突然便在她的肝脏里闹腾起来，继而酥软了她的筋骨，松懈了她的精神，让她沉沉入梦，一直睡到次日早上八点还没醒来。

习惯了柳秋兰早起的陈小妹担心地来到女儿房间，见她还在呼呼大睡，不由心疼地喃喃自语：

你呀，太拼命了。仙人掌园我不让你干，你偏要干！那个欧阳梦哪里像个做事的人？上山穿着高跟鞋，鞋跟和筷子一般粗，在泥里一踩一个洞，要是不小心踩在别人的脚背上，那是会踩断骨头的。亏她在山上走得稳，也是个厉害角色。可欧阳梦只是踩高跷走路厉害呀，干不了别的事！我去仙人掌园时，她锄头都拿不稳。别人在山上待一天没事，她上去不到半个钟头就嫌晒。为了防蚊子，她只差把蚊帐吊在自己头顶了，哪像个干事的样子？

陈小妹给柳秋兰盖好薄被，用扇子驱蚊后放下蚊帐，鼻头一酸，忙牵起衣角抹着忽然涌出的泪水。

端着茶水进来的柳夏花看见这一幕，不由一惊，小声道：妈，怎么啦？

你姐跟欧阳梦合作就是自讨苦吃。可惜我劝你姐她不听。等着瞧吧，过不了多久就有你姐哭的时候！

陈小妹接过水杯放在床头柜上，絮絮地道。

柳夏花不同意陈小妹这个观点，细声细气地说：

老妈，人家欧阳梦不像你讲的那样糟糕，她还是懂得蛮多的，也做了不少事。仙人掌园的项目你晓得有几多手续要办，几多事情要做哟？光靠我姐一个人根本忙不过来，有的关卡她也闯不过去。大姐开始以为仙人掌园的项目预算只要一百万，没想到一百多亩地种下来，加上土地流转费、仙人掌的成本、化肥、人工费和后续的投资，怎么也得两百万，我姐只能拿出七八十万，没有欧阳梦的投资，仙人掌园这个项目早黄了！你可别再说欧阳梦干不成事了，人家干的都是大事！

通过这段时间的接触，柳夏花对欧阳梦的看法有了改观。

夏花，你说到这事我就心里打鼓，人家严庆瑞、欧阳梦是亿万富翁，你姐总共没几个钱，现在又是投资仙人掌园又是开农家乐餐馆，腰包都瘪了，万一亏掉哪个项目，绿枝以后上大学的钱都成问题。

说起这些，陈小妹忧心忡忡。

妈，做生意本来就有风险，这些我姐事先应该都想清楚了。

想清楚了？我看她糊涂着呢！两个项目投资那么大，搞得不好竹篮打水一场空，万一把前十多年的心血都赔进去了，哭都没眼涕！

老妈，你放心，绿枝上学的钱我姐另外存着呢，那笔钱她不会动用。

柳夏花说罢轻轻关上房门，又叮嘱厅堂里看动画片的绿枝将声音关小些。

陈小妹将坐在院子里，独自玩扑克的柳铁牛拉到旁边，生气地说：老东西，你现在是越来越贪玩了！

我哪里贪玩？我们只是在巡山累了的时候打几把扑克，这也犯法？

柳铁牛据理力争。陈小妹板着脸没吭声。

自从参加百姓名嘴演说团后，陈小妹一直很忙，柳铁牛承担了大部分的家务，陈小妹因此心生歉疚，为柳铁牛织了两件毛衣作为补偿。前段时间柳铁牛觉着无聊，跟着巡山的几位老人打了几天扑克，现在见他一副死牛血的样子，陈小妹气不打一处来，瞪着眼睛说：

你个老东西，明明晓得我和毛秀云她们经常在村里村外宣传移风易俗的事，劝别人不要打麻将。你倒好，越老越不成器，跟那帮成天只晓得胡天海地的人玩扑克，你是想让别人的口水淹死我吗？

柳铁牛老实了一辈子，跟陈小妹也很恩爱，没想到却因打扑克的事被陈小妹指着鼻子骂，心里很憋气：

名嘴演讲员也要讲道理！你告诉我，哪条王法禁止打扑克了？我们就是消磨下时间，又不玩钱，这事你也要管？

老头子，外头的人传你们在打麻将赌博，话讲得好难听。

陈小妹现在很爱惜自己演讲员的名声，柳铁牛涨红着脸说：

小妹，钟红莲也是演说团的人，人家可没跟柳泉瞎扯这些乱七八糟的事。

死老头子，我这是提醒你，你还敢犟嘴！陈小妹见柳铁牛拿自己和钟红莲比较，倏地黑了脸。

小妹，你吃的是山泉水，不是海水，管那么宽干什么？

陈小妹气不打一处来，伸手就要点着柳铁牛的鼻子骂人，柳夏花上前劝道：

老妈，老爸打几盘扑克没关系的。你要是实在不放心，再带着"盯盯队"去盯就行了，何苦动气？

哼，我懒得盯。老头子，以后家务全得你来做。

陈小妹说罢，又腰看着柳铁牛。柳铁牛懒得和她闹腾，乖乖地去厨房洗碗，可转眼间他又不见了。陈小妹还没开口问，绿枝便道：

外婆，我外公刚刚接到电话，说他跟俊坤爷爷去巡山了，他让你去喂孔雀，说那些孔雀早上没吃饱。

绿枝说完眨巴着眼睛望着陈小妹。陈小妹的脸果然如她所料，倏地垮下来，绿枝忍不住朝柳夏花扮了个鬼脸。柳夏花笑道：

妈，爸他不是小孩子了，你不要一会儿不见他就猫爪挠心。还有啊，你不能把所有家务都推给他，万一我爸做烦了，到时候他又跑去打扑克，你不是去了多的？

哼，你爸越老越变相，别说他去打扑克，他就是去打老虎，我现在也懒得管他！

陈小妹虽然认为柳夏花说得有理，但心中还是不服气。她一边唠叨一边去后院看那些她早上喂食还吃得很欢、在柳铁牛口中却没吃饱的孔雀。

当陈小妹站在后院，仔细查看孔雀们的举动时，柳铁牛正手持木棍，跟严俊坤一起巡山。

这日天气晴好，阳光给大地山川涂抹上一层瑰丽的色彩，也照得柳铁牛、严俊坤等人脸上熠熠生辉。

上个月，县林业部门在牛头寨发现一片红豆杉林，县电视台做了两期专题报道后，常有人专程去牛头寨看红豆杉林。严俊坤、柳铁牛害怕红豆杉被偷伐，便和村里的八位老同志组成了巡山队，二人一组，早晨和黄昏各巡一次。严俊翔希望他们坚持到县林业部门给每棵红豆杉植入芯片，在周围装上监控探头后再休息，所以这段时间巡山队的工作量挺大，柳铁牛怕陈小妹不同意，便没有将此事告知她。

走在林木葱郁的山中，柳铁牛心情愉悦。身旁的严俊坤貌似也很开心，不断地说一些他从各处听来的消息。柳铁牛打量着严俊坤，心里有种奇怪之感。

说老实话，前些年柳铁牛在凤凰村村委当会计、严俊坤当村支书时，严俊坤对他非常排挤。那时柳姓就他一个人在村委的班子里，很受欺负，柳姓人不服气，三天两头有人跑来给他出主意，要他跟严俊坤对着干。

其实以柳铁牛的老好人脾气，他不喜欢与任何人为敌，奈何搅事和传话的人太多，尽管柳铁牛什么也没做，严俊坤还是将柳铁牛看成一个为了柳姓人利益处处跟他作对的死硬家伙，经常无事找柳铁牛的碴，想把村里的会计换成严姓人。

柳姓人也不是吃素的，说其他村委都是严姓人，管钱的会计必须是柳姓人，如果严俊坤胆敢换掉柳铁牛，他们就去乡里和县里告状，总之凤凰村不能让严姓人一手遮天！

严俊坤知道不可犯众怒，最终没有动柳铁牛，但暗中却联合其他几个严姓村委处处打压他。

在村委当会计的那几年，是柳铁牛这辈子最窝囊、最受气的"黑暗岁月"，当时柳铁牛与严俊坤家的关系非常差。陈小妹和毛秀云迎面撞见不但不说话，还会互相"呸呸"两声，以示厌恶。

柳夏花和严亚宁倒是没受家里的影响，两人经常出去玩，只是到对家串门时必须小心翼翼，如果被家长发现，脑门上免不了要吃几颗"螺丝"。

后来严俊坤和柳铁牛在村委换届时双双落选，因少了那些是非纠葛，彼此的关系有所缓和，但毛秀云和陈小妹还是不对付，除严亚宁和柳氏三姐妹玩得好外，两家的大人并不怎么来往。

最近参加巡山队后，柳铁牛、严俊坤接触多了，不知不觉间解开了一些心结，两人有时还会互相照顾，仿佛又回到了青年时代，那时他们俩处得还不错。

铁牛啊，我觉得你们家夏花不错，她有对象了吗？

严俊坤相中了柳夏花那手出众的厨艺和麻利爽快的性格，觉得她要是能够嫁给亚宁，好味道农家乐肯定会越办越好，所以试探着打听柳夏花的情况。

唉，女儿心，海底针，我根本摸不着头脑。你们家亚宁那么优秀，看不上我们夏花呀。

柳铁牛老打老实地说。严俊坤不认可他的说法：

怎么会呢？我觉得夏花挺好的……

柳家的厅堂里，柳夏花坐在竹椅上，突然连打两个喷嚏。

谁在背后嘀咕我？夏花搓搓耳朵，又"呸"了一声，好像这样就能吓住背后议论她的人。

凤凰村一带的人认为，如果没有感冒却打起了喷嚏，那是背后有人在说自己的坏话，必须吐口水、搓耳朵才能去晦气。

大姨，随口吐痰不礼貌。还有啊，你太迷信了，一点都不好玩！

自从以全县第三名的成绩考取了新培中学后，绿枝就像一只吃了大把胡椒的小公鸡，除了睡觉，其他时候都抬头挺胸，精神抖擞，还时不时地"攻击攻击"老爱拿她开涮的大姨柳夏花。

我不好玩，你好玩，贪玩，我们忙得屁股不落凳，你只晓得坐在这看电视。你这么大了，什么家务也不干，哼，你要是我女儿，非揍扁你不可。

柳夏花和秦绿枝正在互怼，绿枝忽然接到了同学的电话，立即飞快跑到门外去煲电话粥。柳夏花嗅着清甜的花香，边看电视边编竹篓，思绪如同大风中的云海，无声地翻腾着。

当刘水根的脸突然从脑海中浮出时，她摇头笑了笑，心想这世界怎么那么奇怪，她居然会和原先八竿子打不着的刘水根走在一起。这还真应了"不打不相识"那句俗话哩。

前段时间，柳铁牛、严俊坤他们在松林里将刘水根、刘云坨"捉拿"回村后，由于刘水根认错态度好，又主动交了罚款，加之严俊翔等人考虑到凤凰村和刘家村的关系，便放了他俩。几天后刘水根突然提着礼物上门向柳夏花道歉，弄得她莫名其妙。后来刘水根又上门请她去刘家的沙石公司做事，柳夏花也没理他，可刘水根毫不气馁，几日后带着十几个朋友到尚未开张的绿枝餐馆吃饭，点名要吃柳夏花做的一招鲜土鸡炒粉。柳夏花当时在县城处理绿枝超市的存货，说她没时间回村，让刘水根去找她大姐柳秋兰。

刘水根也是个妙人，那日在柳家吃完柳秋兰的炒粉后，居然擅自帮绿枝餐馆印了些小广告，雇人站在街头发放。那小广告好巧不巧地还发到了柳夏花手中，她忙打电话问柳秋兰怎么回事。柳秋兰说她没有印广告单，姐妹俩不由纳闷了：

这是哪个活雷锋做好事不留名呢？

当她俩几经周折，终于打听到是刘水根在免费为她们打广告时，姐妹俩面面相觑，不知这家伙肚子里装的什么药。

夏花，我没有坏心，只是想帮你扩大影响。你想想，最近去你们家餐馆的人是不是多了？不瞒你说，我发了三千份小广告，县城和各乡都发了。真的，有半句假话天打五雷轰！

当柳夏花打电话问刘水根时，他在电话里大声发咒誓。

哎，刘水根，我怎么觉得你像危险人物，经常会干些出格的事啊？

这是柳夏花当时对刘水根的认知。但后来通过接触，她又觉得刘水根不是这种人。在仙水乡和县城，刘水根的口碑蛮好。许多人都夸他心善，因他每月会定期去敬老院看望老人，给他们送米送油，帮助老人打扫卫生，陪老人聊天，老人们都把他当成自己的亲戚。

前年夏天刘水根下河救两个溺水小学生的新闻曾上过市里的报纸，县里还给他颁发过"见义勇为"奖。据知情人士说，近十年刘水根在河里先后救了四个人，只有这两个被救的学生家长给媒体写了表扬信，并被报道出来了。

当柳夏花去沙石公司帮忙开挖机，从工人口中得知这些事情时，她特别震惊。这样的刘水根在当时的柳夏花眼中是不真实的，总觉得这个因为迷信，到牛头寨割松脂和捉野兔的男人，不配拥有这些光辉事迹，以至她后来曾多次问刘水根他以前做的好事是真是假。

夏花，你看上去像个男子牯，其实心性很小女人。你要是认为我是坏蛋，允许你不理我。

刘水根这话把柳夏花给气笑了：

刘水根，不管你是好人坏人，有一点你得弄清楚，我从来没有主动找过你，都是你来找我的。

那又怎样？是人都会走弯路。再说那次的事情我已经告诉过你原因，我也写过检讨，交过罚款，之后也没再犯过。你不能因为那件事就一棍子敲死我和云坨！

刘水根有刘水根的理论，柳夏花有柳夏花的观点，那次他俩谁也没有说服谁，两人还在电话里对骂了一通。之后一周刘水根没有再跟她联系，柳夏花在清静的同时又有些失落。也就在那时，她才发现自己已经惦记上了这个性格有些奇特的男人。

难道自己喜欢上了刘水根？

这个问题柳夏花从两周后自己再见刘水根时的那份喜悦中得到了答案：她的确喜欢刘水根。

也正因如此，柳夏花才要认真问清楚严亚宁对她的感情性质。倘若严亚宁对她是男女之情的那种喜欢，她和刘水根交往前一定得跟他"断交"。当然，不是传统意义上的断交，而是不再像以往那般密切来往，更不搞那些"你送我衣服，我还你礼物"这类令人误会的举动。她喜欢黑白分明，不中意大姐的黏糊和小妹的跳脱，但她不会因此干涉她们。相应地，她也不希望大姐和小妹干涉自己。有时她觉得老妈对她的评价很中肯：

别看夏花像个后生崽哩，其实她心比针还细。看上去嘻嘻哈哈，性子却独。

夏花那是张飞穿针，粗中有细，挺好的。记得当时刘水根说了这么一句话，柳夏花挺感动——虽然刘水根只看出了她的细心，没看出她的"独"，可毕竟刘水根与她相识时间不长，而他居然能透过她假小子的外表，看出她内里的仔细甚至脆弱，柳夏花觉得他非常了解自己，甚至很懂自己，这也是她看重刘水根的地方。

水根，我妈说我脾气有些"独"，你怕不怕？有次柳夏花这样问刘水根。

刘水根笑道：你那不叫"独"，只是太有主意，不服管教，叫有个性！

柳夏花深以为然。如果她不是那么有主见，这些年怎么能不管别人的闲言碎语，固执己见地当个假小子？

说到柳夏花的假小子性格，成因在柳铁牛和陈小妹身上。柳铁牛、陈小妹自从大儿子天天溺亡后，一直想再生个儿子。柳夏花出生前，很多人都说陈小妹的肚子形状看上去像生儿子，谁知生下来的仍是个女儿。陈小妹见这个女儿长得粗壮，又活泼好动，便把她当儿子来养，柳夏花四五岁时还让她穿着男孩子的衣服，给她剃男孩子的短发。

等柳夏花年龄再大些，她从节日时桌上的那副空碗筷和母亲的唠叨，清明时父母亲在爷爷奶奶坟前的歉疚、哀恸中体会到父母痛失大哥的悲伤，忽然明白了父母对自己的期望，从此心里攒着股劲，下意识地把自己当成男性，想在各方面与男崽子比个高低。她大声说话，走路带风，跟着男孩子上房揭瓦、下河摸鱼，干体力活从不叫苦。发育之后，她用布条勒平胸前越长越大的两坨肉，头发从没长过耳根。她这种做派果然为自己赢得了假小子的外号。

遗憾的是，她的假小子形象并未给父母带去快乐，更不可能弥补哥哥夭折给父母留下的伤痛与缺憾。随着年龄渐长，她的形象在众人眼中变得有些另类，可这时柳夏花已经习惯了假小子这层铠甲，不想因他人的目光做出改变。父母开始为她的婚事操心。被人挑剔得多了的柳夏花烦躁之余越发逆反，头也不回地在假小子这条道上越走越远。

从小到大，柳夏花有很多异性哥们，其中不乏关系好的，比如严亚宁，但她明白，那些人根本没把她当女人，她偶尔会因此而失落和伤感。好在她也没把那些人放在心上，他们对她的态度并不能真正伤害她，充其量只能刺激她。偶尔这刺激会令她进行短暂的反省：自己非得披着假小子这层外衣吗？

可以这么说，严亚宁在过去的某些日子，曾经像一根锐利的豪猪刺，差点便刺穿了她这些年好不容易筑起的心理防护墙，但最终，严亚宁还是变成一支擦着她耳旁飞过的箭，射向了妹妹柳冬雪，而她的命运不期然地和刘水根有了交集。

夏花，我就中意你这股爽利劲，不扭捏，干什么都大大方方，替人着想！

刘水根虽然有一个儿子和惨痛的婚史，但因人长得高大，家底不薄，上门提亲的人很多。他相过二十多次亲，感觉那些女人更关注他的荷包而非他本人，觉得没什么意思，反正他儿子有大哥、大嫂帮他带着，他不想随便找个人将就后半生，便慢慢地淡了再婚的念头。直到碰到柳夏花，他沉寂枯涩的心田才像久旱之后遇甘霖的土地，变得湿润、肥沃，并在不知不觉间长出情感的嫩芽来。

其实就外貌而言，他相亲的那些女子中有好几个比柳夏花更出众，也更年轻，但她们缺少柳夏花的大方、自然、利索和爽朗。他俩开始交往后，刘水根有意无意地向柳夏花透露过他的家底，可柳夏花并没有因此高看他一眼。每次他给柳夏花送礼，她要么不收，要么给他等值的回礼，总之，拎得清、不贪心。这点让他觉得特别可贵。

另外，柳夏花还很有经济头脑。刘水根给他大哥打了十多年的工，有一百多万的存款，早就想另立门户做生意了，他一直想找一个有生意头脑的贤内助，柳夏花在这点上也合乎他的标准。

柳夏花果然很快便以实际行动向他证明了自己抓商机的能力，有一天突然问他能否给她介绍两个租客，因为她爸妈家的三楼还有两间空房。

刘总，我们凤凰村的夏天好凉快，不用吹空调，空气又好，很适合避暑。特别适合老人家过夏天，他们住在凤凰村对身体有好处呢！柳夏花是以这种理由向刘水根推介凤凰村的。

刘水根认为她言之有理，颔首道：你们家的环境不错，做农家乐餐馆的同时可以兼做民宿，肯定有人愿意来租。

刘总，那就拜托你了。房子租出去后，我给你半个月的房租当提成。

虽然知道刘水根中意自己，但柳夏花还是开出了相应的报酬条件。他俩现在可是在谈生意，而不是在谈恋爱。既然是谈生意，自然得按生意的规矩来。

柳总，别谈钱，谈钱伤感情，还不如给点机会让我为你效劳。你刚才说的事挺靠谱，半个月之内，我一定完成你交代的任务。

对刘水根这种贫嘴式回答，柳夏花根本没放在心上。没想到的是，刘水根竟然是认真的，第三天即给她回话，说他朋友爸妈的房子拆迁后，租的临时过渡房比较狭窄，老两口不满意。如果柳夏花家的房子条件和价钱合适，他俩想租半年。

哇，刘水根，你好给力。下次我送盘一招鲜炒粉给你吃！柳夏花喜出望外地嚷道。

好，我等着吃你的一招鲜炒粉。另外你多买几个插电板，他们会带电磁炉来做饭，电风扇他们也会自带。你家三楼有没有水龙头？啊，三楼有卫生间，还带厨房？那太好了。月租一千八行吗？

刘水根身强体壮，嗓门也高，柳夏花开着免提，他的声音嗡嗡的，震得她耳轮颤。听到刘水根的报价，柳夏花吃了一惊：

水根，在县城租一套三居室才一千六百块。你这是不想帮我把房子租出去吧？

哎呀，夏花，我话还没说完呢。这一千八的房租里面含了水电费。凤凰村夏天平均温度也就二十七八度，晚上还要盖棉被，他们不会多开空调，仅照明、冰箱、电风扇用不了你家多少电。这个价钱他们不吃亏，你们还有得挣。

你倒是个算盘精，嗯，不错，那就这样吧，到时候给你提成！

夏花，我……

听刘水根那语气，像是有重要的话要跟她讲。柳夏花心中一跳，谁知这时，柳冬雪突然打了个电话过来，她惦着这个妹妹，忙挂断了刘水根的电话。几秒钟后，话筒里传来柳冬雪焦灼的声音：

二姐，麻烦你跟爸妈和大姐说下，我明天跟杨文去广州办理出境手续。我们要去缅甸。

柳夏花大吃一惊：冬雪，你这么早就到了市里？怎么又要去缅甸？杨文撞人的事处理得怎样了？他爸妈还在住院吗？

二姐，王渡水离市区才一个多小时的车程，我七点多钟出发的，九点就到了。杨文撞人的事已经跟对方私了。杨伯伯脱离了危险。我现在……

路上信号不好，柳冬雪的电话突然断了。过了好一阵，她才重新打回电话来：

二姐，杨文的大伯在缅甸开玉器厂，上周刚刚去世，要他过去继承遗产。怀玉美容院那边我已打电话辞了职。我还有些东西放在员工间的 26 号柜子里，密码发你手机了，到时候你去帮我取回来。

柳冬雪也不管柳夏花怎么想，像台自动播报机似的，自顾自地往下说着。

冬雪，杨文爸爸还在住院，他却让你跟他去缅甸接收遗产，这也太巧了！柳夏花第一次对杨文产生了怀疑。

二姐，杨文给我看了他以前在缅甸玉器厂和他大伯聊天的视频，还有他大伯让他去接收遗产的律师函。律师函有中文和英文两份，我英文不好，请同学翻译了一下，和那份中文律师函的内容一样，的确是让杨文去接收遗产的。

柳冬雪振振有词地道。

冬雪，不管这件事是不是真的，你不应该去。你是他什么人？还跟他去接收遗产？天上哪会掉这种肉馅饼？

柳夏花气不打一处来，觉得柳冬雪的脑子被狗吃了，居然会相信这种鬼话。

二姐，我就告诉你吧，杨文上周向我求婚了，送了我一枚二十七万元的鸽子蛋戒指，还给我买了国际名牌包包和衣服。他是真心要娶我的！

柳夏花大吃一惊：你们俩同居了？

没有！我哪能让他那么容易到手？到手了他就不珍惜了！柳冬雪斩钉截铁地说。

冬雪，你千万不要上别人的当！

柳冬雪接下来的话坐实了柳夏花的直觉：

二姐，杨文走得匆忙，没有带银行卡，他手机银行的钱全转给了客户，今天已经没有转款份额了。他家公司的财务正在盘点，我身上没多少钱了，你马上转五万块钱给我，算我借你的！

冬雪，杨文如果真像你说的那么有钱，去缅甸还要你垫钱？他就是个骗子！我问你，他以前是不是问你借过钱？

柳冬雪沉吟了稍许，这才支吾着说：他，他昨天下午撞伤人后是向我借了五万，昨晚他说要还给我，我不好意思收。他送给我的礼物值四五十万呢，我不能显得太小气。

说到后面两句话时，柳冬雪的底气回来了，口吻自信了许多。

柳夏花气得脑壳疼：你怎么知道他送你的是真货？万一是假货呢？

杨文不可能骗我的，如果他是骗子，他哪来上千万的豪车？

豪车也能从车行租赁，反正有你这样的大傻子给他垫钱，租车的钱他还出得起。依我看哪，他肯定有一大堆女朋友。

二姐，你别把人想得那么坏，杨文不可能是你说的那种坏人！真的，你接触了他就知道，他人蛮好的。

听她的语气有一点点松动，柳夏花趁热打铁地开始科普：

冬雪，上次你给我转过一篇骗子在东南亚搞"杀猪盘"的文章，他们把国内的人骗过去，女的卖身，男的当血奴、被取器官、搞电话诈骗，骗不到钱就拿他们当人质，向国内的家属勒索，家属给了钱也不一定能换回他们的命。那篇文章还带着视频链接，我们俩一起看的视频。当时你说那些跟着去东南亚的人好傻、好惨，怎么轮到你自己，脑子就变成了一包屎？

现在柳夏花可以百分之百断定那个杨文有问题。她怕柳冬雪上当，忙问她在哪里，柳冬雪说她在峙城高速公路服务区，杨文在加油，他们今天要连夜赶到广州，明天去签证，后天或者大后天再从广州坐飞机去缅甸。

冬雪，这是个圈套，你不能跟杨文走！

想到柳冬雪此去可能发生的可怕后果，柳夏花不由得双腿打抖。

柳冬雪也悟过来了，颤声说：二姐，杨文快加好油了，我现在该怎么办？

你就说肚子痛，让他送你去峙城县医院，装得像一点，千万别让他看出破绽。还有你的手机和身份证不能给他。我马上过去接你。

好，二姐，我的车丢在市区白云宾馆的停车场，我现在坐的是一辆银色沃尔沃，车牌发你微信了。

冬雪，你上车后打开微信的共享实时位置，你的另一个手机和我的手机保持通话状态，这样我就能随时知道你那边的情况。

柳夏花从小和村里的男孩子混成一堆，整日打打杀杀的，把自己混成了一个标准的假小子，这些年听过不少男人们行走江湖时发生的稀奇故事，对江湖骗术比较了解，还学了几记防身的拳脚功夫，练大了胆量，警惕性很高。她此刻的建议让柳冬雪略感安心，连忙照做。

夏花，你在给谁打电话？

柳秋兰走过来，奇怪地问站在院坪上，刚刚挂断电话，脸色颇为难看的柳夏花。

姐，我有急事，要去下县城！

面对实心肠、敏感多愁的大姐和年老的父母，柳夏花决定先不跟他们说冬雪的事，免得他们担心。再说柳冬雪现在和杨文在一起，她怕人多嘴杂，万一传出去会坏了妹妹的名声，还不如她悄悄把冬雪接回家。打定主意后，她毫不犹豫地打电话向刘水根借车。

刘水根倒是爽快，根本没问她借车的用途，半小时后就开车来到了柳家门口。

见柳夏花急匆匆地要跟刘水根出去，柳秋兰把她拽到旁边：夏花，你老实讲，是不是冬雪出了事？

柳夏花轻描淡写地说：冬雪拉肚子了，她在峙城县服务区等我和水根去接，到时候我好把家里的车开回来。

柳秋兰一听急坏了，拿出手机就要拨打柳冬雪的电话，一边问柳夏花，是不是杨文欺负了冬雪。

哎呀，大姐，你这脑子都快赶上编剧了。她就是拉个肚子，你不用这么紧张！

柳夏花说罢抹了下额头上的汗，庆幸自己刚才发了条信息给妹妹，告知她怎样应对大姐的问话。柳冬雪肯定看到了这条短信，主动打电话向柳秋兰汇报：

大姐，我刚吃了止泻药，好多了，你别担心。我在这等二姐来接我。

柳秋兰不疑有他，谢过刘水根后，催促柳夏花赶快走，爸妈这边自有她去交代，否则拉扯半天出不了门。

夏花，冬雪那边是不是还有别的事？

车刚开出凤凰村村口，刘水根突然问道。柳夏花心中"咯噔"了两下：自己没有透露片言只语，这刘水根怎么就猜到冬雪有事呢？真是敏锐！

没事，冬雪贪吃，泻肚子了。

尽管刘水根够义气，自己又在和他交往，但柳夏花还是没打算把冬雪和杨文的事告诉他。毕竟她对刘水根不是特别了解，她怕万一哪天自己与刘水根反目，他会抓住这件事说冬雪的坏话，到时她可没辙，还不如说一半留一半稳妥，这样也不算对不住刘水根。刘水根知趣地转移了话题：

夏花，我们得从山桂乡抄近道过去。这边是乡道，路况不太好，沙尘多，你关窗，我开空调。

柳夏花连声应着，一边给柳冬雪连发三条短信，叮嘱她等下不要在刘水根面前暴露她跟杨文的关系。

事情的发展完全超出柳夏花的预料，等他们赶到峙城县高速公路服务区时，非但没找到杨文那辆沃尔沃轿车，连冬雪的电话都打不通了。

想到网上流传的有关东南亚"杀猪盘""贩毒""摘器官""血奴"的各种消息，柳夏花仿佛看到妹妹已遭不测，不由连打几个寒战。这下她顾不得保密了，连忙把事情的大致经过告诉了刘水根，请他帮忙支招。

他们应该是往前开了。那个杨文绝对有问题，不过你放心，这一路都有监控，杨文不敢对冬雪怎么样，除非他不想活了。

刘水根和柳夏花一样，也是粗中有细的性格。听了他的话，柳夏花稍微平静了些许。

从市区经峙城、南远等地前往广州的高速公路去年刚通车，来往车辆少，救人心切的刘水根以一百二十公里的时速疾驶。车内没有开广播，两人也没说话，窗外风声轰响。就这样开了半个多钟头，他们终于看到了杨文的那辆沃尔沃。柳夏花想把杨文的车别停在道旁，刘水根坚决反对：

在高速公路上别车太危险，搞得不好我们都得完蛋，绝对不能做这种事！

那怎么办？总不能就这样眼睁睁看着杨文把冬雪带到广州吧？

一直把自己当男人的柳夏花这次终于露出了女人的柔软与脆弱，说话时泪花不争气地涌上眼眶，声音也变得潮乎乎的。

你放心，收费口旁边正好有高速交警支队的办公楼，我认识那里的吴副支队长。

刘水根说罢，立即拨打吴副支队长的电话，请他帮忙拦住杨文的车，理由是司机刚才和他的熟人吵架，情绪激动，开赌气车，车上的妹子闹肚子也不肯送她去医院，怕这样下去会出问题。吴副支队长不疑有他，问了车牌号码，说他等会儿在收费出口等刘水根。

刘水根和吴副队长通话时，柳夏花担心他会泄露冬雪在杨文车上的真实原因，没想到刘水根找的借口还挺合理，很自然地遮掩了真相，柳夏花这才舒出口浊气。

虽然他们此刻在外县，但如今网络发达，社交"六人定律"能让原本三十辈子都无法交集的人直接建立联系。柳夏花怕刘水根说出冬雪的姓名后，她"被拐"的风声会传到村里，到时污了她的清白。

水根，多谢你为我们着想。柳夏花实心诚意地向他道谢。

你又跟我见外了。只要你答应嫁给我，冬雪就是我的小姨子，是一家人，谢什么谢？刘水根扭头瞄了一眼柳夏花，车内的空气骤然变甜了。

二十分钟后，他们来到了高速公路的收费口。刘水根和柳夏花刚停下车，就看见吴副队长站在杨文的沃尔沃轿车旁，做手势让车内的人摇下车窗，谁也没料到，杨文居然不听指挥，一踩油门，车子如离弦之箭"射"向道路前方。吴副队长顾不上安慰快步朝他跑来的柳夏花和满脸焦灼的刘水根，立即打电话通知前方的高速收费站和巡逻的高速交警拦截杨文的车。

遗憾的是高速交警的巡逻车远在六十公里开外，赶不过来。在这个收费站与前方的收费站之间还有两个通往县乡的出口，而那两条道路上没有收费站，这意味着杨文的车很可能从这两个路口出去。

吴队长，麻烦您调一下监控，看看车到了哪里。

很不巧，昨天下了大暴雨，雷公打坏了这边的线路，现在正在抢修，看不到这两条路的实时路况。

吴队长的回答让柳夏花抓狂，她发现冬雪的另一个手机并没有按照她方才的嘱咐，跟她的手机保持通话状态，柳冬雪常用手机微信里的实时共享位置也已关闭，这使她越发心慌：

水根，我们得报警，冬雪有危险！

刘水根宽慰她：你再给冬雪打个电话，让她告诉杨文，如果他再不停车这边就报警了！

柳夏花也不想把事情闹大，给柳冬雪打了好几个电话，可妹妹还是没接听，她只能继续发语音和短信。几分钟后，柳夏花接到了柳冬雪的电话，说杨文刚把她送到附近的镇医院吊盐水。等吴队长带着柳夏花和刘水根赶过去时，杨文已驾车离开，只有柳冬雪可怜兮兮地坐在输液室的椅子上打吊针。

见到他们，柳冬雪不顾护士的劝阻，一把扯掉针头，沮丧地奔过来：二姐，杨文很生气，说我们把他当成歹人，现在他不理我了。

柳夏花没想到柳冬雪一见面居然说的是这句话，气得在她脑袋上呼了一巴掌：你醒醒吧！吴队长刚才在路上查了杨文的车牌，那车牌是假的！

假车牌？现在到处都有监控，还有人脸识别，他换了假车牌，可脸是真的，还不是一眼就能识破他的身份？他搞假车牌有什么意义？你们会不会搞错了？柳冬雪还是不相信。

杨文的照片我已经发给公安局了，他说不定有案底。以我的经验看，这人多半是个骗财骗色的骗子！妹子，他是不是向你借过钱？

吴队长这番话令柳冬雪本已苍白的脸挂上了一层冰霜，浑身跟着打起了寒战。

柳夏花将她扯到边上，小声问道：你借给了他多少钱？

柳冬雪扁着嘴哭了：就，就五万块！

你个傻子，你跟他才交往多久？这么快他就骗了你五万块！我看你的脑子给狗吃了！柳夏花气得又想揍她。

可是二姐，他送给我的名牌包和钻戒值几十万呢！柳冬雪还在嘴硬，但语气已经有些不确定。

那肯定是假的。这种男人就是绿头苍蝇，表面溜溜光，肚里一包糠！以后你不要再被男人的表象给迷惑了！这点你要向我学习，我看人从来不看脸。

柳夏花没想到自己这话让旁边的刘水根面露尴尬，而且吴副队长又好巧不巧地接了一句话：

妹子，你这话不对，你也是看身材和样貌的，不然怎么会找刘总？

吴队长，我并不认为刘总长得帅，但他心肠好，我看重的是他的人品。

柳夏花实话实说。的确，论长相，刘水根比严亚宁差一大截呢！她要是只图一张脸，肯定不找刘水根。

吴队长，我对她也是这种看法，她说出了我的心里话。刘水根故意逗柳夏花。

从不在意自己在他人眼中是丑是美的柳夏花，这次却破例被刘水根的话惹恼，不由又腰扬首地扫视着他：

刘水根，要论长相样貌，我柳夏花比你强好几个档次。人品嘛，我们俩差不多，都是好人。

不想认输的柳夏花此刻就像一只骄傲的小母鸡，那可爱的模样把刘水根和吴队长都给看乐了。原本满脸愁云惨雾的柳冬雪也破涕为笑，但这笑容在她脸上还没停留两秒就被忧虑代替：杨文真的会是吴队长说的那种人吗？

几天后，被柳秋兰和柳夏花强制在家"疗伤"的柳冬雪得到了吴队长的回复：

经公安部门核查，杨文原名徐诚利，是一个骗财骗色的惯犯。公安机关半年前就在网上发布了他的通缉令，而他送给柳冬雪的那些奢侈品也被证实是假货，公安部门现已将徐诚利抓获。

柳冬雪又气又羞，大哭一场后，在床上整整躺了一周。柳秋兰怕她出事，自己和老妈轮流守着她，对外则说她扭伤了腰，柳夏花更是再三嘱咐刘水根和吴队长为冬雪保密。

放心，放心，她是你妹妹，也是我妹妹。

刘水根拍着胸脯向柳家人这样保证。经过"勇救冬雪"这件事，他跟柳夏花的感情亲密了不少，两人开始正式交往。

刘水根交游广，朋友多，隔三差五带人到绿枝餐馆来吃饭，增加了餐馆的业务量。随着严亚宁开通农家乐的视频直播，加上张孝哲引来的作家和研学点学生家长的口碑宣传、微信推送，天热后到凤凰村来的人比往年多了好几倍，绿枝餐馆的生意日渐好转。

受了骗的柳冬雪情绪低落，不想再回县城工作，开始跟着柳秋兰打理餐馆的生意。起先几天她还懒懒的，一副无所谓的样子，可看到严亚宁的直播那般火爆后，她心里起了波澜。这天她找到柳秋兰，说她要搞直播。

一个凤凰村，两家餐馆的定位和菜肴口味差不多，你搞直播步他后尘，只怕汤都喝不到。我们不如改做各种小吃。你把做小吃的经过拍成视频，这样我们就有特色了。

尽管凤凰村村"两委"和乡村振兴工作队使出了各种宣传招数，现在还是旅游旺季，到凤凰村的游人也比以往翻了几番，但游客数量依旧难以支撑起突然涌出的十多家农家乐。柳秋兰这段时间一直在琢磨破局之法。面对柳冬雪当主播的想法，她这样分析道。

大姐，我们两家餐厅风格、定位还是不一样的。你看，好味道是男老板，它的环境、菜品都比较粗犷。我们绿枝餐馆女人当家，环境、菜品比好味道更讲究和精致。好味道招待旅游团的客人，做的是大宗生意；我们做的主要是散客，而且到我们家的女客居多，这就是区别和特色啊！

柳冬雪回家的这段时间其实也在观察和思考。

柳秋兰没想到她看问题还比较入微，说得也不乏道理，便点头道：冬雪，你若真想搞直播，先了解情况，做好方案。凡事预则立，不预则废。

放心，大姐，我不打无准备之仗。只要开播，就一定要一炮打响。说到这里，柳冬雪伸了伸舌头：这话有些狂妄了。也许会一炮打哑，但不做就只能永远哑火。我想试一试。

好，大姐全力支持你！柳秋兰说着牵起了柳冬雪的手。

柳冬雪蓦地想起了儿时。那时不管去哪里，大姐总是牵着她和二姐的手，生怕她们丢了。如今大姐再牵她的手，不仅是怕她迷失方向，还是在给她传递力量，她心中不由一暖。

十四、突然的变故

面对凤凰村游人增多，但新开的十多家农家乐餐馆仍客流不稳，有的亏损严重等情况，严俊翔和李海峰召开了村民大会，动员村民把往年割早稻时，严家人摆流水席宴请柳家人的习俗变成"吃新节"的民俗文化活动。严姓人很乐意，柳姓人不肯干，因为这样一来，柳姓人也要摆流水席，那到底谁请谁呢？关键是凤凰村严姓人的流水席含有报柳姓老祖当年收留之恩的意思，柳姓人可不想被严姓人糊弄，于是群起而攻之：

严支书，你这是典型的忘恩负义！

我们柳姓人坚决反对！

你们严姓人不厚道，想拉着我们垫背，我们不干！我们就是要吃往年的流水席。

凭什么呀，一桌流水席吃了上百年，你们柳姓人把我们当傻子是吧？

就算当年柳家老祖宗收留了我们，严姓人也是靠自己勤扒苦做才有了今天。

从今年开始，我们不请柳姓人吃流水席了！

……

渐渐地，会议演变为严、柳两姓人的争论大会。双方各执己见地吵了一个多钟头，这才在严俊翔和李海峰的强硬弹压下，再次安静地坐下，最后由村"两委"以讨论会决议的形式，将举办"吃新节"的事情定下来。村"两委"成员和驻村工作队负责活动的宣传和"拉客"，届时愿意参加活动的村民带上自家最拿得出手的好菜，到柳家老祠堂门口拼流水席。凤凰村的柳姓人免费吃，吃流水席的游客则每人给村里交二十元餐费，总收入由参加活动的人家平分。

按理说这种活动大家都能得益，可柳姓人认为，虽然他们还能免费吃流水席，可性质完全变了，很不服气。

柳姓第三房房头柳彩玉建了个群，把他认为听他话的十几个村民和他觉得说话有人听的柳秋兰拉进了群里，鼓动大家抵抗"吃新节"活动，有八个人支持他。

柳秋兰劝大家响应村"两委"的倡议，积极参加"吃新节"活动，但群里无人表态，她只得私下去找柳彩玉等人，请他们从大局出发，带头支持村"两委"的决定。执拗的柳彩玉不但不听，还骂了柳秋兰一顿，气得她这天连晚饭都没吃。

大姐，没必要为他们伤身体，何苦呢?

姐，反正村"两委"说这个活动是自愿参加的，如果参加"吃新节"的人挣了钱，没有参加的人只能看着眼红，这比大巴掌扇他们还难受。

柳夏花和柳冬雪轮流来劝她。柳秋兰想想也是，自己与其在那些不愿参加的人身上花费心思，倒不如去动员那些有意参加的村民做好此事，于是她也建了个群，说服了二十多户柳姓人家参加"吃新节"活动。

就在柳秋兰忙着动员柳姓人的同时，严庆瑞捐出了两万块钱，请柳泉牵头，从柳姓和严姓人中各选出十户养了黄牛的人家，让他们训练黄牛抵角互斗。

斗牛本是峙城县下船乡的一项民间活动，上世纪八十年代以前非常盛行。那时峙城下船的斗牛和南远的白庵庙会是远近闻名的两大民俗活动，举办时观者如云，可后来随着出去打工的人越来越多和农业小机械的普及，养牛的人日渐减少，1989年后，下船乡再也没有举办过斗牛活动，白庵庙会也随着白庵的拆除而烟消云散，人们偶尔说起时不免唏嘘。

严庆瑞小时候和柳泉一起参加过下船乡的斗牛大会，印象极其深刻。当他从弟弟严庆华口中得知严、柳两姓人的"吃新节"之争后，当即打电话给严俊翔和李海峰，一来表示他对活动的支持，二来他觉得"吃新节"要办好，光吃流水席还不够，建议把下船乡的斗牛活动"移栽"到凤凰村来：

俊翔、李书记，既然峙城下船乡不办这个活动，那就由我们南远县凤凰乡凤凰村来办。这是一个好项目，肯定能引起轰动，说不定还能做成品牌。

嗯，他山之石，可以攻玉，这个拿来主义不错！李海峰满口赞同。

对啊，我们凤凰村近年养牛业发展得蛮快，有三十九户养了黄牛呢，这个活动要是做好了，绝对能扩大我们村的影响。庆瑞，你真是我们的金点子大师！严俊翔喜出望外地夸道。

有了他俩的支持，严庆瑞当即联系了柳泉，把自己的打算告诉了他，委托他出面请下船乡的师傅来教村人斗牛。

下船乡的斗牛貌似简单，斗牛时双方将参斗的黄牛牵到开阔地带，只要两头牛犄角互抵就算斗上了，先退者为输。可通常的牛不会一见面就斗，这里面有奥秘，只有下船乡人知道，所以才要请他们来传授经验。

由于有严庆瑞的经费赞助，柳泉很快请来了师傅，经过一周的训练，参赛的二十头黄牛在凤凰村首届"吃新节"民俗活动上表现亮眼，赢得了观者的阵阵喝彩。

因宣传到位，又值双休日，"吃新节"那天来凤凰村的游人逾千，新奇的斗牛活动让人大呼过瘾，纷纷发朋友圈称赞。面对物美价廉、充满特色的流水席，他们更是热爱有加，纷纷化身为食客。事后，参加"吃新节"流水席的六十二户严、柳两姓人家各分得了两百多元的利润。

柳彩玉等人听说后既不忿又后悔，再说起"吃新节"时都表示，如果明年还举办的话，他们一定参加。

首届"吃新节"活动犹如助燃剂，使凤凰村的热度在南远县迅速攀升，加上正值暑假，来凤凰村的游人骤增。好味道、绿枝餐馆双休日爆满，其他农家乐餐馆的生意也有了起色。

严俊翔尝到了"问计"的甜头，这段时间经常到仙人掌园和民宿园去找柳秋兰和欧阳梦，一则了解她俩在干事过程中遇到的问题，村"两委"好对症下药地帮忙解决，二是想从她俩创业的经历中得到一些启发。他多来几次后，欧阳梦开始避而不见，对柳秋兰这样说：

柳大姐，严俊翔来找我的目的不单纯，他肯定想要我追加投资，把仙人掌园打造成他可以向上邀功的项目。讲老实话，柳大姐，现在我觉得仙人掌园上得有些仓促，回报很慢啊。

自从发现自己的皮肤因风吹日晒雨淋变粗糙后，欧阳梦到仙人掌园的次数越来越少，干活也没有原来有劲，言语间经常流露出怀疑、后悔的情绪。

大姐，我怎么觉得欧阳梦想撤？

旁听过几次她俩对话的柳冬雪有一天得出了这样的判断。柳秋兰虽也有隐隐的感觉，但她总认为这是欧阳梦在发大小姐脾气，与"撤"挂不上钩——从项目的策划到项目的落地，好歹也有三个多月的时间，虽然欧阳梦参与得晚，可她的介入程度仅次于柳秋兰。此前她一直看好仙人掌园，还多次发信息向柳秋兰描绘仙人掌园项目带给她的感受：

柳大姐，我如今只要一想起荒石坡上的那片仙人掌，眼前便一片绚烂，连仙人掌上的刺也变成了玫瑰花蕊。偶尔夜半醒来，我甚至觉得仙人掌成了开在我灵魂里的花朵，和我血肉相连……

那时，欧阳梦对仙人掌园项目的评价如此之高，怎么项目刚上马，还未见成效，作为投资者的欧阳梦便肯轻易舍去？柳秋兰委实有些看不懂欧阳梦了，但这种事她又不好直问，只能按住心中的那份忐忑，等待着欧阳梦那把悬在头顶的"达摩克利斯之剑"掉下来。

欧阳梦像是知晓她的心思，在柳冬雪提醒柳秋兰的次日，便打电话请柳秋兰到严庆瑞家小坐。

欧阳梦是个注重生活品质的人，她住不习惯严庆瑞家的老房子，可因仙人掌园和民宿园的事，她又要经常回来，为了让自己有个良好的休息环境，这两个项目上马之前，欧阳梦便让装修公司集中力量，将她和严庆瑞回老家住的两间房装修一新，墙壁、地板、家具用的全是凤凰村山上的原木与竹子，没有刷油漆，柳秋兰进去时，房间里洋溢着竹木的清香。

欧阳梦曾说过，女人任何时候都不能亏待自己。她是这样说的，也是这样做的。

秋兰，最近庆瑞被公司的事缠得脱不了身，民宿园暂时由我来管。仙人掌园这个项目我没精力做了，我想把股份全部转给你。

柳秋兰刚在外面的客厅落座，欧阳梦便开门见山地说出了自己的打算，有些失措的柳秋兰说话口吻不由得严厉起来：

欧阳总，仙人掌园项目我们可是签了协议的，根据协议条款，如果其中一方要中止合作，之前的投资不能撤出，除非退出方能找到第三方接盘。

我知道呀，所以现在跟你商量。欧阳梦说着递给她一杯香喷喷的咖啡，柳秋兰摇摇手：多谢，我喝不惯。

欧阳梦也不再勉强她，浅啜几口咖啡后，悠悠地说：秋兰，这个仙人掌园还是有前景的，你又开了餐厅，你要是能把我的股份买过去，仙人掌园就成了你的独资企业。

欧阳梦这话令柳秋兰啼笑皆非：欧阳总，要是我当初有足够的资金，就不会找你跟庆瑞合作，你的股份我现在真的吃不下。如果你实在要退股，得找人接盘，而且你之前的投资只能留在项目里。

秋兰，这些协议条款我都知道，问题是我和庆瑞现在没有精力兼顾这个仙人掌园，我要求退股，你总得考虑考虑吧？不能一句话就拿条款把我挡回来。

欧阳梦霍地站起身，情绪有些急躁。柳秋兰被她气笑了：欧阳总，这是创业，不是过家家，你不能说反悔就反悔。

唉，柳大姐，我之前就跟你说过，我这个人没有常性，你一直劝一直劝，说我能干成这事，我奈你不何，才上了这个项目。我现在告诉你，我后悔了！因为我不是干这件事的料。再说荒石坡地方不好，蚊子比苍蝇还大，还特爱咬我。我昨天晚上数了一下，我腿上脚上留下了十五个疤，皮肤晒黑了好几度。你看。

欧阳梦说着捋起衣袖凑到柳秋兰身边，随后指着自己的眼睛说：

我的眼周起了鸡爪纹，眉间起了川字纹，皮肤又黑又粗糙，我昨天晚上穿丝绸睡衣，手皮粗得居然把睡衣拉起了丝。

欧阳梦无比痛惜地看着自己的双手，眼中浮起几丝泪花，声音因委屈而哽咽：

再这样下去，我肯定会变成一个乡野村妇！我没必要过这种日子，我也不用过这种日子！我那些朋友身家不如我，个个保养得鲜嫩靓丽。总之，创业的事我干不成，我也坚持不下去，所以我想退出，柳大姐，希望你能够理解和支持。

见柳秋兰愣怔着没有说话，欧阳梦加重语气道：

柳大姐，说句不客气的话，仙人掌园的项目要不是我们注资，庆瑞和我又去找了县里的关系，光是土地流转就要耗掉你不少的心血和时间，那些补贴也未必轮得上你。即便我两现在退出，也算为仙人掌园尽了力，对得住你。

欧阳梦说出了这段时间憋在心里的话，长舒一口气，双眸露出期盼的神情。柳秋兰张口欲言，嗓子眼却涩得难以发声，耳畔蓦地响起严庆瑞的话：

秋兰，你想让欧阳梦参与仙人掌园项目的开发？她那个人非常情绪化，想一出是一出，说不定她哪天心血来潮，一把掀翻了你的桌子！

不会的，庆瑞，我跟她谈过几次，她很想做事，只是这些年你和家人对她没有这方面的要求和期望，她便乐得当个富贵闲人。

好吧，既然你已经跟她沟通好了，你也坚信她能干成事，我支持你找她合作。只是……

柳秋兰清晰地记得，那天严庆瑞说到这儿时停顿了好一阵，才意味深长地往下讲：

秋兰，我希望你对她的判断是正确的，我更希望你们这个项目不用我来善后。当然，这话应该我对欧阳梦说，而不是对你说。

严庆瑞的话言犹在耳，前几天还打了鸡血般兴奋的欧阳梦此时却来了个"釜底抽薪"，而且态度这么决绝，逼得如此之紧，柳秋兰不由得气结，迟疑着没有表态。

柳大姐，你想好了没有？

欧阳梦摁掉了两个约她打麻将的电话，像一个没吃到糖的孩子似的连声催促着。柳秋兰站起身，情绪有些激动地说：

欧阳总，仙人掌园的前期投资，我投了四十五万元，你投了三十万元，每笔钱怎么花出去的，你我都有数。按协议你现在要给付第二期的投资款了，我还没向你开口，你反倒要退股。你真要退我也劝不住，但那些已经用出去的钱，我不可能把它从泥土里和仙人掌里变回来，我还是前面说的那句话，我没有钱接你前面的盘，你最多只能终止后面的投资。

柳大姐，你做了那么多年生意，你公公、婆婆原来都在税务局，工资也蛮高的，总有些积蓄吧？你不可能拿不出三十万元，只是不想退而已。看来好人做不得，我当初答应投资完全是出于帮助你的好心，没想到你却一点都不念这份情，真令人失望！

柳秋兰这时明白过来了，欧阳梦不仅想退股，还想找自己的碴。可她的动机和起因是什么呢？仙人掌园的项目能够开工上马，欧阳梦功不可没。

柳秋兰重情义、懂感恩，她和欧阳梦交往时一直注意分寸和感情的维系，平素对她很尊重，一时没想明白欧阳梦态度如此急转直下的原因，眼中不由透出浓浓的困惑：欧阳总，你心里是不是有事？能直接跟我说吗？

欧阳梦身上既有骄娇二气，也有直率单纯的一面。想来她早就想直接揭盖子了，如今听柳秋兰这么一问，她立即从手机里调出一张照片给柳秋兰看，口里讥讽道：没什么，只是想听你解释一下你跟严庆瑞的关系。

欧阳梦手机中的那张照片虽然有些朦胧，但还是能清晰地看见照片中紧紧靠在一起的柳秋兰和严庆瑞。严庆瑞的右手似乎还揽住了柳秋兰的腰肢，两人笑得很甜蜜。

柳秋兰仔细瞅了几眼，疑惑地说：我和庆瑞就是普通的同学关系。这抓拍的只是一个瞬间，不代表什么。

欧阳梦冷笑数声：普通的同学能站得这么紧？

柳秋兰正色道：欧阳总，我和严总从来没有这样紧挨着。这照片的拍摄角度有问题。

欧阳梦气愤地站起身，语气变得咄咄逼人：怎么拍不到你和别人这种角度的照片？

柳秋兰心里憋屈得很，也想发火，但欧阳梦是个暴脾气，如果硬碰硬，两人肯定吵得不可开交。想到这，她放软语气说：

这明显是有人在挑事，不然拍这种照片又发给你干什么？拍我和别人的照片没有意义，眼下只有我和你、庆瑞在联手做事。拍照片的人明显是想挑拨离间。

欧阳梦语塞了几分钟，接着问道：看这件衣服，像是年初三那晚拍的。那天开乡贤座谈会，你和庆瑞穿的就是照片中这套衣服。

柳秋兰点了点头，落落大方地说：

欧阳总好记性。年初三那天散会后，我和庆瑞站在我家院坪上商量仙人掌园项目合作的事情，当时我爸妈、冬雪、夏花和绿枝都在家里。张孝哲和严金平还过来跟我们讲了几句话。因为我有点感冒，我和严总隔得还挺远的。拍这张照片的人心思阴暗。欧阳总，你能告诉我这照片是谁发给你的吗？我去找他问个清楚。

你不用问也不用找，我就问你们俩做没做亏心事？欧阳梦的表情、语气倏地锐利起来。

欧阳总，我和庆瑞是发小，很熟悉，但多年没有联系和交往，如果不是这次回村过年，我连他的电话号码都没有。你要是不信，可以去查他的通话记录。

哼，通话记录算什么？你可以有好几个手机啊。反正你们俩不对劲。我想他之所以回村做项目，就是为了方便跟你接触。

被怀疑扰乱了心智的欧阳梦开始钻牛角尖。

柳秋兰神情严正地说：

欧阳总，你这样不但小看了你们家庆瑞，对自己也是一种贬低。我就问你，我有什么地方比你强，值得他背叛你？

柳秋兰说到这儿既好气又好笑，不由伸出晒得乌黑的手在欧阳梦眼前晃了晃。

欧阳梦上下打量了她几眼，尖声道：家花不如野花香呗！再说你长得耐看，脾气又好，你和他以前还谈过恋爱，死灰复燃不是很容易吗？

欧阳总，即便严庆瑞是采花大盗，我也绝不是什么野花。如果你乐意自我折磨，我也没办法。至于退股的事，刚才已经跟你说明白了。你要是没别的事，我得上山干活了。

柳秋兰尽量压抑着心中的怒气，缓缓说完后，转身就要出门，谁知欧阳梦却一把扯住了她：柳秋兰，照片的事你还没解释清楚呢！

我说清楚了，那天我和他在我家院坪上商量事情，他最多只待了十分钟。不信你去问我爸妈和张孝哲、严金平。你可以去向他们求证。

柳秋兰静静地看着欧阳梦，欧阳梦颓然道：好吧，退股的事我再想想，照片的事我会去求证。如果你撒谎，我们一刀两断。

欧阳梦表情沮丧，语声低微。柳秋兰觉得她心中肯定还有其他事，但她不便也不想过问，默默地转身去了仙人掌园。

因食用仙人掌的根部不能长期浸泡在水中，为了便于田间管理，防止仙人掌的根系腐烂，扦插仙人掌时，柳秋兰和欧阳梦采用了高畦栽培的方法。为了保证仙人掌片在生长期间两面受光均匀，又将畦做成了向东偏5—10度的斜畦。尽管这段时间工友们照料精细，仙人掌还是长得很慢，那一行行小小的身子在偌大的山坡上显得嶙峋和虚弱。

想到仙人掌园项目上马以来自己经历的艰辛，念着即将退出这个项目的欧阳梦，柳秋兰像是从仙人掌身上看到了自己的影子，瞬间有些伤感，思绪云般发散开来，其中有一朵云化成了秦玉国的身影。

近来太忙，她已经好几天未上网查看寻人消息，此时想起，不由有些内疚，在心中对丈夫说了两声"对不起"，这边连忙点开手机，看看自己发出去的寻人启事有无回音。结果如她所料，还是外甥打灯笼——照（舅）旧没有任何线索。

经过几年的磨炼，失望已经不再能伤害柳秋兰了，她习惯性地叹口气，接着给婆婆打电话。婆婆自从有了钟叔叔后，很少主动与她联系。即便两人通话，婆婆的话题也只围绕着钟叔叔展开。婆婆说钟叔叔对她好，这两个月吃饭没有要她的钱，钟叔叔给她买了两件衣服，钟叔叔给她买了几包药……

柳秋兰虽然与钟叔叔接触不多，却早已发现他手紧的特点，根本不舍得花钱。婆婆跟钟叔叔在一起吃饭，每餐最多一荤一素，钟叔叔给她买的衣服从未超过两百块钱，但在婆婆心中却贵逾千金。

起初柳秋兰还觉得婆婆在贪钟叔叔的小便宜，可再一想不对呀，婆婆的退休金比钟叔叔高，她往常的消费水平并不低，衣橱里随便哪件衣服都要四五百块钱。说心里话，她很难理解婆婆现在表现出来的那种兴奋与珍重。

上周柳秋兰跟婆婆通电话，婆婆刚收到钟叔叔送的礼物，心情极为愉悦，不由细数起她和公公的从来面。婆婆这一说，柳秋兰才知道，原来婆婆和公公年轻时曾因性格不合闹过几次离婚。后来顾虑着秦玉国，婚没离成，两人冷战了十多年。秦玉国上大学时，公公生了场大病，婆婆不计前嫌地照顾了公公两年，公公对婆婆这才重新热络起来。两人用实际行动强有力地印证了"少年夫妻老来伴"这句古语。

说实话，听到婆婆讲的这些往事柳秋兰非常吃惊。嫁入秦家十多年，她眼中的公公婆婆琴瑟和鸣、相敬如宾。那时她常跟秦玉国说，他们以后要像公公婆婆这样过一辈子，没想到公公婆婆的和睦原来并非源于爱，而是源于亲情和责任。

让柳秋兰纳闷的是，既然公公婆婆感情不好，为什么公公过世后，婆婆却像被人抽了主心骨似的坍塌下来，并以肉眼可见的速度衰老着？

也许击垮婆婆的并非感情，而是习惯。她习惯了公公的存在，而且这习惯已成为她生活中的某种支柱，一旦失去，便打破了生活的平衡。就在婆婆连遭儿子失踪、丈夫离世的困厄，处在悲伤、惶恐、无助的精神状态中时，无微不至的钟叔叔走进了婆婆的生活，给她带来了慰藉与希望，所以她对钟叔叔才会如此依赖？

仿佛是为了印证柳秋兰的以上分析，婆婆接着说：

……秋兰，说起来你可能不相信，我和老秦结婚几十年，老秦没送过我一根针，没请我吃过一顿饭。有一次我出了车祸，我给他打电话，说我撞车了，他没有一句问候。我骂他冷血，老秦说你还能跟我打电话，说明你没事，那我问你干什么？可朋友要是生病了，他嘘寒问暖、关怀备至，那亲热劲连家里人看着都妒忌。这些年我只要在外人面前说老秦一句不好，别人都指责我挑剔。他们说老秦这种打着灯笼难找的好人我都能挑出毛病来，那是我不对，你说可气不可气？好在老天没瞎眼，让我碰到了你钟叔叔。钟叔叔对我那是真的好。

婆婆一口气夸了钟叔叔半个多钟头，接着才说出了这次电话的重点：秋兰，上次托你在凤凰村租的房子，你找着了没有？

若是半年前婆婆有这个想法，柳秋兰分分钟能帮她落实，娘家的房子就空着六七间呢！可现在其中四间改成了绿枝餐馆的包间，另外两间租给了刘水根朋友的老妈。柳夏花不但收了订金，还根据租客的要求添置了不少东西。为此多年前本已分房的陈小妹和柳铁牛如今合住一间，柳秋兰与绿枝、夏花和冬雪各住一间。娘家的房子既已指望不上，她只能去别家找房子，挂断电话后，转身去了钟红莲家。

钟红莲家位于凤凰村的村尾，有前后院。房子左边是柳泉大哥的老宅，虽然没有翻建，但装修得不错。柳泉的大嫂在院子里种了好些果树和花草，比别处多了一些诗情画意。柳泉二哥的老宅在柳泉家的右边，房子几年前拆了，宅基地变成了菜园，柳泉的二哥和二嫂在园子里种满了蕉芋。

钟红莲、柳泉的房子一共有三层楼。长旺公住一楼，他俩和孩子住在二楼，三楼空着，地方挺宽敞的。

柳秋兰进去时，钟红莲正在侍弄菜园。她开门见山地道：红莲，你家三楼出租不？

钟红莲有些意外：秋兰姐，你是说又有张孝哲那样的傻子想到凤凰村租房？

钟红莲这话代表了一部分凤凰村人的观点：张孝哲租柳家的房子搞研学点乃愚蠢之举。

柳秋兰笑道：人家孝哲聪明着呐！你就说你家三楼租不租吧？

租啊，有钱不挣是傻瓜。秋兰姐，我家三楼家具齐全，有厨房，只要扛个煤气罐上去就能开伙。

那就好，我这边有人想租房子，就介绍给你吧。

柳秋兰没想到钟红莲思想这般活络，居然不假思索便答应了。看来参加百姓名嘴演说团的确开阔了她的眼界。

秋兰姐，我听婶婶讲，你们家的两间房是一个月一千八百元租给别人的，我每月一千七百八十元租给房客，你看可好？

为了感谢柳秋兰上门给自家送生意，钟红莲大方地每月降了二十元房租。柳秋兰心想老妈嘴巴还真快，转头就把自家房子租出去的事情告诉了钟红莲，而且还讲得不全，她只得耐心地解释道：红莲，我家每月一千八百块钱的租金中包含了租客的水电费，实际租金没那么高。

秋兰姐，这样算起来房子租不了几个钱呢！能不能把你家的合同给我看看？

钟红莲有些不乐意了。柳秋兰免不得细细开导她一番：红莲，账不能这么算。你的房子空着也是空着，租出去好歹还有进项。即使他们每月用去三百块的水电费，你不还有一千四百八十块的收入吗？

可是柳江乡和春晓乡那边，两间房一月能租两千五百块呢。

钟红莲近来以名嘴演讲员的身份先后去过十多个乡镇演讲，掌握了些其他乡镇村民出租房屋的行情。看她这般攀比，柳秋兰不由得牙疼：

红莲，人家柳江乡和春晓乡做了十多年的旅游，在全省都有名气。我们凤凰村这只凤凰的翅膀还没长全，飞不了几里地，出了县城没多少人晓得。你要是那般比较，你家的房间只能空着。

见钟红莲还在纠结，柳秋兰只得实话实说：

红莲，我婆婆原本看中了柳泉大哥的房子，是我硬向他们推荐你家的。我说你两口子为人实在好相处，爱干净，他们才答应租你的房子。你要是不想挣这份钱，我也不勉强。

柳秋兰转身要走，脑筋转过弯来的钟红莲一把抓住了她的手，笑着说：秋兰姐，我租，我租！

当陈小妹得知柳秋兰替亲家母和她那个男同学租下了钟红莲家的三楼时，特意领着柳铁牛去了趟钟红莲家。先是以准租客的心态挑剔了一番，比如卫生不够好，玻璃窗的插销需要全部更换，三楼的阳台缺一根晒衣竿等。钟红莲一一记下，并明确表示立即改进，陈小妹这才板着脸说：

红莲，既然你想当房东，那我今日先拜托下你，烦请你以后多帮我看着我那亲家母和她那个男同学，最好别让他们俩住一间。

以前陈小妹曾向钟红莲讲过曹文月和老钟交往的事，指责亲家母这么大年纪还离不开男人，传出去让她和柳铁牛颜面无光。钟红莲不以为然，可那是陈小妹的家事，她不便插嘴，只能一笑置之，没想到如今陈小妹的手伸得那么长，管到她家来了，钟红莲心里有些堵，明确地说：

婶婶，他们只是租客，这种事我不好管的。

有什么不好管？你抽空把村里人的闲话转告给我那亲家母和那个老钟，他们自然会掂量。

婶婶，我真的不好传那些闲话。钟红莲不傻，她才不想因为这样的事情得罪曹文月呢！

陈小妹明白她的顾虑，有些不高兴，但又奈她不何，离开钟红莲家后，她对着旁边的柳铁牛埋怨道：

亲家母这么大年纪了，去哪都带着个男人，难怪别人讲她老不正经，害我们丢面子，真讨厌！

陈小妹的嘀咕声还没落下，柳铁牛便喝住了她：亲家公不在了，亲家母有再婚的权利，你这样骂她，我们就有面子了？亲家母是我们的亲戚，就是外人编派她，我们也得护着。

我凭什么护着她？我又没搞那些乱七八糟的名堂，除非你有见不得人的龌龊事，怕别人揭短。

陈小妹不买账，反倒对柳铁牛出言不逊。

柳铁牛气得直摇头：陈小妹，你脑壳是不是进了水？真是白当了几回百姓名嘴演说团的演说员，连理都讲不通！你看人家钟红莲现在进步多大？你再这样下去，肯定要被她甩下几条街。

我当然比不上她，她年轻脸嫩，你看着舒服，我人老皮皱，你看着讨嫌。

陈小妹开始讲歪理，这时他俩已走进家门，没了旁人，柳铁牛便放心地和她大声争执起来，把在后院忙乎的柳秋兰引进了屋：爸、妈，你们吵什么呢？

你妈老想做亲家母的主，我劝她少管闲事！

柳铁牛此话一出，柳秋兰还有什么不明白的？她倒了杯茶递给陈小妹，小声劝慰了她一阵。陈小妹原本还想顺带责备柳秋兰几句，抬眸见她满脸倦色，终究还是不忍心，转身去给菜园浇水，以示她对丈夫的不满。

柳铁牛拿出一顶他编织的草帽放在桌上：秋兰啊，这帽子给你，你上山的时候也要注意防晒。

柳秋兰拿起草帽戴在头上：真合适，老爸的手艺顶呱呱。谢谢老爸。

铁牛心疼地打量着柳秋兰：秋兰，别太拼命了。这回村没几个月，人就瘦了一圈！你要忙不过来，跟我说一声。

柳秋兰朝他一笑：爸，没事，园里有工友帮忙呢。你就好好歇着吧。

说罢她走到院坪上，牵起衣角揩干刚才瞬间涌出的泪水。

今天凌晨四点醒后，她上网发了几封寻找秦玉国的帖子，又在寻人网站浏览了一个多小时，希望能找到秦玉国的线索，可还是没有任何蛛丝马迹。柳秋兰怕自己会沉浸在沮丧中，干脆起来打扫孔雀棚。

近来那些孔雀食量大增，明明昨天上午才打扫过，一晚过去，还是扫出了一箩筐的粪便。柳秋兰把粪便倒入后山与院子之间挖的大坑里，撒上石灰消毒，到时再放水沤肥。接着又打理了一遍那些花草。别看这些不是什么重体力活，可一圈忙下来，她还是累得直喘气。

这时，头发蓬乱的柳冬雪端着早饭走到院坪上，看见柳秋兰浑身大汗，不以为然地说：

大姐，你最近累坏了，干吗不多睡一下懒觉？一大早忙成这样，何苦呢？

对于这个爱睡懒觉的小妹，柳秋兰心疼而又无奈。

自从杨文事件后，柳冬雪一直待在凤凰村的家中，名义上在给柳秋兰帮手，但她心中还没跨过被杨文欺骗的那道坎，精神萎靡不振，干活根本不上心。柳秋兰批评她几回后，她开始破罐子破摔，不是睡懒觉便是出去游逛。柳秋兰知道妹妹心绪不稳，不敢再逼她，只得随她去。

柳夏花为了还刘水根帮忙找冬雪和派工人帮绿枝餐馆收拾的人情，从前天起到刘水根大哥的工地上开一周的挖机，家中的活计全落在了柳秋兰头上，柳冬雪却说她根本没必要这般忙碌，她除了苦笑，还能说什么呢？

想到今天没有客人预订餐，柳秋兰心中稍微松快些，打算稍事歇息后便去仙人掌园干活。

这时严庆瑞给她打来了电话：秋兰，欧阳梦跟我说了她想从仙人掌园撤股的事。她这人终归还是烂泥糊不上墙，白费了你我的一番心思。对不起，给你添麻烦了！

庆瑞，麻烦倒谈不上，只是你和欧阳梦的前期投资我没法还给你们，钱都用光了。柳秋兰无奈地道，同时心中有些忐忑，怕严庆瑞因此将她视为老赖。

秋兰，一切按协议来。我这几天会回凤凰村，到时我们见面谈。

柳秋兰那颗悬起的心终于放落到实处，眼睛有些湿润。可转念想到欧阳梦退股的起因是那张莫名其妙的照片，又连叹数声。

有时，连她都替严庆瑞憋屈。可细究之下，谁的生活不是一地鸡毛呢？

严庆瑞最近的确憋屈到几近窒息。这些年他为云高公司起早摸黑、殚精竭虑，对岳父岳母比儿子还要孝顺，对欧阳梦和自己的小家也是倾心付出，可到头来岳父猜忌他，欧阳梦怀疑他，在痛苦憋屈的同时，他开始自我反省。

柳秋兰说得对，一只碗敲不响。自己肯定也有错。为了找到问题的症结，数日来，严庆瑞连找几个得力部下谈心，请他们指出自己的不足。

由于他身段放得低，又有足够的诚意，而且那些部下都是明眼人，早看出了欧阳云高和欧阳梦对他的疑忌，便不再藏着掖着，把他们觉得严庆瑞可能惹恼欧阳家的几条意见摆了出来：

严总，你这两年放在梦瑞公司的精力比较多，那是你和欧阳梦的公司，云高老总肯定觉得你生出了私心。

有一次云高老总和我姑父吃饭，他说云高公司重要部门的人手都是你的心腹，被你把持了，你想架空他……

那些部下林林总总地说了七八条意见，严庆瑞初听觉得气愤，细想又认为有理。近年来欧阳云高身体欠佳，云高公司的市场大部分是他在拓展和维护，自然喜欢用那些自己用得顺手的人，无形和无意中排挤了欧阳云高原本的心腹。他们一有空就给欧阳云高上眼药，自古三人成虎，众口铄金，欧阳云高耳根子再硬，也经不住那些人的谗言，久而久之便对他心生嫌隙。

至于欧阳梦，她害怕已经变强做大的严庆瑞生出异心，到时舍弃欧阳家，带着属于他的那份家产另寻新欢，所以才会对他如此疑虑纠缠。

厘清头绪后，严庆瑞找岳父、岳母谈心，双方虽未到促膝的亲密程度，但严庆瑞拿出了最大的诚意，将这几年拓展的大客户名单呈给了岳父，主动检讨他的疏漏、失礼之处，把欧阳云高那两个业务能力不强，也不爱干实事的心腹调回原来的部门任职，由欧阳云高亲自督职。

久经沙场的欧阳云高瞬时明白了严庆瑞的用意，立即表明了自己的态度：

庆瑞，老周、老黄他们还是你来管吧。如果他俩不听话或用不顺手，你跟我说一声就行。我们私企的干部都是能上能下的"黑板干部"，你不用有太大顾虑。

就这样，翁婿两人达成了某种互相制衡的协议，彼此都觉得寻回了久违的轻松。

为了表示对梦瑞公司的支持，欧阳云高和邢玉特意邀请了十几个商会成员去凤凰村民宿园的施工现场参观，那些老板纷纷表示民宿园开张后会带家人来此度假消费。邢玉还出钱请商会的杂志给凤凰村民宿园和严庆瑞做了一期宣传专刊。

严庆瑞与岳父岳母的沟通还算顺畅，可事情到了欧阳梦头上却没这么简单。那晚严庆瑞拿着梦瑞公司的收入支出账目、民宿园和仙人掌园的开支明细给她看，欧阳梦板着脸说她看不懂，只要严庆瑞每月给她一百万元即可，其余她万事不管。

严庆瑞苦笑道：餐馆和甜品门店生意时好时坏，不可能每月都有这么多盈利，再说我们还要成本开支和投资再生产，民宿园和仙人掌园项目刚刚开工，正是需要用钱的节点，你这要求不合理。

怎么不合理？新泰餐饮公司的林总每月就给他老婆一百万，我们的生意规模比他大，收入比他高，他能做到你还做不到？你是不是拿钱去养小三了？

……

严庆瑞不想再就此话题争论下去，否则又会进入死循环，转而说起欧阳梦从仙人掌园退股的事来：

小梦，我们上个月才把仙人掌园第一期的投资款打过去，你怎么现在就要求退股？

仙人掌长得太慢了，猴年马月才能挣钱啊？林总的老婆郑丽丽说，他们银行三年大额存单的利息蛮高，一百万存定期，一年有好几万的收入呢！

欧阳梦看着自己变得粗糙的手，慢悠悠地说。

可我们签了协议，如果没有找到下家接盘，投进去的钱也退不回来，你这又是何苦呢？

虽然仙人掌园产业回本慢，但从长远看，还是有利可图的，严庆瑞不想就此放弃，苦口婆心地劝着欧阳梦。

欧阳梦听得连打几个哈欠，仰身躺在沙发上：

庆瑞，你要是实在舍不得，就全权交给柳秋兰去做吧，这边让黄敏跟她对接。我实在受不了那份苦，不想为难自己。

前两日，欧阳梦去找张孝哲、严金平问那张照片的事，他俩证实柳秋兰和严庆瑞那天谈话时起码隔着一米远，没有任何亲密之举。她对柳秋兰的怒气已渐渐消散，退不退股也就无所谓了。可抬眼看见严庆瑞脸上的失望，她还是气恼，倏地爬起身，情绪激动地说：

好了，你别用这种恨铁不成钢的眼光看我。我就是没本事，想躺平，不自立，但我会投胎，有个好爹，又找了你这么个好老公，活该我享福！不服就憋着！

欧阳梦说完，踢跶着拖鞋走进卧室，严庆瑞还想跟过去劝说，不料房门轰地关上，险些撞伤了他的鼻子。他叹息数声，接着给柳秋兰发了条信息，说他近期会回村与她对接仙人掌园的事。柳秋兰回信息时对他千恩万谢，不知为何，他的心情突然沉重起来。

为了贯彻欧阳梦的"指示"，次日严庆瑞让黄敏陪自己回凤凰村。柳秋兰也学乖了，带严庆瑞和黄敏去仙人掌园时，由父亲柳铁牛全程陪同，事前还特意打电话告知欧阳梦，以免引起误会。

原本说要退股的欧阳梦此时却突然现身仙人掌园，且对柳秋兰热情有加，弄得她有些蒙圈，不知欧阳梦唱的什么戏。她正疑惑间，严庆瑞的父母、弟弟严庆华夫妇挑着四担袋装的绿豆来到了荒石坡，说是欧阳梦和柳秋兰发给大家的高温补贴。

工友们每人领了一袋十斤的绿豆，蜂拥着围上前，向柳秋兰和欧阳梦表达谢意。欧阳梦的虚荣心得到了极大的满足，笑赞严庆瑞办了件好事。柳秋兰也认为此乃善举，但她不敢贪功，忙说这绿豆是严庆瑞和欧阳梦发给大家的，工友们只当她谦虚，谢完后又问她过年过节有没有福利。柳秋兰尴尬地一笑，心想严庆瑞常给工友们送伴手礼，无形中吊起了大家的胃口，到时她给不出礼物，反而惹得众人不高兴，不由有些忐忑。

秋兰，你忘了我们家是干什么的？逢年过节我给他们每人几箱饼干，那些礼物也是很实用的，你不用另外花钱。

旁边的欧阳梦看出了她的心思，笑容灿烂地这样保证道，表情和语气非常诚挚，仿佛她从未提过退出仙人掌园的事。

严庆瑞瞅空小声解释道：秋兰，欧阳梦对仙人掌园还是有感情的。最近我做通了她的工作，她不退股了，由我来接手。不过我很忙，这边的事要你全权打理。有事的话，小梦会派黄敏来跟你对接。这是一份补充协议，麻烦你看看。

严庆瑞说着递给她两份他已签字和盖章的补充协议，柳秋兰过目后心中多有感触：补充协议上写明了欧阳梦因身体不适，难以适应仙人掌园的工作，故将她的股东身份移交给了严庆瑞，他的第二期投资款三十万元将如期汇至仙人掌园的账号上，其余责权利按原协议走。

谢谢你，庆瑞。柳秋兰对自己当初执意鼓动欧阳梦参与仙人掌园项目颇为后悔。严庆瑞见她满脸内疚，忙宽慰道：秋兰，我们是在充分沟通的基础上进行的合作，不存在着什么照顾不照顾。当初欧阳梦来，现在我来，这都是我们公司的内部人事调整，对项目不会有任何影响。

一旁的柳铁牛冷不丁道：庆瑞你是本地人，人又吃得苦耐得烦，你来比欧阳梦来好。她是城里人，不习惯干农活，更不习惯跟村里人打交道。

爸，欧阳梦老总还是很厉害、很有能力的，她的民宿改造工程就干得不错。

柳秋兰生怕一旁的黄敏等下会向正在大树下吹电风扇、两眼一直望向他们的欧阳梦传话，引起不必要的误会，连忙补充道。

秋兰，我看你列的工作计划，下一步是给新栽种的三十亩仙人掌接种胭脂虫，难不难？

严庆瑞打量着那片绿茵茵、毛茸茸的仙人掌，多少有些好奇。

柳秋兰从手机上调出照片给他看：没什么技术难度，但需要人手和时间。我订购的是一龄虫，到时用毛刷将虫子直接刷到仙人掌上，这种方法能使幼虫生长良好，也方便我们收取成虫。

严庆瑞点点头：我前几天上网看了有关胭脂虫养殖的资料和视频，觉得养胭脂虫蛮有意思，到时我会把接种、饲养、收取胭脂虫和胭脂虫做染料的过程拍成宣传小视频，在云高公司和跟我们有合作的门户网站、自媒体上播放，尽可能地把仙人掌园推出去。

庆瑞，冬雪有个想法，她打算把村里一年四季的农事、景色和大家的日常生活拍下来，在她的"凤凰村的四季"视频号上发布。她还在几个视频平台注册了账号，主打宣传凤凰村。到时把你们做的小视频也发给她，让她也播一播。既能帮着造势，也能丰富她的内容。

柳秋兰看了两期柳冬雪做的"柳家小院"的短视频后，觉得她还是有这方面的天赋的，所以想多帮帮她。柳秋兰不期望妹妹有多大的成就，但她真心希望冬雪能从被骗的阴影中走出，在回村建设的浪潮中找到适合自己的位置，并尽可能地发光发热。

严庆瑞明白她的想法，颔首道：好。冬雪的形象、气质很出众，适合做电商主播。下次我送她去视频培训班学习，对她以后做新媒体肯定有帮助。

这两年电商发展迅速，梦瑞公司、云高公司亦已进军电商领域，开了多家网店，且生意不错。严庆瑞和欧阳云高相信他们只要抓住直播带货的风头，再过半年时间，网上的销售额将超过实体门店。说到做新媒体，严庆瑞还是有些心得的。他开始给柳秋兰介绍电商知识，柳秋兰听得津津有味。

大约是嫌严庆瑞和柳秋兰说话时间过长，尽管黄敏、柳铁牛都站在他俩身侧，欧阳梦还是不耐烦地凑到了他们旁边，边看手机，边"观察"他俩。听了几分钟他们的谈话后，欧阳梦没了耐心。正好此时市里的朋友约她明天去看一个小鲜肉明星巡演的话剧，欧阳梦近日成了那位小鲜肉的迷妹，听闻后兴奋莫名，悄悄叮嘱了黄敏几句，和他们打了声招呼，便自己开车回市区去了。

柳秋兰暗松一口气。方才在欧阳梦的眼皮子底下与严庆瑞交流，她的心弦绷得紧紧的，生恐哪句话犯了欧阳梦的忌，又惹得她胡思乱想，闹得大家不得安宁。严庆瑞也有同感，望着欧阳梦离去的背影，他的笑容蓦地轻松起来。

这一瞬，柳秋兰有些神伤：夫妻俩都到了这份上，严庆瑞还能忍受着，除了责任，他应该还是非常爱欧阳梦的。她正琢磨着，张孝哲气喘吁吁地跑上山来：

大姐、庆瑞哥，《山风》杂志的胡主编很欣赏金平、冬雪、红莲嫂子和我丈母娘、小妹婶婶的农民画，建议她们把那些画绘在凤凰村村舍的墙上。《山风》杂志社牵头在全省二十个村庄搞一个大地艺术系列展，那些画全都画在村舍的墙上，画得好的能在他们杂志上发表。但是冬雪不想画。秋兰姐，麻烦你劝劝她，如果她的画作能在《山风》杂志上刊登，对她以后做短视频肯定有帮助，这可是一块好的敲门砖呐！

柳冬雪自从被杨文骗后，这段时间一直萎靡不振，柳秋兰觉得她需要外力的激发与帮助，当即给她打电话，细数了一通利弊，柳冬雪这才勉强答应参加。

半个钟头后，柳冬雪出现在他们面前。柳秋兰发现她化了淡妆，衣服和鞋子也配了色，认定那个爱美的妹妹又回来了，不由松了一口气。

孝哲，以后你们可以在村里多搞些与农民画相关的活动。民宿园开张后，我会给你们留间画室。民宿园可以成为展示村民画作的场所，到时我们共同把农民画打造成凤凰村的文化名片。

严庆瑞认为这个大地艺术展很有意思，当即表示支持。接着他介绍了民宿园今后与艺术联动的设想：

我打算专门拿出两幢别墅给著名的画家、作家当工作室，让他们免费使用五年。这五年他们只要每年来别墅住一段时间即可。孝哲，冬雪，凤凰村的农民画画家也能在其中占一席之地。如果有游客看中，那些画作也可以售卖。

张孝哲听到严庆瑞这么说，喜得拍了柳冬雪的肩头两掌：冬雪，今晚回去就画一张，千万别偷懒。

柳冬雪也被这种气氛所鼓舞，说她想先临摹几张图。张孝哲还没开口，柳秋兰道：

就你那三脚猫功夫，哪怕临摹的是世界名画，看上去也像幼儿园小朋友的作品。

大姐，冬雪这样画就对了。那些绘画大师到了晚年都返璞归真，有意追求儿童画的效果，可见儿童画很宝贵。

张孝哲对柳冬雪的画另有见解。

对，儿童画中能见到赤子之心。在这点上农民画与儿童画相类似。冬雪，我相信你们的画作会令人耳目一新。

严庆瑞鼓励道。

张孝哲这才想起正事，抻抻衣裳，满脸笑意地说：

庆瑞大哥、秋兰大姐、冬雪，告诉你们一个好消息，我向严支书、李书记汇报了打造农民画村的想法，他们非常支持，说不定我们凤凰村的农民画能够在全县打响呐。

张孝哲高兴得鼻尖冒汗。严庆瑞又给他提了几条建议，这才转身发给柳冬雪一个电话号码：

冬雪，你姐说你想做短视频，我刚给你发了某短视频平台本省分区老总的电话，他们马上要举办培训班。他同意让你去免费学习。放心，是线上的培训，他们有几个免费的指标，时间也恰恰好，不会影响你手头的工作。

多谢庆瑞哥，我等下就跟他联系。

柳冬雪说着看了看张孝哲，发现他眼中露出期盼之色，知道他也想学，但又不好直接张口，便发挥细妹子的撒娇特长，歪头冲严庆瑞一笑：

庆瑞哥，我想让孝哲也跟着学，到时他做后期会更给力，能不能请那位老总再给个名额？

严庆瑞尚未回话，张孝哲抢先道：庆瑞哥，我交培训费，省得你麻烦。

柳冬雪瞪了他一眼：哎，你这人！

严庆瑞忙笑道：这肯定没问题，爱学习是好事，我支持，一会儿就跟他讲。那个短视频培训班是线上的，多两个人看也不会增加他们的成本。

张孝哲、柳冬雪兴高采烈地走后，柳秋兰表明了自己的担忧：

冬雪和张孝哲的短视频能不能做出来，除了他俩的创意和实力，还得有专业的公司来运作。仅凭他们自己去闯，只怕未必能成功。

柳秋兰经常上网浏览各类新闻，自然知晓那些网红的流量并非天上掉下来的"自来水"，而是公司花钱推广、引流、打造的结果。

我们公司的直播带货这两年做得不错，这方面我有经验。到时我会帮孝哲他们把把关。

严庆瑞话没说完，严庆华便举着手机气喘吁吁地跑了过来：哥，大嫂电话！

严庆瑞看看手表：她刚走二十分钟，怎么又打电话来了？

严庆华抹着脸上的汗说：大嫂打了你好几个电话，你没接。她说民宿园急用的一批材料要明天上午才能到，怕你担心。

严庆瑞叹了口气：那批材料是我买的，哪里要她来提醒？

严庆华瞥了瞥柳秋兰，小声说：大哥，大嫂说你在山上待的时间太长了，怕有花草会引发你的荨麻疹。

严庆瑞自然知晓欧阳梦的意思，脸色倏地阴沉下来。

柳秋兰小心翼翼地问道：没事吧？

严庆瑞苦笑道：欧阳梦这几年睡眠不好，心理处于亚健康状态。有时爱钻牛角尖，可我也不能太怪她，毕竟……

严庆瑞指指自己的胸口：她有心理问题。

严庆华同情地看着严庆瑞：哥，你不是说她前段时间去看了心理门诊吗？有没有好些？

严庆瑞瞄了眼手机：

嗯，上午两个钟头她打了十七个电话，刚才二十分钟打了四个电话，好像比原来好些。黄敏，今天她给你打了几个电话？

黄敏看了下自己的手机：上午七个，刚才两个，确实比原来要少。

严庆瑞指指脑袋：她只怕又钻牛角尖了。

黄敏尴尬地啧啧嘴：表姐夫，我表姐还是很爱你的。

严庆瑞苦笑着摇摇头：她这种爱是绳子，能把我勒死。等她治好了心病，我相信她不会是这种精神状态。

黄敏不想再就这个话题谈下去，这时正巧有人给他打来电话，忙借机走到了远处。

柳秋兰瞅空问道：庆瑞，欧阳梦那天跟我说，你外头有人，凤凰村的事业干起来没劲，她想要跟你离婚。她肯定是误会你了，得空你还是要向她解释清楚。

这话刚出口，柳秋兰就后悔了：自己什么时候变得如此好管闲事了？万一严庆瑞生气怎么办？

好在严庆瑞并未介意，沉默稍许道：这话欧阳梦说了好几年，我不会当真，但我也听烦了。如果她一直这样胡思乱想、胡乱猜测、胡说八道，恐怕我和她只能离婚。

严庆瑞苦笑时脸上多了几道皱纹，显得很沧桑。

庆瑞，能忍则忍。离婚后大人无所谓，受苦的是孩子，还是小心为上。

面对严庆瑞的苦恼，柳秋兰爱莫能助，只能讲几句这样不咸不淡的话。

想到秦玉国消失的这几年，绿枝对秦玉国的思念，想到她看到别人喊"爸爸"时的羡慕眼神，柳秋兰那颗早已被思念折磨得麻木的心抽搐起来。虽说离婚不等于失踪，但在孩子眼中，无论跟着父亲还是母亲，有一方终归是缺失的。尽管现在通信发达，随时可以视频聊天和见面，但横亘在父母与孩子之间的隐形距离有时大如天堑。如果一方再婚，孩子的心理创伤会更大。

庆瑞，你和欧阳梦多沟通，总能找到解决的方法，婚不是那么好离的。要我说呀，婚姻就像榫子安榫眼——还是原配的好！

我和欧阳梦都是这样想的，不然她不会去看心理门诊。过几天我也会去上心理疏导课。你上次跟我说一只碗不响，她变成今天这样，我有一半责任，这话我赞同。

严庆瑞说罢，疲惫地笑了。望着他唇边的那粒小米窝，柳秋兰忽然觉得老天爷很偏心，把该给不该给的东西都给了严庆瑞。比如这粒小米窝，它若是放在一个女孩子的脸上该多美啊！偏偏安在了他一个大男人脸上，好在效果不错，让他既帅又美，而且不娘，雌雄同体是不是美的一种极致？

柳秋兰走神间，严庆瑞已打电话向公司会计交代了给仙人掌园转第二笔投资款的事。细心的他怕下周接种胭脂虫时柳秋兰忙不赢，特意叮嘱黄敏到时带几个员工过来协助她。安排完这些，严庆瑞带着黄敏去了民宿园。晚上他还要赶回市里，主持公司的中层干部会，明日上午还要出席市工商联举办的食品企业社会责任论坛，并做主旨演讲。

目送着严庆瑞远去的背影，柳秋兰忽然鼻子发酸：如果不是严庆瑞的支持，仙人掌园的项目肯定要黄。现在她放落了一颗心，整个人轻快了不少。原本担心欧阳梦退股的工友们也精神倍增，不等柳秋兰吩咐，主动将自己的分内事做得妥妥帖帖。

这时，柳秋兰的手机铃声忽然炸响，刚刚接听，送话筒里便飘出了严金平的哭诉：秋兰姐，孝哲出事啦！

十五、困难的转型

秋兰姐，我们的培训学校关门了。我原本到年底能分红十多万的，现在全打了水漂。

张孝哲坐在柳家左侧那间收拾得干净整洁的研学点办公室里，原本挺直的脊背弯如虾公，修长的双手挠得头发乱七八糟，英俊的脸庞透着愁苦和憔悴，往日乌黑晶亮的眼睛如今布满血丝，说话时嗓音嘶哑，像是刚刚哭过。

严金平抚着已经显怀的肚子，不停地在屋内踱步。柳秋兰怕她出事，让柳冬雪把她送回了毛秀云家，这才坐下来听张孝哲的诉说。

从下半年起，张孝哲以折算教学课时为干股的方式，入股了他同学曾维生的维生艺术培训学校，成为一名股东。当时他算了一笔账，即便学校不再增加培训学员，到年底他最少也能分到十一万块钱。

七月下旬，国家有关部门出台了"双减"政策，要求各教育机构全面压减学生的作业总量和时长，减轻学生过重的作业负担和校外的培训负担。县里根据上级的有关要求，对全县的教育培训机构进行了严格的审查和监管，发文严禁在职教师在校外培训机构（班）兼职，严禁在职教师开展任何形式的有偿补课，严禁在职教师举办或参与举办校外培训机构（班），这直接导致了维生艺术培训学校的关门。

秋兰姐，我好不容易成了股东，现在学校关门，真是倒霉啊！张孝哲欲哭无泪。

孝哲，你别慌，你们维生艺术培训学校是经过县教育局批准成立的培训学校，证照齐全，有培训资质，怕什么？柳秋兰指着墙上贴着的营业执照，温言宽慰着他。

秋兰姐，维生学校是有培训资质，可国家出台"双减"政策后，县一中、二中和县中心小学的在职教师没办法到培训学校来上课，光靠曾维生两公婆和我根本撑不起十多个班近二百人的培训。这等于是釜底抽薪，我们再有雄心壮志，也只能当个无米举炊的巧妇。更何况现在教育部门直接让我们关门，培训这口饭是吃不成了。

张孝哲沮丧得眼圈发红。

国家发文的"双减"跟你们艺术培训好像不挂钩，不能办学校，你们私下里开班带学生行不行？

柳秋兰对国家的相关政策欠了解，张孝哲向她请教，那是问道于盲，她说这话时心虚得很。

唉，我们去问了，教育部门也吃不准上头的精神，谁也不敢给我们正式的答复。

张孝哲叹道。

柳秋兰忽然想到绿枝另一个学画的同学，她近日报名参加了市画院的一个画家举办的绘画培训班，忙打电话问那个家长，市画院画家的培训班有没有关门。

没有啊，报名的人很多，现在限额了。绿枝如果要去，我帮你走个后门。

那位家长倒是挺热心。柳秋兰谢过他，兴奋地对张孝哲说：

孝哲，如果你和曾维生自己带学生，我估计能行。老师不够，你可以从外县请。

柳秋兰只想着给张孝哲出主意，根本没想到自己这话是矛盾的。张孝哲苦笑道：

秋兰姐，外县能教这种培训班的也是在职的美术老师。他们即便能来，上课的成本也太高。我们这种培训说白了就是挣个人头费，维生艺术培训学校看来只能倒闭了。

张孝哲双手绞着头发，眉头皱得能挂起两把锁。

孝哲，我看外面有不少红色培训班和红色教学研修点，我们县也有"红军洞"、少共国际师遗址、红军医院和第五次反"围剿"的战斗遗址，你们要么转行搞红色旅游？柳秋兰灵机一动，给出这么个建议。

张孝哲上网查了下以上景点的距离，摇头道：秋兰姐，那几个红色景点分散在东西南北四个方向，相距太远，有些景点还没有开发，上山的路难走，形不成规模。再说那些景点即便可以去，我们也不敢接。现在的孩子娇贵，万一路上出点事，我们吃不消。

张孝哲倒是很清醒，立马悟出了此事的利弊，看来此路不通了。柳秋兰建议道：

孝哲，我看这事你得跟严支书和李书记汇报，请他们帮你出出主意。

张孝哲感激地站起身，从冰箱里拿出瓶果汁给她：多谢秋兰姐指点，在这里我跟您最熟，一遇到难题就想先请教您，给您添麻烦了。

这么客气干什么？有事你尽管同我讲，我不会打乱哇。只是我主意不多，指点不了你。柳秋兰说的是真心话。

平房内安静了片刻，张孝哲沉吟稍许后说：秋兰姐，你讲得对，我现在遇到了困难，得向村"两委"和驻村工作队报告，恳请他们的支持，说不定他们有高招。

对啊，有困难，找组织。想到村里为自己解决的难题，柳秋兰绷紧的心舒展了一些。

张孝哲当即拉着柳秋兰陪他去找严俊翔和李海峰。此前严金平已跟严俊坤和毛秀云说过培训学校关门的事，张孝哲去村委办时两位老人正好也在。张孝哲见状，掉头便想离开，柳秋兰拽住他的衣袖小声说：孝哲，你这是干什么？

张孝哲叹口气：他们本来就瞧不起我，我不想让他俩看我的笑话。

他说话的声音虽小，却一字不落地落进了严俊坤和毛秀云的耳中。严俊坤黑着脸没说话，毛秀云则从鼻子里哼了一声：这时候还擦粉上吊，真是死要面子活受罪！

方才正在里屋讨论事情的严俊翔和李海峰走出来，热情地招呼张孝哲和柳秋兰坐下。严俊坤和毛秀云依旧稳如泰山地坐在木沙发上，严俊翔见张孝哲站在门边垂着头不吭声，会意地说：

李书记，你招呼下我三哥三嫂，听听他们对整治人居环境的建议，我和孝哲、秋兰有事要议。说罢便把他俩带到了隔壁的会议室。

孝哲，说说你的情况。严俊翔倒了两杯水给他俩，张孝哲端起来嗞啦嗞啦地喝了几口，这才详细地说出事情的来龙去脉，而后期盼地望着严俊翔，希望他能给出一个纾困解难的妙计高招。严俊翔双眉紧蹙地说：孝哲，"双减"是政策性的调整，人力无法改变，找谁都没用。现在唯一的办法是你们主动做出相应的改变，寻找新的商机。我看新东方的俞敏洪的直播带货就做得很好，你们也可以采取线上教学的方式，那样只要一两个老师就够了。

严支书，我们没有俞老师的那种影响力和号召力，他直播有粉丝支持，我们直播只有村里人感兴趣，没有专业公司帮我们运作就没有流量，根本带不动货！

张孝哲颇感无奈。这时柳秋兰看见严俊翔桌上放着一份凤凰村拟与县妇联联合举办凤凰情缘集体婚礼的方案，灵光一现：

孝哲，你是学美术的，以前又开过两年影楼。现在到我们村拍照打卡的人蛮多，你干脆把这里变成婚纱照的外景拍摄基地。

对啊，如果村里和妇联的活动能办成，到时村里请你当摄影师。来，你们俩正好帮忙看下这两份策划，给我们提些宝贵意见。

严俊翔说着把那份凤凰村和妇联搞活动的策划递给了张孝哲，又从抽屉里取出一份彩打的策划书给柳秋兰。柳秋兰看后啧啧称赞：

严支书厉害！七夕跟妇联举办凤凰情缘集体婚礼，十月份和县老龄委举办金婚庆典，好有打呀！

什么好有打？我才没那个能力！这都是李书记的创意，也是他去联系的。乡风文明建设是乡村振兴的重要一环。我们搞的这两项活动符合当下的形势，也是我们目前的工作重点，所以方案报上去以后县领导都很重视。这两个活动要是办成功了，对提升我们凤凰村的知名度还是大有帮助的。

一说起村里的正事，严俊翔立即进入村支书的临战状态，当着他俩的面又强调了一遍乡风文明建设的重要性，继而又把严俊坤和毛秀云从隔壁请过来，有些事情他必须当着哥嫂和张孝哲的面说开才行。

柳秋兰知趣地离开了会议室，刚走到楼梯口便听见屋内传来愤怒的语声，她脚步一滞，严俊翔的声音随即钻入了她的耳郭：

三哥、三嫂，你们这么大岁数了，做事却一点都不靠谱。金平和孝哲夫妻感情好，金平中意他，现在又怀孕了。张孝哲为人厚道，肯吃苦，有能力，你们俩却将这个好女婿当成仇人，门都不让进。现在村里人背后都在骂你们不讲理、势利眼。

毛秀云似乎辩论了几句，柳秋兰没听清，严俊翔的声音倒越发高了：

下坝村小组的陈强嫁女要高价彩礼，还要验证男方家的房产证和银行存单，属实离谱得过分。我前天找陈强谈话，结果他拿你们两个要高价彩礼不成、苛待张孝哲的事来堵我的嘴，说我有本事先让你们俩认了张孝哲这个女婿，他就向你们学习，不要男方的彩礼。还有人说，如果三嫂你再不认女婿，那就说明你反对高价彩礼的演讲都是假话。她们要去乡里举报你。三哥、三嫂，你们让我怎么去做别人的工作？

为高价彩礼和张孝哲的事，严俊翔跟严俊坤和毛秀云沟通了不下十次。严俊坤给了他面子，说只要毛秀云不再反对，他便同意张孝哲进门，可毛秀云在这件事上却油盐不入，"恶岳母"的名声不胫而走，乃至严俊翔上次去杉树村做那位虐待老人的妇女的思想工作时，那位妇女和家中的七大姑八大姨把毛秀云当成"武器"来攻击他，质问得他哑口无言，后来只好换李海峰上门与她们沟通。

想到这里，严俊翔调出那些妇人抨击毛秀云的视频给严俊坤两口子看。

视频是杉树村的村支书帮忙拍的，只见晃动的画面中，几个妇人神情激动、七嘴八舌地质问着严俊翔，有的还将手指伸到他鼻尖前：

严支书，张孝哲那么老实、勤恳、斯文的后生，毛秀云都看不入眼，不就是因为他家出不起高价彩礼吗？

严支书，你们偏心。毛秀云思想觉悟低，嘴巴却比抹了蜜还甜，哄谁呢？她当百姓演讲员我们不服气。

对呀，她老公以前是村支书，你是她小叔，现在也是村支书，她是干部的家属，却说一套做一套，我也不服她。

看到这里，毛秀云坐不住了，红头涨脑地站起身，恨恨地说：这些嚼舌根的，看我下次不卸了她们的牙巴骨。

嫂子，我这视频里拍的可都是外村人，连她们都替孝哲打抱不平，可见你这事做得多讨人嫌！还有，她们肯让人拍视频，那就说明她们不怕你去找她们算账，因为她们说的是事实。

严俊翔这话令毛秀云哑口无言，严俊坤面上也好比火烧山，红彤彤一片。柳秋兰方才一时好奇从楼梯口走回了会议室窗外，屋里的话语和有些画面入耳入目。此刻见毛秀云起身，柳秋兰担心她会怪自己"偷听"，连忙转身下了楼。

几日后，毛秀云带着严金平和两个在好味道农家乐帮工的亲戚过来，把张孝哲放在柳家平房的家什物件搬进了严家。当时柳秋兰正领着村民在山上给仙人掌接种胭脂虫，听到张孝哲打来的电话后，心中为他高兴：

孝哲，以后好好跟老人相处，日久见人心，他们一定会喜欢你的。

柳大姐，多谢你的关照和关心。夏花刚运了一大车东西回来，研学点原来的房间我已经打扫干净，正好可以放杂物。

张孝哲挂断电话后便转身给柳夏花帮忙去了。两人花了半个多钟头才把那车从绿枝超市运回的杂物安置好。

柳秋兰回来后，满脸汗水的柳夏花眼圈一红，哽咽着说：

大姐，超市的房子我退了。因为我们是提前退租，两个月的押金店东不肯退。不过这也没办法，是我们违约在先。能卖的货都卖了，卖不完的我拉回了家。毛秀云还真体贴我们啊，这时候接走了张孝哲，不然那些东西都没地方放。

绿枝超市伴随了柳秋兰、柳夏花十一个春秋，她俩对那间超市有很深的感情。怎奈形势逼人，她们纵有天大的本事，也拗不过形势，只得含泪关门。

柳秋兰从柳夏花的絮叨中察觉了她的难舍，她又何尝不是如此？但人总要向前看，便抑制着那份伤感，鼓励道：

夏花，从今往后，我们全心全意地在村里发展，我就不信我们闯不出来。

柳秋兰说这话时心中其实多少有些迷茫——什么叫闯出来？在有些村人眼中，她们姐妹开了超市和农家乐餐馆，上马了仙人掌园项目，柳冬雪在美容院也收入不菲，已经算很成功了！

当然，头脑清醒的人如果此刻听到了柳秋兰这话，应该能够明白她的潜台词：

为了农家乐和仙人掌园，柳氏姐妹已经掏空了存款，柳秋兰眼下说的"闯出来"，便是这两个项目必须回本并挣钱。倘若做不到这两点，她们就是岸上晒了三天的棍子鱼——死翘翘。

姐，你别急，反正现在我们不用付房租，到时我们多种些菜蔬，多养些鸡鸭，把农家乐的成本降到最低。帮刘水根大哥开挖机的那段时间，我吃了十多家农家乐餐馆的菜，把好的菜品都拍下来、记下来了，我再琢磨琢磨，肯定能创出新菜品和新口味！

柳夏花跟着柳秋兰在外打拼多年，自然秒懂大姐的意思，表白似的给她鼓励。刚刚赶过来的刘水根没听到她们姐妹俩方才的对话，满面笑容地对柳秋兰说：

秋兰姐，我在朋友圈发了我朋友爸妈在凤凰村生活的照片和视频，又有两家的老人想到凤凰村来住，拜托我给他们找房子，我看不如我们先租一些房间下来，稍微收拾收拾，再转租给有需要的老人过夏天。

你是说我们当二房东？柳秋兰觉得这个思路不错，眼中亮晶晶的。

去去去，刘水根，你别在这里胡说八道。你让我们在村里当二房东，到时村里人的口水都会淹死我们！

柳夏花可没柳秋兰的这份兴奋，翻了刘水根两眼，抢白道。

夏花，你的脑筋比八十岁的婆婆还要老。当二房东又不犯法，互惠互利的正经生意怎么不能做？

刘水根这次没有听柳夏花的话，扭头对柳秋兰说：

大姐，凤凰村气候条件好，风景美，空气清新，离乡里和县城不算远，交通挺方便，老人住在这里，家人能放心。我目前的打算是主做老人在村里过夏的生意，如果客人想租全年也行。

刘水根在生意场上摸爬滚打多年，对商机非常敏感。其实他提的这个点子柳秋兰也想过，但她没有精力去打理，再说她怕自己此举会引起严庆瑞和欧阳梦的误会。这会儿也一样。她皱眉道：

严庆瑞的民宿还在装修，我们就开始干这票生意，到时人家会怎么想？

唉，秋兰姐，我们做的是老人家的生意，这部分人对严总来讲是低端客户。严总的目标受众是能够自驾游的中青年群体。你看他民宿的装修，以后一晚上没有五六百块钱住不下来，老人家哪里舍得去？

刘水根的分析入情入理，柳秋兰反问道：那你打算怎么做？

大姐，欧阳梦才闹了一出退股的戏，虽然庆瑞哥救了场，可他也不是非上仙人掌园的项目不可。万一因为这件事得罪了庆瑞哥，我看不划算。你还是要想清楚些。柳夏花这时反而比柳秋兰冷静。

刘水根悄悄扯了把柳夏花的衣角，原本还想说话的柳夏花倏地闭了嘴。

刘水根笑吟吟地看着柳秋兰：大姐要是愿意当二房东，我再说我的想法。

柳秋兰想了想，拿定了主意：水根，只要这二房东能让大家得利，能提高凤凰村的人气和知名度，我乐意加入。

嗯，我是这样想的。我们先收一二十间房，注意，我们收的是房间，不是一二十栋房子，收房子那是严庆瑞那种大老板干的，我们只能当小老板。我们给村民一个价，如果他们同意把房子租给我们，我们跟房东签合同时要注明允许我们转租。

柳夏花有些迟疑：就怕村里人不同意。

怎么不同意？我们跟民宿园的做法其实是一样的，只不过民宿园做的是长期的高端生意，我们做的是短期的低端生意。只要确保房东的经济收入，谁会白白放着钱不挣？

柳秋兰和柳夏花点点头，期待地望着刘水根。刘水根的思路很清晰：

我们租下的房间得刷层白腻子粉，再补齐家具和家用电器，有的房子很新，这些东西一应俱全；有的房子老旧，我们得添置齐那些物件。这两种房子的租价肯定有差别，但不管高低，我们给房东一个底价，比如两间房子的月租底价为一千元，我们的转租价为两千元，后面的一千元就是我们挣的差价。这一个月才肯出两千元的老人肯定不是严庆瑞民宿园的目标顾客群体，他和欧阳梦不会怪我们当二房东，大姐若是不信，可以打电话去问问。

在刘水根的鼓励下，柳秋兰当晚就打电话和严庆瑞沟通。严庆瑞的反应果然如刘水根所料，连声夸她这个主意好：

你们这个项目给凤凰村招来了老人，就等于在给我的民宿园引流。

庆瑞，你是说老人来了凤凰村，他们的孩子也会过来，而那些孩子都是民宿园的潜在消费者？

对啊！他们也许只住一两晚，但来的人多了就会有口碑，慢慢地这儿就能成为网红打卡地。

严庆瑞对凤凰村未来的旅游业持乐观态度。为了那个美好的未来能早日到来，他积极配合村"两委"和驻村工作队干实事。比如严俊翔和李海峰与县妇联、县老龄委策划的凤凰情缘集体婚礼、重阳节金婚庆典活动，县妇联和老龄委都已同意挂名联办，但这两家单位无法在经费上予以支持。而没有经费，现场音响、舞台搭建、颁奖时的纪念品费用从何处出？经初步匡算，这两场活动要办下来最少需要三十万元！就在严俊翔、李海峰急得抓耳挠腮时，严庆瑞挺身而出，以梦瑞公司的名义支持了村里三十万元活动经费。作为回报，主办方和联办方允许梦瑞公司冠名活动现场的抽奖环节，活动的纪念礼品和与会者的伴手礼也由原方案的奖金改为梦瑞公司食品门店的提货券。

为了办好活动，严庆瑞曾就纪念品、伴手礼问题，派员工征求过二十多位报名参加集体婚礼和金婚庆典活动的新人、老人的意见。他们都觉得梦瑞公司食品门店的糕点品种丰富，提货券又全年可用，相当实惠；而且甜蜜的礼品很切合活动主题，非常不错。严俊翔和李海峰听说后也感到满意。

因着严庆瑞的这些支持，凤凰村有了举办这两场活动的底气，不久便和县妇联、县老龄委签署了共同举办凤凰情缘集体婚礼和重阳节金婚庆典活动的协议。

县妇联主席、县老龄委主任向上级汇报后，得到了分管领导的大力支持。两家单位的联络员先后给严俊翔打来电话，说县分管领导届时会出席这两场活动的开幕式。

这对严俊翔、李海峰、严庆瑞无疑是一种鼓励——他们并非官迷，也不迷信官员，但县分管领导的出席意味着县委、县政府对这两次活动的重视和对他们工作的支持，自然开心呀！

在村"两委"和驻村工作队的帮助下，张孝哲的困难也得到了部分纾解。首先严俊翔说服严俊坤和毛秀云，将张孝哲接回了家中，解决了他家事的烦恼。接着李海峰带着张孝哲去县教育局，向有关人员具体陈述了维生艺培学校的情况，强调他们进行的是非学科类的培训，不应该一刀切。工作人员收下了维生艺培学校的情况汇报，一周后回复说，非学科类的兴趣班还是允许存在的，但学校的在职老师不能在该校兼课，要他们注意方式方法。

曾维生是个聪明人，不再大打他曾引以为傲的培训学校的牌子，而是强调非学科类素质教育的"热血文化"培训，主打红色基因的教育与传承，外加举办与非遗传承项目和农事相关的主题活动周末欢乐营。这种独具特色的周末活动还蛮有号召力，前五期活动主题公布才两天，五百个名额便全部报满。

举办活动是张孝哲的强项，曾维生从善如流，采纳了不少他的建议，比如利用双休日搞活动，孩子必须有家长全程陪同；每期一个主题，借鉴剧本杀的形式，在活动中加入故事情节和角色扮演，增强孩子与活动的互动性和黏性……

张孝哲、曾维生举办的"热血文化"教育培训很快便在南远县名声大震，因尚在暑期，有些家长要上班，没空照顾在家的"神兽"，他们新开的五个非周末班因此期期爆满。与周末班不同的是，这些班的陪同人员全是家中的老人。为免老人无聊，张孝哲特意设置了一些适合老人的游戏，深受老人的欢迎。张孝哲、曾维生两人由此得到启发，立即举办了几期收费的"老人游乐班"，生意照样红火。这种情况对他俩而言，可谓是失之东隅，收之桑榆。

为了感谢凤凰村村"两委"和驻村工作队对他们的支持，张孝哲和曾维生专程到凤凰村村部向李海峰、严俊翔致谢。原本他俩想在农家乐餐馆请众人吃饭，严俊翔、李海峰异口同声地婉拒了，安排两人在村文明实践中心给村人各讲了一堂课，算是张孝哲、曾维生对凤凰村的"谢礼"。

这天张孝哲见到柳秋兰有些不好意思，原先他和柳家签了三年的房屋租赁协议，如今他中途退租，按说押金不能退，可柳秋兰却在严金平过来搬东西的当日就把租房押金退给了张孝哲。张孝哲找到柳秋兰，说他还要继续租柳秋兰家那两间房子当画室。

柳秋兰笑道：孝哲，多谢你租了我家的房子，给凤凰村开了出租房子的先例。秀云婶家的房间多，你就是弄三个画室也够，没必要再租我们家的房子。

大姐，我违反了协议，你还给我退押金，我不能收，得把租房押金退回给您！张孝哲实心诚意地道。

孝哲，不瞒你说，现在到我们村租房子过夏天的老人不少，你退回的那两间房一间放杂物，另一间很快能租出去，你跟秀云婶说一下，她家要是有房间出租，我帮她一起在网上发小广告，说不定转眼就能租出去。

柳秋兰说这话时，柳夏花和柳冬雪恰巧在边上。柳冬雪撇嘴道：大姐，你这什么臭主意？人家秀云婶哪见到那几个小钱？

对呀，毛秀云眼界阔得很，听讲她连严亚宁的农家乐都看不上眼，就等着买彩票成亿万富翁呢！

只要提到毛秀云，柳夏花便心中不喜，每次总是这样牙尖嘴利地出言挖苦。柳冬雪也总是附和。两人你一言我一语地说起毛秀云的糗事来，张孝哲听着颇为尴尬。柳秋兰使眼色制止了两个妹妹，温言软语地宽慰了张孝哲一番，这才将他送出家门。

盛夏的骄阳下，夹杂着稻香的山风令人舒适。张孝哲凝视着蓝天白云下美如画卷的凤凰村，心中仿佛有什么东西在悄然生长、盛放。

昨天严俊翔找到他，说村"两委"经过货比三家和充分讨论，决定把村里即将举办的两场大活动的现场搭建、广告宣传、视频拍摄等任务交给他的广告公司执行。这两次活动的现场执行预算并不高，但对因维生艺培学校关门而痛失股东之位的张孝哲来说，无疑是剂强心针。张孝哲喜出望外，同时也倍增信心。他名下的广告公司开业后承接过四百多场的大小活动，具有丰富的临场经验。最令他开心的是，活动组委会新增了采访新郎、新娘和金婚老人，为他们制作家庭微电影的环节，这是一个自选项目。严俊翔告诉他时，已有十七对参加集体婚礼的新人和十五对参加金婚庆典的老人提出要拍家庭微电影。

孝哲，每家拍摄制作微电影的费用是三千元，钱不多，你接下这些微电影不图挣钱，权当为自己打个广告。

严俊翔报出的拍摄价格险些让张孝哲打退堂鼓：五分钟视频虽短，但他得租摄像机和灯光，还有配乐、调色、剪辑等后期制作，这三千块钱他租设备都不够，但想到严俊翔说的广告效应，加上想拍的人还在增加，总体算下来，他略有盈余，终于还是咬牙答应了。另外村"两委"还请他担任凤凰情缘集体婚礼的外景摄影师。他相信自己的创意和摄影、制作技术会让那些参加集体婚礼的新郎、新娘满意，到时形成口碑，从而带动凤凰村的婚纱照外景地拍摄。

想到以后自己的事业将与凤凰村融合得更紧，张孝哲走到树荫下，打开手机，认真地看了遍柳秋兰发给他的"十二月花令"。

为了让村人在房前屋后栽种花期各异的花木，柳秋兰费了不少功夫上网找花种，并让柳冬雪制作成PPT，还根据凤凰村村民住房的地势、户型进行了一对一的花品推荐。可当她把这份推荐表发到村民群里后，村民们却根本不予回应。

严俊翔和李海峰认为柳秋兰这个主意不错，也在群里转发了几次，转发时他俩还各自加了推荐"按语"，提醒大家这是个很好的主意，如果大家都能按照柳秋兰的设计去种花，凤凰村未来将成为南远县最美的村庄。有了这个名头，还愁引不来游客？

无奈众人认为这些花花草草的事与村庄的发展大计无关，最关键的是田活、家务事繁重，他们没有心思去打理那些只能看不能吃、不能生钱的花草。有这种花的心思，他们还不如多种几钵生姜葱蒜，万一哪天炒鸡蛋少一把葱，烧鱼少块姜，临时还能为烧红的铁锅救个急。

张孝哲中意花草，喜欢优美、雅致的环境。尽管严亚宁是他妻弟，好味道农家乐的客流量比绿枝餐馆大，挣的钱更多，但小资情调浓郁的张孝哲还是偏爱绿枝餐馆。一则绿枝餐馆贯彻了他的设计理念，二来柳秋兰美商偏高，有不少想法与他类同，比如她最近在村民群中发布的"十二月花令"，张孝哲便越看越觉得有意思，接连几天在群里响应柳秋兰的倡议，还详细谈了自己的看法。严金平也发了几条"赞成"的消息给他助威。

张孝哲受到妻子的鼓励后，当即网购了十几盒花和十几包花籽，打算把花籽撒在村民们的房前屋后和村子的道路两旁，到时花开了，村民们在赏心悦目之余，自会认同柳秋兰的"十二月花令"，并自发地加入养花大军，这样凤凰村的环境肯定会越来越美。

你这个傻子，做好事还偷偷摸摸啊？要做就光明正大地做。

严金平不愿张孝哲做这种无名英雄，随后在群里发了条短信，说张孝哲免费给村民提供花籽，还列出了花的品种、花期、颜色，需要的村民只要在群里"艾特"她即可。她说得很实在，村民们没觉得她这是在给张孝哲脸上贴金，异口同声地夸她"教夫有方"，不到半小时，那些花籽便被认领完毕。

金平，你怎么越来越聪明了？厉害！张孝哲佩服地向她伸出了大拇指。严金平得意地一笑：你也不看我是谁的老婆？

张孝哲握住她的手嘿嘿地傻笑起来，一边细心地用纸巾给严金平揩着脸上的汗。

严金平怀孕后脸颊长了雀斑，腰身变得臃肿，形象大不如前，但她并未像网上说的那样一孕傻三年。在完成乡镇统计员的工作之余，她不断地画画，艺术功力渐长，严金平越来越有信心，期望自己能摘下"南远县第一位农民女画家"的称号。而这些，与张孝哲对她的细心指点分不开，所以她也想方设法地支持张孝哲。

在村民群里力挺了丈夫后，严金平还在家中给老爸老妈下达"任务"，让他俩去做那些不肯种花的村民的工作。严俊坤热情不高，被严金平"嫌弃"。毛秀云撇嘴道：这有什么难？只要讲几句闲话就能干成。

吹，你就吹吧。严俊坤说罢，打开一罐冰镇啤酒，有滋有味地喝着。

严金平撒娇地说：老妈，没想到你当了名嘴演讲员后变得这么厉害！

死妹子，你就晓得给我灌蜜糖水！毛秀云嘴上嗔怪着，心中却窃喜。严金平朝张孝哲使了个眼色。张孝哲"得令"后也连夸了毛秀云几句。得到鼓励的毛秀云换了件新衣服，梳好头发，精神焕发地出门游说去了。

因毛秀云最近接纳了张孝哲，严金平现在与老妈和好如初，但在内心深处，她对毛秀云的承诺并没抱太大的希望。

谁知傍晚时分，村民群里就有三十多位村民回复了严俊翔、李海峰转发的"十二月花令"倡议，表态说他们愿意种花，不少人还"艾特"了柳秋兰，向她打听种花的诀窍。

老妈，你是怎么传闲话的？严金平和张孝哲望着毛秀云，两人都很好奇。

毛秀云哈哈一笑：我告诉她们，柳秋兰家现在的花引来了好多拍照的客人，那些客人都会买陈小妹卖的土特产，陈小妹挣了不少钱。大家一听心全痒了，这才争着去种花的。

老妈，你这是在鼓励恶性竞争啊，厉害！严金平这话令毛秀云皱起了眉头。

我这怎么是鼓励恶性竞争？我是在给大家鼓劲！孝哲啊，我们村有不少能人，而且大家会的手艺都不一样，比如我做的冻米糖好吃，钟红莲做的豆腐乳全村数得上，毛根婶腌的酸萝卜、酸豆角特别爽口，伟军嫂做的水酒比酒店的还招人喜欢，小珍的豆腐花，寿兰家的腌李子、南酸枣糕都好吃得寻尾巴，到时我们各卖各的拿手货，八仙过海，各显神通地去挣钱，这是好事啊！金平你偏给我扣顶大帽子！

毛秀云说罢气呼呼地瞪着严金平。张孝哲递给毛秀云一杯茶水，笑道：老妈，你说的这个叫良性竞争、规模效应，对村里的发展只有好处。

看，金平，你怀孕后人变傻了，孝哲的话才真正说到了点子上。

毛秀云对张孝哲的心结解开后，对他越看越顺眼，每每看到张孝哲细心照顾女儿的画面，便恨自己前段时间被高价彩礼蒙了双目，把个好男儿看成了烂渣男，险些坏了女儿的婚姻。心怀歉疚的她这些天有意拉近自己与张孝哲的距离。张孝哲早就放下了对毛秀云和严俊坤的偏见，坚持当个礼貌周到、细心暖心的好女婿。眼下一家人处得相当和睦。

老妈不愧是名嘴，只略施小计，就把四叔和李书记发号施令都没解决的问题给解决了。佩服！佩服！

严金平又适时地给毛秀云戴了顶高帽子，毛秀云笑得合不拢嘴。不过笑着笑着她突然严肃起来，接着小声问张孝哲和严金平：

你们老实告诉我，亚宁是不是在和夏花谈对象？

正在喝水的严金平惊得差点将水喷出：老妈，你太有想象力了！我哥什么人？他是个好色之徒，就中意好看的。柳夏花稀里马哈的像个男崽子，我哥哪看得上她？你就放一百个心吧。

不对，我看你哥最近老往柳家跑，好几次冬雪还去找他，他也开车带着冬雪去过几次县城，说是顺路捎带她出去。等等，等等！

毛秀云说到这里，猛地一拍脑袋：是我糊涂了，我一直以为冬雪在给夏花打掩护，现在看来你哥是在跟冬雪谈。对，肯定是这样！

毛秀云扭头目光炯炯地盯着张孝哲：孝哲，你在柳家的平房住了几个月，你有没有看见他两在一起？

张孝哲歪着脑袋想了想：妈，亚宁跟柳家三姐妹都好熟，要说他找得最多的还是夏花，但夏花没把他当男的，他也没把夏花当女的。我觉得他们两不可能。对了，我听说柳夏花最近好像在跟刘水根谈呐！

严金平的口气略有些酸涩：她倒是会找，一下子找了个有钱佬。

张孝哲白她一眼，严金平抱歉地闭了嘴，她可不想让张孝哲产生误会。

那就是说，亚宁在跟冬雪谈咯？冬雪长得好，不过脾气跟金平一样丑。夏花倒是能做事，可行事作风像个男子牯，唉。毛秀云开始患得患失，内心深处并不认可柳家的这两位妹子。

这时一直默默喝酒的严俊坤插嘴道：儿女大了不由娘，亚宁要找谁是他的事，我们不要多管。严俊坤因女儿和张孝哲的事被严俊翔教训了一通，心中窝火而又无奈。他自认为待张孝哲还算公平，除了冷脸以对，并未像自家老伴那样苛待他。可外头的人却不管实情如何，依旧将他描述成一个为了高价彩礼而刁难女婿的刻薄之人。这几日他只要一想起此事就恼火、气结，可他又奈何不了自家老伴，只能和她一起背锅。

自从张孝哲住进严家后，严俊坤一直在仔细观察他，发现这后生有真才实学和闯劲，不骄不躁，对女儿严金平是真好、真爱，他的郁闷一扫而光：

当父母的不能陪儿女一辈子，而他们的另一半才是要和他们共度余生的伴侣。当老做大的不能以自己的喜好去干涉孩子的婚姻。在他的劝说下，毛秀云对张孝哲温和、亲切了许多。

如今，又轮到他俩为亚宁操心了。说心里话，严俊坤更认可柳夏花，觉得她比柳冬雪朴实、能干，可问题在于是儿子在选对象，他的意见并不重要，所以多说无益，他明智地选择了沉默。

毛秀云在外头横着走，在家中有时还是蛮顾及严俊坤的面子的。在严亚宁与柳冬雪这件事上，毛秀云已觉察到老头子和自己意见不同，她当面没说什么，严俊坤一走，便把张孝哲拉到厨房，一边洗碗筷，一边向他打听亚宁与柳家姐妹交往的详情。张孝哲拣能说的说了，毛秀云仍不满足，连声催问他能否确定严亚宁和柳冬雪真的在交往。

妈，我住在他们家的平房里，平常不去柳家的。我是见过亚宁和冬雪出去玩，至于他们是不是在谈恋爱，这个我还真没法判断。金平，你不是跟冬雪玩得好吗？她的行踪你比我了解。

张孝哲故意把锅甩给了严金平。严金平暗中揪了他两把，皱起眉尖道：老妈，如果我哥真的在和柳冬雪谈，你打算破掉他们的姻缘吗？

毛秀云瞥了眼旁边的张孝哲，避实就虚地说：你爸讲得对，我们现在做不了儿女的主，看他自己的意思吧。

严金平噘了噘嘴：老妈，你就是偏心亚宁。当初我和孝哲谈时你怎么不讲这句话呢？

张孝哲见毛秀云尴尬得脸都能拧出水来，忙说：老妈，讲心里话吧，我觉得亚宁把夏花当兄弟看待，把冬雪当成妹子疼爱，有事他会找夏花帮忙，有好吃好玩的他会想着冬雪。至于他是不是在追冬雪，亚宁不说，我也猜不中他的心事，不如改天您直接问他。

毛秀云晓得他在为自己解围，感激地睇了他一眼，叹道：算了，我们老了，管不了你们这些后生崽，没用喽。

打量着突然间老态毕现的毛秀云，严金平岔开了话题：哎，孝哲，我听说刘水根有一个儿子，放在他大嫂身边。你说柳夏花会给人去当后妈吗？她那么有志气，肯定不想让人看她的笑话。

严金平小时候和柳夏花要好，长大后两人却一直在斗气比高低。严金平认为自己找的张孝哲无论哪方面都拿得出手，刘水根除了有点钱，其他方面比张孝哲差远了，起码在她看来是如此。她不相信柳夏花会在找对象的事情上甘愿低她一头。

人家刘水根事业发达，挣了不少钱，当后妈又怎样？夏花可比你讲实惠。

毛秀云到底还是没忍住，说了这么一嘴。说完她又有些后悔，生恐女儿和女婿会生气。

严金平果然嘟起了嘴：什么事业发达？不过是靠了他哥哥，做些沙石生意而已。我听说县里最近出台了一份文件，要搞河长制，要保护河道环境，到时不准挖沙石，我看刘水根还能得意到哪里去？

张孝哲不愿意听这些女人家的闲言碎语，正好他的手机响了，忙走到外面去接电话。

严金平板起脸对毛秀云道：妈，你以后别在孝哲面前说这说那的！我认准的人你也要认准，不然我肚子里的孩子以后懂事了会怪你！

哎哟，死妹子，你家张孝哲又不是碰不得的鸡蛋羹，再说我刚才没挨他一个字，你气什么？毛秀云叫起屈来。

哼，老妈，我是你肚子里出来的蛔虫，我还会不晓得你的脾气？反正你以后少说张孝哲，更不要指桑骂槐，含沙射影，人家又不是傻子，哪会分不清好歹话？哪怕你是长辈，讲多了怪话，人家心里也会难过。

严金平这话一出嘴，毛秀云便轻拍了她两下：

唉，古话讲女心外向，现在看来真的讲对了。你一嫁老公就忘了我和你爸，教出你这么个没良心的女儿，真是造孽哟！

毛秀云突然伤心起来。严金平可不吃她这一套，捂着肚子说：哎哟，妈，毛毛踢了我好几脚。你看，肚子是不是鼓了一个包？

真的？在哪儿？让我摸摸。毛秀云立马没了脾气，伸出湿乎乎的手要去掀严金平的衣服。

严金平拧身躲开：老妈，你隔着衣服摸就行了，不然你手上的水汽要从手掌传到毛毛身上呢！

死妹子，变着法子来逗我。毛秀云想到自己马上要做外婆，丝毫没在意女儿的语气。

妈，你以前一直希望我嫁个勤劳能干、长相好、为人诚实、知冷知热的好老公，这几样人家孝哲都达了标。你不能有事没事就挑他毛病。再挑我不开心，我不开心就跟你发火，弄得你也难过，何苦呢？

严金平开导着母亲。毛秀云没答话，手掌轻轻覆在女儿的小腹上。当她终于感受到胎动时，笑容撑开了她脸上的皱纹：

动了，动了！这么有劲，看样子是个屙尿上墙的崽哩！

严金平开始撒娇：妈，当着外孙的面，刚才我讲的事，你得给我个回话哈。

毛秀云渐渐收了笑容，叹息着说：金平，孝哲人好，但他家家底薄。妈当初要彩礼，是觉得你可以嫁到更好的人家。

严金平嗤道：就你说的那个蚊香厂厂长的儿子？他花心得很，我嫁过去才是吃苦呢。

毛秀云又叹了口气：孝哲长得那么好看，追他的妹子肯定很多，只怕有的还会倒贴给他，我怕你收不住他的心。到时你会变得像欧阳梦一样神神叨叨。

庆瑞要是长得一般，她也不至于像现在这样成天提心吊胆。

严金平自信地说：妈，你对我要有信心，一来我聪明好看，孝哲要留住我也要费点力气；二来我了解孝哲的脾气。我要把不住他的舵，也不会嫁给他。

毛秀云轻轻地抚着她的肚子：唉，现在我说什么都没用了，老公是你自己选的，以后你俩吵了口，你也不要到我跟前来哭诉。

严金平睁大双眼，严肃地看着毛秀云：妈，你放心，哪怕是枚苦果，我也会连皮带核地咽下。

见毛秀云一副伤感的表情，严金平不忍心再讲重话，低声道：妈，你不要生气，我现在跟你说这些，是要你和老爸真心诚意地接纳孝哲，我不希望你和老爸因为四叔和演讲团的压力，表面上把孝哲接回了家，可见了面却时常对他冷言冷语。你要晓得，良言一句三冬暖，恶语伤人六月寒。

好喽，妈答应你。只要孝哲不犯轴，妈以后不会刁难他。

毛秀云早已意识到自己的做法不对，如今借了女儿的话，正好就坡下驴。

妈，我代表孝哲和肚子里的小宝宝谢谢你。

严金平亲热地挽住了毛秀云的手。毛秀云的眼眶倏地湿润了：死妹子，嘴跟抹了蜜似的。

我就要甜得你发腻！严金平说着歪在毛秀云身上，毛秀云笑了一阵，忽然盯着严金平说：死妹子，有什么事求我？快说。

老妈，你这人也太厉害了，怎么就不给我一点钻空子的机会呢？

严金平打趣了毛秀云两句，正色道：

妈，从明天起你跟我一起拜孝哲为师，跟他学画画。我看你以前纳的鞋底，绣的水裙图案都很好看，你一定能学出来。

似乎是怕毛秀云反对，严金平一口气讲完了心里话。

我能行吗？毛秀云有些心动，又有些自我怀疑。

行，你看，妈，这是我特意拍下来的你以前绣在水裙上的大母鸡，这是我画的。这一对比，你绣的母鸡比我画的母鸡还要生动，这说明你有绘画的天分。你画的东西肯定不比我差。

毛秀云没想到女儿这么有心，她瞄了会儿手机上的那两只母鸡图案，忽然有了底气：我养了几十年的鸡，只怕我画鸡未必会输给你。

那，老妈，我们就这么说定了！

没等毛秀云再回话，严金平转身给张孝哲发了条短信：老妈同意跟你学画画，你赶快注册个短视频平台的账号，到时我拍我妈学画画、演讲的视频和我们两人的生活日常，我相信会有人看。

严金平这段时间一直在琢磨如何做好短视频，还在严庆瑞的帮助下，与柳冬雪、张孝哲一起上了两周某短视频平台举办的网上培训课，受益匪浅。之后她还特意研究了那些大咖发布的反映农村生活的短视频内容，经过一番对比，她打算以人为切入点来打造她和张孝哲的短视频内容。比如她们一家人的组合与生活就挺有意思，只要生动，不怕没人看。

等毛毛出生后，她再开一个专门讲带娃育儿内容的视频账号。她和孝哲的形象都很好，毛毛肯定长得可爱，他们一家三口完全有当网红的潜质。当网红不是她的目标，她想找一条既能带火凤凰村又能让自己致富的路子。

当然，这些话严金平不会跟她妈讲，毛秀云一张嘴好比大喇叭，上午告诉她的事情，下午全村人都知道了。做特色短视频是她和张孝哲的创业方向，两人已约好先向家人保密。张孝哲派给严金平的任务是让她说服毛秀云跟他学画画，到时他们还将给每个做特色小吃的村人拍视频。这样既能帮着村人宣传他们的手艺，又能丰富短视频的内容，还能赢得被拍者和他们的亲朋好友的关注，给自家账号带来流量，可谓一举三得。

这主意是张孝哲出的，想到他对这份爱情的坚守和为这个家的付出，严金平心里又甜又软。她起身撑着腰，以她现在所能有的最快速度走到院坪上，搂住了正在和广告客户打电话沟通的张孝哲。

张孝哲趁对方说话的空当，飞快地在她脸上印了个吻，这一幕恰巧被刚刚进门的严俊坤看见。他连忙扭头望向别处，唇边现出几丝隐隐的笑意。

十六、奔波的房东

　　七月底，柳秋兰用自身的第二期投资款购买了一批胭脂虫，加上付了上月的人工水电费，请人刷胭脂虫的钱一时没了着落，她正发愁时，严庆瑞、欧阳梦给仙人掌园的第二期资金拨付到账，柳秋兰大喜，干劲倍增。不到十天时间，她和柳夏花就带着十几位工友，给剩下的三十亩仙人掌接种上了胭脂虫，累得人几乎瘫软。

　　这段时间她很忙，没空管绿枝，便把刚参加完红色之旅的绿枝送入了市旅行社举办的"瓷都之旅游学夏令营"。谁知报了名才知道，那家旅行社的老总居然是张孝哲的大学同学，而且他们还免费邀请张孝哲、严金平参加这次夏令营的活动。张孝哲的任务是每天给学员们讲一小时瓷器鉴赏课。

　　张孝哲和严金平没去过景德镇，对景德镇向往已久，有这样的好机会自然不会放过。当张孝哲得知绿枝也要参加夏令营时，他特意跑过来对柳秋兰说：

　　柳大姐，我和你们一家真是有缘，这样也能和绿枝碰上。

　　柳秋兰开玩笑地说：早知你和旅行社的老总认识，说不定我们还能享受个半价呢！

　　张孝哲不说话，出去打了个电话，随后给她转了一千五百块钱，说他向旅行社老总争取到了一个免费指标。

　　就这样，在绿枝参加瓷都之旅夏令营活动期间，张孝哲和绿枝每天都和柳秋兰视频，把当天的游学景点及情况说与她听。绿枝玩得非常开心，说起话来像个叽叽喳喳的小鸟：

老妈，我每天都向你的代理人孝哲老师汇报，他记得可仔细了。这一路他和金平阿姨对我比两个姨妈还好。妈，我回去就拜他为师学画画，以后我要学做陶瓷，做瓷太有意思了。

视频里的绿枝笑靥如花，她快活地诉说着夏令营里那些令她惊艳、激动的瞬间。她甜美的笑容和稚气的声音如同神秘的生命之泉，让疲惫的柳秋兰"满血复活"。

姐，绿枝一来电话你就发傻。看，你这样子是不是很可爱？

柳夏花把柳秋兰与绿枝通话的画面给录了下来。柳秋兰从视频中意外地发现，自己和女儿通话时笑容糊在脸上，眼睛眯成两道缝，表情有些呆萌，难怪夏花说她变傻了。

没办法，眼泪往下流，再厉害的女人在孩子面前也难免变成二傻子。等你以后有了孩子就能理解我的话了。对了，你跟水根的事到底怎样？

柳秋兰眼见柳夏花的那些同学、同辈都当了妈妈，恨不得她马上能够出嫁。到年底夏花就满二十七岁了，在农村是如假包换的老妹子，可不好找对象。刘水根虽说结过婚有儿子，但从这段时间的接触来看，他为人不错，经济条件也蛮好，最主要的是真心喜欢夏花。古人说易求无价宝，难得有情郎。夫妻双方在一起过日子，真心最重要。所以柳秋兰觉得柳夏花嫁给刘水根算个好归宿。

快了，等刘水根装修好他那套房子我们就结婚。

没想到柳夏花和刘水根的进展这么快，这倒让柳秋兰有些措手不及：这，你们这就谈结婚的事了吗？

呀，大姐，你好矛盾。你日日在我耳边嘀咕，说巴不得我马上就出嫁，怎么听到这个消息反倒不开心了？

柳夏花奇怪地看着柳秋兰。

你们认识才多久？我的意思是可以先定下关系，两个人慢慢了解，等了解得差不多了，大家再谈结婚的事。

柳秋兰总认为"谈恋爱"的"谈"很重要。如果忽略了"谈"，直奔结婚而去，这个恋爱有什么意思？恋爱没意思不打紧，怕就怕婚前没有谈够，彼此间缺乏了解，等结了婚，发现根本谈不拢，那日子还怎么往下过？

大姐，古话讲"有缘千里来相会，无情对面是山河"，我和刘水根第一次见面就王八看绿豆——对了眼。水根说，那是前世姻缘今生牵。

柳夏花说起她和刘水根的事半点不扭捏。柳秋兰提醒她道：你以前没谈过恋爱，眼睛还是要放利些。

哈哈，老姐，我从小和男孩子玩作一堆，我比你更懂男人。刘水根有血性、讲义气、懂礼道，别看他外表稀里马哈，其实心很细，很会疼人。

刘水根为人如何，这两个月柳秋兰可是仔细盯着的。虽然柳夏花此刻对刘水根的评价有些过誉，但柳秋兰还是大体认同的。

自从柳夏花对刘水根有那意思之后，柳秋兰私下找人打听过刘水根的事，其中有几人晓得刘水根的底细，说他年轻时是个刺头，有时爱惹事，但很顾家。这些年被他哥哥调教得蛮好，能吃苦，会做事，待人热诚，以后对老婆自然是好的。

既是好的，为什么他老婆会寻死？柳秋兰想弄明白这个问题。刘水根的邻居道：

唉，那时刘水根还没有发达，家里清苦，生下大儿子后刘水根跟着他大哥刘水宝到外县挖沙，他老婆留在家带孩子，干农活，照顾老人。生了二胎后，她的疑心病越来越重，天天跟刘水根吵架，弄得他以为老婆变了心，不胜其烦的他对老婆也没了好脸色，夫妻间的关系越来越紧张。不久刘水根入股买的船沉了，亏了十几万块钱，他老婆气得苦，一时想不开，就抱着孩子投了河。可怜那个孩子还不到一岁，刘水根蛮惨的。

唉，没想到刘水根原来也这么苦过，真是家家都有一本难念的经啊！柳秋兰叹道。

大姐，我晓得你担心我，怕刘水根万一对我不好，我会吃亏。水根是受过挫折，有人还把他前妻自杀的事归结于他。刘水根也认为他那时对老婆关心太少，内疚得很，但他前妻自杀跟他真的没有太大关系。我在刘水根家看了他前妻的病历，他前妻得的是产后抑郁症。

柳夏花还要再为刘水根辩解，柳秋兰拦住了她：夏花，别的你自己把握就做得。眼下最要紧的是你得弄清楚他有没有欠债，不要像超市斜对过开餐馆的老何一样，平日里假意对妇娘百样顺、千般好，背地里却拿妇娘和小舅子的身份证办了两百多万的贷款，最后老何一拍屁股走人，把债都甩给了妇娘和小舅子。

柳秋兰到底比柳夏花多吃了几碗饭，想问题长远些。柳夏花白她一眼：姐，刘水根不是那种人！他给我看过他的大额存单，有九十万呢！

你是看到他的大额存单才想嫁给他的？柳秋兰单刀直入地问道。柳夏花直率地说：他没有那张存单我也会嫁给他，有那张存单我会嫁得更快些！

你可别惦记那存单上的钱，那是人家留给儿子的。你嫁过去靠自己的双手发财才是正道。柳秋兰忙给她敲警钟。

大姐，我不是那种见钱眼开的人，你刚才讲的话我已经跟刘水根讲过了。柳夏花略略有些被误解的恼火。

柳秋兰盯着她：那你怎么让他给你看银行存单？

柳夏花大叫冤枉：大姐，不是我要看的，是他给我看的！

柳秋兰皱起了眉头：难道你在他眼中是个见钱眼开的主？非得给你看存单你才能嫁给他？

哎呀，大姐，你别胡思乱想了。那天刘水根在接他大哥的电话，他大哥提醒他别买不保本的理财，最好存三年的大额定期。水根跟他大哥说已经存了九十万的大额定期。我很好奇，说没见过大额定期存单长什么样，他便从手机里给我看他的大额定期存单的照片。

你呀，就是想验证他说的是不是实话。柳秋兰一眼看穿了柳夏花的真实用意。柳夏花咧嘴一笑：大姐，我就是想看看他有没有说假话。其实呢，我这样做并非看中他的钱，而是看中他的人，他用那张存单向我证明了他有挣钱的能力。结婚后他多了我这个帮手，以后我们肯定能挣更多的钱。

夏花，你看中他的能力是对的，但挣钱不是一切。柳秋兰提醒她道。

大姐，我晓得的。对了，昨天刘水根跟我讲，让我们多租一些房子下来。你看怎么样？

上次刘水根跟我说过。如果他找到了新租客，我们是可以多租些房间下来。

嗯，他说这个夏天起码能找到二十个到凤凰村过夏天的老人。他算了一下，如果有二十个租客，我们每个月能挣一万多块的差价。柳夏花有些兴奋。

这倒不错。去掉他的一半，我们还能挣个几千块钱。

柳夏花纠正道：大姐，水根他不拿一分钱的房屋转租差价费，他只是在给我们帮忙。

夏花，水根他这样讲是在向我们表明他的态度，我们分钱给他，是在表明我们的态度。只有双赢，事情才能办得顺畅，干得长久。只是他从哪里找到那么多的租客？

柳秋兰有些奇怪地问道。柳夏花也不瞒她，从手机里调出刘水根在几大租房 APP 和一些网站上发的小广告：他在网上打了不少广告，已经接到了三十多个求租电话。他说这事告诉你没关系，但你不要泄露给村里的其他人。

柳秋兰笑道：就是讲了也没关系。我们当二房东前期要投入不少钱，村里有闲置房的人未必舍得出，更何况还要打广告。这样算起来，我们租一个夏天也不一定能回本。万一明年没人来租，我们是要吃亏的。村里那些人精着呢！

好吧，就当我没说。大姐，你看，这是刘水根从网上搜的新闻，我们凤凰村这几十年来，夏季最高气温 33 度，每年只有四五天时间这么热，我们村七八月份的平均气温为 27—28 度，空气中的负氧离子含量高，山泉水和河水中富含硒，能抗癌，所以我们这儿非常宜居，适合养生。姐，你看，这是刘水根为凤凰村撰写的广告词：炎热的夏季，凤凰村，一座不用空调的村庄。你的每一次呼吸，清新的空气都在为你洗肺。是不是很棒？

嗯，这个广告词写得蛮实在，让人一看就能记住，卖点不错。柳秋兰以"准老人"的标准评判道。

是啊，那些到这里租房的老人就是看中了我们凤凰村不用空调就能过夏这一点。他们说空调有湿气，对关节不好。刘水根还是蛮懂老人家心理的。

想到刘水根这几年一直在照顾年事已高的老爸，柳夏花的心蓦地柔软起来。

凤凰村是天然空调兼天然氧吧，有利于养生，以后到我们这边过夏天的老人肯定会越来越多，刘水根有眼光。

柳秋兰凭借多年做生意的经验，和刘水根一样，认定以后在凤凰村当二房东会是个好兼职。

大姐说的没错，只是等凤凰村真的成了老人避暑胜地，村里人就不会再让我们当二房东了。

柳夏花展望凤凰村的美好未来时既开心又伤感。

柳秋兰戳了她一指头：柳夏花呀柳夏花，你可别钻钱眼里去了。你要明白大河有水小河满的道理。只要凤凰村的旅游能做起来，我们吃点小亏没问题。

柳秋兰总觉得自己是接了"英雄帖"回村来做项目的，无论如何得为村里的发展做些贡献，哪怕今年当这个二房东不挣钱，但若能为凤凰村引来客人，她也愿意干。

柳夏花瞪她一眼：大姐，你这话不对。我们是回乡搞建设的，不是回乡来吃亏的。要是每个人回乡做项目都亏本，谁敢回来？你必须树立"我们回村能挣钱"的信心，不然我和冬雪才不跟你干呢！

柳秋兰想了想，觉得这话有道理，忙点头道：夏花，你现在看问题蛮深刻的，不错，我是该有这份信心。

大姐，我们的绿枝餐馆和仙人掌园以后一定得挣钱，不然我们前十年就白干了。

柳夏花想到柳秋兰投在这两个项目中的钱，心提溜到了嗓子眼上。

柳秋兰沉默了几秒，抬头看着她：夏花，做生意有市场规律，不是我们想挣钱就一定能挣钱。我已经做好了最坏的打算，万一亏了，我就守着家中这栋老屋，养鸡养鸭卖。反正绿枝上大学的钱我已经存好了。

柳秋兰的眉眼和语气淡淡的，柳夏花却从中听出了战士冲锋陷阵前的悲壮。想到自己和冬雪投在绿枝餐馆的几万块钱，她有几分失神，好一阵才说：

大姐，我们姐妹之间好说，就怕欧阳梦和严庆瑞不肯吃亏。租房的事刘水根花了不少心血，万一我们做亏了本，那他还不如不帮我们这个忙。

柳夏花这话使柳秋兰能从另一角度看待她们当二房东这件事，觉察到自己之前"近视"，没看到这貌似简单的转租房子，实际上是在拓展新的市场，她必须想方设法赢利，否则带不动队伍——倘若她们亏了，村人以后定然不敢再往外租房子。所以夏花说得没错，她必须树立必胜的信心。

只是谁也没想到，当租房项目在柳家正式启动时，柳冬雪非但不肯加入，反而缠着柳秋兰和柳夏花，要她俩把她投在绿枝餐馆里的两万块钱股本退还给她，她要拿这些钱去拍微电影。

冬雪，你别学欧阳梦的烂样，动不动就提退股。你拿这钱去拍微电影，能回本吗？

面对柳夏花的厉声质问，柳冬雪连连摇头：我们这种正剧题材的微电影挣不到钱的，可能很难回本。

回不了本你拍微电影干什么？脑子进水了？柳夏花戳了戳柳冬雪的肩膀。

柳冬雪抬头瞪着她：夏花，你别这么财迷好不好？挣钱是很重要，可我们也要有理想。没有理想的人生就像没有花朵的春天。怎么，嫌我这话酸？我告诉你，还有更酸的呢！

没等柳夏花反应过来，柳冬雪便绕着她和柳秋兰转了个圈，用舞台腔朗诵道：

我柳冬雪可不是个钻入钱眼的俗气女人，我心中有诗和远方。

柳冬雪，你别给我扯这些乱七八糟的鬼话！现在我们家三个项目同时上马，每一分钱都必须用在刀刃上。你这两万块钱抽不出来。

不等柳秋兰开口，柳夏花直接拍了板。

大姐还没发话，轮不到你做主！柳冬雪说着，将脸转向柳秋兰：大姐，你把钱退给我。我要拍微电影参加省文联影协的移风易俗微电影大赛，这件事对我很重要！

文联，又是文联，这肯定是张孝哲出的馊主意。这家伙住回严家后就成了毛秀云的同伙，变着法子来拱我们的生意，就你这个傻子会上当。

自从断了对严亚宁的那份念头后，柳夏花对严家的看法一日不如一日。柳冬雪却正好相反，她现在和严亚宁要好，又跟张孝哲学画画，早先与她比美的严金平如今是个脸圆腰粗的孕妇，没什么令她妒忌的。想到自己不久之后将嫁给严亚宁，她现在看严家人顺眼多了！

此刻听到柳夏花这样评价张孝哲，柳冬雪撇了撇嘴：人家张孝哲又没得罪你，这都能怪到他头上！

那就是严亚宁在唆使你！你这个木头脑壳！

柳冬雪一听这话就叉起了腰：二姐，你是金脑壳，所以会去给人当后娘。

柳夏花伸手就要去扯她的头发，眼看两人又要闹起来，方才一直在回短信的柳秋兰起身将她俩拉开：

别闹了！冬雪，你把文联的微电影比赛通知发我看看。

柳秋兰眼下的资金是有些吃紧，但倘若省文联的微电影比赛日后能为冬雪打开一扇门，她不在乎那两万块钱。

柳冬雪忙不迭地把比赛通知发到了姐妹群中，而后冲柳夏花扮了个鬼脸：二姐，你看大姐这格局多大！就凭你那小气样，下辈子你还是当不了老大。

哼，我才不当老大呢！老大责任重，老二没人疼，我下辈子要像你一样当个落脚女，一有事就向爸妈、大姐撒娇！

柳夏花说的是真心话。在这个家中，三姐妹里她最无地位，有时她觉得自己在爸妈眼中挺多余。

说到这个话题，柳冬雪自知理亏，缩着脖子没吭声。

这时柳秋兰已经看完影协的通知，爽快地从微信上转了两万元钱给她：

冬雪，你要花小钱办大事，把这部片子拍好！如果能拿到奖，对你以后打开市场肯定有帮助。

放心，我已经写好了微电影剧本，演员都选好了，你们看合不合适？

柳冬雪把微电影《抗争》的剧本发到三姐妹的群中。柳秋兰开始专注地看剧本，有不明白的地方还问上两句，觉得不合适的当场给柳冬雪指出。

柳夏花没这份耐心，她浏览了一下剧情和演员表后，兴奋地拍起了大腿：

我的天，冬雪，你写的是张孝哲、严金平抗争高价彩礼的故事，你好牛啊！啊呀，你还打算让毛秀云、严俊坤、严亚宁演自己？他们肯出来丢人现眼吗？这里还有严金平的角色，啧啧，由你来演？严金平和毛秀云要是看了你这剧本，肯定会气个半死！

你没看明白剧本就在这儿胡乱分析。我这剧本是以毛秀云一家为原型创作的文学作品，剧中角色也不是真名实姓。最关键的是，剧中的毛秀云最后变成了好人。嗯，现实中的毛秀云其实也变好了。你看，我这剧本的结局是观众最喜欢的大团圆！

柳冬雪这话让柳夏花倏地冷静下来。她摇头道：我不懂也不喜欢这些花里胡哨的东西。你要是想玩，就玩得漂亮些，别让人挑出毛病。

二姐，你是真不懂，艺术本来就是有遗憾的，哪有让人挑不出毛病的作品？就是世界名导拍的电影也能挑出一大堆毛病！柳冬雪有些不屑地说。

柳夏花抬抬眉毛，懒得再搭理她，坐在旁边看起了手机。

此时柳秋兰已读完了剧本，她打量了几眼自家这个小妹，心中甚是欣慰：

冬雪，剧本的立意很好，写得也不错。没想到你除了是个小美女，还是个小才女！

柳秋兰这话说到柳冬雪心坎里去了。她摇着柳秋兰的胳膊说：大姐最有眼光！

剧本是不错，但我担心毛秀云一家人不敢参演。即便他们愿意出演，他们能演好吗？你和孝哲是业余的编导，加上一群业余的演员，拍出来的东西还能看吗？深表怀疑的柳秋兰连用两个疑问句。

柳冬雪粲然一笑：大姐、二姐，你们放心吧，上周我把剧本发给了毛秀云和严金平，她们全都看过了，还提了修改意见。另外我让严亚宁给我写了份允许我以他们家故事为原型创作微电影剧本的授权书，我才不给他们抓小辫子呢！

柳冬雪说着调出手机中收藏的严家授权书给二位姐姐看。柳秋兰连声称赞：

这样最稳妥。我们两家抬头不见低头见的，原本老妈、老爸和他们家关系就不怎么样，现在好不容易改善了些，千万不要因为这种事再起纠纷。

柳冬雪拍着胸脯保证不会有事。柳夏花揪了她两下：还算你聪明，晓得请严亚宁演你男朋友，你要是请张孝哲来演，只怕严金平要罚张孝哲跪搓衣板，你也没什么好果子吃，严金平那人醋劲大得很。

二姐，我又不是傻子，不会自己找骂的！

有时柳冬雪觉得二姐柳夏花的所谓担心其实是在侮辱她的智商。若换成以往，她肯定要反唇相讥，可刚刚得了大姐的高度表扬，她心情大好，对二姐的挖苦完全可以忽略不计。

冬雪，这次的微电影你请孝哲当摄影师和导演？

柳秋兰有些好奇她为什么会做这种决定。

嗯，我是编剧兼主演，张孝哲掌镜和执导。文联影协的许秘书长说很多大导演都是学美术出身的，有的是美工转行的，所以张孝哲比我更合适当导演。

你也挂个导演的名吧，毕竟是你投资的，创意也是你的。影视剧拍好了导演的赢面大。如果导演只有张孝哲的名字，以后拍片的单位可能只找他不找你！

虽说与张孝哲关系不错，但想到今后的发展，柳秋兰还是提醒了柳冬雪两句，怕她不知其中奥妙，事后引起不必要的纠纷和龃龉，反而会破坏掉彼此合作的基础。倒不如先小人后君子，事先签好合作协议，明确界定彼此的责权利。这点柳冬雪早想到了，但她碍于面子，不好意思跟张孝哲直说。

冬雪，我面皮厚，我去找张孝哲帮你讲清楚。

听到这里，柳夏花总算明白柳冬雪拍微电影并非心血来潮的鲁莽之举，而是深思熟虑后的一种尝试。倘若她真拍出了名堂，世界将因此为她打开一扇窗，给她的人生带来别样的风景。柳夏花想助妹妹一臂之力。

二姐，别担心，我自己跟他说。柳冬雪亲热地搂了搂柳夏花的腰，心里暖洋洋的。这些日子她已逐渐从"杨文"的事件中走出，对未来充满了更多美好的期待。这部片名为《抗争》的微电影还没开机，她已经在写另一部微电影《画春光》的剧本了。

柳冬雪是个聪明的女子，只是以前怕吃苦受累，故而选择了一种相对较为轻松的生活方式。经过"杨文"这件事后，她认识到了自己内心深处的虚荣，并为此感到羞耻。诚如古人所言，"知耻近乎勇"，她在认识到自己的错误之后，经过多次反省，终于决定放手一搏，说不定自己的命运将由此得到改变。这是她创作微电影剧本的初衷与动力。

大姐、二姐，我的第二部微电影想拍凤凰村学习绘画的农民。省影协的老师说金平和我笔下的画作很有生命力和视觉冲击力，拍出来的画面会很好看。

柳冬雪信心满满，但柳夏花的问题却让她皱起了眉头：冬雪，你拍的东西卖不出去，大姐刚给你的两万块钱就这样打了水漂，你下一部的投资从哪里来？到时你还想再向大姐张口吗？

柳冬雪愣了愣：我们拍微电影的成本很低，另外严亚宁会出两万块钱。还有，我们下次拍画画的微电影时，被拍的人要出两千块钱，算是为自己打广告。

夏花，孩子还没生出来，你就想让他挣钱孝敬老娘？总得给冬雪一点时间吧。我觉得只要这次拍出了名堂，到时冬雪可以和张孝哲合伙开公司。

柳秋兰本想鼓励下柳冬雪，谁知她却不屑地撇撇嘴：我才不跟张孝哲合伙呢！到时严金平不要吃了我？我要和严亚宁一起开公司。

此言一出，屋内寂静无声。好一阵柳秋兰才问道：你想和亚宁开公司？

你们俩真的谈上了？柳夏花奇怪自己怎么毫无醋意。

柳冬雪有些扭捏地说：你们太过敏了，我们只是想合伙做生意而已。

你骗鬼哟。你要是合伙做生意，自家姐妹不是更稳妥？谈了就承认，我和大姐也好帮你参谋参谋。

柳夏花这话打消了柳冬雪的顾虑，她原本还担心二姐会生她的气，没想到柳夏花根本不在乎她和严亚宁谈恋爱。看来她对柳夏花的判断是对的：

二姐对亚宁的感情就像亚宁说的那样，是"兄弟情"。

既然如此，那她也不用再掩饰自己在和亚宁交往的事了。

大姐、二姐，我跟亚宁合得来，最近在谈恋爱，亚宁想在明年元旦办酒。

柳冬雪鼓起勇气说罢，小鹿般温和的眼中掠过一丝羞涩的神色——自己和亚宁的情感进展委实有些太快了。

亚宁是我们从小看着长大的，了解他的脾气性格。他人品不错，也有能力，身材样貌拿得出手，他们家人有几根眉毛我们都晓得，只要你能处理好和毛秀云的关系，我和二姐支持你，但老妈那关你恐怕有些难过。

柳秋兰的分析果然没有错。当陈小妹得知柳冬雪要嫁给严亚宁后，伸手就想打柳冬雪：

冬雪，你呷多了尿水啊？亚宁是你二姐中意的人，你不能抢她的对象。

妈，你别乱点鸳鸯谱，我什么时候说过我中意严亚宁？我把他当女人，他把我当男人。我们俩根本不可能处对象！柳夏花红着脸叫嚷起来。

陈小妹不相信：夏花，你以前经常和亚宁出去玩，他有事你第一个冲去帮忙，你帮他炒了几盘粉他就给你买衣服，这不是谈恋爱是什么？

柳冬雪笑道：妈，亚宁说了，二姐是他的哥们。哥们之间出去玩、帮忙和送礼物很正常啊！

柳夏花感激地朝柳冬雪拱拱手：还是小妹了解情况。

陈小妹被她们姐妹俩弄糊涂了，望着柳秋兰说：秋兰，难道我看错了？

柳秋兰给老妈倒了杯"压惊"的茶水，细声说：老妈，你听夏花讲嘛。她和亚宁的事她最清楚，你别乱点鸳鸯谱。

陈小妹这才无奈地望着柳夏花：好，你讲。

老妈，那天我用一招鲜炒粉帮严亚宁招待了几桌客人，救了他的急。他不想给我工钱，就把他买给严金平，严金平没看中的那件衣服送给我做人情。我晓得后把那件衣服丢在了他家餐馆的椅子上，我才不穿严金平的下脚料呢！他又给我送了件新衣服作为报酬。现在我把这件衣服给冬雪，让冬雪还给他！

柳冬雪扮了个鬼脸：严亚宁倒会过日子，他送你的这件衣服，上网买绝对不超过两百块。

柳夏花翻了个白眼：他对你大方就行了。

柳冬雪笑道：这句话我爱听。

陈小妹看着笑闹的这姐妹俩，气不打一处来：都说兔子不吃窝边草，这严亚宁也太坏了！先是打夏花的主意，现在又打冬雪的主意。

柳秋兰晓得老妈心中对毛秀云还有芥蒂，不乐意和她结亲家，劝道：

老妈，你天天让我给两个妹妹介绍对象，现在她们自己找了你又不乐意。其实亚宁本人和他的家境都不错，再说我们两家又相互知根知底，这不比别人介绍的强？

这些道理陈小妹都明白，可她一想到要与毛秀云成为亲家就硌硬得慌。消化了好一阵，她才气鼓鼓地说：反正我觉得夏花更配亚宁，冬雪最好找个县城的人家。

妈，亚宁和夏花真的没什么。你不清楚情况，不要乱讲。柳秋兰对老妈这种小孩子脾气有时也毫无办法。

柳冬雪一撇嘴：老妈，二姐一直说你偏心我，我看你是偏心她。我谈个恋爱你还怕我抢了她的对象。你怎么不心疼我？二姐，要么你去跟严亚宁谈？

说到这儿，柳冬雪真有些动气了，扭脸看着窗外，一副倔强的样子。

呸呸，我看不上他，我要嫁给刘水根。他在装修新房了。柳夏花情急之下说出了自己的秘密。

什么？死妹子，你一个黄花闺女，要给刘水根的儿子当后妈？我不同意。老头子，你也发个话呀！

陈小妹跳起来，对坐在边上、一直安静地编着竹箩筐的柳铁牛吼了数声。

柳铁牛看着电视，嫩黄色的篾片在他手指间翻飞，神态安逸平和。

陈小妹见他没动静，走过去推了他几把：老东西，你聋了还是哑了？

柳铁牛抬眼瞄了三个女儿一眼，慢悠悠地道：想谈就谈，不想谈就拉倒。你急什么？

哎，老东西，你这算什么话？你到底是同意还是不同意啊？陈小妹急得拍大腿。

柳铁牛清清嗓子，再次强调道：小妹，是夏花和冬雪要出嫁，不是你要出嫁。你得问她们的想法，别问我。

死老头子，皮痒了吧？陈小妹在柳铁牛背上拍了两掌，气恼得脸上直冒汗，梗着脖子嘶声道：女人出嫁等于重新出世，你这当老做大的不能这样当甩手掌柜！

女大不由娘，你还是问她们吧！

柳铁牛的无条件支持令柳家三姐妹感动，陈小妹则气得跳脚，声音越来越高：问她们！她们嫁给讨食佬你也同意？

她们比你还精，怎么肯嫁给讨食佬？柳铁牛这话噎得陈小妹直摇头。

柳秋兰知道老爸心里是同意夏花和冬雪这两桩婚事的，但他惧内惯了，不敢明着表态，便将陈小妹拉到卧室里，详详细细地给她分析了夏花和冬雪嫁给刘水根、严亚宁的利弊。约莫讲了半个钟头，总算说服了陈小妹。

唉，女大不中留，各有各命，你们自己种的花，以后长刺可别怪我。

有了陈小妹这句话，柳夏花与刘水根、柳冬雪和严亚宁的婚事就算定下来了。陈小妹没想到自己这几年日思夜想的事居然在一个下午就得到了落实，去了她的心头大患。她将这功劳记在大女儿名下：

秋兰，多亏你把夏花和冬雪带回了凤凰村，不然她俩哪能这么快嫁出去？看来她们还是跟凤凰村有缘。

那当然，我们是凤凰村的凤凰，肯定得从这里飞出去啊！

柳冬雪骄傲地自夸起来。柳夏花转身向柳秋兰伸出了大拇指：大姐功不可没！

看到两位妹妹婚期已定，想到仙人掌园的第二期资金已经入账，胭脂虫全部接种完毕，绿枝餐馆如期开张，柳秋兰心中的那块大石头轰然落地，脸上绽出灿烂的笑容。

谁知柳秋兰才舒心两天，眉头又皱成了一个深深的"川"字：婆婆和钟叔叔要到凤凰村来过夏了。她刚告知老妈，陈小妹便朝她发了顿火，话讲得很难听，她听不入耳，偏偏说话的又是自己的母亲，她不好逐一反驳，只能暗自生闷气，平白地添了几丝堵。

柳秋兰是星期天开车去市里接婆婆和钟叔叔的。半月不见，婆婆住的房间多出了六只用透明胶带封着的大纸箱。她问婆婆里面放的什么，婆婆说是她的日用品。

妈，你这段时间回家取了东西吗？柳秋兰有些纳闷。她上周去县城的家中打扫卫生，婆婆的房间一切照旧，没少什么东西啊。那这些多出来的纸箱是哪来的？

秋兰，人老了，保养最重要。这都是我最近请人帮忙网购的补品。

曹文月的口吻有些自豪，旁边的钟叔叔却一脸的不赞成。等她去上厕所时，钟叔叔小声说：

秋兰，你婆婆最近买了一万多块钱的保健品。那些保健品都是骗人的，没什么用。我怎么劝她都不听，还为这事跟我吵架。你得做做她的工作，不能再上当受骗啦！

钟叔叔名叫钟起辉，是婆婆小学、初中的同班同学，年轻时两人交情不错。听婆婆说，钟起辉高中毕业后曾给她写过求爱信，后来他参军了，两人便中断了联系。钟起辉在部队官至师长，转业后安排在市里的一家机关单位当领导。他为人谨慎，不擅走关系，退休时仍是个正处级干部。他和妻子育有二女一子，儿子在国外，大女儿在广州。老伴前几年去世后，他跟着小女儿钟声娇在市里生活。

钟起辉性喜安静，女婿的父母这些年一直帮钟声娇带孩子，钟起辉无法住进钟声娇家。好在女婿做生意挣了不少钱，钟声娇说服丈夫，两人在自家附近给钟起辉买了套电梯房，首付四十万元是钟起辉出的，按揭的贷款由钟声娇还，他等于用房子的首付款购买了一份钟声娇家的"入住券"。

这两年钟声娇夫妇虽然对他照顾有加，但再仔细他们也只能在下班后给他送饭菜，顺便看看他。白日里钟起辉还是一个人窝在家中，偶尔到旁边的公园打打太极拳，非常孤独。他也曾想过找老伴，可每次他只要一露出口风就会被儿女们"围攻"：

爸，妈妈才走两年你就提这事，到时别人会戳我们的脊梁骨，说我们没有照顾好你呢！

爸，你这么大年纪了还找老伴，人家会骂你不正经的。

爸，你要是再婚，你跟老妈的房子要过户给我们……

儿女们反对他找老伴无非是这些理由，其中最主要的还是怕他再婚后女方会分他们的家财。

为了给儿女吃定心丸，钟起辉做出了这样的保证：房子的事，你们不要担心，我会找一个不贪图财产的人。

爸，你真天真。这年头你还能找到那种只为感情来照顾你的人？她们图你的才，还是图你的貌？

其实，这些利弊钟起辉都清楚，可一个人实在太孤单，儿女再好也无法替代老伴。他多次向儿女们阐述这个观点，到最后他把三套房产都过户给了儿女们，哀求他们同意自己再找一个老伴，但儿女们还是坚决反对，说他如果再婚就不认他！钟起辉没办法，只好天天翻着那本战友通信录，挨个打电话找人聊天。

那些战友有的根本不记得他，有的虽然与他熟悉，却话不投机；能说得来的有的随儿女去了国外；在国内的要帮着带孙儿、孙女、外孙、外孙女，忙得不亦乐乎；有几个战友已去天堂，还有两个中了风，话都讲不清楚，叫他如何联系？

钟起辉无奈，只好去找初中、高中的同学煲电话粥。那些同学的情况比战友还不如，直到他有一日拨通了初中同学曹文月的电话，两个年轻时曾经有过一段情愫的孤独者自然而然地忽略了从青年到老年之间那段从无联系的岁月，将彼此视为拯救者，短时间内就互相依赖起来。

当钟起辉得知曹文月在圆月庵时，立刻跑去和她做伴，两人都从对方身上找到了情感的慰藉。说来奇怪，一直反对钟起辉再找老伴的钟家儿女这次却一致同意两位老人交往。

后来柳秋兰从婆婆口中得知，她和钟起辉签订了一份协议，大意是两人不结婚，生活费用采取 AA 制。身体健康时互相照顾，生病时由各自的儿女领回侍奉，相互之间纯属做个伴。钟家儿女再无理由挑剔，便遂了二老交往的心愿。

几次接触下来，柳秋兰发现钟起辉性格细致，钱卡得紧。刚与曹文月相处时，他表现得还大方一些，时间略长，"老管家"性格便暴露无遗，手紧得令人难受。但对曹文月，他还算大方，不但包了两人的伙食费，逢年过节还会送上小礼物，这使与丈夫冷战多年的曹文月品尝到了爱情的甜蜜。而曹文月的优雅、大方也让与小学文化的妻子相处多年的钟起辉找到了情感的共鸣，两人无话不谈。虽然有时会为一句成语的释义或电视剧角色的理解争论半天，但总体而言，两人相处得融洽、愉快。

柳秋兰看着婆婆网购的那六大箱保健品，有些无语，可比之婆婆和钟叔叔那次说走就走的旅行，购买保健品仅仅是消费，不像上次那般不可控。她谢过钟叔叔，接着送给他一个名牌的血压计和血糖仪，感谢他近段时间对婆婆的关照。

秋兰，你太客气了，我们这次去凤凰村还要沾你的光呢。

话是这样讲，钟叔叔到底还是高兴的，胖胖的脸上漾出了和煦的笑容。

为了运走婆婆的六大纸箱东西，柳秋兰花两百元叫了辆专门跑乡间运输的小中巴。到凤凰村后，曹文月见柳秋兰家前前后后拾掇得漂亮，忽然说她不想住在钟红莲家，她和钟起辉要住张孝哲原先租的那两间平房。

妈，那两间房刚租出去了。红莲这边的房租我们也预交了两个月，你不能说换就换哪！

为了腾出自家平房里的杂物，她和夏花忙了一天，刘水根打了半天电话才将平房租出去。而钟红莲两口子听说柳秋兰的婆婆即将入住自家房子，昨晚连夜又将她家的三楼打扫了一遍，可婆婆说不住就不住，柳秋兰纵是菩萨性子，此刻也急得脑瓜冒烟，曹文月却根本不听她解释，固执地道：

秋兰，钟红莲家的楼梯又窄又高，你钟叔叔腿不好，上楼不方便。还有，她家三楼没有阳台，不能种花草。不像你家的那两间平房，前面有院坪和果树，很安静，房间也宽敞，平日能晒到太阳，还不用上下楼梯，我们就住那儿好了。

曹文月这一拍板，可忙坏了柳秋兰。她只得打电话给夏花，让她说服那个原来租她们家房子的老人改租钟红莲家的房子。这点柳夏花倒挺聪明，先历数了自家平房的不足，比如潮湿、有蚊虫等，接着又着重强调钟红莲家的房间怎样干爽，新添置了哪些家具和小电器，终于说服对方换房。柳秋兰得到准信，便驱车去了镇上，按婆婆的要求，买了新的席梦思床垫、床上四件套、电蚊香、电磁炉、电风扇和一台新的电视机，花了两千多元钱。

秋兰，你这个婆婆折腾人不嫌累呢！看着就烦！

陈小妹看不惯亲家母的做法，曹文月来后她只露了几面，早晚还有意避开对方，曹文月对陈小妹的轻慢态度大为不满，多次在柳秋兰面前埋怨陈小妹势利眼。

秋兰，你妈就是欺负我的玉国和老头不在，嫌我是累赘，不然她哪敢这样对我？可我没用她一分钱，你也没改嫁，我还是绿枝的奶奶。她这样太过分了！

曹文月说得涕泪交加，钟起辉也认为陈小妹这样不是待客之道。柳秋兰晓得老妈死脑筋，这会儿劝她肯定没有用，只得温言宽慰婆婆，一边拿柳铁牛的热情周到来化解她的怨意：

妈，这屋里的东西好多都是我爸临时添置的，您二位来了后，我爸一天往您这儿跑好几趟呢！

秋兰，你爸良心好，他不赞成你妈的做法，看不过眼了，但他做不了你妈的主，只好自己跑过来看我们。说实话，你爸是个好人，我对你爸没意见。还好你的脾气像你爸，不像你妈那么刻薄，不然我们全家人都要跟着倒霉。

曹文月这骂人不带脏字的话虫子似的在柳秋兰耳中蠕动，让她心中难受。她想告诉婆婆，自家母亲并非恶人，可母亲陈小妹的确无理在先，而且非常固执，谁的话都不听，柳秋兰只能向婆婆道歉，私下吩咐夏花、冬雪帮忙哄哄两位老人。

这方面柳夏花不在行，她也没这份闲心。因刘水根忙着和有关部门沟通河道挖沙的竞标方案，凤凰村招揽租客的活由柳夏花全面接手，柳夏花也把租房当成一个突破点，非常用心地连着跑了十几家房屋中介，想在最快的时间内把她们姐妹几个在凤凰村谈下的房源租出去。

由于凤凰村已有避暑胜地的小名气，刘水根的招租文案又颇具特色，广告打得到位，最关键的是，房子租出去后他们会返给房屋中介一个月的房租，房屋中介推介很给力，不到一周就落实了二十多位租客。

柳夏花根据租户的要求帮他们添置了小物件，房屋也打扫得相当干净，租客看了房屋的照片和视频后，都很满意。

柳秋兰夸奖柳夏花这次的二房东当得漂亮，真正做到了"硬件不够，服务来凑"。但柳家姐妹的这个"凑"字，不是随便凑合，而是一种个性化的细致服务。

柳冬雪这段时间忙得飞起，她筹划的微电影开拍了，她见曹文月气质、形象俱佳，便临时加了一个到凤凰村租房度夏，利用自身特长教凤凰村农妇学绘画的退休女教师的角色，请她出演。

凑巧的是，曹文月以前当过中学美术老师，画技不错，演起来得心应手。钟起辉也跟着去片场当"人肉背景"，两人玩得很开心。

陈小妹年轻时是公社文艺宣传队的骨干，对拍摄工作极其感兴趣，经常到片场探班，她与曹文月因此常在剧组碰头。柳冬雪和张孝哲为了化解她俩的矛盾，还有意给两人安排了三场戏。

柳秋兰这天上午去剧组时，正好看见婆婆在手把手地教老妈学画画。婆婆教得仔细，老妈学得认真。监视器里呈现的画面美好而温馨，谁能想到两位老人私下里有龃龉呢？

妈，你和我婆婆多好看哪。大家都讲你们像两姐妹呢！

拍摄间隙，张孝哲回放了一遍上午拍摄的画面，柳秋兰看后啧啧赞道。

一旁的毛秀云和严金平早已从张孝哲处得到暗示，开始配合柳秋兰夸奖陈小妹与曹文月，柳冬雪也不停地敲边鼓。略微有些得意的陈小妹、明显开心许多的曹文月却分别将目光投向柳铁牛和钟起辉，直到得到他俩的认可与赞扬后，她俩才相信了众人的话。

曹老师，看样子我们是真的有缘呐！不但孩子成了一对，我还成了你的学生。

这话是柳冬雪昨夜教陈小妹说的。陈小妹原本以为自己当着亲家母的面讲不出这么肉麻的话，关键是她并不觉得自己在接待亲家母和她的男同学老钟时有失礼数，她不想讨好他俩。没想到在这温馨的氛围中，被她有意压在舌尖下的这几句话却自动冲破了齿唇的封锁，一字不落地钻进了在场之人的耳中。

亲家母客气了，多谢你生了个好女儿。要是没有秋兰，这几年我还不晓得怎么过呢！曹文月真心诚意地向陈小妹道谢。陈小妹借机向她解释了自己前段时间身体欠佳，没有过多关心她的事。

曹文月自然知道陈小妹这话是借口，可这也是亲家母向自己低头示好的借口啊，她自然得积极配合。两人又说了一阵别的，关系比之前融洽了不少。可讲着讲着，曹文月说起了秦玉国，陈小妹讲起了天天，两人越说越悲伤，不多久，便齐齐抹起了眼泪。柳秋兰忙回家取来两个冰镇西瓜请大家吃，气氛这才渐渐好转。

这时严俊翔、李海峰带着村"两委"和驻村工作队的人到拍摄现场慰问，并送来了两箱矿泉水和两桶绿豆汤。趁众人吃西瓜、喝绿豆汤的空当，张孝哲、柳冬雪给他俩回放了一遍拍好的视频，柳秋兰也在一旁观看，看后她赞叹不已：

孝哲，没想到你和冬雪还真有两把刷子，拍得像模像样的。

相较于含蓄的柳秋兰，严俊翔的表扬直白而热烈：哇，拍得我们的凤凰村这么美，跟著名景区比也不差呀！孝哲、冬雪，你们好厉害，我都崇拜你们了！

业余剧组能拍成这样，相当不错，可以拿到县市电视台去播。李海峰也颇觉意外。

张孝哲和柳冬雪听闻后双目放光，笑得嘴唇都咧到了耳后。

严俊翔上前两步道：张导演、柳编剧，你们可是第一个在凤凰村拍摄的剧组，希望往后有越来越多的剧组到我们村里拍摄，说不定凤凰村会一炮而红。

严俊翔现在犹如娱乐圈的十八线艺人，做梦都想让凤凰村爆红。

俊翔，我在抖音上看到新疆有个女"村官"穿着红衣服骑马的视频，粉丝好多，要不你穿上戏服，也在我们凤凰村骑马过河？

李海峰打趣他。严俊翔笑道：哪来的马？我要骑也只能骑牛。

没想到他这句玩笑话，却催生了柳冬雪的"牧童"创意，而且当场便跟张孝哲、严亚宁商量出了剧本框架和拍摄方案。

几天后的一个早晨，柳冬雪把正在埋头大睡的绿枝拎起来，让她换上一套仙气飘飘的汉服，又给她戴上了古人的发髻头套，施了点薄妆，没有跟柳秋兰、柳夏花打招呼，拉着绿枝就走。

小姨，你搞什么鬼？我还没睡够，哪里都不去！

绿枝说着要去拔头上的发套。柳冬雪按住她的手，弯腰问道：

绿枝，你想不想当明星？

绿枝摇头：不想，我想当医生。

柳冬雪有些奇怪：你以前不是一心想当明星吗？

当女明星太累，不能胖，不能老。我还是想当救死扶伤的医生。在上次的红色之旅夏令营中，随营医生在爬山时救了一个晕倒的老奶奶，当医生能救死扶伤，这多好啊，我当天就改了志向。绿枝理直气壮地说。

嗯，你想当救人的医生这很好，小姨也不强迫你当明星。不过，你确定不想拍这个视频？

柳冬雪把绿枝拉到穿衣镜前，绿枝一看镜中那个美丽的小仙女，兴奋得咧嘴直乐：

小姨，你的化妆技术好厉害，称得上是东方邪术。把我化得这么美，我去拍，我去拍！

不是我化妆厉害，是你长得漂亮。快走吧。

柳冬雪随手又给外甥女戴了一顶高帽子，绿枝越发精神抖擞，二话不说便跟着柳冬雪去了竹岭梯田。

梯田里的中稻已经结了稻穗，风来时翻起阵阵浪涛。张孝哲、严亚宁早已架好机器、备好道具候在田边。那头从柳泉家借来的大水牛拴在路旁的竹篱上，正慢慢地啃着脚下的青草。

哇，绿枝这么一扮，当真比电视上的明星还好看！

张孝哲赞道。绿枝高兴地朝他眯眯一笑：孝哲叔叔，你是要我当牧童吗？

冬雪，绿枝冰雪聪明，一下就猜准了你们的心思，比柳夏花强多了。旁边的严亚宁打趣道。

严亚宁，到时夏花听见你在背后编派她，小心你的舌头，快把绿枝扶到牛背上去。

绿枝意外地发现平日嘻嘻哈哈的冬雪小姨发号施令时颇有夏花大姨的威严与泼辣。

小姨，你以前都在扮猪吃老虎啊？

绿枝这话赢得了严亚宁的高度共鸣：

绿枝火眼金睛，一秒就看穿了你小姨的本性。唉，可怜我一叶障目，还以为她是个呆头鹅，哪晓得我才是被骗的那个孱头。

严亚宁，你讲清楚，哪个骗了你？

因被杨文骗过，柳冬雪现下对"骗"字有着异乎寻常的敏感与反感，当即冲到严亚宁身边，伸手戳了他两指头。刚解下牛绳的严亚宁嬉笑着往后退，想躲开她可能袭来的拳头，不料脚下一滑，摔倒在地时扯动了绳子，牛受痛不过，驮着刚刚坐在它背上的绿枝向山下狂奔。

啊——！

风吹起了绿枝的头发和衣裙，画面很美，绿枝的尖叫很惨，众人一时俱被吓蒙。

绿枝，抓紧牛角！柳冬雪边喊边往前追，心脏险些从口中跳出：万一绿枝出了意外，她怎么向大姐交代？

这时，后面响起一阵马达轰鸣声，严亚宁开着摩托车追过来：冬雪，上车！

柳冬雪跃至后座，搂着严亚宁的腰，摩托车轰地向前冲去。他们想尽快追上水牛，救下绿枝。哪晓得响亮的马达声反而惊得水牛一路狂奔，牛背上的绿枝已在惊惧中失声，庆幸的是她还紧紧地拽着牛角，小小的身体随着牛的奔跑而起伏。

天哪，前面是河！绿枝！绿枝！

柳冬雪大声喊叫着，好像这样就能救下绿枝似的。严亚宁加大了马力，谁知轮胎硌在一块石头上，摩托车一震，往旁边倒去。幸亏严亚宁和柳冬雪足够默契，两人个子又高，摩托车左倾时他俩的左脚同时踩住了田埂，这才免去一跤。

但这一耽误，那头水牛已窜至河边，眼看水牛和绿枝就要跌入河中，这时柳泉从旁边的田里冲过来，口中哞哞叫着。那水牛宛如得令的士兵，倏忽间减速，稳稳地立在了河沿上。

绿枝趴在牛背上没敢动，严亚宁和柳冬雪怕摩托车的声音会把牛吓得掉入河中，只能舍了摩托车，像偷袭的士兵似的往河边扑去。

绿枝，你别动。对，就这样。老牛，你乖一点，哞哞哞……

柳泉弯腰从旁边扯了把稻穗，口中发出温和而持续的叫声，迈着小步朝水牛走去，水牛像是听懂了他的话，温顺地向他靠拢。不一会儿，水牛开始享受地吃着稻穗。

伏在水牛背上的绿枝咻溜跳下来，刚刚赶到的柳冬雪和严亚宁以为她会一屁股坐在地上痛哭，不料她却挥臂放声大喊：

小姨、亚宁叔叔，我没掉下来，我厉害吧？孝哲叔叔，你有没有把我拍下来？

绿枝，你还问这个！柳冬雪冲过去一把抱住她，眼泪夺眶而出。

好了，别哭了。绿枝，你好棒！

严亚宁递给柳冬雪一包餐巾纸，笑吟吟地朝绿枝伸出了大拇指，接着掏出包烟给柳泉：

柳大哥，多谢你。

谢什么？都是自家人。

这时水牛哞哞叫了几声，像是在向绿枝表达它的歉意。柳泉心疼地抚了抚它的大脑袋：

老牛，以后别这么淘气了，专会吓细妹子！

柳泉说着又扯了把稻穗给水牛吃。牛的表情越来越安详，不一会儿居然讨好地甩起尾巴来。柳冬雪想到刚才的危情，举手想打水牛，被柳泉拦住。她高举的右手转而轻放在牛背上，拂去了上面的几片树叶。这些，都被扛着机子赶来的张孝哲拍了下来。

孝哲，刚才绿枝差点没命了，这时候你还想着拍摄。柳冬雪没好气地说。

冬雪，我不拍也来不及救绿枝呀！张孝哲说的是实话，但未免太过冷静。

柳冬雪越发生气：反正你刚才还在拍绿枝就很冷血！

张孝哲不服气：哎，冬雪，你讲点理好不好？我的摄影机离你们有几十米远，你们在前面都没能护住绿枝，反过来怪我这个在后头的人。刚才我也很担心绿枝，但你不能这样扣帽子呀。亚宁，你给评评理。

严亚宁忙将话题引到自己身上：冬雪，这事不能怨孝哲，得怪我，是我惊了牛，你们俩都没错。严亚宁说着弯腰帮绿枝正了正头套：

绿枝，叔叔给你买两套新衣服向你赔罪，好不好？

好呀！我要汉服，一套西瓜红的，一套淡杏黄的，到时我要在这稻田里拍视频！

绿枝说罢看着还在怄气的柳冬雪和张孝哲：小姨、孝哲叔叔，你们快来拍呀，等下我妈回来要让我去做作业的！

我可不敢再拍了，到时你小姨会给我扣帽子。张孝哲发起犟来，严亚宁劝了好一阵他也不听。

柳冬雪没办法，只得上前向他道歉：孝哲，对不起，我刚才是关心则乱，讲错话了，请你原谅。

张孝哲绷紧的面皮这才松弛下来：以后你讲话多过一遍脑子。

眼见柳冬雪的脸又垮下来，张孝哲怕两人再这样计较下去，会中断"牧童"的拍摄，只好调整心态，转而吩咐绿枝：绿枝，你慢慢爬到牛背上去。

算了，孝哲，让她靠着河边的柳树吹笛吧。严亚宁想起刚才的"惊牛"，有了心理阴影，柳冬雪也不想让绿枝再上牛背。

你们别担心，我来帮她。柳泉说着口中发出温和的"哞哞"声，手在牛颈上轻轻一按，大水牛当即低下了头。柳泉比画着手势给绿枝做示范：

绿枝，两手抓着牛角跨上去。对，就这样。

绿枝照着柳泉的提示抓住了牛角，扬首对正在阻止她的柳冬雪说：

小姨，你牵紧牛绳就得了。

绿枝，我还是担心你！柳冬雪心有余悸。

绿枝倒是胆大，对一旁的柳泉说：柳泉叔，我做好了准备。

好，起！随着柳泉那声吆喝，水牛抬起了头，绿枝被柳泉顺势推到了牛背上。

绿枝，转身，把腿放在牛背后面两侧凹下去的地方。对，腿放在那儿，你的身体就不会来回晃动。

绿枝非常机灵，柳泉这一指点，她立即便控住了身体，轻松地摆出张孝哲想要的优美姿态，化身横吹竹笛的牧牛少女，随着她手指的摁动，悠扬的笛声汩汩而出。摄影机默默运转着，将周围的美景和绿枝的倩影悉数收入了镜头中。

一曲终了，张孝哲又让柳泉换上汉服、戴上斗笠，荷锄走在水牛边。牛背上的绿枝这次应张孝哲的安排，吹了曲传统竹笛曲《小放牛》。

回放视频素材时，众人听着悠扬的笛声、俏皮的风声、河水的潺潺声、牛的哞哞声，意外地发现，原来自己天天生活的凤凰村竟然如此优美。

绿枝脸形精致，五官立体，很上镜，建议她以后去学艺术，到时去考电影学院或者戏剧学院。

张孝哲赏完画面中的美景后，开始以画家和导演的"毒眼"标准来评价"演员”的颜值。他对绿枝的表现非常满意，兴奋地向柳秋兰提出了以上建议。

柳秋兰时近中午才得知绿枝被张孝哲和柳冬雪拽去当了演员，而且还经历了可怕的"惊牛"事件，她急匆匆地赶到拍摄现场，吓得煞白的脸还没有转色，便听到张孝哲的这个建议，不由得板起了面孔：

孝哲、冬雪，绿枝是学生，应该好好学习。你们这样拉她拍视频，把她的心搞野了，到时学习跟不上趟，我找你们算账！

柳秋兰平素脾气随和，说话轻声细语的，没想到发起威来还挺吓人。如果这会儿绿枝在边上，她肯定会睁着那双鹿眼惊讶地说：妈，你发火的时候跟大姨很像哎。

对，我也赞同大姐的决定。小孩子不要去做大人的事，还有那个什么明星也不是我们这样的人家出得起的。柳夏花不喜欢娱乐圈那些花里胡哨的事，果断声援柳秋兰。

二姐，你这话说差了，好些大红大紫的明星都是农村人，有的还是爷爷带大的留守儿童呢！

柳冬雪还有两部微电影想请绿枝出演，她连着举了几个来自农村的当红明星做例子，希望以此来击破两位姐姐对娱乐圈的成见。

没事，冬雪，等你大姐、二姐看到绿枝火了，他们就不会反对了。

严亚宁这样安慰她和充满内疚的张孝哲。他俩觉得此话有理，都在等柳秋兰改变主意，可接下来的事实却狠狠打了他们的脸。

绿枝骑牛吹笛和"惊牛"的视频在短视频平台的播放量过了百万，省、市、县的官方网站也进行了转发和报道，绿枝成了小小的网红。柳冬雪、张孝哲异常兴奋，打算趁热打铁拍续集，柳秋兰却怎么也不肯让绿枝出镜，气得柳冬雪直发脾气，绿枝哇哇大哭。等绿枝情绪稳定后，柳秋兰当众问她为什么哭？

我想当网红。绿枝抹着眼泪说。

柳秋兰为之气结，手指点着柳冬雪：

你听见没有？她还没上初中，被你们这么一带，就不想去读书，只想当网红了，你们的做法要命不？

柳秋兰这反问还是蛮有力的，毕竟前几天绿枝的理想是当救死扶伤的医生，可视频火后，她的理想却变成了当网红，这是现场打柳冬雪、张孝哲的脸呀。

柳冬雪瞪着双眼道：绿枝，你不能因为想当网红而放弃当医生的理想，毕竟网红生病也是要看医生的，你就当网红医生好了。

我不干！医生天天跟病人打交道，上班只能穿白大褂，网红每天都能穿新衣服，还有，当网红有钱！绿枝这理直气壮的回答让众人面面相觑。

柳秋兰正要凶她，柳冬雪忙用眼色制止了，笑着说：

绿枝，直播带货的大网红才能挣钱，我们这种视频主播只负责貌美如花，发不了财！真的，来，你到小姨这儿来，小姨给你看这些挣钱网红的直播。

绿枝凑到柳冬雪身边看了几个网红主播声嘶力竭卖货的视频后，立场马上动摇了：小姨，我不想当这种卖货主播，我，我以后还是当明星吧！

众人不由哄笑起来。

绿枝气白了脸：你们就笑吧！总有一天我要让你们流着哈喇子看我演的电影！

得，你们让她陷入了一种妄想，这下难办了！

柳秋兰说罢跟在了绿枝身后。她必须把绿枝当明星的梦想扼杀在萌芽中。

曹文月得知绿枝想当明星后也不赞成，皱眉对陈小妹、柳铁牛说：

自古演戏都属下九流，好好的女孩子别干那营生。

曹文月本来在几个老人面前说说也就算了，可她想想不放心，特意找到本就气鼓鼓的绿枝，劈头盖脸地批评她人小心大，还没上初中就瞄准了花花绿绿的娱乐圈，实在没出息。

绿枝此前刚挨了柳秋兰一顿骂，这会儿又被曹文月指摘，她气得趴在床上一把鼻涕一把眼泪地哭诉起来：爸爸呀，你怎么还不回来呀？你回来奶奶和妈妈就不敢欺负我了。爸爸呀，你快回家啊！

这几年，音容笑貌日渐模糊的爸爸秦玉国已成绿枝倾诉的树洞，只要不开心，她就会通过日记的方式向秦玉国倾诉，祈求他在遥远未知的地方指引她、化解她，像今天这样公然哭着向秦玉国求援，还是头一次。

绿枝也没想到自己这一哭的威力有那么大，只见方才还板着面孔训她的曹文月突然一屁股坐在地上，脸色苍白，嘴唇歪向一边，接着双眼一翻，晕了过去。

曹文月就这样中风了！虽说送医及时，保住了一条命，但却落下了右侧肢体动作受限的后遗症。钟起辉人还不错，在医院里陪护了半个月，接着他得了重感冒并发展成肺炎，连日高烧 39 度。吓得柳秋兰忙打电话给钟声娇，钟声娇只好开车把他接回市第一医院治疗，临行前，钟声娇埋怨柳秋兰利用了她的老父亲。

柳秋兰有些生气。曹文月中风后，她打了好几个电话给钟声娇，请她抽空接钟叔叔回去，可钟声娇不是说在外出差，就说工作忙没空到南远来。柳秋兰只好请刘水根开车送钟起辉回市里，结果钟声娇全家在外地旅游，家中的门锁早已更换。钟起辉不想在女儿、女婿不在的情况下撬锁入内，同时他又不愿住回他和老伴原先生活的老旧小区——他家在六楼，没有电梯，腿脚不便的他只得跟着刘水根重回凤凰村。

一周后钟声娇来接钟起辉，她非但没有检讨自己的错误，反而将怨气发在柳秋兰头上。柳秋兰觉得自己挺冤的，但想到钟叔叔的确在医院陪了婆婆半个月，又是在医院里发的病，面对咄咄逼人的钟声娇，她没有过多地为自己辩解。

钟声娇将她的安静视为心虚，指着她说：你们家的生活蛮好，请个护工也就几千块钱，怎么就舍不得呢？这下倒好，把我爸给累病了。

钟声娇的话越说越重，钟起辉忙拦住她：声娇，秋兰请了护工，也送我回了市里，这些你都是晓得的，不要冤枉别人。

钟声娇气哼哼地不理他。钟起辉转而去劝柳秋兰：秋兰啊，声娇性子急，有些话你不要往心里去。

说着他又转向自家女儿，絮絮叨叨地说：

声娇，那天秋兰派人送我回市里，你和小魏在外旅游，我这腿上不了六楼，所以就回来了。秋兰没让我去医院照顾你曹阿姨，是我想为她尽点力，我怕以后，以后……

钟起辉说到这儿眼圈忽然红了，哽咽得讲不出话来。

钟叔叔，医生说了，只要坚持锻炼，我婆婆还是有可能康复的。等她好了，我再请您和声娇到凤凰村小住。

柳秋兰握住钟叔叔的手，自己也明白方才的话作不得数。老人的身体，只有老天爷才能做主呐！这时钟声娇的老公小魏过来了，他倒是非常礼貌，谢过柳秋兰后，又讲了几句宽慰的话，这才带着依依不舍的钟起辉走了。

唉，老人的感情还是要有好的身体来支撑。刚给曹文月办完出院手续的柳夏花目送着疾驶而去的小轿车和钟起辉从车窗里伸出的那只向她俩道别的手，感伤地说。

是啊，我婆婆和钟叔叔看上去身体都蛮好，没想到会出这种事。本来他俩在凤凰村的日子很好过呢！

柳秋兰惋惜着，心中有种钝痛之后的麻木。秦玉国失踪后，她成了家中的顶梁柱，是绿枝和婆婆唯一的依靠。天塌下来，她也得顶着。正是基于这种想法，她去找了婆婆的主治医生，希望他能给婆婆推荐更好的医院和治疗方案。

小柳啊，你这儿媳妇比亲女儿还要亲呐！

主治医生年近六旬，他见多了那些不孝子女，为柳秋兰能这样孝顺、照顾婆婆而感动，当即打电话给著名心血管专家、省第一人民医院的杨副院长，想把曹文月的病历发给他，请他帮忙看看有没有更好的治疗方案。

杨副院长卖了主治医生一个面子，让他把病人的病历发过去，主治医生趁机将杨副院长的微信推给了柳秋兰。两人加上微信后，柳秋兰将婆婆的病理报告、彩超等发给了杨副院长。

次日，杨副院长回话说她婆婆这种情况做手术的预后应该不错，建议她带老人去省第一人民医院动手术。

姐，现在的医院动不动就让人做手术，曹阿姨这种情况我看还是保守治疗为好。万一花了钱，人又没治好，那不去了多的？

柳冬雪不赞成给曹文月开刀。

柳秋兰叹口气：不开刀，她动作不利索也很麻烦，今后还得请专人照顾她，她会很痛苦。如果手术成功，她的状态哪怕恢复八九成，生活质量也会有很大的提升。老人开心了，我也能放手去干活。至于你说的万一，如果碰上了，那也没办法。不过你我说了都不算，还得我婆婆自己决定。

柳秋兰就做不做手术一事征求婆婆的意见。曹文月说她宁肯赌一把也要去开刀。能好，她求之不得；好不了或者因手术而病情加重，大不了一死，好早点去九泉与丈夫继续冷战。曹文月说这话时表情很是悲壮，断线珍珠般的眼泪却泄露了她内心的恐惧与脆弱。柳秋兰劝了好一阵，她才渐渐平静下来。

柳秋兰和家人商量这事时，除陈小妹和柳冬雪担心竹篮打水一场空外，柳铁牛、柳夏花、秦绿枝都支持曹文月去开刀。柳秋兰也征求了钟叔叔的意见，钟叔叔赞同她的观点：

秋兰，人活着还得有质量。如果生活不能自理，不但老人痛苦，你们晚辈也受罪，还是试一试吧。我转一万块钱给你，算我的一点心意，你一定要收下。

不，钟叔叔，有您这话我已经很感激了，多谢您啊！

柳秋兰鼻子有些发酸。婆婆这几天躺在床上，每日都要与钟叔叔通电话，两人絮絮地说一些陈谷子烂芝麻的琐事，旁人听着毫无意义，婆婆却讲得满身是劲，因病紧锁的眉头也随之松展。

这天曹文月和钟起辉视频通话，两人叨叨了一阵后，曹文月抽泣起来：老钟，谢谢你，你是真朋友。不瞒你说，这段时间我看透了很多人。有人说我命不好，克子克夫，但我觉得我命蛮好的，有退休金、有医保、有孙女、有真朋友，我最幸运的是有个好儿媳妇。没有她，我早死了。

说到这里，她放下电话，用能动的左手捂脸大哭，把打饭回来的柳秋兰吓了一跳，忙问她怎么回事。

曹文月拉住她的衣袖，哽咽着说：秋兰，我秦家对不起你，欠你很多。没办法，这份情只有下辈子还你了。

妈，我们都是自家人，哪有什么欠不欠的？对了，我这两天又在五个新网站发了寻人启事，说不定哪天玉国就回来了呢！

柳秋兰在安慰婆婆的同时，也在安慰自己。有时她需要希望的激励，需要来自"相信"的力量。

我夜夜求老天爷保佑我们全家，我相信玉国一定能回来。

曹文月斩钉截铁地说罢，着急地问柳秋兰她什么时候能去省城看病。

妈，那边床位很紧，我们得等医院的通知。

柳秋兰撒了个善意的谎，其实现在医院有床位，但她手头的钱不够。她刚才向刘水根和严庆瑞开口借钱，刘水根当时就转了两万元钱给她，严庆瑞在开会，说会后再联系她。

姐，严庆瑞刚给了仙人掌园的第二期投资款三十万元，他租的二十一栋民宿楼全部在装修，听讲一天要几十万块，只怕他的流动资金也不宽裕，你对他不要有太大指望。

柳夏花的分析不无道理，柳秋兰连叹数声：村里的人都在做事业，我们问他们借个几千还行，要是开口问他们借上十万块钱，他们一下子肯定拿不出，就是拿得出也不会借。在他们眼里，我们是大老板，只有他们向我们借钱的份，没有我们向他们借钱的理。唉，真是人怕出名猪怕壮。我们白担了个老板的空名。

柳秋兰在银行还有一张五十万的三年定期存单，那是留给绿枝上大学的钱。三年定期存款的利息蛮高，还差两个月到期，如果现在取出，原来所得的利息都要换算成活期利息，得退给银行好几万，她有些舍不得，这才想着先借十万块钱周转，等两个月定期存款到期后再还给他们。

大姐，你觉得严庆瑞会借钱给你吗？要不我问问刘水根？柳夏花想到刘水根那九十万块的定期存款，心中一动。

柳秋兰按住了她正要拨打电话的手：夏花，水根已经借了两万给我，不能再找他了。至于严庆瑞，只要他有钱，他肯定会借给我。实在不行，我就拿绿枝上大学的钱先顶上。

说到这儿，柳秋兰忽然发现自己颇为可笑：绿枝才考上初中，自己急什么呢？看来还是脱不了妇人之见，舍不得三年定期存款提前支取时要吐出的那些利息！

柳夏花将她脸上变幻的神色看在眼中，小心翼翼地说：大姐，治病要紧。我看你还是跟曹阿姨讲实话，就说你现在缺钱，让她自己拿钱出来开刀。

柳秋兰连忙摇头：不行，不行，我婆婆这几年把钱当命，这时候向她要钱，她会以为我不想管她，想要抛弃她。她现在病着，容易胡思乱想，脾气又倔，万一愁出毛病，去了多的。柳秋兰说话间打定了主意，明天就去银行，将那笔钱转成活期存款，从中取出十万元给婆婆治病要紧。

这时，柳铁牛和陈小妹走进房间，递给柳秋兰两万块钱。

秋兰，这是我和你妈的一点心意。

柳铁牛将钱塞入柳秋兰的手中。陈小妹虽然有些不情愿，可亲家母要做手术，他们也不能毫无表示！可在她看来，只要给个五千块就够了，所以方才和柳铁牛吵了几句。

爸、妈，不用了。我先用绿枝的那笔钱吧。

实在不行，让你婆婆自己出钱。都到这时候了，她还舍命不舍财，旁人看着都替她着急。

柳秋兰忙对陈小妹说：妈，你千万不要这样跟她讲，到时给我添乱，我能处理好的。

这样也好。你家的事情本来就是你做主，我们拿不了什么主意。

陈小妹明显松了一口气。柳铁牛板着面孔将柳秋兰刚才还回的钱又塞进了她的口袋：秋兰，这钱也是你做主。

柳秋兰没有再推辞，收了那两万块钱，她想等时机合适时再还给父母。接着她把刘水根的两万块钱转回了他的网上银行，又给严庆瑞发了条不需要借款的短信。这时她才看到银行的短信通知，原来半个钟头前严庆瑞已转十万元到她账上，她立马给严庆瑞转了回去，又向他俩分别发了道歉和道谢的短信，这才舒出口浊气，心中却悚然一惊：

这段时间她与严庆瑞合作多了，竟渐渐对他产生了依赖，这是件值得警惕的事，她现在退回借款是在及时纠错呢。

柳秋兰拍拍胸口，庆幸自己头脑还清醒，没有越陷越深。

望着柳秋兰瘦了一圈的脸，陈小妹心疼不已，到厨下泡了杯蜂蜜水放在她面前，口吻难得地温和起来：

秋兰，妈以前看不惯你婆婆的做派，也不想管她的事。可这段时间接触下来，我发现她人还蛮好。她现在病了，你多放些心思在她身上。刚才你爸给的两万块钱，你拿去给她治病。绿枝离上大学还有六年，你拿一部分钱来给婆婆开刀也不会影响她。你放心去忙仙人掌园的工作，餐厅的事我和你爸能应付过来，亲家母这边我和你爸得空也会去帮忙，你不要太着急。你本身就睡不好觉，我有些担心你的身体。还有啊，玉国这么多年没有消息，既然公安局都宣布他失踪了，你也不必太自苦，有合适的你再找一个吧！

妈！柳秋兰喊了这么一句，千头万绪涌上心头，化成眼眶中打转的那层泪水。好一阵，她才平复心情，柔声道：

妈，你放心，我能撑住。如果玉国真不在了，再找的那个人，他必须同意我照顾婆婆。

秋兰，你想带着残疾的婆婆去嫁人？那绝对不行！陈小妹的头摇成了顽童手中的拨浪鼓。

柳秋兰拍了拍她的手：妈，我还在找玉国，讲不定他哪天就回家了。你不要想太多，更不要为我操心，你和老爸养好身体，现在的日子这么好，你们一定要长命百岁。

陈小妹抹了抹眼角：你是老大，为家里付出最多，没想到命这么苦。妈有时想起你这没着没落的日子，心疼得睡不着。好在家里的日子现在越来越好，你们三姐妹又回村创业，只要不亏本，事情再多，我和你爸都能帮你顶上一阵。只是夏花和冬雪又找了对象，恐怕以后她们帮不了你多少，万事还得你撑着。

陈小妹说到这里，既高兴又担忧。高兴的是夏花和冬雪终于找到了意中人，担忧的是两个女儿同时谈恋爱，只怕没时间多管仙人掌园和绿枝餐馆的事，她怕柳秋兰忙不过来。

柳秋兰明白她的意思，忙说：妈，你放心，夏花和冬雪找对象不会影响家里的事，相反还能助力呢！

柳秋兰早已分析过两位妹妹同时谈恋爱可能造成的影响：夏花和冬雪以后将有各自的家庭和生活，她们不可能再像从前那样事事听自己指挥，但也不会立马从仙人掌园和绿枝餐馆的项目中抽身，只要她们还是股东，她照样能分派她俩工作，所以这两年对她不会有太大的影响。等项目走上正轨后，她培养的帮手也能独当一面了。

似乎是为了让柳秋兰放心，这时严亚宁、刘水根在柳冬雪、柳夏花的陪同下走进了柳家的厅堂。陈小妹见两个准女婿上门，满脸带笑地端茶倒水。以往不管家事的柳铁牛这次直接发话，留他俩在家中吃午饭。

市里预约的一桌客人来不了，他们订的午餐我已经做好，客人不来，我们正好自己吃。

柳铁牛说得轻巧，陈小妹听了心头却在抽搐：老头子，客人付钱没有？

柳铁牛轻描淡写地说：付了全款，但他们是真有事来不了，不是故意捣蛋，所以我退了一半钱给对方。

你这个傻子，有钱也不晓得挣。像你这样做生意，到时只怕连碗筷都要赔光。陈小妹想到柳秋兰这边急需用钱，柳铁牛却把明明可以装进腰包的一半餐费拱手退回，不由得有些生气。

婶子别气，大伯这么讲信用，那些游客以后要是再到凤凰村来，肯定会来绿枝餐馆消费。

严亚宁这话像一勺冷水，浇灭了陈小妹心中蓬勃的怒火。

对，做生意讲口碑，口碑能带来回头客。老爸蛮会做生意的！

严亚宁和刘水根的表扬让柳铁牛连连摇手：你们过奖了。我退钱时没考虑他会不会成为回头客，我是在想即便我收了他一半的违约款，那些钱也足够买做菜的那些原材料。他们不来，我们挣了顿吃的，没亏。总之与人方便，就是与己方便。

老爸心善人缘好，老妈刀子嘴豆腐心，处久了同样人缘好。刚才我们去平房看了曹阿姨，她可是一个劲地夸老爸、老妈厚道呐！

刘水根为人热情、活络，嘴巴也甜。自从柳夏花在柳家公布了他俩的关系后，他立即改口叫柳铁牛、陈小妹爸妈，而且叫得很自然，连素来讲究分寸的柳铁牛都听得顺耳。陈小妹更是开心，每次见到刘水根都眉开眼笑的。

严亚宁一时改不了口，柳铁牛和陈小妹也能理解，一则他和冬雪还未成婚；二来两家人太熟悉，冷不丁变更称呼双方都不自然，倒不如维持原状的好。这会儿见严亚宁在接电话，陈小妹小声对刘水根说：

水根，你秋兰大姐现在遭难，你可要多帮帮她。

妈，您放心，大姐的事就是我和夏花的事。刘水根这话说得有些"满"，陈小妹有意试他：水根，绿枝的奶奶要去省城开刀，秋兰的钱都投到项目里去了，她现在还在借钱呢，你要是有富余，能不能给她调剂调剂？

陈小妹知道刘水根给了柳秋兰两万元钱，心里对刘水根的表现已经很满意了，她这试探的话放出去时，并未指望刘水根有所行动，她只是单纯地想探探刘水根的为人。没想到刘水根听到此话后立刻表示，他可以再借五万块给柳秋兰。

妈，我开始不晓得大姐要送阿姨去省城开刀，那两万块是我给阿姨看病的心意。只是大姐方才又把钱转回给了我，还说她解决了看病的费用，不用再借钱了。表完态后刘水根开始实话实说。

见陈小妹的脸瞬间耷拉下来，他再次表决心：妈，只要大姐一声令下，我和亚宁各拿出五万块来没问题。

刘水根代旁边的严亚宁做了主。严亚宁边打电话边点头，表示认可刘水根的提议。刚刚喂完孔雀回来的柳秋兰听到这话，怕引起严亚宁的误会，忙说：水根、亚宁，不用了，我都安排好了。谢谢你们。

严亚宁以为她还在向严庆瑞借钱，劝道：大姐，你别跟我们客气。与其向严庆瑞借钱，你还不如向我们借。听负责民宿园项目的老钱讲，庆瑞大哥正在和欧阳梦闹离婚，他自己满头的包，只怕顾不了你这边。

大姐，我和亚宁的钱不用利息的，等你有钱了再还就是。刘水根连忙补充道。

柳秋兰感激地瞅了眼他俩，说了实话：

不瞒二位，我开始不舍得绿枝那笔定期存款的利息，这才问你们借钱。现在我婆婆开刀的费用都准备妥当了，过几天就送老人家去省城医院复诊，多谢你们相帮！

柳秋兰笑着给他俩续了水。这时柳夏花风风火火地走进来，将柳秋兰拉到旁边：

大姐，我们租的房子都转租出去了，合同我打包发给你了，你有空看看。还有啊，严支书和李海峰书记很看好我们当二房东的事，准备请网站和电视台的记者到凤凰村采访那些前来避暑的老人，到时还要采访你。

夏花，当二房东这事是刘水根出的点子，具体事情是你在做，你们去接受记者的采访，我就算了。

柳秋兰态度坚决地摇头拒绝，柳夏花没辙，又把刘水根拉出来商量。刘水根觉得这时接受采访很可能羊肉没吃到，反惹一身骚，最后三人达成一致意见：由柳秋兰去向严俊翔和李海峰建议，将这次接受采访的人换成严亚宁。毕竟他家的好味道农家乐已成凤凰村最好、最有名的餐厅，有资格接受采访。

柳秋兰向两位村领导建言后，严俊翔、李海峰召开了村"两委"和驻村工作队的联合会议，做出了一个兼顾凤凰村农家乐餐馆、民宿园、仙人掌园、竹岭梯田的一揽子宣传方案，想方设法要把凤凰村推介出去。

有这样的村领导，是我们凤凰村的幸事！

夜晚，柳秋兰给秦玉国写信时，在结尾处加了这么一句话。

十七、水根的打算

　　柳夏花这段时间忙得飞起，一边帮柳秋兰打理仙人掌园，一边忙着落实房子转租的事。也许是因为这个夏天太热，刘水根的小广告宣传效果到位，加上那些到凤凰村过夏天的老人的口口相传，想到凤凰村过夏天的老人越来越多。柳夏花刚把那二十多个租客安顿好，刘水根找的房屋中介又给她带来了十五个租客。

　　柳秋兰、柳夏花忙前忙后地找房源，与房东谈判，打扫卫生，补充家具家电，忙了一周，才把这批租客安顿妥当。

　　刘水根见凤凰村租房的行情较好，村民适合转租的空房所剩无几，便打算租下凤凰村原中心小学的废弃校舍，改造后出租。不过这事儿他还在做方案，除了柳夏花，他对谁都没说，柳夏花自然也不好多嘴。

　　严庆瑞怎么没要村中心小学的两栋楼房？算起来也有六十多间，按说他改装也很方便啊。

　　刘水根去看原村中心小学教学楼时，疑惑地问柳夏花。柳夏花觉得这个问题不难理解：

　　严庆瑞和欧阳梦租的全是石头造的老民居，村中心小学就两栋石灰墙的楼房，离他租的房子很远，估计很难打造成风格一致的民宿，所以没看中。

　　刘水根琢磨了好一阵，才认同柳夏花的这个观点。想到村中心小学改建老年公寓项目这件事自己没跟柳秋兰讲，刘水根怕她晓得后会怪罪他和柳夏花，有些忐忑不安。

柳夏花倒没这份心理负担：水根，你还是不了解我大姐。我大姐天天收听各种新闻节目，思想觉悟高，蛮有眼界和远见的。她巴不得有更多的人来凤凰村投资，这样就能盘活凤凰村的资源。大河有水，小河才能满。再说了，让老人到凤凰村过夏的项目策划者、发起者、实施者本来就是你，你要是真的能把村中心小学教学楼改建成老年公寓出租，我姐她只会为你高兴。

哎呀，你这么一说，我怎么觉得你姐像精神文明办选出来的月度好人？

刘水根半认真半玩笑地调侃道。

柳夏花伸手在他胳膊上轻拧了一把：

别贫嘴了。我告诉你吧，我大姐本来就心好，前几年她家连着出事后，她更是走路都怕踩死蚂蚁，平日里尽量与人为善，希望自己多做好事多积德。最主要的是，她这种想法符合眼下的核心价值观。加上她喜欢听广播节目和读书，看问题的角度自然跟其他村民不一样。有时我觉得她的一些想法还蛮超前的。而且她三观很正，所以你不用担心她会嫉妒你。

夏花，你是你大姐的粉丝吧？刘水根笑问道。

粉丝谈不上，但我真的蛮佩服我大姐的。

夏花，其实你也很不错啊！为人好，能干、麻利，能吃苦，挺细心的，还懂得好多政策。

这么说你佩服我喽？

柳夏花纯属开玩笑，谁知刘水根却认真地朝她伸出大拇指：

不只是佩服，我还崇拜你。我早就是你的粉丝了。

天哪，原来你也会讲这种酸掉大牙的土味情话啊！

柳夏花扮了个怪相，心中却似吃了蜜一般，连呼吸都是甜的。

夏花，这辈子能遇到你是我的运气和福气。以后有你把舵，我哥嫂对我就放心了。

刘水根这话说的是实情。自从他妻子抱着女儿投河自尽后，刘水根喜欢上了喝酒，经常喝得烂醉如泥。他大哥见他如此颓唐，只好将他带出去做事，让繁忙的工作冲淡他的忧伤，花了两年的工夫才把他拉回正轨。

为了让刘水根有个温暖的家，刘水宝通过各种关系给他介绍对象，他先后与二十多位妹子相过亲，但都没看中。外人传他挑剔，可他却对柳夏花一见钟情，想来这就是所谓的缘分吧！上次他带柳夏花去大哥、大嫂家吃饭，他大哥、大嫂都很喜欢柳夏花，催促刘水根尽快娶她过门。想到这里，刘水根憨厚的脸上露出几缕笑容。

你傻笑什么？你以后要记得，我才是家里的一把手，听见没？

柳夏花轻轻戳了刘水根一指头，刘水根趁机握住她的手，有些心疼地说：天天干活，手都糙得起皮了。

柳夏花白他一眼：矫情。

刘水根认真地看着她的眼睛说：你嫁给我以后，我可不舍得让你的手起皮。

柳夏花心中一热，有些感动，又有些想笑，因为这话从粗壮的刘水根口中说出，实在太……

为了掩饰住心中突如其来的喜悦和笑意，柳夏花当即转了话题：水根，你把小宝接到凤凰村来过夏吧，让我爸妈照顾他。

算了吧，你爸妈要忙绿枝餐馆的生意，有时还要照顾绿枝和曹阿姨，你和大姐又忙得陀螺似的。小宝淘气得很，村里又有条河，我怕你们看不住他，还是让他在我哥嫂家待着合适。

刘水根倒是体谅她。想到孩子的安全和家中近日的忙乱，柳夏花当即依了刘水根：水根，还是你想得周到。

你最近事情多，不想让你太累。刘水根说着将她披下的刘海撩到了耳后。

柳夏花朝他一笑：你还说不会撩妹子？我看你撩头发挺熟练的嘛！

这么简单的动作我还不会？我又不是傻子。

两人说笑一阵后，刘水根开始给她布置近期的"任务"：夏花，你最近一定要以仙人掌园、租房的事为主，绿枝餐馆现在每天只有两三桌客人，爸妈能应付过来，这边你不用太费心，我们多帮帮大姐，她活得太累了！

好，小学校的承租方案你得尽快定下来，不然这事放在心里会把我憋疯的。

柳夏花自小和大姐柳秋兰亲厚，有什么心事都会告诉她。可小学校的事刘水根说属于商业机密，让她先保密，她这段时间嘴都快沤臭了。

放心，十天左右就能见分晓，到时你就能跟她说了。

刘水根宽慰着柳夏花，心中对柳秋兰多少有几分歉意。但这个项目他想单独给夏花做，哪怕是亲大姐，在没谈定之前他也不想泄露机密。再说现在告诉柳秋兰，她又帮不上忙，还不如等尘埃落定时再说与她听。因此事是刘水根在做主，柳夏花自然不好拂他的意。对于刘水根，她有一种莫名的信赖。

刘水根这些年跟着他大哥做事，见过不少世面，对商机颇为敏感。前几个月南远县政府对河道采沙进行了更加严格的管控，现有的沙石公司要去掉一大半。刘水宝的公司虽然证照齐全，但要揽业务，还要经过多轮竞标。

前段时间刘水根跟着大哥刘水宝跑了几个相关部门，原以为送点礼就能过关，谁知以往那些关系不错的办事人员见了他们纷纷变脸作色，说现在不比从前，凡事得按制度办，还给他哥俩各送了一本《河道管理条例》。刘水根深感绝望，觉得照此下去，他们兄弟俩肯定得改行。

刘水宝虽然很烦躁，但是闷头喝了几日酒后又忽然变得信心满满。他说南远县近年的经济形势不错，县里在同时开发、改造四个老旧小区，要建不少新房子，河沙是必需品。如果县城的标竞不到，他们可以转战偏远乡村。思虑再三，刘水宝将目光瞄准了三河乡。

南远县山川秀美、物产丰饶，自然条件优越，三条河流穿境而过，极大地便利了老百姓的生活，也给南远县的经济发展、农业灌溉创造了便利条件。流经南远县的三条河在三河乡汇合后，形成一片宽二里余、长十多里的沙滩。此沙滩若是在大城市或是旅游胜地，定能成为游人如织的景点，可惜三河乡离县城远，乡里人口少，周围又没其他景致，这块沙滩再美也无法成为名胜之地。

当地人的算盘打得噼啪响，多年前便按村分割了那片沙滩，村人建房可自去那儿取沙，渐渐发展成一门生意，再到后来，沙滩被乡里收走，包给了一家挖沙公司，不久那家公司挖沙时死了五个人，老板赔了个底儿掉，跳楼自杀了。自此三河乡的沙滩成为不祥之地，连着几年无人承包。乡里只好收回，结果经营此沙滩的集体企业总是出各种安全事故，有人说是那些死在沙滩上的冤魂在作祟。乡里费了老大劲才把沙滩的采沙权包给外县的一家公司。

两个月前，三河乡的乡长因经济犯罪被移送检察机关，承包三河乡沙石公司的老总也因行贿罪被留置。三河乡的沙石经营权重新竞标。

水根，我们公司证照、资质齐全，这些年做事规规矩矩，在业内有相当的口碑。只要我们做好前期工作，我们肯定能中标。

刘水宝看上去斯文，其实胆子挺大，他就不信三河乡这个邪，下决心要把采沙权竞到手。刘水根在这方面没有过多的发言权，反正大哥指哪儿他打哪儿，自然点头称是。

夏花，我大哥要是竞标成功了，公司也要搬到三河乡去。三河乡与凤凰乡一南一北，相距一百多里，到时见不到你怎么办？

柳夏花觉得刘水根这话有拍马、夸张之嫌，白他一眼道：

从凤凰村去三河乡开车一个多小时就能到，你还怕见不着我？

是真的舍不得你！刘水根半玩笑、半认真地说。

柳夏花心中一暖，望向刘水根的目光柔和了许多：水根，到时你们要是能竞上标，我就把农家乐餐馆开到三河乡去。

你们姐妹不是要振兴凤凰村吗？那可是三河乡，跟你们柳家人没关系。刘水根打趣道。

柳夏花瞪他一眼：你一个男人眼皮子这么浅？再说振兴三河乡也是振兴乡村。那边的沙子多，再不挖走那一带怕会变成沙漠。哎，到时候我们可以在三河乡的河滩边和山脚下种仙人掌。

你这纯属胡思乱想。三河乡以前的河滩沙子很细，后来挖得坑坑洼洼的，这几年又连着发大水，泥沙里混杂着树枝、树根和石头，很难清理。要是上面能种东西，三河乡人还会让河滩荒着？他们又不傻。

柳夏花呆了呆：我只是随口一说，真要种仙人掌，我没钱也没精力，你放胆把你哥的事情办好。我先帮我姐打理好仙人掌园和绿枝餐馆，我们要是想见面了，开一个小时的车就能碰头。

夏花，除了你家、你姐的事，凤凰村的老年公寓你也要抓起来，那可是我们俩的项目。

你不是还没跟村里谈好吗？柳夏花疑惑地望着他。

刘水根捏起拳头晃了晃：放心，我已经跟村里谈定了，等签下协议就告诉大姐。

柳夏花瞄他一眼：你这个老狐狸。

刘水根嘿嘿一笑：还不都是为了你。

他见柳夏花没吭气，晓得她对自己瞒着柳秋兰一事有意见，忙表态说：夏花，拿到协议我就告诉大姐，她要是愿意入股也行啊。

大姐眼下资金紧张，肯定没有股本，但我姐很有管理经验，她可以以人力入股。柳夏花也想帮帮柳秋兰。刘水根轻拍了几下她的手背：你放心，只要大姐愿意，我举双手欢迎。

柳夏花正想向他道谢，刘水根有些内疚地说：夏花，本来你姐这边我可以一次借十万给她。可小学校的租金前十年一年两万，后十年一年三万，而且凤凰村村委要我们一次性付十年的租金，一下子要走了二十万元，其他的钱都投到沙石生意里了，账上没有多少流动资金，我们还要留下装修的费用，所以挪不出更多的钱支援你大姐。

听到这里，柳夏花惊喜之余又有些心塞：水根，谢谢你有这份心。我大姐已经准备好了给曹阿姨开刀的钱，你不必内疚。不过，你还是把我当外人，小学校租赁的谈判进度还瞒着我。

不是瞒你，是事发突然，来不及向你汇报。前天我听说凤凰村村"两委"有人不想将学校租给外村人，昨天忙跑去找严支书和李书记，他俩做了好久的工作，那个会计和民兵连长才同意。

说到此处，刘水根心下颇有些为他和凤凰村村"两委"的保密工作做得到位而得意。初起租赁念头时，他一直请一位亲戚与严俊翔联系，他怕自己出面凤凰村人会反对。毕竟他和柳家姐妹转租了几十间房子给那些老人，村里人都知道他们挣了差价。尽管明面上大家不说什么，暗地里还是有人给那些房东打电话，说他们租亏了，劝房东们悔约，想"破"掉这桩生意。好在那些房东聪明得很，晓得把老房子租给柳家姐妹，总比把房子交给亲戚和邻舍打理更稳妥，起码出了事还有法可依。

凤凰村人在这方面是有过血泪教训的。

住在村西头的柳彩星全家在外地办厂，生意做得蛮大，在城里买了别墅和几套房。他们已经有四年没回凤凰村了，家中的三层楼房委托给堂哥柳彩玉打理。

柳彩玉见他的房子质量和装修比自家好，借口柳彩星家的房子霉气重，帮他晒了几天被褥后，全家人堂而皇之地搬了进去，而且不跟柳彩星讲。

柳彩星接到村人发给他的短信后才得知此事，气得打电话与柳彩玉理论。谁知柳彩玉非但不认错，还振振有词地说他此举是为了保护柳彩星的房子：

彩星，我们没住进你家之前，你家三楼的阳台漏水，屋檐下筑了蝙蝠窝，地上有蛇皮和死鸟，一楼客厅潮得长了十几朵蘑菇。这样下去你家的房子肯定要坏。我们住进去是在用我们的阳气养你家的房子呐！

柳彩玉这番强词夺理的话气得柳彩星嗷嗷叫，特意从外省赶回来处理此事。当他看见自家崭新的家具、家电被弄得不像话时，骂了柳彩玉几句。

柳彩玉是柳家三房的房头，为人霸道，占了人家房子还不认错，骂出口的话比粪还脏。气极的柳彩星推了他两把，柳彩玉趁机大打出手，两人闹得不可开交，最后经村"两委"出面调停，柳彩玉才不情愿地从柳彩星家搬出，末了还说柳彩星建新屋时占了原属于他的滴水檐，要柳彩星赔一平方米面积的地基给他。柳彩星自然不肯，两人又大吵一架。

为了泄愤，柳彩玉在自家门口砌起道院墙，院门的边角正对着柳彩星的大门。柳彩星得知后在电话里愤怒地骂娘。偏偏那段时间他家生意非常忙，家中又有人生病，无法抽身回村的柳彩星只好请妻兄在他家院门上挂了一面"照妖镜"，好把柳彩玉那道大门惹来的尖角煞照回去。

这下柳彩玉不干了，他气恼地砸了那面镜子，和柳彩星的两个妻兄打了一架。严俊翔、李海峰劝解无效，只好请长旺公和几个柳家老人轮流去做柳彩玉夫妇的工作，他俩则轮番给柳彩星打电话沟通，折腾了半个多月，双方才达成如下协议：柳彩玉夫妇不再追究柳彩星占他家滴水檐的事，柳彩星也不能要求他们拆院门。

就在柳彩星为老家那栋房子头疼时，柳夏花打电话问他愿不愿意把房子租出去。柳彩星在深圳的工厂办得不错，早已在那儿安居乐业，根本不想再回凤凰村，一听这话，感觉自己打瞌睡碰到了枕头，真是再巧不过，于是爽快地把房子租给了柳夏花。他要的租金很低，一栋房子一年才两千元，但他要求柳夏花出租前必须把他家的院门改到他重新选定的方位，以避开他堂兄柳彩玉家大门造成的尖角煞。

夏花，犯尖角煞，轻者惹口角是非，重者会有火灾和意外死亡的危险，你说这柳彩玉恶不恶？亏我以前还那么关照他，真是狼心狗肺！

柳彩星在电话里骂了一顿柳彩玉，接着说他家改大门时，他两个妻兄会去现场监工，但改大门的费用得柳夏花出。

柳夏花不乐意：彩星，我们还不如重新谈下租房的费用，改大门涉及你家风水，谁出钱谁得福报。万一门建好以后你不满意，我可担待不起。

柳彩星想了想，觉得柳夏花讲得有理，两人协商后，每年加了一千元房租，他自己请人改建大门。

彩星，你在外头做得好是你的本事，跟风水有关系，你别那么迷信。

末了柳夏花这样说，柳彩星不高兴地和她理论起来：

夏花，风水这事就像两百年前的电波，当时哪个晓得会有电波，只用一台机器就能接收到几万里外的讯号？你不信并不代表没有。还有，我提醒你一句，你大姐家中连连出事，说不定跟她家的风水有关！我认识一个好有本事的地理先生，到时我把他的电话发给你，让你姐找他看看。真的，看地理有用的！

彩星哥，我大姐家里的事你也晓得？柳夏花没想到他消息这么灵通。

晓得呀，你姐夫失踪了，她公公前几年过世，前不久她婆婆又生病，你大姐事事不顺，这说明风水真的有问题。夏花，我晓得你们租下房子转租，中间要挣差价，不过这事我管不着，能租出高价是你们的本事。只要你们不欠我的房租，帮我把房子按协议维护好就做得，好歹胜过交给柳彩玉那种人。

柳彩星说出了绝大部分房东的心里话。柳夏花赞道：彩星，难怪你在外头能发财，你看问题深刻呀！你要是不租给我们，你的房子放在那儿只会一年比一年旧，你请人帮忙照料非但落不下好，还惹来一身臊。现在你一年有三千块钱收入，对你来讲也许不算什么，可总比没有强。

柳彩星自然明白其中道理，当即表示愿意跟她长期合作。他全家人在外，如果自己招租，得请妻兄们帮忙维护和对接。他们也不可能白干，说不定抽成比柳夏花这样的二房东更高，还要欠他们的人情，倒不如直接跟柳夏花合作来得划算和撇脱。

柳彩星的事只是柳秋兰、柳夏花转租房子时的一个插曲，但这个插曲很有代表性，说明二房东不好当，既要对租房给她们的村人负责，又要让租客满意，其间的琐碎难以对外人道。

刘水根前期为租房的事忙过一阵，晓得要留住那些租户得有细致到位的服务，考虑到他即将去三河乡工作，所以这段时间有意放手让柳夏花去操盘。虽说三河乡生意还没有正式落定，但柳夏花方才的话却给他提了个醒，如果他们真拿到了三河乡的河沙开采权，他们的确可以在附近开一家农家乐餐馆。不说别的，光刘水根大哥公司的客户就能撑起半家餐馆的生意。

在柳夏花和刘水根商量这些事情的当口，柳秋兰正在接严庆瑞的电话。

严庆瑞看到柳秋兰不再借款的短信后，以为是自己的怠慢让柳秋兰生气了，忙致电向她解释，说他这几日一直在开股东会，另外车间的屋顶漏水，毁了一批马上要发的货物，这几天他在一线指挥工人加班，根本没顾上看手机，请柳秋兰谅解。

柳秋兰觉得自己对他的依赖已经让他产生了压力，连声向他解释不再借款的原因，并为自己的随意开口向他道歉。严庆瑞反过来又宽慰了她一通。这次通话期间，严庆瑞不自觉地叹了好几次气，柳秋兰终于还是忍不住问了一嘴他和欧阳梦的事。

严庆瑞迟疑稍许，还是说了实话：欧阳梦最近收到几张我跟女下属亲热的照片，那照片是别人P的，我没有做过那些恶心事。可欧阳梦不信，认定我有外遇，闹着要跟我离婚，怎么劝都不听。我现在不理她，等她冷静些再说。

严庆瑞的声音低沉、疲惫，从中可以感受到他的苦恼、颓唐。

庆瑞，虽然说宁拆一座庙，不破一桩婚，但如果你和她在一起实在太痛苦，也没必要太为难自己。

我也是这样想的，但我不存在欧阳梦说的出轨问题，她要是用这个理由逼我离婚，我永远不会同意，我不允许她这样污蔑我。

严庆瑞较起真来九头牛也拉不回。柳秋兰想追问他一句：你有没有做过对不起欧阳梦的事？可话到舌尖又咽回了肚。她觉得自己与他并没有随便到可以打探隐私的程度，何苦自讨没趣？

后来严庆瑞果然绕开了他与欧阳梦闹矛盾的细节，转而说起他的公司和欧阳云高公司之间的关系，柳秋兰这才明了严庆瑞如此慎重对待与欧阳梦离婚的原因——如果他与欧阳梦离婚，他名下公司的财产不但得分一半给欧阳梦，还会影响后续的资源。云高公司离开严庆瑞也将受到损失。

庆瑞，欧阳梦挺聪明的，她不至于糊涂到看不清离婚对双方事业的影响。眼下她这样闹是否还有别的原因？你刚才也说你没做过坏事，但有人P了你的图。我觉得P图人的目的就是想让你们离婚，然后从中获利。

柳秋兰看多了各种商战、宫斗的电视剧，很容易便将某些情节代入到严庆瑞与欧阳梦身上，想给他提个醒，话讲出口后又有些后悔，怕严庆瑞说她八卦。

严庆瑞肯定也想过这种可能，沉默稍许后说：欧阳梦的大伯欧阳天高和她的堂兄欧阳晨恨我入骨，巴不得赶走我。如果是他们出的手，那就证明欧阳天高父子还想夺回云高公司的领导权。

欧阳云高不是收购了他大哥欧阳天高的公司，把他家的门店都作为加盟店并入了云高公司吗？我听欧阳梦说，她大伯父子俩现在还是云高公司的高管，不用操太多心，一年便有上百万的利润分成，这种情况他们还不满意，还想着夺权？

柳秋兰大为不解。

人心不足蛇吞象呗，你晓得的，我岳父身体不好，我岳母不管也不懂公司的业务，欧阳梦虽然一直在公司做事，但她的心思根本没在工作上，如果我离开公司，我岳父哪天一倒，欧阳梦会被他们碾成渣，欧阳天高父子很快就能把云高公司窃为己有。说起这些事，严庆瑞的心情有些沉重。

家家有本难念的经，他们家这种豪门恩怨我只从影视剧和小说中看过。你平心静气地找欧阳梦谈一谈，把你刚才的疑虑分析给她听，看看她怎样讲。

这些道理欧阳梦都懂，但她认为那些事情跟我们的婚姻无关。她大伯、堂兄也永远不会再打云高公司的主意，她一直处在自己构筑的信息茧房中，有时天真得可笑。

与欧阳梦相处得越久，严庆瑞越觉得语言的苍白，他感觉自己如今被逼成了心理分析师。柳秋兰继续鼓励他：庆瑞，欧阳梦很高傲，她在等你问她，你不如主动些。

我主动问也没用。你别看她平日嘴巴不把门，实际上有不少小心思，有些还藏得挺深，问她也不会讲。严庆瑞说罢叹口气，内心涌上股厌倦，不想再和欧阳梦做无谓的沟通。

庆瑞，女人有时以为男人是神仙，能猜出她们憋在肚子里的话，其实男人更多的时候像个大孩子，根本注意不到这些。这时双方若有了误会，不管是谁，还是打开天窗说亮话比较好。柳秋兰这话打动了严庆瑞，他沉默几秒后说：

好，我去找欧阳梦，我要做一把手术刀，划破我和她婚姻中的毒瘤。严庆瑞终于下定了决心。停了停，他忽然又道：秋兰，欧阳梦上周跟我讲，她很对不起你，希望你不要为退股的事生她的气。这些日子有些忙，我都忘了给你传话，对不起啊。

我没生她的气，前两天还给她发了仙人掌园接种胭脂虫的照片和视频。

真不生气？严庆瑞敏锐地捕捉到了她语气中的那几抹沉重。柳秋兰叹口气：说真话，我当时非常生气。我气她既不信任你，也不信任我。

秋兰，对不住。严庆瑞说罢突然陷入了沉默，气氛有些压抑，柳秋兰只得柔声宽慰他：

唉，她就那脾气，我后来想通了，你别放在心上。哟，说曹操，曹操到，你看欧阳梦给我发来了一张民宿园装修现场的图片，你们的装修进度很快啊，已经有两栋房子完工了。国庆期间能开张吗？

不行，虽然我们用的全是环保有机材料，房子还是得透一透。我们准备十一月份开始试营业，到时请你当我们民宿园的住宿体验官。

住宿体验官是门新职业，好像来源于国外的酒店试睡员。

秋兰，你好厉害，这么时髦的新职业都晓得。我们这个体验官比酒店试睡员体验观察的范围更大、更广。希望你到时把入住民宿园的观感都写出来，好的、坏的都告诉我，以利于我们改进。

好，我一定不辱使命。

你高中时的作文常被语文老师拿来当范文，相信你能写好。到时我会把你的文章发在我们公司的网站和民宿的微信公众号上。

庆瑞，民宿园开张后，能不能在房间里放上仙人掌园和绿枝餐馆、好味道农家乐的宣传折页？

柳秋兰这段时间虽然忙得焦头烂额，但该考虑的事情一件也没落下。

没问题！你们家的环境那么美，锦屏藤帘子、孔雀园、苦瓜酒、鲜花墙、土特产角，这些对城里的游客都有吸引力。对了，我看冬雪和张孝哲合作新开的视频号"凤凰飞"，上面发的视频非常美，拍出了凤凰村的特色，点击率相当不错。昨天我看好像已有十一万多粉丝了吧？

对，上周三满的十一万粉丝。小黄车里的货销得还行，算了一下，一月应该有八九千的销售提成呢！没想到这么快就有了进账！

这种战绩实在出乎柳秋兰的预料。柳冬雪和张孝哲尝到了甜头，现在的视频越发做得用心。

再养养号，扩大些影响力，他们就可以直播带货了。只要把住新媒体这个风口，大肥猪都能飞上天，我相信他们能够做好。不过有一点我要提醒你，绿枝骑牛的那次视频拍得太惊险了，以后别让她去冒险。

严庆瑞虽然没常住村中，但消息非常灵通。前段时间，有几个作家特意跑到凤凰村，义务为村民收割早稻，顺带给他们种在竹岭梯田的中稻施肥。柳秋兰还不晓得这事，严庆瑞便已从"凤凰飞"的微信公众号上看到了视频，并转发给了她。

当柳秋兰从视频中看到那些作家手捧稻谷，流下亮晶晶的眼泪时，她立即给严庆瑞发了这么一条短信：

是不是人缺少什么，就稀罕什么？我们天天在山野中劳动，对这里的一切好像都麻木了。作家们却能够为那些山景和稻谷而流泪，有点意思啊！

秋兰，城市虽然资源丰富，但竞争极强，生存压力大，钢铁森林多，人未免感到压抑。乡村就不一样了，一眼就能看到山川之美，也容易找到旧时光的痕迹，敏感的作家们看到这样的美景流泪很正常啊！高中时，你读唐诗宋词还想哭呢！

严庆瑞这话勾起了柳秋兰的回忆。的确，那时她和严庆瑞都处在"为赋新词强说愁"的年纪。课余，严庆瑞忙着打球、摸鱼，她和几个小女生则沉浸在各种言情小说中，经常"感时花溅泪"。如今，那份少女的脆弱与敏感早已被坚强代替。

严庆瑞转了话题：秋兰，你婆婆怎么样了？

还蛮好，我婆婆的手术由杨副院长亲自主刀，开颅取栓手术做得非常成功。现在正通过药物营养神经并做康复训练，医生说我婆婆的预后良好，以后能自主行动，把我们给高兴坏了！

那就好，秋兰，以后有需要的地方，你尽管说。

仙人掌园的事你和欧阳总已经够支持了，要不是你俩，这个项目早已黄掉。谢谢你，庆瑞。

哎，你跟我还这么见外？再说那是投资，挣了钱我也要分的，不是白送钱。

话是这样讲，但能帮上柳秋兰的忙，严庆瑞还是很高兴——柳秋兰是他的初恋白月光！虽然时过境迁，原先那份男女之情早已不再，但柳秋兰在他心中永远享有一席之地！

柳秋兰眼中倏地浮上层泪水。似是怕被这份感动淹没，她匆匆挂了严庆瑞的电话，平复心绪后，拨通了婆婆的电话，说她已在豆花村找到一位愿意住在康复医院，二十四小时陪护她的大娘。

秋兰，护工住在医院要收床位费的，加上工钱，一个月得五六千块，你还是把我接回家去吧。

曹文月心疼钱，柳秋兰却心疼婆婆：妈，你最少要在康复医院住三个月，医院对住一个月以上的病人的陪护有优惠。护工每晚只要花三十元钱就能租一张折叠床，不用另外再花房费。

那也要好多钱，你挣几个钱不容易，不能便宜医院。

柳秋兰没吭声，曹文月像是想明白了什么，叹道：

秋兰，我晓得你现在做了好几件事，手头肯定紧，这钱我来出。

曹文月那铁打的荷包终于敞开了一道缝。柳秋兰也没扭捏，一来她最近手头的确紧，二来她会择机再把钱还给婆婆。曹文月见她答应了，内疚之情这才略略消解，继而像个孩子似的，在电话里这样向柳秋兰表态：秋兰，你放心，我会努力好起来的！

十八、村人的行动

转眼到了九月初，学生们重回学校，到凤凰村的游人略减，在凤凰村租房过夏的老人有些搬走了，好在腾出的空房总能很快地重新出租，凤凰村依然很热闹。除严亚宁、柳秋兰等农家乐餐馆老板会偶因食客减少而焦虑外，其余村人的情绪并未受到影响，仍按照季节和农时的脚步，有条不紊地生活着。

因久旱未雨，天气酷热，这段时间村人们在农技员的指导下，抓紧时间开沟引水、多级提灌、广辟水源，对处在灌浆期的晚稻进行仔细的田间管理，努力保持土壤的干湿交替，以利壮籽；有的开始播种油菜、蔬菜、绿肥等秋冬作物；有果园的则忙着保墒抗旱，刈割行间杂草，进行树盘覆盖，给顶果和外围果喷涂白剂、抹石灰浆、贴防晒纸，防范日光灼伤果实。

柳家三姐妹的黄桃种在半山腰上，前年因为柳铁牛腿伤发作，不便劳动，柳家姐妹又在县城，他们便把桃园包给了陵县人老曹。

老曹勤劳仔细，果园管理得不错，去年和今年桃子丰收了，上周还送了几箩筐黄桃到绿枝餐馆。谁知好人没好命，四天前老曹在老家的宅屋失火，妻儿父母全部葬身火海，悲痛欲绝的老曹含泪把承包协议还给他们，柳铁牛和陈小妹非但没收他的违约金，反而包了五千块钱给他，还让柳夏花开车把他送回了陵县。果园便这样突然回到了他们手中。

这些时日餐馆客人不多，陈小妹一人足够应付，柳铁牛便在果园的平房住了两天，在刘水根、严亚宁两位准女婿的帮助下，给果园铺设了抽水管道，安装了滴灌设备，这样他以后就不用为浇灌果树而日日爬山了。

秋兰，仙人掌园你也装上滴灌设备吧，顶用，不算贵，很省事。

柳铁牛心疼女儿，边说边悄悄塞给柳秋兰五千块钱。

柳秋兰心中感动，将钱塞回给他：爸，仙人掌很娇贵，浇水要根据季节、气温来调节，光用滴灌不行。再说园子里常年有人，他们已经浇出经验了，没必要花这笔钱。

秋兰，你的事爸爸没帮上忙，唉，怪我没用。

爸，你做的已经够多了。现在果园回来了，你专心管好果园。餐馆这边你别操心，我们三姐妹谁搭把手都能把客人招呼好。

柳铁牛点点头：前两年老曹把我们的果园打理得不错，不过今年天旱，虫害比较厉害，我接下来要修剪秋梢，防治桃蛀螟、蚜虫、椿象和吸果夜蛾等病虫害。家里的事，得你们三姊妹顶着。

老爸，这果园是我们家脱贫的功臣，我们都记着它的恩呢。你放心，得空我们都会来帮忙！

这时一阵山风袭来，卷起几片落叶，也带来了稻谷的清香和果实的芬芳。丰熟而繁忙的秋天，就这样突然降临到了凤凰村。

认领了竹岭梯田的作家们乘风而来，住在严俊翔家的"山风文学写作营"的客房中，一早换上长袖，穿着高筒胶鞋，戴着草帽，前往竹岭梯田收割他们栽下的中稻。

由于梯田面积窄，地势陡峭，小型农业器械用不上，有意要跟旧时光接轨的作家们用镰刀收割稻子，而后抱着禾把，深一脚浅一脚地走到古老的谷斗边，挥动双臂，将湿漉漉、沉甸甸的禾把狠劲拍向坚实的木斗沿，饱满的谷粒脱穗而去，撞在围住木斗的篾席篷上，发出啪啪的响声后，迅即坠入斗底，渐渐积成尖尖的谷堆。只是谷粒们还没有来得及为自己壮观的形状而欣喜，又被倒入箩筐，由累得满头大汗的作家们，晃晃悠悠地挑到村中，倾倒在晒谷坪上，被木耙摊平推匀。旁边插着几个双臂系着红白塑料袋的稻草人，塑料袋在风中发出呼呼的声音，驱走了贪吃的麻雀。谷粒们开始享受这难得、惬意的日光浴。

汗流浃背的作家们仰脖喝罢矿泉水，深有感触地吟诵着那首自小就会背，此时才真正体会其深意的诗：锄禾日当午，汗滴禾下土。谁知盘中餐，粒粒皆辛苦。

诵完诗，作家们游目四顾，凤凰村美得像世外桃源，但村人们却不似古人那般悠闲，而是除夕进厨房——你忙我也忙，整座村庄体现出既闲适又忙碌的矛盾之美。

这段时间严庆瑞、李海峰忙晕了头。乡里点名要凤凰村组织一支代表队参加即将召开的全省农民丰收节，他俩既要遴选进展台的土特产品，又要撰写发展产业、振兴乡村的介绍材料，还要设计展台和背景板，实在顾不过来，便抽了张孝哲和柳冬雪过去帮忙，并要求严金平、柳冬雪、柳秋兰、陈小妹、毛秀云、钟红莲、柳泉每人要提供两幅作品参展，这任务来得有些突然，所幸他们几个平时都有习作，不用临时抱佛脚地去赶画，多少舒缓了几分参展带来的压力。

后来村里又接到通知，说是要张孝哲、柳冬雪去丰收节的现场做直播，毛秀云、陈小妹、钟红莲以南远县百姓名嘴演讲员的身份，以快板和表演唱的形式介绍凤凰村移风易俗的成绩，还给她们在展会的美食馆租了一个摊位，让她们现场制作烫皮、蛋饺、炸芋包等风味小吃，把她们仨高兴坏了。

陈小妹回到家中，先是欢眉喜眼地介绍了自己肩上的重任，接着直接给柳铁牛下命令：老东西，你不能住在果园，最近家里的事你得全管，我这么忙，可腾不出手来干活。

柳铁牛呵呵笑着，一边点火，一边十指翻飞地编着那个样式新颖的竹篮，脸上的表情有些可爱。

老妈，老爸编的竹器也要参展，他还会同你一起去省城，老爸也要现场表演编竹筐呢。

柳秋兰忍不住把这个刚听到的喜讯告诉了陈小妹。

我们家去三个人？光荣是光荣，可家里怎么办？

陈小妹傻了，不知自己该喜还是该忧。

老妈，你跟老爸难得去省城见这样的大世面，应该开心啊，家里的事有我跟夏花呢！

柳秋兰为父母和冬雪高兴。柳夏花因忙着给刚刚装修完的老年康养中心招租，根本没空管这些闲事。见陈小妹望着自己，她捋捋散乱的头发，大大咧咧地说：

妈，你就放心去吧。你和冬雪在家，其实也没帮上多少忙，家里的事我和大姐能搞定。

柳家人沉浸在喜悦的氛围中。与此同时，毛秀云、严金平也乐得合不拢嘴。

这次的农民丰收节，我们家要去三个人，加上金平肚子里的孩子，是四个人。我要表演节目，要现场制作小吃，还要和金平现场画画，全村谁能比得上？

毛秀云是这样想的，也是这样说的。她才不怕别人笑她王婆卖瓜，自卖自夸呢，她有资本自夸，不怕别人打脸！

这时，那些到凤凰村收割稻子的作家还没走，他们一边感受着凤凰村的这股喜气，一边用自身的行动在凤凰村搅出了几朵醒目的浪花。

因为要拍摄制作视频，即便参加田中劳动，作家们也颇注意形象。那段时间，装扮新潮的作家们常常出现在凤凰村的各个角落。其中，绿枝餐馆是他们去得最多的地方。他们钟爱的另一个去处则是毛秀云的家。

毛秀云将二楼腾出来当画室，夜晚，忙得七荤八素的张孝哲抽空在那儿免费教孩子和十几位村妇画画。严金平挺着大肚子给张孝哲当"助教"。毛秀云还带着陈小妹和钟红莲在旁边的房间排练她们即将在展会上演出的节目。作家们觉得这间画室和这里的人很有意思，便经常过去与绘画班的学员聊天，算是一种采风。

毛秀云是个聪明人，只要有作家来她家参观，她便笑脸相迎，热情相待，不时给作家们送上凤凰村的各种特色小吃，还请作家们去好味道农家乐吃过两顿饭。作家们对她印象很好。那天在好味道农家乐吃饭时，有一位作家提出，想请张孝哲、严金平、毛秀云、柳冬雪、陈小妹和他们联手在柳氏祠堂侧面的墙上绘两幅大型壁画，张孝哲满口答应，心想胡主编的大地艺术展又要多一个凤凰村的展点了。

上半年，《山风》杂志社的胡主编请张孝哲和凤凰村的女画家们在墙壁上作画，参加他们杂志社主办的大地艺术展。张孝哲当时答应了，也动员了严金平、毛秀云、陈小妹、柳冬雪等人参加，大家也做了准备，可因为没有落实可供绘画的墙壁，所以计划搁浅，他还为此遗憾了许久。

如今有了作家们的强助攻，张孝哲再去找严俊翔时，理由充足了很多：

四叔，这些都是全省甚至全国有名的笔杆子，寻常要他们的墨宝，得花不少润笔费，现在人家主动给我们留画，机会难得呢。

见严俊翔不吭声，张孝哲继续游说：

你不是觉得我们的展会汇报材料亮点不够吗？如果我们凤凰村的墙壁都画上了画，我再请作家们搞几个艺术装置，我们村就有亮点了。

张孝哲说起这些时双眼放光，累得头发蓬乱、脸上两个黑眼圈的严俊翔却没有他的这份兴奋：

搞艺术装置要钱，村里没有这笔支出。作家们愿意捐赠吗？再说这些也不产生经济效益，算什么亮点？

四叔，亮点就是特色，特色就能吸引别人的注意力，就能带来注意力经济，再说我讲的艺术装置花不了多少钱。喏，你看，我们砍一些竹子，围成一个心形，从山上找一些枯木做成柴门，再从河里和荒石坡上找些形状好的石头，请画家们和作家们在上面画画、写字，民宿园拆下的老门窗，村里人不用的风车、石磨、石臼也能用上，到时把它们跟石头散放在田头、路边、院落，就成了艺术装置。

听到这里，严俊翔脸上的倦色一扫而光，声音跟着亮堂起来：我们通过这种艺术装置带动旅游，往大里说，就是文化搭台，经济唱戏，振兴我们的乡村文化，这个主意不错。孝哲，我明天就叫人去找石头、老树蔸和那些老农具，后续工作由你负责落实。

好，四叔，这些事我会抓到底。那画画的墙壁得你搞定！

你小子，就爱讲条件。严俊翔轻轻在张孝哲肩上擂了一拳。

次日上午，刚打夜班设计完展会背景板的张孝哲、打通宵写完展会材料的柳冬雪、挺着大肚子的严金平领着毛秀云、陈小妹等人到柳氏老祠堂和作家们会合，开始了他们的"壁画之旅"。

两天后，凤凰村三十多栋新式楼房的外墙和十几户人家的院墙便绘上了风格迥异的画。由于张孝哲提前给大家做了色彩设计，那些壁画虽说有的绚烂恣肆，有的淡雅古朴，却能和凤凰村斑驳的石屋、错落有致的地势、疏密不一的绿植有机地融为一体，由此可见张孝哲布局设色的深厚功力。

李海峰书记联系的县市媒体对此活动做了全程的跟踪拍摄和连续报道，凤凰村在全县又掀起了一阵新的宣传高潮。

张孝哲和柳冬雪合作的"凤凰飞"视频号也是这次宣传矩阵中的一员，因内容独到、有趣，短短几天涨粉过万。他们以往的视频在几个短视频平台的播放量也都相当可观，目前两人的粉丝逾二十万，已有相关公司前来与他们洽谈推广之事，他俩打算参加完全省农民丰收节后再与对方公司详谈。

柳夏花也没闲着，一边帮着打理仙人掌园、果园，一边跑房屋中介所，给她和刘水根的老年康养中心招揽租客。短短半个月间，就有二十五位租客入住。加上村里的老租客，眼下住在凤凰村的老人已达七十七人。

原先破败的小学校装修后整洁干净，生活配套设施齐全，院子里种着花草和蔬菜，墙边还有一溜适合老年人锻炼的运动器械，大门外有口可供垂钓的鱼塘，两旁是绿油油的田野和郁郁葱葱的树林，几百米开外，炊烟袅袅的凤凰村既清新脱俗，又漾溢出人间烟火的温暖，让老人们看着安心。

虽然老年康养中心暂时还没有食堂，但早中晚都有村民推着饭菜到院前叫卖。入住的老人若不愿吃这些，可自己动手做饭，也可到村里的农家乐餐馆搭膳，费用不贵，租住的老人对此很满意。

当严俊翔、李海峰带队前往省城参加全省农民丰收节时，柳秋兰自告奋勇地建了一个"花令群"，把加入了"十二月花令种植计划"的七十余户村民拉入了群中，每天定期往群里搬运她从网上搜来的种花、养花知识，村民们从中受到了不少教益，种花的积极性大增，不久便组团从网上买了几百株正值花期的各种花木，种在自家的房前屋后。

尽管已入秋，地处南方的凤凰村的树木花草却如春天般茂盛。

柳秋兰早先撒在路旁田边的格桑花五六月份开了一次，现在再度盛放。粉色、紫色、白色的花朵犹如镶嵌的织锦花边，又似画家在绿黄相间的田野中画出的优美线条，令人瞩目和难忘。

房前屋后的三角梅、木芙蓉、紫薇、茉莉花、大丽花、美人蕉、米兰、凤尾兰、吉祥草、铁刀木花、菊花开得热闹极了。村委办门口和柳氏祠堂旁边那几棵老桂树浓绿的叶间绽出了丛丛簇簇金黄色的小花，馥郁的芬芳使空气变得酒般醇厚，一呼一吸间就能醉人……整座村庄弥漫着古典而浪漫的芬芳气息。

在凤凰村的植物憋足劲展示自己的绚烂、美丽，吐露独特清香的同时，凤凰村人也在拼尽全力地劳作。

为了办好因七夕时下大暴雨而延期的凤凰情缘集体婚礼活动，刚从省城返回的严俊翔、李海峰带领村民连夜奋战，用村民们从自家山上挖下的细竹种出了两座独树一帜的竹林迷宫、三条竹林曲径，与上次张孝哲和作家们合力创作的大地艺术装置相映成趣。

因云高公司和梦瑞公司近期正在为即将到来的中秋和国庆备货，业务极为繁忙，而凤凰村的民宿园已装修完毕，仙人掌园有柳秋兰顶着，严庆瑞、欧阳梦这段时间没怎么来凤凰村，但作为凤凰情缘集体婚礼和金婚庆典活动的冠名商，远在市区的他俩还是时刻关注着凤凰村的动态。

严庆瑞收到张孝哲给出的活动流程后，觉得集体婚礼还是缺少一个标志性的景观。为此，他们夫妇俩慷慨解囊，购买了五百棵正值花期的紫薇树捐给村里，心怀感激的严俊翔指挥村民在民宿园前的坪上种出了一个美丽的心形，又自掏腰包买来上百棵花儿开得正旺的玫红、粉红、明黄的爬藤月季，把它们扎在柳铁牛编织出的竹凤凰上，效果非常好。看到严俊翔发来的视频，严庆瑞和欧阳梦觉得新买的那五百棵紫薇树物超所值，不由多了几分欣喜。而站在凤凰村心形广场边上的严俊翔则比他俩还要兴奋，只见他目光炯炯地看着无人机拍下的心形紫薇花广场和那只"月季凤凰"，激动地说：

到时把凤凰情缘集体婚礼和金婚庆典放在心形广场中间举行，有特点，有寓意，肯定能一炮打响！

俊翔，我看网上有一个树林拱桥景点，游人把那儿当成爱情圣地，纷纷寻去打卡留念。我们村里小河边的凤尾竹尾梢弯弯，好看得很。可以用它们在进村的路上种出一道竹拱廊，把它做成我们村的一个宣传亮点。

李海峰这个建议立即赢得了严俊翔的喝彩：李书记的这个主意好，我们马上就动手！

凤尾竹在凤凰村一带很烂贱，满河湾都是。前些年没有普及煤气时，村民们把凤尾竹当柴烧，晒干后的竹子烧起来火势猛烈，特别适合炒大锅菜。尽管年年砍伐，年年挖笋，凤尾竹却始终长势茂盛，生命力极其顽强。严俊翔估计移挖走一些这样的凤尾竹村里人不会反对。果不其然，当他把移挖凤尾竹和建竹林拱廊的想法发到村民群中时，村民们纷纷回消息表示赞同，连长旺公、雄胜公和柳姓、严姓的其他老人也让小辈代他们发微信表示支持。

一周后，从凤凰村村口到村尾的小路旁种上了形状优美的凤尾竹。翠绿优美的"凤尾"在人们的头顶互相交织、支撑着，果然形成了一条如梦似幻的清幽长廊，令人想起爱情的迷离、时光的深邃。

四叔，全是绿太单调了。我觉得还应该在竹林外侧种上紫薇树、三角梅，红绿相间才有视觉冲击力。

准妈妈严金平抚着越来越凸的肚子，提出了这么个建议。在前不久的全省农民丰收节展会上，她和柳冬雪的画作得到了交口赞誉，严金平还作为凤凰村农民女画家的代表接受了记者的采访，现在大家见面都喊她"画家"。

画家讲得对，色彩还是要丰富些，最好再种些开黄花的树，黄色和绿色是互补色。

柳冬雪上次在展会上的表现极为亮眼，主持和直播的节目收视率不低。遗憾的是省新闻联播的记者没有采访她，省报倒是发了她的一篇人物专访。

在凤凰村村民眼中，电视台的地位明显高于报纸，有人便觉得接受了电视台采访的严金平是村里的第一才女，柳冬雪初闻时有些不服气，后来觉得自己如何无须他人来定义，况且严金平还是自己的准小姑子，有什么可忌妒的？遂放平了心态。她俩现在关系很好，经常互相给对方撑腰，这次也一样。

众人对两位才女的话相当重视，纷纷上网查找能开红花和黄花、花期长、花朵繁密的树木。比来比去，大家觉得在竹林外种植紫薇、三角梅、黄槐和黄色的爬藤月季最为合适。

各位乡亲，我去澳大利亚时看过一种名叫蓝花楹的树，满树的花似紫又蓝，美得很，建议村里引种蓝花楹。

严庆瑞在群里看了众人关于在竹林长廊外种植何种花木的讨论后，认为凤凰村的纬度可以试种蓝花楹。蓝花楹花期长，花朵极美，树干能做家具和木雕，还是制浆造纸的树种，经济价值较高，大家起了兴趣，可上网查资料后又有些泄气：蓝花楹的成树太娇贵，很难移栽且成本高，不划算。袋装小苗春季栽种比较容易成活，种下三到四年即可开花。有人嫌时间长，等不及。严庆瑞却认为美化村庄是一个中长期规划，三四年弹指即过，严俊翔、李海峰、柳秋兰发微信力挺严庆瑞，半小时后便有二十多户人家报名团购蓝花楹树苗。

严俊翔在这次的讨论中热情很高，发语音说隔壁春晓乡不过种了些蓼子花和油菜花便引得游人如织，现在凤凰村着重打造"花经济"，到时满村的鲜花肯定能引来"金凤凰"！

哎，同志们，我们的方向没有走偏吧？原本我们村这几年是想打造农家乐产业的，现在变成了"花经济"，这方向确定是正确的？

严亚宁在群里问了这么一句，结果一石激起千层浪，众人纷纷发表意见。年轻人的观点是"花经济"能促进农家乐产业，支持把凤凰村打造成花的村庄；大伯大妈们认为花不能当饭吃，还要花钱耗力，反对者居多。严俊坤、柳铁牛、毛秀云、陈小妹、钟红莲等人则竭力赞成，说每天早上起来就能看到花，养眼又养心，心情舒畅了，有利于身体健康，这对于老人康养、农家乐餐馆、培训学员的研学和民宿园的运营有帮助。

可花多蚊虫多啊，到时打杀虫剂、防蚊剂也会污染环境。

有人因此忧心。

哎哎，各位乡亲，我们每家每户多种两棵夜来香。夜来香能防蚊子。艾草也能防蚊子。

蚊子？不种花也会有蚊子，有花总比没花好啊！我赞成种花。

对，对，我也支持，我巴不得全村都种满鲜花，我们都来当神仙。

村民们就种花问题发来的文字将手机屏挤得满满当当。画面无声，却显得热闹。

接着，村民们一个劲地往群里发各种鲜花图片，那些原本反对种花的人被这种热情感染，也跟着加入了发图大军，看村民们那架势，像是恨不得将天下最美的花全部移种在凤凰村。

感谢大家的热情参与！今天我们收获满满！

最后严俊翔不得不以这两句话来终结当天的"选花"话题，转而布置另一项工作。村人们又开始以主人翁的姿态贡献自己的新想法，微信群里，一时热闹得像要冒泡。

十九、奇异的情缘

　　转眼到了凤凰情缘集体婚礼的举办日。由于此前经过了多轮宣传，自发来凤凰村观看集体婚礼的自驾游网友近千人，二百多辆轿车塞满了凤凰村的各个角落。村人拿出自家的土特产、拿手的各色小吃到紫薇心形广场摆摊，孩子们围着"月季凤凰"雀跃欢闹。路边的花朵与彩旗交相辉映，欢声笑语与悠扬的乐声振翅齐飞，往日宁静的凤凰村因这份喜气而热闹。

　　凤凰情缘集体婚礼在紫薇心形广场举行。县分管领导、县妇联主任、团县委书记、凤凰乡的书记和乡长都出席了这场有六十六对新人参加的集体婚礼。县广播电视台和省广播电视总台民生频道对婚礼进行了全程的网台联动直播，观看人数达到了三百多万人次，中间还穿插了几条张孝哲、柳冬雪合拍的短视频，从山川形貌、人文景观、风俗民情等方面，充分展示了凤凰村之美。

　　当柳秋兰从手机上看到凤凰村的四季景色和人们插秧莳田、栽禾收割、一餐一饮的画面时，她晓得张孝哲这是把他这几年所拍的有关凤凰村的素材都贡献出来了，不由得对他生出几分感激之情：

　　孝哲，你一个外乡人对凤凰村这么留意，我们都要向你学习呐！

　　秋兰姐，我和你一样，现在是正宗的凤凰村人！

　　张孝哲一边拍着热闹的婚礼画面，一边大声答道。

　　对不起，孝哲，是我错了，你就是凤凰村人。刚才直播中穿插的那些资料你是什么时候拍的？柳秋兰有些好奇。

　　我和金平谈恋爱时经常在凤凰村附近溜达，凤凰村风霜雨雪的影像资料我都有。

那时你就觉得凤凰村能火吗？

对啊，婺源当年就是被一群摄影爱好者挖掘出来的，作为凤凰村的女婿，我要用手中的相机为凤凰村的宣传贡献自己的力量。等老了我就跟我儿子讲，儿子哎，你看凤凰村现在这么有名，老爸当年可是它的伯乐哟！

张孝哲说着伸手摸了一把坐在旁边的严金平的大肚子。

严金平正要说话，堵在路口的人们忽然自动闪开，接着传来严亚宁兴奋的喊声：大家让让，大家让让！

什么人来了？搞这么大的阵仗？

柳秋兰、张孝哲面面相觑。严金平得意地说：

今天庆瑞大哥有个压轴节目，他给这些新人做了个六米六高的大蛋糕。只比吉尼斯世界纪录认证的最高蛋糕矮一点点，看，来了！

这么大的事我们怎么都不晓得？张孝哲和柳秋兰异口同声地问道。

我也是刚刚听说的。严金平伸颈张望着，张孝哲怕她摔倒，连忙用手扶着她。

这时满脸是汗的柳冬雪跑到柳秋兰身边来补妆，一边焦急地问：姐，我今天的主持水平怎么样？

超常发挥，台风很棒，就是说得太快了！冬雪，那个大蛋糕怎么回事？

柳秋兰抽出纸巾，轻轻按在柳冬雪的脸颊上，替她吸去因天热和紧张导致的汗珠。

柳冬雪有些抱歉地说：大姐，对不起，我忙得忘了跟你讲，这蛋糕是欧阳梦让云高公司做的送给这场集体婚礼的礼物，严庆瑞也是刚刚才晓得。欧阳梦要求我们把大家看见蛋糕时的吃惊表情拍下来发到网上去。她说云高公司做这个蛋糕花了一千二百多个鸡蛋、三百斤面粉，他们在南远县城门店做好后，分段运到凤凰村，光接蛋糕十几个人就忙了四个多小时呢！

柳冬雪说话间，那个巨型蛋糕已由一辆皮卡车拉着徐徐驶进紫薇心形广场。村人们有的鼓掌，有的吹哨，有的起身拍照，孩子们更是欢声大叫，气氛非常热烈。这时喇叭里传出柔美的女声：

各位新人，各位乡亲，各位来宾朋友，我是云高公司的欧阳梦，受云高公司董事长欧阳云高、总经理严庆瑞的委托，特意做了这个巨型蛋糕送给在场的各位朋友。云高公司祝六十六对新人百年好合、早生贵子、步步高（糕）升、万事如意！祝愿各位乡亲、各位来宾朋友的生活像我们云高蛋糕一样甜甜蜜蜜。

天哪，这欧阳梦好有口才呀！严金平站起身道。

冠名的是梦瑞公司，她怎么只宣传云高公司呢？陈小妹有些纳闷。

云高公司是老子的，梦瑞公司是女儿、女婿的，这露脸的事儿，晚辈得让给长辈呀。

这是毛秀云的解释。陈小妹觉得合理，转头问旁边的柳冬雪：

冬雪，你说是不是这个理？

妈，秀云婶分析得对！

冬雪给未来的婆婆戴了顶高帽子，忽然指着皮卡车道：

姐，欧阳梦打扮得好像央视主持人呐！哇，庆瑞哥比大明星还要帅！

柳秋兰抬眼看见身穿西瓜红套装的欧阳梦和穿着休闲裤、T恤衫的严庆瑞从驾驶室走下，两人相貌出众、身材高挑，极为般配，村人发出啧啧的称赞声。

庆瑞哥和梦姐今天的营销创意好OK呀！你们看，电视台和网台的记者跑去采访他们了！

张孝哲真心诚意地赞道。开广告公司的这些年，他曾帮婚庆公司做过二十多个集体婚礼的策划方案，有些设计他自认为很有特色，但和严庆瑞、欧阳梦今天的这个创意相比，他还是少了一分想象力。

当然，即便他能想到蛋糕这个创意，落地执行只怕也有难度。这方面严庆瑞和欧阳梦有着独特的优势。

但不管怎么说，在张孝哲看来，严庆瑞、欧阳梦能想到今天这一出并付诸行动，还在现场激起了这么大的反响，那就是一种成功。张孝哲对严庆瑞越发敬佩了。

严亚宁也觉得这突如其来的蛋糕甜度爆棚：庆瑞大哥是做大事的人，这一招厉害！秋兰姐，你说是不是？

柳秋兰微笑不语。

尽管方才柳冬雪说严庆瑞事先不知蛋糕这一环节，但以她对严庆瑞两口子的了解，她断定此举绝对是严庆瑞的手笔。

严庆瑞读书时便富有想象力，经常语出惊人。入职云高公司后，他在营销上也常出奇招。

如今他抓住凤凰情缘集体婚礼这个契机，利用蛋糕一事，以别出心裁的方式，将原本并非冠名商，按说不该在现场露出的云高公司合理地推出，增加了公司的曝光度，提升了品牌知名度，同时又讨好了老丈人，还不会因此得罪主办方，可谓一举三得的高招。

柳秋兰在心里为严庆瑞点赞，同时突然想起了自己婚礼上的小蛋糕和站在蛋糕边上的秦玉国。那时他年轻英俊，凝视她的目光里有山川星河，可惜……

各位新人，各位来宾，现在请大家排队领取蛋糕。新人们优先。对，你们排在前头，其他的来客排在后头，大家都有份，不要着急啊！

欧阳梦的喊声打断了柳秋兰的思绪，像一勺油泼进了火里，现场的气氛越来越热烈。新人们高声喊着：欧阳老总，请给我们半小时的拍照时间！

活动设计了拍照这个环节，原本留的时间是十分钟。今天讲话的领导非常体恤大家，发言时言简意赅，把时间留给了各位，现在请来宾们尽情地拍照吧！拍好了记得发朋友圈呵！到时肯定能赢得一大拨点赞！

欧阳梦早就设计了来宾与蛋糕合影的环节，只是忙乱之间忘了说，经人提醒，她才意识到自己险些错过了最好的品牌宣传机会，忙不迭地让员工搬来两对花篮摆在蛋糕边，以便众人合影留念。

哇，欧阳梦这一招好高明！今天的主角本来是凤凰村，这样一来，云高公司和梦瑞公司就从配角逆袭成主角了。

张孝哲从广告营销的专业角度分析、研判着现场形势。严金平轻轻推了他一把：你管那么多闲事干什么？

我这是在实战中学习，以后我们也可以承办这样的集体婚礼。

严金平怕旁边的柳秋兰听了张孝哲这话会有别的想法，连忙开口解释：孝哲就是随口一讲，我们还是专心做好眼前的事。

柳秋兰笑道：孝哲的想法很棒啊。以后他的广告公司可以转型做婚庆业务。

张孝哲展颜一笑：秋兰姐，我想联合婚庆公司来做。我出策划、找赞助方和场地、帮新人们拍摄外景婚纱照，婚庆公司负责现场婚庆的落地执行，大家分工明确，各司其职，联手挣钱。

张孝哲说出了他的打算，严金平怕他再一激动，把不该讲的生意经也贡献出来，忙将手机塞到柳秋兰手中：

秋兰姐，麻烦你给我们从这个角度拍几张照片。对，要把婚礼台、紫薇花、"月季凤凰"和蛋糕拍进画面。

柳秋兰刚完成严金平交代的这个任务，趁双休日回家看热闹、方才一直在和同学说笑的绿枝跑过来，央求道：妈，我要蛋糕顶上那只白色凤凰。

绿枝好眼力，那凤凰雕得栩栩如生！旁边的张孝哲赞道。

这么好看，哪个舍得下口？柳冬雪的直播告一段落，这时她走到张孝哲旁边的另一台摄像机上看回放，轻轻揉了两把绿枝的头发。

绿枝仰脸撒娇道：小姨，你是主播，面子大，你去帮我问庆瑞叔要那只巧克力凤凰。

柳秋兰白她一眼：绿枝，那只凤凰你不能拿，他们肯定要送给特别的人。

柳秋兰话音刚落，严俊翔、李海峰、严庆瑞、欧阳梦便请那对牵着一个男孩子、推着轮椅车——轮椅上坐着位老婆婆——的新人走到蛋糕前头。

严俊翔上前一步，满怀崇敬地说：

各位来宾，在这里我要向大家介绍一对特殊的新人。他们是新郎洛见兵、新娘管胜英。

管胜英以前曾有过一段婚姻，她的爱人和公公在一次扑打山火时牺牲了，婆婆大病一场后瘫痪在床。管胜英带着一个不满三岁的孩子，照顾了婆婆四年。今年春天，她遇见了新郎、退役军人洛见兵，两人相见恨晚。

当洛见兵向管胜英求婚时，管胜英说她要带着婆婆出嫁。洛见兵二话没说，就和管胜英办理了结婚手续！现在，我们要把蛋糕顶上的这只巧克力凤凰送给这对新人，祝他们从今往后比翼双飞、和美甜蜜！大家说好不好？

好！

热烈的欢呼声和掌声风暴般响起，超高的分贝泄露了众人激动的心情。柳秋兰拼命地拍着双手，起伏的心潮涌至双目，化成泪水顺颊而下：

前不久她也有过这种打算，如果秦玉国再也回不来，假如今后她遇到了能够相守终身之人，再婚时她一定要带着婆婆出嫁。

当时老妈陈小妹还说她在妄想，说天下没有这么傻的男人。谁会娶一个带着残疾婆婆的女子为妻呢？

可如今洛见兵和管胜英就站在不远处，她从管胜英身上看到了自己的影子，自然心潮澎湃，难以自抑。边上的严金平递给她两张纸巾：

秋兰姐，集体婚礼有这么多惊喜！我四叔和李书记这保密工作做得太好了！

为了转移柳秋兰的注意力，化解她心中的悲伤，严金平把话题引到了集体婚礼上，还说出了一段"内幕"：

姐，我听说洛见兵是李书记以前在黄洋村驻村时帮扶的贫困户，前年脱贫了。他从李书记的朋友圈看到凤凰情缘集体婚礼的消息后，主动打电话给李书记，讲他和管胜英快结婚了，请李书记到时去他家吃喜酒。李书记动员他参加凤凰情缘集体婚礼，洛见兵不肯，怕集体婚礼会寒了管胜英的心。管胜英知道后，自己打电话报了名。

这管胜英是个好女人，她想为洛见兵省钱呐。柳秋兰由衷地赞道。

大姐，刚才水根同我讲，这洛见兵一家是他一早开车接过来的，等下还要把他们送回去。那个洛见兵虽然脱了贫，但家底不厚，没有买车。这里到黄洋村有一百二十里呢。

柳夏花一直忙着安排中午的婚宴，只在分蛋糕的时候从家中跑来看了下热闹。她有些自豪地这样告诉柳秋兰。

柳秋兰把欧阳梦刚刚派人送来的那块蛋糕递给她：你这两天累坏了，饭也没好好吃，这蛋糕不错，先填填肚子吧。

柳夏花经她提醒，才发现自己饿得慌，接过蛋糕就往嘴巴里塞：还是大姐心疼我，我早饭都没吃呢。

柳秋兰顺着柳夏花的视线，看见了在人群中忙碌的刘水根，欣慰地说：水根这人不错，有能力，蛮厚道，还乐于助人。夏花，你捡到了一块宝。

大姐，我也是一块宝。他找到我，也是他的福分。柳夏花落落大方地自夸了两句。

这时，毛秀云、陈小妹、钟红莲率领"盯盯队"队员们送来了十几桶绿豆汤和一大摞一次性纸杯，免费送给来宾们解渴，还大方地表示管够。

老妈，你变大方了呀。好难得！

柳夏花打趣了陈小妹几句，转身跑回厨房去做菜了。

臭妹子，连句好话都不会讲。陈小妹目送着二女儿的背影，唇边绽出了开心的笑容。

为了彰显凤凰村的特色，今天的婚宴摆的是流水席。从村民家中借来的桌子。在紫薇心形广场外围摆了两个大圈，绝大部分菜品由好味道农家乐、绿枝餐馆和另外几家农家乐餐馆提供，村民们也可自愿提供菜品。村里为六十六对新人设了铺着红布的专桌，其余的来宾若想吃流水席，按照凤凰村首届"吃新节"的规矩，交二十块钱即可入座。

换了以往，柳秋兰是这种场合的主劳力，但她前天上山时扭伤了脚，如今只能坐在竹椅上当个看客。那缕因追忆自己和秦玉国婚礼而引起的阴霾在满目的热烈中逐渐消散，身心倏地舒坦了许多。

妈，庆瑞叔叔为什么要把凤凰送给他们呀？

秦绿枝生就一颗易感的心，虽说年纪小，却被洛见兵和管胜英的爱情打动，自动摁灭了想要蛋糕顶上那只凤凰的想法，但又多少有些不甘心，所以还是想向老妈讨个说服自己的理由。

乖，你心里明白的，不用妈妈告诉你。下次的作文，你可以写洛叔叔和管阿姨的故事。

柳秋兰摸着女儿薄薄的肩背，心定了下来。懂事的绿枝忽然红了眼圈，柳秋兰怕她伤心，只得把话题扯到她同学身上去：

你那几个同学的家长对这次的活动满意吗？

绿枝到底年龄小，注意力容易转移，很快便收了眼中的那层雾气，小嘴叭叭地说个不停：

家长满不满意我不知道，但我同学挺满意的，说凤凰村很美，那条凤尾竹拱廊像动画片里的场景。她们特别喜欢我们家的孔雀园、竹楼、花墙和锦屏藤帘子，在那儿拍了好多照片。"月季凤凰"她们也很喜欢。

对了，等一下她们还要去拍孝哲叔叔和作家们搞的艺术装置。你和小姨他们画的壁画，我同学也觉得很好看。她们还想出钱请小姨给她们拍牧童系列的微电影，我跟小姨说了，小姨笑得露出了大牙。

我那两个男同学？嗯，他们神经大条，有点傻。他们最喜欢竹林迷宫和村里的土菜，说以后放假要专门到村里来吃两顿。他俩是吃货，真的，比我还爱吃。

绿枝讲到这里，咯咯地笑个不停。柳秋兰的心情跟着好转。

这时，张孝哲请来的摄影师已给来宾们拍完了合影，欧阳梦给大家的自由拍照时间已结束，人们开始在云高公司员工的引导下排队领取蛋糕。

就在这时，前面的人群涌动起来。柳秋兰坐在凳子上看不见，绿枝个子矮被人群堵得严实，不由着急地喊道：喂，前头怎么了？

绿枝，方才你庆瑞叔把那只凤凰给了管胜英阿姨。管阿姨把凤凰送给了她婆婆，婆婆又把凤凰给了孩子。老人好开心啊，双手比画着像是在跳舞呐！看，管阿姨的儿子真的在跳舞，小小年纪跳得很好看呐！

严亚宁拿来张凳子，绿枝站上去看了几秒，跳下来时小脸垮着，黑葡萄般的眼睛里蒙着层泪水：妈妈，我，我好想爸爸！

乖，今天是喜日子，听妈妈的话，不能在这里哭。

柳秋兰将绿枝拉到怀中，用纸巾揩去她脸上的汗水和泪珠，自己的双目却倏地模糊了。迷蒙中她好像看见秦玉国在朝她走来，可等来人走到面前了，才知是严庆瑞和欧阳梦。他俩手牵着手，一点也不像要离婚的样子。

秋兰，听讲你扭伤了脚，这是我朋友推荐的膏药，消瘀去肿很厉害的，你试一试。

欧阳梦从她精致的 LV 包里取出两盒膏药，满脸关切地将膏药放到柳秋兰手中。

多谢欧阳总、严总。你们夫妻俩好结棍，悄咪咪搞了这么一个大阵仗，这个蛋糕环节绝对是今天活动的最大亮点！

柳秋兰望着那些领取蛋糕的人，由衷地赞道。

这是小梦前两天临时想出来的主意。为了给大家一点惊喜，我们事先没有向柳总汇报，这是我们的不对，现在向柳总检讨。

严庆瑞难得地开起了玩笑，欧阳梦当即拆开一盒膏药，抽出一张，弯腰贴在柳秋兰肿胀的脚踝上：多谢柳大姐提醒庆瑞，庆瑞和那个女员工的照片果真是我堂哥找人 P 的。

听了欧阳梦这没头没脑的话，柳秋兰先是一愣，继而便明白过来了。上次严庆瑞说欧阳梦怀疑他出轨，要跟他离婚，是柳秋兰的一句话提醒了严庆瑞，让他去报了警。

秋兰，你那天说如果我是清白的，欧阳梦偏又闹得这么凶，说不定背后有人搞名堂。我想你讲得对呀，我没做过坏事，为什么会有丑照出来？就拿着那叠照片去报了警。警察通过技术手段查出那些是合成的假照片，他们还顺藤摸瓜，找到了始作俑者欧阳晨，是他出钱雇人干的！他们想赶走我，父子俩再联手控制云高公司，还是你慧眼如炬，一眼看出了其中的利害！

许是想到他和欧阳梦倘若离婚将会造成的后果，严庆瑞有些后怕地抹了抹脑门上的汗。

柳秋兰递给他和欧阳梦一人一杯绿豆汤：我哪有什么慧眼？只不过是旁观者清而已。

柳大姐，不管怎么说，还是要感谢你的提醒。改天我送你两套好看的衣服当谢礼。你不许拒绝。

欧阳梦有些霸道地对柳秋兰说。接着一扭头，脸上的表情倏地温柔起来：

庆瑞，对不起。前段时间我在省城上婚姻心理课，当老师得知我最多的一天给你打了四十二个电话，发了六十多条短信时，她惊得从椅子上跳了起来。她说我病得很重，让我给她一份近一个月来我给你打电话、发信息的次数表，她如法炮制地对待我，第一天我就受不了了。到第七天时，我都快疯了。老师让我将心比心，她很同情你。

庆瑞，你听明白了吗？我之所以那样对你，不是因为我人品坏，而是因为我有心理疾病。老师说通过缓解焦虑的药物和心理疏导，我会痊愈的。我现在完全能够理解你的痛苦。换作你这样对我，不要说忍几年，几个月我就会崩溃。

欧阳梦说到这里，转头看着柳秋兰：

柳大姐，我要谢谢你，要不是你点拨了庆瑞，我们不会去查那些照片的真伪，那我们的婚姻就走到头了，云高公司也要落入我大伯的手中。你是我全家人的福将。

虽说现场气氛并不适合这种倾诉衷肠式的告白，但欧阳梦还是毫不费力地将这席话顺畅地送入了柳秋兰和严庆瑞的耳中。

严庆瑞见边上有两个村民竖着耳朵听，忙拉住欧阳梦的手说：好了，小梦，现在不是说这些的时候，我们还要去给新人发新婚纪念品呢！

好的。柳大姐，我们先去发奖，以后我再慢慢跟你说。

欧阳梦这才刹住话头，和严庆瑞并肩走到台上，给参加婚礼的新人和现场抽奖产生的嘉宾代表发奖。奖品是梦瑞公司的食品代金券和云高公司特意订制、印刷有公司 LOGO 的空调被。从现场的反应来看，新人们对这次的集体婚礼非常满意。

由于现场分大蛋糕占用了时间，来宾们随后参观仙人掌园和竹岭梯田的时间被大大压缩。这时有个村民跑到柳秋兰身边说：

秋兰，你看严庆瑞和欧阳梦多贼，利用凤凰村这次的集体活动为他们家公司大打广告。你们吃大亏了!

说话的是严姓的一位大伯。他家素与严庆瑞家不和,他在严家人面前唱赞歌,转身对着柳秋兰又是另一番说辞,明摆着是在搬弄是非。

大伯,梦瑞公司是这次凤凰情缘集体婚礼的赞助商,刚才那些环节全是活动方案上写明了的!我的仙人掌园现在没什么看点,客人们去不去无所谓。竹岭梯田的谷子已经割完,游客上去只能看到一片禾茇。活动搞了大半上午,大家吃点蛋糕正好垫肚子。你看,他们吃得多欢!

柳秋兰说着从绿枝领来的蛋糕上切下一块递给这个挑事的大伯。

大伯其实早已排队领过蛋糕,但他还是伸手接下了柳秋兰给他的那块小蛋糕,喃喃着说出了他的不满:

秋兰,你跟严庆瑞讲得上话。你帮我问问他,为什么他上次不收我孙子当蛋糕店的店员。

呀,大伯,你错怪庆瑞了!庆瑞觉得你家孙子学的是建筑,当店员好可惜,已经介绍他去一家房屋测绘设计公司工作了。

恰巧知道这件事内幕的柳秋兰不免为严庆瑞叫屈,并倏忽间找到了严庆瑞前些年不爱回村的原因。以前村里人穷,每次他回来,总有村民上门请他帮忙解决各种问题,仿佛他是个无所不能的大人物。

记得欧阳梦到仙人掌园上工的头一日,就有两个外村的严姓人来找她,说自家孩子高考的成绩上一本差两分,请她和严庆瑞帮忙找人通融。这是不可能完成的任务,欧阳梦自然一口回绝。两个外村村民不满,回去后逢人便说严庆瑞夫妻俩狗眼看人低,这么一个小忙都不肯帮。更可笑的是,后来还有人拎着两只老母鸡上门请严庆瑞帮忙从牢里捞人,好像监狱是他们家开的。

在县城开超市时,柳秋兰也遇到过一些"奇葩",总是请她帮这个忙,帮那个忙,且大多是超出她能力的要求。开始时她面皮薄,不懂得拒绝,内心也确实想为乡亲尽一点力,总是委婉地说她会想办法去试试,不料这种"婉拒"在寻求帮助的人心中却催生出了希望的嫩芽,找她帮忙的人越来越多,那些被婉拒的人频繁地打电话催她。等她终于说出自己办不成事时,他们便气急败坏地指责她没有尽力，有的骂她冷血，不把乡邻当回事；有的还骂她耽误了自家的事。气得她大病一场，此后再遇到那类她无法完成的请托，她学会了勇敢地说"不"。

如今见这位大伯错怪了严庆瑞和欧阳梦，她自然要帮着澄清。

大伯开始还不相信严庆瑞给他孙子介绍了新工作，等他打电话向孙子求证后，老人内疚地对柳秋兰说：

秋兰，大宝是个犟头呐，庆瑞帮了忙他也不告诉家里，倒显得我这个老人不懂事了，你就当我刚才的话没说过。

大伯顿了顿，目光落到在人群中忙碌的严庆瑞和欧阳梦身上：我现在就向他们道谢去。

柳秋兰望着老人的背影，觉得他虽然有些小小的势利，但知错能改，底色还是质朴的，不由舒出一口浊气。

在凤凰村这次的凤凰情缘集体婚礼活动中，柳秋兰虽然是亲历者，但她因为脚伤之故，更多的只是当了一名旁观者。

这旁观者的身份使她有时间仔细观察和深入思考。她发现活动虽然热闹，但因服务配套设施不够齐全，摆的流水席没能及时解决游客就餐的问题，还有不少村民私自收取停车费，跟车主闹了一些纠纷。事后有不少人在网上吐槽，对凤凰村造成了一定的负面影响。

柳秋兰认为这件事村里必须正面回应，并澄清网络上的有些不实之词，便特意打电话向严俊翔建议。

严俊翔很看重柳秋兰的意见，多方搜集了这次集体婚礼的相关报道和网友反映后，他认为柳秋兰说得对，村"两委"必须针对那些网友的吐槽及时进行解释。

开始他想以发声明的方式正式回应，后经过村"两委"和驻村工作队开会研讨，还是决定采用另一种"软"方式，即由张孝哲、柳秋兰出面邀请那几个吐槽最多的网友再次到凤凰村做客，安排他们走访了几户人家，参观了那天未能如愿参观的景点，满意的网友们回去后又各自发了一波凤凰村深度游的视频和许多有趣的美图，不知不觉起到了为凤凰村"正名"的作用。

经过多轮宣传，凤凰村在县、市的声名日隆，双休日到凤凰村自驾游的车辆停满了村庄的各个角落，到凤凰村租房的老人也越来越多。

集体婚礼之后不到半月，刘水根、柳夏花将老年康养中心剩下的二十多间房子全租出去了。

严俊翔高兴地让他老婆刘丹萍烧了一桌菜，请柳家三姐妹、刘水根、严亚宁、张孝哲、严金平吃饭，感谢他们无心插柳地把凤凰村打造成了半个老人避暑胜地。

哎，严支书，你这话我不同意。我们是有心、费心才做成这件事的。为了让大家知道凤凰村过夏天不用空调，空气清新得不得了，我们家水根在各大网站上打了一万多块钱的广告；我为了租客，腿都跑细了两圈。这叫有心插柳柳成荫，纠正一下你！

柳夏花直爽，心里怎么想，口中怎么说。

严俊翔一听，立即举杯敬她和刘水根：夏花的表述正确，我收回方才那句话。我先自罚一杯。

严俊翔一仰脖灌下了那杯酒，抹着嘴唇说：

夏花说得对，大家做成的每一件事，都付出了辛勤的劳动和汗水。来，我敬大家一杯！感谢你们为村里的产业发展助力。

四叔，我觉得这事你应该先敬秋兰姐，最早是绿枝的奶奶想来凤凰村过夏，秋兰姐接绿枝奶奶过来，然后刘大哥才介绍他朋友的爸妈到凤凰村来租房，从此引出了一个新兴产业，所以首功要归秋兰姐。

在柳氏三姐妹中，张孝哲情感的天平永远倾向柳秋兰。柳秋兰被他说得有些不好意思，纠正道：孝哲，你说反了，是水根先想到这个点子的，我不能贪功。

唉，贪什么功？水根是你妹夫，肉烂在锅里，他的功劳也就是你的功劳！

严俊翔说罢举起了酒杯，众人跟着起哄，柳秋兰捂着酒杯不肯喝：

各位，你们不要搞错了，我们最应该敬的是严支书和李书记，要不是村

"两委"和驻村工作队的大力支持，靠我们零打碎敲，哪能做出现今这等规模来？我们大家一起敬严支书一杯。李书记今天有事回县里了，李书记这杯请严支书代喝，大家说好不好？

难得在公开场合当"领头羊"的柳秋兰发了话，大家自然唯她马首是瞻。

严俊翔却不过村民的盛情，只得连喝两杯酒，双颊立即泛出几丝微红，接着他又举起酒杯，深情地说：

各位，要让我说呀，我和李书记都不重要，重要的是有好政策。县乡村振兴局从今年起，每年给我们这些原贫困村一百万元经费，用以支持村里的产业发展，而且连给五年哦！大家的那些金点子，比如"十二月花令"、仙人掌园、民宿开发、农家乐餐馆、老人的度夏康养、这次的集体婚礼、下次的金婚庆典，我们都打了报告给乡村振兴局。他们经过调研审核后，会给予每个项目一定的资金支持。那些项目经费再过两个月大家就能拿到，钱不多，但这表明了政府对大家发展产业的支持。

众人争相和他碰杯：严支书，你是报喜鸟呐，怎么送来的都是好消息？

对，严支书是圣旨口，希望严支书说的好话都能实现。

来，满上，满上……

众人情绪高涨，这顿晚饭吃得很痛快。由于是双休日，酒也喝得酣畅。柳秋兰难得地多喝了几杯，结果不胜酒力，被两个妹妹扶回了家。她虽说喝得有些昏沉，但还是察觉到了严亚宁和柳冬雪的异样。

柳夏花也注意到了，回家后她率先发问：冬雪，你和亚宁闹别扭了？

没有，就是拍片子拍累了！柳冬雪最近连拍三部微电影，有两部已完成后期制作，送到影协去参赛了，另一部还在后期剪辑。累归累，但这段时间柳冬雪的情绪一直非常饱满，今日明显有异。

柳秋兰朝柳夏花使了个眼色，柳夏花知道姐姐怕自己嘴利，有些话当面说出会伤害冬雪，哼哼着出去了。

柳冬雪一看这架势，晓得躲不过大姐的"拷问"，忙反身关上房门，主动报告：大姐，我那个了。

你那个什么了？柳秋兰一时没反应过来。柳冬雪坐在椅子上翻翻白眼，一边小声嘟哝道：我真是倒霉，喝凉水都塞牙！我该怎么办呀？

柳秋兰倏地明白过来：你怀孕了？

柳冬雪点点头：大姐，我晓得你要骂我，我也知道我和亚宁那样做不对，可亚宁他非要……我也……唉，不说了。

柳秋兰气得在她脑门上狠狠敲了两下：冬雪，你就是个傻子，前几个月才跟杨文，现在又和严亚宁在一起，你太随便了！

大姐，你不要污蔑我！柳冬雪霍地站起身，一脚撂翻了凳子：虽然杨文向我求了婚，他也很想跟我亲热，但我没同意！我告诉你，严亚宁是我第一个男人，我没有你想的那么脏！

柳冬雪说罢扑到床上抽泣起来。柳秋兰拐着脚走过去，坐在床边向她道歉：冬雪，对不起，刚才是姐说错了话。

柳冬雪不理她，继续呜呜地哭着。被哭声引来的柳夏花刚踏进卧室便大声嚷道：冬雪，谁欺负了你？我找他算账去！

你干什么？你要嚷得天下人都晓得？柳冬雪气得忘了哭，一骨碌从床上爬起，恼怒地瞪着柳夏花。

嘿，你这人不知好歹。我为你操心，你反倒向我发火，真是狗咬吕洞宾，不识好人心！我才懒得管你的那些狗屁事呢！

柳夏花被柳冬雪没头没脑地抢白了一顿，恼得反身就要离开。

柳秋兰一把拽住她：好了，你们都小声些，别让老妈、老爸听见。

柳夏花这才回过味来，小声问道：姐，冬雪又被骗了？

骗你个头啊！我又不是傻子，被人骗了一次还能骗两次？

柳冬雪说着爬起身，掏出纸巾揩干净脸，抽着鼻子说：大姐、二姐，我不想要这个孩子，可亚宁他要。他想和我马上结婚。

什么？你就有他的孩子了？你脑袋进水了吗？怎么能让他这样占你的便宜？

柳夏花惊得合不拢嘴，眼珠子瞪得牛卵子一般大。柳秋兰扯扯她的衣服，柳夏花这才恨铁不成钢地说：冬雪，你还说不会再被男人骗！这不又被骗了？

骗什么了？严亚宁对我好得很！你是不是看他对我好，心里难受，忌妒了？

柳冬雪气得口不择言。换作从前，这话肯定会戳痛柳夏花的心窝子，但如今她对严亚宁没有丝毫想法，柳冬雪这话只是让她冷笑了几声：

好了，冬雪，你别以为你中意严亚宁，天下人都会跟你抢他！严亚宁对我来讲就是个哥们，他娶谁我都不会吃醋。我刚才生气是怕你吃男人的亏，你要是认为自己做得没错，我不会再多一句嘴！

我没错，我就是没错！柳冬雪嘴硬得很。

好吧，你没错，我错了。我错在不该管你的闲事！你爱怎么着就怎么着。我要去给老年康养中心的厨房换抽油烟机，没空跟你斗嘴。

柳夏花说罢摔门而去。柳秋兰叹了口气：冬雪，夏花她也是为你好。

见柳冬雪不吭声，她接着说：你想打掉这个孩子？

柳冬雪点点头：我不想这么快结婚，更不想一结婚就生孩子。

你现在二十四岁半，如果留着这个孩子，等生下他时你已经过了二十五岁，也不算早。我的意见是如果亚宁坚持要这个孩子，你没必要那么犟，早生晚生你都要生，又何必差这两年？还有，你要是真喜欢亚宁，亚宁又喜欢你，打掉你们的第一个孩子很可惜呢！

柳秋兰絮絮地开导了柳冬雪一个多钟头，终于说服了她。柳冬雪这才告诉柳秋兰，为了是否去做人流手术的事，她前天和严亚宁大吵了一架，这两天他俩在冷战。

没必要做人流，赶快结婚吧。见柳冬雪不吭声，柳秋兰又道：冬雪，既然相爱，又何苦相杀？我有时在想，要是你姐夫还能回来，我下半辈子决不跟他吵架。我一定要让我们在一起的每一天都过得愉快和甜蜜。

想到重归于好的欧阳梦和严庆瑞，想到两个妹妹即将走入婚姻的殿堂，柳秋兰这两天格外思念秦玉国。

在县城康养中心进行康复训练的曹文月因为柳秋兰伤了脚无法前去照顾而特别伤感，天天跟她电话聊天，聊着聊着便开始哭诉，弄得柳秋兰心里沉甸甸的。所幸刘水根离县城近，这些日子他每隔一天会去看望曹文月。老人家特别喜欢他。

柳冬雪终于冷静下来了，见柳秋兰许久没说话，望着窗外的眼神有些忧伤，估计她又在想秦玉国，忙小心翼翼地道：

大姐，你找姐夫的事情有进展吗？

柳秋兰摇摇头：暂时还没有，但我又往另外的几个网络平台发了寻人启事，还传了不少你姐夫的照片和视频上去。我相信总有一天会找到你姐夫的。

姐，刚才是你劝我，现在轮到我来劝你。我认为姐夫回来的希望非常渺茫。你和绿枝的日子还要继续，我不希望你在姐夫这棵树上吊死。

冬雪，公安机关是宣布你姐夫失踪了，但他死不见尸，没个结论，我的心始终悬着。就算今后我嫁给了别人，我也不可能真正忘掉他。他会成为扎在我心中的一根刺，永远让我痛苦和难受。还有我婆婆的情况你也看到了，我不知道自己还能不能再与别人好好过日子。唉，说了也没用，反正我的心境你体会不到。

柳秋兰的情绪越来越低沉，眼中雾气朦胧。

柳冬雪不愿让她陷入这种伤感中，提高声音说：大姐，我能体会你的心情，也能理解你的感受。刚才我之所以那么说，是因为害怕姐夫一直没消息。难不成你要等他一辈子？

柳秋兰的神色多少有些茫然：这个我不敢打包票，但我目前还放不下他，就算放下了他，我还要为婆婆养老送终，到时我说不定也会像管胜英一样，带着婆婆去再婚。

柳冬雪嗤道：大姐，你别傻了。现在有哪个男人会找一个带着拖油瓶病秧子婆婆的女人？

怎么没有？洛见兵不就娶了带着婆婆出嫁的管胜英吗？

柳秋兰想到那个身材单薄、意志力强大的管胜英，肩上的担子仿佛轻了些，疲惫的身体不由挺直起来。

大姐，你冷静些，管胜英是运气好，遇到了洛见兵那样的好男人。你未必能碰上，所以你还是现实一点。

柳冬雪不以为然地道。柳秋兰呆了呆：你说得对，既然难遇有缘人，我还不如再等玉国几年，说不定等着等着他就回家了。

唉，大姐，你原先骂我是个脑子不转弯的傻子，我看你才是最痴的那个！

柳冬雪搂住柳秋兰，心疼得声音湿漉漉的。

柳秋兰拍拍她肉嘟嘟的手背：冬雪，虽然未婚先孕不合规矩，我也不赞成，但你肚子里的孩子是无辜的，没必要打掉。你还是尽快和亚宁结婚吧！

柳冬雪沉默了稍许：好，大姐，我听你的。

柳冬雪和严亚宁把婚期定在了国庆节。虽然婚礼的筹备时间短，但毛秀云几年前就开始为严亚宁的婚礼做准备，东西早已备全，二楼的婚房亦于去年装修完毕，严亚宁和柳冬雪定下婚期后，严家请来几个身体健康、父母健在、夫妻和美、儿女双全的全福之人将婚房打扫干净，换上全新的家具和床上用品，贴上大红喜字，一套高颜值婚房便告完成，柳冬雪看后还挺满意。不料陈小妹却因为彩礼的事情和严家闹了起来。

这次严家响应政府号召，没给柳家彩礼，陈小妹私下颇为郁闷，几次对柳秋兰说：

毛秀云好坏，故意借政策来压我，弄得我嫁个女儿连两件好衣裳都没落下，亏大了。我养了冬雪二十多年，他严家就这样赤手空拳地把她给娶走了，我们吃亏不说，严家还会觉得冬雪不值钱，进门后不会看重她。这事必须找严亚宁理论，他怎么着也该给我们家十万八万的彩礼钱！

陈小妹是柳家最后一个得知柳冬雪和严亚宁婚期的人，一开始她不晓得严家人不给彩礼，还盘算着问严家要多少礼金合适。当听说严家不给彩礼时，她破口大骂了一通后，扬言要破掉这桩婚事。柳秋兰和柳铁牛温言劝了她许久，她也没想通，气呼呼地躺到床上睡了两天大觉。

第三天一早，陈小妹找到毛秀云和严俊坤，坚持要严家给她十万块钱彩礼，否则不成亲。

毛秀云听后拿乔地说：小妹，你不肯让孩子成亲不合适，我怕到时冬雪熬不住，会给人看笑话。

陈小妹一听这话，不由勃然大怒，指着毛秀云的鼻子骂道：你什么东西？得了便宜还卖乖，全家人都不厚道。

毛秀云翘起鼻子说：我不厚道？你家冬雪跟你一样心思重，明摆着是她主动追我家亚宁的。亚宁要是不跟冬雪谈，想嫁给他的妹子排成了长队！

毛秀云，你再胡说八道，我撕烂你的嘴！我就问你一句话，给不给彩礼？

毛秀云避开陈小妹那根快戳到她脑门的食指，意识到儿子大婚在即，她如此往陈小妹伤口上撒盐，极可能导致婚事泡汤。深吸几口气后，终于放弃了与陈小妹在舌尖上决战的打算，转而以过来人的身份开导陈小妹：

小妹，刚才是我不对，有些话讲得过火了，你不要往心里去。这彩礼不是我不想给，是政策不允许，给不了哇！要是能收到彩礼，那阵子我又怎么会跟张孝哲闹成那样呢？你好好想想吧。

陈小妹虽然知道她讲的是事实，可是让养了二十几年的女儿就这样白白嫁入严家，她无论如何也咽不下这口气。越想越恼火的陈小妹转身回到家，从厨房里拎出一把菜刀和一块砧板，准备站在毛秀云家门口，边剁菜刀边骂街。据说这样能使诅咒变成现实，是凤凰村一带人绝交的做法。

柳秋兰和两个妹妹搂住她，抢走了她手中的菜刀，又劝了她半天，可陈小妹还是油盐不入，柳铁牛只好使出杀手锏：小妹，你再这样闹下去，我就把你今天做的事、讲的话写成演讲稿，送给四邻八乡的演讲员，让他们讲给全县各乡的人听，到时看你面子往哪里搁！

你要是敢这样做，我就用那把篾刀削了你！

失去理智的陈小妹俯身去取地上的篾刀，旁边的柳秋兰眼疾手快地把篾刀拿走了。

柳铁牛吼道：秋兰，你把篾刀给你妈，让她砍！

柳铁牛说着伸长了脖子。柳秋兰把陈小妹拉到旁边，想把冬雪奉子成婚的事告知她。此前怕她发飙，柳秋兰和两个妹妹将此事瞒得紧紧的。

虽说陈小妹已从毛秀云的话中猜到了八九分真相，但因为自尊，她拒不相信柳冬雪已未婚先孕，也不听解释，而是固执地把毛秀云方才的话当成谈判时为了压她一头而使用的伎俩。

想到这里，她甩开柳秋兰的手，大声吼道：你们说什么我都不会听，反正严家不给彩礼钱，这婚礼就作废。

妈，你怎么这样固执？柳冬雪气得泪水在眼眶里打转，她现在身份尴尬，两边都不好得罪。

冬雪，你聪明漂亮，根本不愁嫁，就是舍了严亚宁，也能找到好对象。哼，毛秀云和严俊坤不要脸，那我也没必要口下留德。我今天就是要让全村人晓得他们严家做事没良心，将来生的孩子没屁眼！

柳冬雪听后又气又羞，上前拽住她的胳膊道：妈，你嘴怎么这么毒？要是我明年生的孩子没屁眼，那就是被你咒的！

柳冬雪说着把陈小妹的手放在她的小腹上：妈，再过几个月他就会动了。

天哪，冬雪，你怎么做下这等丑事？你这是要气死我吗？

陈小妹终于从女儿口中听到了她害怕听到的话，扬手就要打柳冬雪。

柳冬雪将脸凑到她跟前：妈，你打！你狠狠地打！要不是你天天逼着我结婚，我也不会落到今天这步田地！

陈小妹对外人刁钻，柳冬雪治她却绰绰有余。这几句话一出口，陈小妹那只高高举起的右手便缩了回去，嘴上却没饶过柳冬雪：

死妹子，我让你吃屎，你怎么不去吃？明明是你自己没脑筋，着了严亚宁的道。哼，我说毛秀云今天怎么腰板这么硬，原来是你给她递了把戳我心窝子的刀！

陈小妹气得抹起了眼泪。柳冬雪哭着求她原谅，她这才就坡下驴。陈小妹是个聪明人，晓得事已至此，再闹下去于双方无益。万一惹火了毛秀云，她把冬雪未婚先孕的事说出去，自己和冬雪的脸往哪儿搁？

陈小妹想骂冬雪，可抬眼见她一副天不怕地不怕的样子，先自怵了几分，再想到冬雪肚子里的孩子，更是雪水浇头，透心凉。她又去睡了半日闷觉，起床后见柳铁牛坐在厅堂里气定神闲地编竹筐，气不打一处来，恨声骂道：老东西，就你没用，连个女儿都教不好！

柳铁牛这时的耳朵早已成为案桌上的贡品——摆设，根本听不见她的话。柳夏花忙着为一个租客更换水龙头，没在家中。柳秋兰想给爸妈打个圆场，但说谁好像都不合适，倒不如闭嘴，转头示意柳冬雪直接给老妈上眼药。

柳冬雪果然厉害，把怀孕报告单举到陈小妹眼前：妈，你看清楚些！如果你非要高额彩礼，一来你会成全县的反面典型，被名嘴演说团开除；二来你的宝贝女儿柳冬雪可能会因此被人抛弃，并坏了名声。你看着办吧！

死妹子，你的脸皮比城墙还要厚，做了错事还有理！我当不当演讲员无所谓，你不要面皮我也没办法，你吓不倒我！

陈小妹抢过化验单一把撕了，正想向柳铁牛发火，却发现柳铁牛已三步并作两步出了厅堂，忙跟了出去。柳秋兰拔腿追到门口，听见老爸正在训老妈，不由叹了口气。

柳冬雪了解陈小妹吃硬不吃软的脾气，把柳秋兰拉进了屋：

大姐，我们几个先晾着老妈，让老爸再敲打她一阵，老妈会明白其中的利弊的。这婚礼她阻止不了！

果不其然，刻把钟后，陈小妹走进厅堂，板着脸对柳秋兰和柳冬雪说：

你们两个听着，我可以不问严家要彩礼，但严俊坤和毛秀云必须有所补偿。至于怎么补偿，陈小妹没说，她怕柳冬雪得知后会胳膊肘往外拐，到时与严亚宁"合谋"，想法子堵她的路。

真是知女莫若母，这念头刚在她脑海中冒出，柳冬雪便皱起眉头说：

老妈，你千万别提条件，那些事情我和亚宁自有打算！

陈小妹恼得咬了咬后槽牙，低声骂道：你这个不争气的东西，还没过门就拉着老公来对付自家人，真是没良心！

说罢她假装去菜园摘菜，绕了个圈，偷偷跑到石坎下的严家找严俊坤和毛秀云，说她可以不要彩礼，但严俊坤和毛秀云必须给冬雪的第一个孩子二十万元的存款。

秀云，你们把钱存在孩子名下，要是孩子没有身份证存不了钱，你们就把钱存在冬雪名下。冬雪也不用那笔钱，留着给孩子以后上学用。她要是生了第二个孩子，你们还得再给她存二十万元。反正这钱都是给你严家的孙子、孙女用的，我们柳家一分钱也得不到。你们要是再不答应，我家冬雪孤独终老也不会进你严家的大门！

陈小妹去严家时，被柳秋兰发现，她不放心，拐着脚跟了过去。陈小妹并未因她的突然出现而收敛起那咄咄逼人的气势。

严俊坤和毛秀云此前刚刚被严亚宁、严金平教育了一顿，这次面对陈小妹时，严俊坤表现得较为大度，不管怎么说，是自家儿子搞大了柳冬雪的肚子，严家不能因此痛脚趾越踩越前，好歹得给未来的亲家母陈小妹留点面子。

毛秀云倒是还想再与陈小妹斗嘴，可她怕亚宁说她刻薄，只得敛了火气。静静地听完陈小妹的诉求后，老两口到里间商量了一阵，再回到厅堂时两人面带微笑地答应了陈小妹的要求。反正肉烂在锅里，陈小妹的这个点子既给了柳家面子，严家又无损失，还得了个不给彩礼的好名声，何乐而不为？

看到陈小妹与毛秀云握手言欢，旁观的柳秋兰暗中舒了口气。解决了彩礼这头"拦路虎"，严家、柳家以非常默契的态度，在国庆节那天，快速、有序地办完了严亚宁和柳冬雪的婚礼。

婚礼热热闹闹的，根据陈小妹的要求，严俊坤当众给了柳冬雪一张二十万元的卡，说不管她头胎生的是儿是女，这钱都存在孩子名下，众人羡慕不已。陈小妹扳回了面子，严、柳两家皆大欢喜！

更令陈小妹欣喜的是，绿枝餐馆开张三个多月挣了四万多元，加上她卖土特产和柳秋兰、柳夏花转租房子的收入，柳家人一个季度挣了八万多块。

我的妈呀，这样干个十几年，我们都能成百万富翁！

算账之后全家人都有些激动。陈小妹喜笑颜开地说：

俊翔他们的"英雄帖"发得好啊。你们一回来，凤凰村果然就变成会飞的活凤凰了。

二十、网友的帮助

曹文月经过一段时间的康复训练，整体状态好多了。只是没了钟起辉的陪伴，她常常觉得孤独。柳秋兰和父母商量后，把她接回了凤凰村。

由于凤凰村空气清新，环境优美，那些到凤凰村过夏的老人有不少续租到了年底，加上柳夏花和刘水根的老年康养中心新招的客人，凤凰村的老人骤然增多，新时代文明实践中心因此热闹起来。

老人们在活动中心锻炼、唱歌、聊天、练书法、打牌、看点单系统内的各种文艺演出视频，饿了可回房东家或到包餐的农家乐餐馆吃饭，渴了活动中心有免费提供的白开水和热茶水，老人们感觉在凤凰村比他们孤孤单单地待在家中，盼儿孙来看望自己的日子要快活、惬意得多，玩得乐不思蜀。

柳秋兰把婆婆曹文月接回家中后，早晚都会扶她到广场和活动中心去锻炼，让婆婆感受到生活的火热气息，结交新朋友。有时她忙不过来，则由陈小妹陪护。

曹文月以前嫌陈小妹待人苛刻，处久了才知她是个刀子嘴豆腐心的人，便拿出真心待她，如今两人相处得很融洽。当曹文月得知柳秋兰为她住院动用了绿枝上大学的那笔钱时，转身便将一张面额五十万元的大额存单交到了柳秋兰手中，让柳秋兰存着，到时好供绿枝读书。另外她每月还会定期转一千块钱给陈小妹当伙食费。陈小妹不肯收，曹文月拉住她的手说：

亲家母，古话讲亲兄弟明算账。你只有收了这钱，我才住得安心。你要不收，那就说明你不欢迎我。

话说到这份上，陈小妹只好收下。柳铁牛得知后，找到柳秋兰要她把钱退回给曹文月。柳秋兰制止了柳铁牛：爸，我婆婆说得对。她现在是和我们一起生活，不是来做客，收点伙食费她会更安心。

　　行，这钱我们先收着，你哪天要用了我再给你转回去。

　　陈小妹大方地表态。通过这段时间的磨合，柳铁牛和陈小妹也改变了对曹文月的看法，觉得亲家母面冷心热，其实挺明事理，只是她吃软不吃硬，是头顺毛驴，有时得讲几句好话哄一哄。知道她的脾气后，再和曹文月打交道时，柳铁牛会有意多讲几句好话，陈小妹也敛了锋芒。

　　曹文月看到亲家公、亲家母为了适应自己做出的让步与改变，也不再摆那清高的架子，三人相处得越来越融洽。曹文月心情舒畅后身体跟着慢慢好转，加上柳铁牛和陈小妹的精心照料，到村里举办重阳节金婚庆典时，她原先受限的那侧肢体已能活动，特别是左手，灵活自如多了。这给了她极大的信心，越发积极地配合治疗和康复训练，等到十一月份严庆瑞和欧阳梦的民宿园开张时，她能拄着拐杖，缓慢地从柳秋兰家走到民宿园，然后和毛秀云、陈小妹、钟红莲等人一起数快板了，精气神回来了，脸上也露出了久违的笑容。

　　曹大姐，这是老天爷和你家老头子在天上保佑你呐！

　　几个租客这样宽慰曹文月，曹文月笑道：不止呐，我儿媳妇、亲家公、亲家母也在保佑我呐。

　　众人见她恢复得不错，自己的心情也跟着开朗了许多。

　　转眼到了次年元旦，柳夏花和刘水根在凤凰村举行了一个简朴的婚礼。这时的曹文月已经能正常行走了。更令人高兴的是，经过近半年的治疗，钟起辉也康复如常。听说曹文月还在凤凰村，在他的坚持下，钟声娇开车送他来凤凰村过冬。两人经过一场大病后再次相聚，对生命和生活都有了更加深刻的感悟。

　　秋兰，前段时间要不是你婆婆经常打电话鼓励我，我这双腿肯定废了，剩下的日子就只能卧床喽！那段时间你婆婆经常给我打电话，告诉我她在坚持康复训练，还发了很多训练的视频给我。在她的鼓励下，我开始咬牙进行康复训练，没想到坚持下来有这么好的效果。我现在能来凤凰村，也有秋兰你的功劳呐。我晓得的，要不是有你和你父母对文月的照顾，她哪能好得这么快？她好不了，就没精力来给我鼓劲，她不给我鼓劲，我可能现在还坐在轮椅上。

钟起辉说到这里眼中升起层水雾，大约是想起了他在病中时儿子和大女儿的怠慢吧。听钟起辉讲，他生病后的生活多半由钟声娇照料。

秋兰，声娇有良心，就是脾气差，不太会讲话，你莫要见怪。这次我到凤凰村过冬，写了份免责书，我和作为孩子代表的声娇都签了名。

钟叔叔，你这免责书什么意思？柳秋兰感谢钟起辉对她的信赖，每次钟起辉说话时她都会当个安静、专心的听众，还经常就他提出的问题发表意见。钟起辉拉拉杂杂地细数他生活里的琐事时，她偶尔也会走神，却从未有过不耐烦之色。也正因如此，钟起辉愿意将心事告诉她。但她偶尔也有听糊涂的时候，比如这份免责书她就不太明白。

钟起辉认真地说：免责书的意思就是我在凤凰村这段时间，除非有人故意害我，否则我生病或出意外跟大家没关系，由我自己负全责。也许这份免责书在法律上不严谨，可起码表明了我们家人的态度。我身体不太好，有些村里人怕我发病会连累他们。有了这份免责书，我就能安心住在凤凰村了。我想在剩下的日子里抬眼就能看见绿水青山，躺下就能听到虫鸣蛙鼓，最主要的是，我想要有人说话。凤凰村现在还有七八十个租房子的老人，我和他们年纪相当，能聊得来，比一个人待在家里心情舒畅了好多。凤凰村的老年康养产业真的蛮好，给我们老年人带来了生活的新希望。

钟起辉重回凤凰村后，掏心掏肺地对柳秋兰说了这么一段文绉绉的话。

柳秋兰觉得他讲得很好，建议他编成短信发给严俊翔和李海峰，算是对他们工作的鼓励和肯定。钟起辉嘿嘿一笑：我早就给他们发短信了。

秋兰，钟老可能忘了告诉你，他生病时，你婆婆把他拉进村里的老人康养群。那段时间每天都有人给钟老发健康小知识，大家还轮流给钟老打视频电话，鼓励他坚持康复训练，陪他渡过了难关。钟老昨晚发来了他写的关于如何办好凤凰村老人康养产业的十条建议，其中有不少好点子。我刚刚转发给你和夏花了，也许对你们会有启发。

这个周日，柳秋兰领着那帮请来的村民在仙人掌园采胭脂虫，严俊翔听说她人手紧张，带着柳泉、刘丹萍、严亚宁、严俊坤上山给她帮忙。见了面，严俊翔如是说。

四叔，我们村脱贫时靠的是果业、蔬菜和麻鸭，现在村里除了那些老产业，又增加了农家乐、民宿园、二房东、仙人掌园和老人康养，请问我们村到底想以什么产业为龙头来振兴乡村？

严亚宁屈指算着，表情多少有些迷惑。

严支书，我们以前的产业是两条腿的蛤蟆，现在的产业是多脚的蜘蛛，这样比喻对不对？柳夏花抢在严俊翔之前答道。

对，对，独木难支，我们这是多条腿走路。夏花如今越来越有水平了！

听了严俊翔的表扬，柳夏花毫不客气地点点头：嗯，严支书火眼金睛，一下就看出我长本事了！

前段时间为了做好二房东、管好仙人掌园，柳夏花上网查了不少资料，还特意网购了相关的专业书籍来看，加上实践中遇到和解决的问题，她增长了不少见识，变得越来越自信。以前她认为自己只适合打工，现在却有了新想法，打算也学大姐的样，自己主导做个产业项目。

刘水根此前已跟着他大哥移师去了三河乡，他们的沙石公司正处于万事开头难的阶段，这段时间他全力扑在三河乡的工作上，柳夏花不但独自包揽了原本由她和刘水根共管的凤凰村老年康养中心的管理工作，还把刘水根的儿子接到凤凰村过寒假，同时还要兼顾管理仙人掌园、黄桃果园和绿枝餐馆，忙得顾头不顾腚，但精神却格外饱满，整个人看上去容光焕发。

夏花讲得对，以前我们村的产业比较单一，抗压能力差。现在家家户户都动起来了，真正做到了一村一品，一户一业。项目多了，才有得选择，即便来了突发情况，也不至于一个浪头打翻整条船。

说起这个话题，严俊翔深有感触。柳秋兰接口道：

对，我们现在这样摆布开来，一旦有风险，东边不亮西边亮，堤内损失堤外补，算是给自己上了个双保险。

自从回凤凰村做了仙人掌园的项目后，柳秋兰思考问题的角度有了变化，视野也比以往更加开阔。严庆瑞戏称她的思维已上升到了企业家的高度。也正因为有了此等眼界，她才说服欧阳梦、严庆瑞选择了一种收效稍慢但可持续的胭脂虫养殖方式——野外养殖。

野外养殖胭脂虫，成虫率较低，一年内只能收 2—3 次虫子，比室内养殖要少收 1—2 次成虫。但仙人掌能持续利用，比如采摘下的仙人掌可供食用，仙人掌果能用以酿酒、售卖，这也是当初她坚持选择野外种植仙人掌的原因。

如今看来，这种方式虽然回本时间比大棚养殖更长，可相对而言，投资更少，仙人掌掌片和仙人掌果都能获利，还是比较有循环利用价值的，属于可持续发展的模式。

去年八月，仙人掌园收获了第一批胭脂虫成虫，晒干后全部卖给了云高公司和化妆品公司。

令柳秋兰头疼的是，只有卖给化妆品公司的干虫收到了十一万块钱的销售款，云高公司购买的十多公斤成虫分文未给，欧阳梦坚持要从她的分红中扣除，等于是在变相抽回投资。对此柳秋兰有些不满，可想到原本要退股的欧阳梦留下来了，严庆瑞又追加了第二期投资款，她也不好再说什么。

好在收第二批成虫时，云高公司没再要货，柳秋兰把干虫全部卖给了浙江的一家化妆品公司，只是每公斤售价才两千余元，比预期的价格低了将近一半。

这样一来，仙人掌园第三批胭脂虫的接种面积受资金所限比原先计划的少了四十亩。柳秋兰觉得遗憾，严庆瑞却认为按需定产比较稳妥，毕竟他们目前还没找到固定的收购方，盲目生产不可取。

欧阳梦更是直接提出了建议：柳大姐，我们要适时调整策略和方向，如果胭脂虫销路不好，可以在山上多种些苦瓜，你的苦瓜酒不是卖得蛮好吗？

经过心理治疗的欧阳梦重返凤凰村后，主抓民宿园的管理工作。民宿园是梦瑞公司转型的拳头项目，砸了近两千万资金，她和严庆瑞不敢掉以轻心。民宿园去年十一月底开张后，市场反应不错。按说严庆瑞此时得坐镇凤凰村，加速拓展民宿园的业务，但因云高公司在邻省两个省会城市新开了几家直销门店，有些事情必须由严庆瑞出面解决，民宿园便暂由欧阳梦全权代管。

重任在肩的欧阳梦不敢有丝毫懈怠，每日风风火火地四处联系客源，还投资二十万元，请张孝哲和柳冬雪拍了三部介绍民宿园的微电影，并在各县做了十几场促销的路演活动，宣传效果喜人，入住率从开张当月的 17% 上升到如今的 49%。虽说未及一半，但短短时间里能有这样的提升实属不易。严庆瑞和欧阳梦对此"战绩"表示满意。

秋兰，我已经和省食品协会签订了承办全省食品行业协会年会的合同，到时年会放在凤凰村的民宿园开，有一百多位食品行业的翘楚参会，这对凤凰村的宣传有很大的促进作用。县里对去年凤凰村举办的凤凰情缘集体婚礼、金婚庆典活动评价很高，今年这两个活动还会延续，由我们梦瑞公司独家冠名赞助。只要这些活动连搞个三四年，梦瑞公司和凤凰村都能打出知名度，还能带动村里的其他产业。

严庆瑞此番畅想令柳秋兰宽心。严庆瑞还告诉她，梦瑞公司已就上述几项活动和凤凰村村"两委"、驻村工作队及相关部门签署了意向合同。他对凤凰村未来的发展充满了信心。

李海峰从县里带回的消息更是令人振奋：明年，从市区通往源州的高速公路将穿过南远县境，并在南远县东、西各设一个出入口。东出口距凤凰村只有三公里。

同志们，以后从省城到南远只有三个半小时车程，市里到南远只有一个半小时车程，方便得很。凤凰村从原先的深山角落变成了交通要道口，我们的地方是越来越值钱喽！大家攒劲干，不久的将来，我们凤凰村这只凤凰一定会高高飞起！

在最近的一次村民大会中，严俊翔这番话赢得了在场村民的高声喝彩。柳秋兰也拍红了手心。就在这时，她接到了一个陌生来电。

喂，请问您是柳秋兰吗?

打电话的是个北方口音的陌生女子，柳秋兰以为她是购买自家苦瓜酒的外地客户，心中有些暗喜，忙起身走到会场外：对，我就是。请问您是要订购苦瓜酒吗?

不是，我在网上看到你发的寻人启事……

二十一、寻觅的结果

次日黄昏，柳秋兰、柳夏花、刘水根匆匆赶到了那座距西安市五十多公里的小镇。小镇上那几条不宽的街道织成个小方格，两旁的房屋大多只有三四层高，街上人不少，市面看上去颇为繁荣。打电话给柳秋兰的易晓颜开的肉夹馍店就在十字街的中段，大厅里食客满座，生意相当兴旺。

柳秋兰一行在预留的包间里见到了身材丰满、长着一张圆脸、看上去很亲切的易晓颜。双方寒暄几句后，柳秋兰迫不及待地问她那个酷似秦玉国的流浪汉在哪里。

易晓颜没有立即回答这个问题，而是先说了这件事的来龙去脉：

柳家妹子，那个流浪汉身材高大，模样周正，说话斯文，听口音像南方人，但他不晓得自己姓甚名谁，也不晓得自己是哪里人。他到镇上后，每日在街上用拖把蘸水写毛笔字、画粉笔画和吹口琴，大家看他可怜就会给他一点钱或者一些吃的。

那天那个流浪汉在我店门口用粉笔写了一首唐诗，他的字很漂亮，有不少人看，但没人给钱。中午时我见他饿坏了，就给了他两瓶水和一袋肉包子。他讲话斯文，看上去蛮有修养，不晓得他为什么会落到这步田地。我觉得奇怪，就拍了段他写书法的视频传到网上，结果有网友在我评论区留言，说你在找这个叫秦玉国的人，还发了寻人启事的截图。我去搜了你发的视频，觉得那个流浪汉真的跟你爱人秦玉国长得很像，这才给你打了电话。

易大姐，谢谢您。您视频里的流浪汉真的跟我爱人很像，但毕竟过了六年，我们想见见他。

柳秋兰说到这儿，嗓子噎住了。昨天看到易晓颜发来的流浪汉视频后，她当场泪流满面，随后将视频拿给全家人辨认，结果柳秋兰、柳铁牛、柳夏花说像，陈小妹和柳冬雪则持相反的观点。

大姐，这个流浪汉驼背秃顶、满脸皱纹，哪里像姐夫嘛？姐夫可是风度翩翩的美男子，再怎么讲，六年的时间他也不可能变成这副丑样。

柳冬雪难以接受这个流浪汉可能是自家姐夫的结论。

陈小妹将脸凑到手机前，皱起眉头看了五六遍，犹豫着说：

我也觉得不是玉国，但他的脸型、五官又跟玉国蛮像。

柳冬雪的质疑、陈小妹的摇摆都未影响柳秋兰去见那个流浪汉的决心。原本这事她打算瞒着曹文月。曹文月最近心律不齐，柳秋兰怕她知道后过分激动，引起不适。谁知快嘴的陈小妹却把消息透给了她。

曹文月神态平静地找到柳秋兰，只看一遍视频就摇着头说：

秋兰，玉国不可能变成流浪汉，打电话给你的女人是个骗子。你要真去了西安，说不定她会把你卖到黑砖窑去做苦工，要么就把你拐卖到山沟里去。这是个圈套，你不能去。

柳秋兰知道婆婆很依赖自己，也是真的担心自己独自前往会遭遇不测。秦玉国失踪后的这几年，她收到了近百条网友提供的线索，去见了十多个疑似秦玉国的人，每次都失望而归，还多次因此遇险。

有一次她坐的车翻了，她旁边的乘客当场丧命，幸运的她却只折断了两根手指，事后大家都说这是她公公和秦玉国在冥冥之中保佑了她。

另一次在大巴车上，她抓住了一个正在行窃的小偷，要求司机把车开到派出所去，可司机怕得罪那个惯偷，没做回应。下一个站点，那个小偷大摇大摆地下车后，朝她举起了一把匕首，她气愤、恐惧而又无奈。庆幸的是她只损失了一件行李，挎包中的一万元现金和手机还在。

最凶险的是前年夏天，她根据网友提供的线索去云南寻找秦玉国，遇到两个热心大姐，谁知她们却是居心叵测的人贩子，在饮料里下安眠药，幸亏柳秋兰机警，识破了她们的阴谋，这才躲过一劫。

那几件事在柳铁牛、陈小妹、曹文月心中留下了恐怖的阴影，从此坚决反对柳秋兰独自外出寻人。曹文月这次也一样。

柳秋兰因婆婆对自己的关心而感动，也知道独自前往不安全，但她不想因此错失任何一次寻找秦玉国的机会。

曹文月见说服不了柳秋兰，便又看了十多遍那段视频，有时还定格一帧帧地放大分辨，最后皱着眉头说：

地上的字像玉国的笔迹，但这人肯定不是玉国。玉国的左额角有颗痣，这人没有。

说到这儿，曹文月忽然哭诉起来：我的玉国儿呀，你仪表堂堂、能文能武、孝顺父母、疼爱妻女，你怎么就落得个生不见人、死不见尸的下场呢？这是我上辈子造多了孽，老天爷报应到你头上了呀，你是要想死妈、心疼死妈吗？

曹文月越说越伤心，最后全家人围着她劝解了半天，她的情绪才渐渐平静下来。

柳秋兰虽然无法接受秦玉国变成流浪汉的事实，可直觉还是让她做出了去西安找易晓颜、与流浪汉见面的决定。

陈小妹心疼地嘟哝道：你每次去寻人，回来总是要病一场。要么这次你留在家，让夏花去？

陈小妹不忍柳秋兰再受到打击。刘水根和柳夏花都同意此方案。

柳冬雪捂着略微隆起的肚子说：妈，我看还是让大姐去吧。这次再找不到，她也该死心了。

柳铁牛倒是赞同柳秋兰去西安，因为视频里的那个男人太像秦玉国了：秋兰，你带着夏花去吧，费用我来出。

柳铁牛到底是男人，遇事沉稳，很快就拿定了主意。

刘水根着急地说：爸、妈，我和夏花陪大姐去，来回的路费我出。让我尽点心吧！

大姐，就这么定了。柳夏花跟着拍了板。

大姐，我和亚宁赞助你们三千块钱。柳冬雪不甘示弱地表态。

柳秋兰心中暖暖的：夏花、冬雪，你们现在都有家有业，正是要用钱的时候，你俩的心意我领了。这次去西安的费用本该我出，你们别再争。

次日一早，柳秋兰、柳夏花、刘水根驱车赶到市里，严庆瑞、欧阳梦陪他们吃了早餐，又开车将他们送到了机场。因飞机晚点，原本下午抵达的飞机傍晚才到。等他们赶到小镇时，已是晚上七点多钟。

此刻，坐在暖洋洋的包间里，呼吸着散发出肉夹馍香味的空气，望着陌生而亲切的易晓颜，柳秋兰涕泪交加地恳求道：易大姐，麻烦您现在带我们去见他！

易晓颜有些为难地说：柳大妹子，我这店铺房子小，又要做生意，没法安置那个流浪大哥，前日我老舅把流浪哥带回了村子里，我老舅家中有几口鱼塘，近来有人偷鱼，我老舅想给流浪哥一口饭吃，就把他接去守鱼塘了。

接到你的电话后，本来今天下午我表弟要把流浪哥送过来的，可刚才我表弟打电话说，流浪哥傍晚时分跑掉了。你们别急，我老舅他们正在找，应该能找到的。

柳秋兰一听这话，噌地站起身：易大姐，麻烦您把地址发给我，我们过去找。天这么冷，我怕他会冻坏。

易晓颜望了望窗外飘飞的雪花：我表弟说流浪哥走的时候穿着军大衣，戴着帽子，流浪哥在外头流浪这么些年，知道冷暖，你们不要太担心。

易老板，我们还是去看看，多谢您对他的关照！

刘水根说罢掏出个红包递给易晓颜，易晓颜坚辞不受：

你们别这么见外，我不过给你们打了个电话而已。

易老板，您是好心人。好心人一定会有好报，祝您合家幸福，财源滚滚！

从来不爱说场面话的柳夏花由衷地向她道谢。

柳秋兰深深地向她鞠了一躬：谢谢易大姐。欢迎您和家人以后去凤凰村做客。

哎，有空我一定去！这次易晓颜回答得挺爽快。

离开易晓颜的肉夹馍店后，刘水根叫了一辆专车，冒雪前往易晓颜老舅所在的梁峁村。这时雪越下越大，纷扬的雪花在车前灯的照耀下犹如无数躁动的白色精灵。望着滴水成冰的窗外，柳秋兰心急如焚。

姐，你说易老板会不会因为没收钱才这么讲？黑夜和恶劣的天气使柳夏花变得疑神疑鬼。

夏花，别瞎猜，刚才你还说易大姐是好人，怎么一出门就改变了对她的看法？刘水根不高兴地抢白道。

柳夏花理亏地咳嗽了几声：就是觉得流浪汉跑得太巧了。

如果易大姐想要钱，刚才她完全可以收下红包，可她拒绝了，是你小看了她。柳秋兰尽管焦灼，头脑却很冷静。

夏花，这易老板要是贪钱，我们不给红包，她都会主动问我们要。但她并没有这么做，还好吃好喝地招待我们，又把她老舅家的地址发给了我们，是个善心人。刘水根赞同柳秋兰的观点。

对不住，是我小肚鸡肠，把人往坏里想了。柳夏花歉疚地喃喃道。

这时司机开口了：你们说的那个肉夹馍店的易老板是个大好人。我们可以免费上她家灌热水、上厕所，她还经常给孤寡老人送吃食衣物，人很不错，她告诉你们的肯定是真话。

柳秋兰越发感慨了：这世界有坏人，但说到底还是好人多。

司机拧小了正在收听的有声书的音量，淡然道：大姐，这个世界上，绝大部分人事不关己时既不会伸手帮人，也不会出手害人，只是漠然的普通人。好人和坏人都是少数派。

这个话题显然勾起了大家聊天的兴趣，随后他们就此进行了一番热烈的讨论，车开出了十多公里远，各持己见的四人还是谁也没能说服谁。等他们终止争论时，车子已驶入乡村。车灯下，那些光秃秃的田野和低矮的房屋显出几分冬季特有的寂寥。

刘水根开着导航向司机打听梁峁村附近的地形。司机的老家就在梁峁村旁边，知道好几条通往那座村子的近路，可惜他们这辆车，同一时间只能跑一条路，顾不过来啊。

司机给他们提了个很好的建议：几位老板，我们这里的司机都爱听交通广播，我这儿有导播间的电话和 QQ 号码，你们马上把寻人启事发过去。电台的主持人会中断节目免费插播，这样听到的人多，说不定哪位司机就碰上了你们要找的人呢！

柳秋兰觉得这个主意好，立即打电话给易晓颜的表弟，问明白了流浪汉离开梁峁村时穿的服装样式、颜色。柳夏花刚拟好寻人启事，刘水根便拨通了交通广播的导播间电话。不一会儿，节目主持人便播出了他们的紧急寻人启事，请求这一带的私家车车主和出租车司机帮忙寻找。报料准确者，节目冠名商将奖励一千元商场购物券；找到流浪汉者翻倍。

柳秋兰听了心里非常感动：水根，麻烦你帮我发条短信给节目组，感谢他们能急听众之所急，是一家有良心的媒体。

这时外面的雪越下越大，密实的雪花犹如白色的小蜜蜂在振翅乱飞，被灯光照亮的那片天空因此显得拥挤。司机特别给力，载着他们在梁峁村附近跑了三个多小时，能找的地方都找遍了，一直跑到车子没油，这才去最近的加油站加油，接着又岔上一条国道，去另一个方向寻找。饶是这样，他们还是没找到那个流浪汉。

时近半夜，司机的家人打电话催他回去，柳夏花和刘水根见柳秋兰疲累交加，憔悴得不成样，劝她先回宾馆休息，明天再继续寻找。柳秋兰不肯，取出一千元现金递给司机：

师傅，这是一千块钱，其中五百块是刚才的油费，另外五百块是加班费，麻烦您叫一个换班司机来替您。我想再找一找。天这么冷，要是再找不到，我怕出问题。

此言一出，柳夏花和刘水根都有些赧颜，他俩这么快就放弃寻找，是不是太没有良心了？两人对视一眼，连声恳请司机帮忙。司机应承后，柳夏花忽然道：

大姐，我刚才上网查资料，看到有个医生说，人要是失忆了，得尽量找到失忆者以前感兴趣的事物，然后说给他听，带他去看，这样也许能触动、激发失忆者原本的记忆。

柳秋兰倏地坐直了身子，接着给易晓颜的表弟打电话，问那个流浪汉到梁崮村后有没有什么异常举动。

异常？他整个人都很异常啊！易晓颜的表弟苦笑道。柳秋兰又追问、提示了几句，他忽然兴奋地说：

我想起来了，我接流浪哥回村后在水坝子吃酒，我给他买了盒饭。当时他对镇中心凤凰文化广场上的凤凰雕像很感兴趣。

你们凤凰文化广场有凤凰的雕像？他当时说话了没有？柳秋兰激动得抓住了身旁柳夏花的手。

嗯，他摸着凤凰雕像的底座不肯走，口中好像……好像在说什么秦什么之，他讲话有南方口音，我听不太清。

柳秋兰像是被闪电击中了，身子直哆嗦：他说的是秦桑低绿枝！

对，对，就是这句话。

柳秋兰的手比窗外风中的雪花还颤得厉害：师傅，快带我们去水坝子的凤凰文化广场！

好嘞！司机一脚油门下去，汽车轰鸣着驶向白茫茫的前方。

转眼又到了新春，虽然寒潮凛冽，凤凰村却仍洋溢出阵阵喜气。这天由张孝哲组织过来的二十二对网友在紫薇心形广场举行集体婚礼。

似乎是被新人们的热情所感染，竹林拱廊外侧的金花茶竞相怒放，黄澄澄的花朵在深绿竹枝的衬托下显得耀眼夺目；蜡梅娇小淡黄的花瓣晶莹透亮，散发出雅致的芬芳；艳如锦绣的三角梅不惧严寒，开得无比热烈，仿佛一团团跃动的赤焰。村庄里的大小树木和村口的竹门被五颜六色的气球装饰得缤纷多彩，从村口至紫薇心形广场的道路两旁，红黄双色指路小旗迎风招展，发出清脆的噼啪声。

严金平、柳冬雪、钟红莲、毛秀云、陈小妹等人的画作被喷绘成高大醒目的易拉宝摆在广场边上。画面上，色彩浓艳的大地、天空、绿树、花朵、稻穗、农舍和笑逐颜开的人们一样，从里到外皆透着喜悦，恰如其分地诠释了画展"画春光"的主题。

欧阳梦亲自教出的三十多名烘焙班学员在现场为来宾们烘焙糕点。在凤凰村租房过冬的老人们在跳舞、打太极拳、拉胡琴、唱采茶戏，孩子们则围着老人们欢闹，整座村庄沉浸在喜悦的氛围中。

前段时间，柳秋兰接回秦玉国后，先带他去医院做了全面体检。奇怪的是，他除后背、肩膀和左脸有外伤的疤痕外，其余并无异样。医生找不到他失忆的原因，只给他开了些营养神经的药物，然后劝柳秋兰带他去看心理医生。

柳秋兰没听医生的，而是将秦玉国带回县城家中，采用各种方法诱导、刺激他，试图唤醒他的记忆，可惜都是徒劳。一周后，她带着精神状态略有恢复的秦玉国回到了凤凰村。

为了给家人一个惊喜，也为了让家人惊喜的表情能给秦玉国带去某种触动，她没有透露秦玉国的行踪。

此刻，眼看集体婚礼的活动时间已经过半，柳秋兰打电话让绿枝陪婆婆曹文月到紫薇心形广场的中心来。秋天时搭在此处的"月季凤凰"已被一场强台风摧毁，现在这儿立着的是一只由张孝哲和柳铁牛联合创作的新型竹编凤凰。

"凤凰"的头高高扬起，身躯呈向上的姿态，翅膀和尾巴恣意地展开。攀爬其上的常春藤长得茂盛，绿色的叶片层层叠叠，稍有风来，便荡漾出阵阵绿波，仿佛凤凰在抖动美丽的翠羽。

柳秋兰见秦玉国望着竹编凤凰出神，脸上露出思索的神情，不由心潮澎湃：玉国，你想起了什么？

秦玉国凝视了她几秒，语气不确定地啜嚅道：你，你很像我认识的一个人，只是……

说到这里，他痛苦地皱起了眉头：我一时想不起她的名字。

玉国，我是你的妻子柳秋兰，我们的女儿叫秦绿枝，你的母亲叫曹文月。

你想起来了吗？柳秋兰耐心地引导着他。

秦玉国的神情还是有些茫然：我不记得我的姓名，但我记得她的样子，你真的很像她。你是她吗？

秦玉国垂首凝视着柳秋兰，柳秋兰眼中的泪水夺眶而出：我就是她，我叫柳秋兰，是你的妻子。

秦玉国叹了口气：我还是想不起她的名字，但我记得她以前住在有凤凰的地方。

柳秋兰紧紧抓住他的手：对，她就住在这里，这里叫凤凰村。

秦玉国仰望着那只展翅欲飞的竹编凤凰：凤凰要飞了，它要飞到……飞到……

他突然以手击额，像是要将那隐匿在脑海中的回忆敲出来。柳秋兰轻轻抚着他的太阳穴，秦玉国终于冷静下来。

柳秋兰点开手机中他们一家三口以前录下的视频，秦玉国对比着视频内外的柳秋兰，忽然弯下腰，伸手扳着她的肩头，神情有些激动，声音却细如蚊呐：

我想起来了，我老婆家在凤凰村。还有，还有，我好像有个女儿。可是，我忘了她的名字。

秦玉国再次痛苦地敲打着自己的脑袋。柳秋兰见旁边新添了几张形如树根的木凳，拉着他坐下，一边给他按摩头部，一边轻声地吟诵着李白的《春思》：

燕草如碧丝，秦桑低绿枝。当君怀归日，是妾断肠时……

秦玉国的身躯猛然一僵，柳秋兰激动地俯首问道：你想起来了吗？

秦玉国凝视了她一会儿，嘶了几口气，继而开始自言自语：

燕草如碧丝，秦桑低绿枝。这是唐朝李白的诗歌《春思》中的句子。我姓秦，我喜欢这首诗，我喜欢桑树。

秦玉国说到这里，冷不丁地挺直腰身，双目放光地说：我姓秦，我正好喜欢李白的《春思》，女儿叫绿枝，不但应景，还有诗情画意和纪念意义。对，我的女儿叫秦绿枝！

柳秋兰扑过去，紧紧地搂住了他，一边喃喃地道：玉国，你再想想，再想想！

她发间飘逸出的那几缕玫瑰花露的清香，犹如无形的神秘小手，倏地从鼻腔伸进他的脑海，拔开了某个阻住他回忆的栓塞。秦玉国混沌的记忆像是被闪电劈开，某些场景浮现出来，原本迷茫的双目倏地聚焦在穿过那堵鲜艳的花墙，快速朝他跑来的两道身影上。

秦玉国愣了愣，接着拉住柳秋兰的手，奋力朝她俩跑去，一边欣喜地大喊：秋兰，妈和绿枝来了！

他的声音是那般高亢嘹亮，不但惊得天上的云朵花枝乱颤，连那只披着翠绿藤裳的竹编凤凰也激动得扬起了翅膀，仿佛下一刻便要乘风飞去，化身为马良手中的那支神笔，在广袤的天空和大地上，画出一幅幅美丽的春光图……